소설학림

小說學林

소설학림 小說學林

초판 1쇄인쇄 2020년 6월 17일
초판 1쇄발행 2020년 6월 19일

저 자 김호운
발행인 박지연
발행처 도서출판 도화
등 록 2013년 11월 19일 제2013 - 000124호
주 소 서울시 송파구 중대로34길 9-3
전 화 02) 3012 - 1030
팩 스 02) 3012 - 1031
전자우편 dohwa1030@daum.net
인 쇄 (주)현문

ISBN | 979-11-90526-12-8 *03810
정가 18,000원

도화道化, fool는
고정적인 질서에 대한 익살맞은 비판자,
고정화된 사고의 틀을 해체한다는 뜻입니다.

소설학림
小說學林

－김호운의 소설쓰기 트레이닝

목 차

소설을 이해해야 소설을 쓴다

낯선 길을 찾아가는 '일'은 힘들지만, 낯선 길을 찾아가는 '여행'은 즐겁다. 여행은 낯선 세상을 이해하면서 내가 모르던 걸 하나씩 발견하는 일이다. 익숙함의 경계를 벗어나 낯선 세상을 체험하게 된다. 그래서 여행이 즐겁다. 소설 쓰기도 그렇게 낯선 세상을 여행하는 일이다. 소설 속에는 지금까지 체험하지 못한 작은 세상이 있다. 그 세상을 여행하면서 이해하는 일이 소설 쓰기다.

소설 쓰기가 어렵다고 하는 분들이 있다. 소설 쓰는 방법을 배우려고 해서 그렇다. 소설 쓰기는 방법을 배워서 이루는 일이 아니다. 소설을 이해하고, 작가가 되는 '길'을 발견해야 소설을 쓸 수 있다. 이론이나 방법을 배워 소설을 쓰려고 하면 많은 공력을 들여야 하며, 성공 여부도 불투명하다. 그렇게 공부하면 목적을 달성하기도 전에 지쳐서 스스로 포기할 수도 있다. 세상에는 기술이나 방법을 배워서 하는 일이 많지만, 소설 쓰기는 그렇지 않다. 똑같은 '물건'을 만드는 게 아니라, 세상에 하나밖에 없는 '문학작품'을 창조하는 일이어서 그렇다. 그래서 문학을 예술이라고 한다.

세상에 하나밖에 없는 소설을 쓰려면, 소설 쓰는 방법이 아니라 소설을 이해하는 공부를 하여야 한다. 소설 쓰는 방법보다 소설을 이해하는 공부가 훨씬 쉽다. 누구든 마음먹으면 소설을 쓸 수 있다. 쉬운 길을 두고, 힘들게 낯선 길을 찾아다니기 때문에 '소설 쓰기가 어렵다'라고 말한다.

    이 책에서는 이론은 소설을 이해하기 위한 장치로만 간략하게 소개하고, 창작 실기에 필요한 내용으로만 구성했다. 이 책 내용은 크게 두 가지 핵심으로 나뉜다. **'소설 이해하기'**와 **'작가 몸만들기'**다. 둘 다 생소하게 들릴 것이다. 누구나 다 알고 있는 소설을 왜 다시 이해해야 하느냐, 운동선수도 아닌데 왜 몸만들기가 필요한가 의문을 가지는 분도 있을 것이다.

    작가의 손을 떠난 소설 작품은 두 개의 얼굴을 가지고 있다. '작가의 시선'과 '독자의 시선'이 그것이다. 처음 소설 쓰기 공부를 하는 분은 대개 '독자의 시선'으로 보고 이해한 그 소설을 쓰려고 한다. 그래서 소설 쓰기가 어렵게 느껴진다. 소설은 '작가의 시선'으로 쓴다. 그리고 작품에 '독자의 시선'을 받아들이는 장치를 해 놓는다. 그러므로 소설을 쓰려면 '작가의 시선'과 '독자의 시선', 이 두 개의 얼굴을 다 가지고 있어야 한다. '독자의 시선'은 독자가 되어야 얻고, '작가의 시선'은 작가가 되어야 얻는다. 이것이 '소설 이해하기'다.

    '작가의 시선'으로 소설을 쓰려면 먼저 작가가 되어야 한다. 바꾸어 말하면, 소설을 쓰기 위해 소설 쓰기를 배우는 게 아니라, 작가가 되기 위해 소설 쓰기 공부를 한다. 앞말과 뒷말의 의미는 다르다. 앞말은 소설 쓰는 게 목적이고, 뒷말은 작가가 되는 게 목적이다. 작가가 되지 못하면 소설을 쓸 수 없다. 그런데 소설 쓰는 데만 정신을 쏟기 때문에 작가가 되는 길이 더 험난할 수밖에 없다. 작가로 등단하기까지 쓰는 수많은 습작 작품들은 소설을 이해하고 작가가 되는 길을 찾는 공부다. 오직 소설 완성을 위해 시선을 집중하고 습작하게 되면 작가가 되는 길이 잘 보이지 않는다. 그래서 '작가 몸만들기'가 필요하다. 신인 응모 작품을 심사할 때 소설이 되었는지를 먼저 검토하지만, 당선을 결정 짓는 건 응모자가 소설가로서의 역량을 갖추었는지를 살펴보는 일이다. 작가가 되어 쓴 작품과 작가가 되지 못한 채 쓴 작품은 다르다.

'작가 몸만들기'는 어려운 일이 아니다. 소설을 이해하면 '작가 몸만들기'도 '작가의 시선'도 함께 이루어진다. 작가는 소설 속에 사람이 사는 '작은 세상' 하나를 만든다. 따라서 소설을 이해하는 일은, 우리가 사는 세상과 그곳에 사는 사람을 이해하는 일이기도 하다. 이 길을 발견하면 누구나 소설을 쓸 수 있다.

소설을 쓰기 위해 공부하는 모든 분께, 이 책이 그 길을 찾는 나침반이 되길 희망한다.

2020년 유월에
우공愚公 김호운

제1강

소설 이해하기

1. 소설이 무엇인가

(1) 소설은 지어낸 이야기다

소설은 '허구(虛構, fiction)의 이야기를 사실적(事實的, reality)으로 쓴 산문체(散文體) 문학'이다. 이 말속에 소설이 무엇인지에 대한 해답이 있다. 소설은 실제로 발생한 사건(nonfiction)을 글로 옮겨 쓴 게 아니라, 지어낸 이야기를 마치 이 세상 어딘가에 있을 법하게 창작한 것이다(fiction). 이 이야기는 사실적이어야 하며, 산문체 양식이어야 한다. 사실적이라는 건 '있는 그대로'라는 의미가 아니라, '이 세상 어딘가에 있는 것처럼' 만드는 것을 말한다. 산문체 문학 양식은 시나 시조처럼 운문체(韻文體) 문학 양식과 구별됨을 의미한다. 말하자면 서사 형식으로 이야기를 창작하는 것이다.

여기에서 중요한 말은 **허구(虛構, fiction)**다. '허구'는 '거짓말'과 다르다. 거짓말은 없는 사실을 있는 것처럼 속이는 걸 말한다. 허구는 지어낸 이야기지만, 그런 사실을 미리 알리고 마치 실제로 있었던 사건처럼 인지하게 하는 것이다. 바꾸어 말하면 거짓말은 상대방에게 가짜를 진짜로 믿게 하는 것이고, 소설에서 말하는 허구는 지어낸 이야기라는 사실을 독자에게 미리 알게 한 뒤, 그 작품을 읽는 독자에게 이 세상 어딘가에 정말 있는 이야기처럼 빠져들게 하는 것이다. 거짓말과 허구는 이렇게 다르다.

간혹 거짓으로 꾸며 말하는 사람을 보고 "소설 쓰고 있네"라고 말한다. 이는 소설이 무엇인지 모르는 사람이 하는 말이며, 소설 문학을 폄훼하는 행위이기도 하다. 이 글을 읽는 분들은 앞으로 "소설 쓰고 있네"라고 말하면 안 된다.

(2) 사실성과 인과관계

Ⓐ <u>의도적인 기법</u>이 구사되지 않은 글은 예술 장르로서의 문학이 될 수 없다.

현대수필은 이런 점에서 문학의 4대 장르(시, 소설, 수필, 평론)의 한 자리를 차지한다.

그런데 Ⓑ <u>의도적인 기법이 구사된다는 것은 소설적 기법과 유사점이 있기 때문에</u> 확실한 차이가 설명될 필요가 있다.

－〈현대수필 기법의 사실성과 허구문제〉

(김우종, 2011.8.9.『설성문학』중에서)

소설은 실제로 일어나지 않은 허구(虛構, fiction) 이야기다. 그런데도 독자는 실제로 일어난 이야기로 믿는다. 이야기에 사실성과 인과관계(소설 장치)를 부여했기 때문이다. 위에 인용한 평론가 김우종의 〈현대수필 기법의 사실성과 허구문제〉 중 밑줄 친 Ⓐ문장의 '의도적 기법'은 수필에서는 논픽션에 문학성을 살리는 장치, 소설에서는 픽션(허구)을 사실적으로 느끼게 하는 '장치'다. 물론 인용한 이 글은 현대수필의 기법에 대해 논한 것이지만, 수필 역시 산문체 문학이라는 점에서 소설 장치에 전용할 수 있어 예문으로 소개한다. 밑줄 친 Ⓑ문장에서 김우종 평론가가 언급한 것처럼, 소설과도 연관됨을 밝히고 있다. 또 문학에서 이러한 장치가 설정되지 않으면 '문학이 될 수 없다'라고 말한다.

이처럼 소설은 허구지만 의도적인 장치로 인해 실제 일어난 사건처럼 독자의 시선을 끌어들이면서 문학작품으로 새로운 생명을 얻는다. 작가는 이야기를 구성할 때 소설 장치를 이야기 속에 설정해 놓는다. 소설에서 이러한 장치가 어떻게 나타나는지 살펴보자.

① 실제로 일어난 일인데도 사실로 믿지 않는 경우

예문) 거래처에 방문했는데, 그가 만난 담당 직원이 아침에 ㉮출근길 버스에서 바로 옆자리에 함께 앉았던 여성이었다. 더 놀라운 일은, 그 여성은 ㉯그와 같은 아파트 같은 동 같은 라인에 살고 있다고 했다.

② 허구 이야기인데도 마치 실제로 일어난 일로 믿는 경우

예문) 출근길 버스에서 바로 옆자리에 앉아 있던 여인을 거래처에서 우연히 마주쳤다. 놀라는 Ⓐ나에게 여인이 웃으며 책이 든 우편 봉투를 내민다. 아침에 출근하다가 우리 집 Ⓑ우편함에 있던, 친구가 나에게 보낸 우편물이다. 나는 그 책 봉투를 들고 출근하다가 그만 버스에 두고 내렸다는 걸 그제야 알았다. 고맙다고 인사하는 내게 그 여인은 Ⓒ"우리 옆집에 사시네요."한다.

①번 문장의 이야기를 들은 사람들은 실제 겪은 사건임에도 "지어낸 이야기지?"하며 믿지 않는다. 밑줄 친 ㉮와 ㉯ 에피소드처럼 일어날 확률이 매우 희박한 사건이 연거푸 발생하여, 사람들은 자신의 체험 영역에 존재하지 않아 안 믿는다. 믿지 않더라도 논픽션은 이처럼 믿을 수 없을 정도로 우연히, 또는 일어날 수 없는 현상이 일어난다. 이와 반대로 픽션인 소설은 주인공의 성격, 배경 등에 의해 작가가 지어낸 이야기여서 치밀한 인과관계 설정과 사실성 부여로 일어날 수 없는 현상이 등장할 수가 없다.

사실 ①번 ②번 예문은 모두 실제 일어난 사건이 아니라, 소설의 사실성

을 설명하기 위해 필자가 이런 상황을 만들었다. 둘 다 지어낸 허구다. 다만 ①번 예문은 실제 겪은 일로 보이게끔 '소설 장치' 없이 기사(記事)처럼 사건을 기술했고, 같은 상황이지만 ②번 예문은 '소설 장치'(인과관계 설정과 사실성을 부여)를 삽입하여 허구의 이야기를 실제 일어난 사건으로 믿도록 기술했다. 따라서 ①번은 예문은 논픽션이 되었고, ②번 예문은 픽션이 되었다. 왜 이런 변화가 생겼는지 더 자세히 살펴보자.

①번 예문을 읽은 사람들이 믿을 수 없다고 생각하는 건 ㉮와 ㉯ 에피소드 때문이다. ㉮처럼, 아침 출근길에 같은 버스 같은 좌석에 앉았고, 거래처에서 만났으며, 더구나 ㉯처럼, 같은 아파트 같은 동 같은 라인에 살고 있다. 마치 일부러 짜 맞춘 듯한 사건이 일어나 읽는 사람들은 일부러 지어낸 이야기인 줄 안다. 실제 이런 사건이 현실에서 분명히 일어날 수 있음에도 읽는 사람은 안 믿는다. 이 사건들 사이에 '우연' 외에는 인과관계가 설정되지 않아 사실성이 없기 때문이다.

②번 예문은 같은 상황이지만 읽는 사람들은 '재미있네' 하면서 실제 일어난 사건으로 믿고 이야기 속에 동참한다. 그 이유는 ①번 예문과 달리 사건 사이에 인과관계를 설정했기 때문이다. 이것이 소설 장치다. 밑줄 친 Ⓐ Ⓑ Ⓒ에피소드가 그 장치다. 이야기 속 주인공을 ①번 예문은 3인칭 관찰자 시점 '그'로 설정했으나, ②번 예문은 1인칭 주인공 시점 Ⓐ'나'로 설정했다. 이 인칭 설정에서 독자는 서술자가 직접 겪은 이야기로 굳게 믿는다. Ⓑ에피소드 '우편함에 있던' 책봉투를 삽입함으로써 '그녀'가 같은 아파트에 살고 있다는 것을 알 수 있는 인과관계를 설정했다. 이 인과관계로 Ⓒ 에피소드 "우리 옆집에 사시네요."라는 결말이 전혀 어색하지 않게 되었다. 또 이 Ⓒ에피소드는 두 사람이 같은 버스 같은 좌석에 앉게 된 우연에 사실성을 부여하는 역할도 한다. 한 아파트 같은 동 같은 라인에 살기 때문

에 출근 시간이 비슷할 수 있고, 같은 버스를 탈 수 있는 것이다. 이렇듯 소설은 허구로 지어낸 이야기이지만, 이런 인과관계와 사실성 부여로 읽는 사람에게 실제 일어난 사건으로 믿게 하는 것이다.

2. '소설'은 독자 손에서 완성된다

(1) 독자가 최종 완성자다

소설은 독자가 읽음으로써 새로운 작품이 된다. 말하자면, 같은 작품이지만, 독자가 읽은 소설과 작가가 창작한 소설이 다르다는 뜻이다. 잘못 표현한 것 같은 이 말뜻을 알고 나면 '소설'의 실체에 한 걸음 다가가게 된다.

작가가 쓴 소설은 독자에게 작가의 창작 의도대로 전달되지 않는다. 작가가 구성하고 창작한 소설은 독자가 읽음으로써 새롭게 완성된다. 미국 작가 마크 트웨인이 "소설을 시작하는 시점은 만족스럽게 작품을 마무리했을 때다"라고 한 말 속에도 이러한 의미가 담겨 있다. 영화 「쇼생크 탈출」 원작자인 스티븐 킹은 미리 작품 개요를 짜지 않고 "등장인물을 곤경에 빠뜨리고 지켜본다"라고 말한다. 이 말은 작가가 독자가 되어 관찰하면서 소설을 쓴다는 의미다. 작가가 서술자를 통해 소설을 구성해 가면서 일정한 거리 두기를 하는 건 독자의 시선을 확인하기 위해서다. 독자가 어떻게 개입할 것인가, 그 틈을 확인하기 위해서 작가에게는 작품과 일정한 거리 두기가 필요하다.

그렇다면 작가가 쓴 소설은 미완성으로 발표되는가? 그렇지는 않다. 완성된 작품이지만, 작품을 읽는 독자에 의해 다양한 의미로 받아들여진다는 뜻이다. 읽는 사람에 따라 재생산이 이루어질 수 있도록 미리 장치되어 있다. 그래서 문학이 예술이다. 만약 소설 작품을 읽은 사람들이 모두 똑같은 생각과 똑같은 감동을 받는다면, 그 소설은 '인스턴트 식품'과 같다. 문학뿐만 아니라, 모든 예술 작품에는 보고 읽고 듣는 사람에 따라 각기 다른 색깔로 받아들여지게 하는 재생산 기능이 있다. 그래서 오랜 생명을 유지하는 것이다. 중국 작가 위화(余華)의 장편소설 『인생』의 서문에 나오는 "천 명이 읽으면 천 개의 작품이 된다. 만 명이 읽으면 만 개의 작품이 되고, 백만 명 혹은 그 이상이 읽는다면 백만 개 혹은 그 이상의 작품이 된다"라고 한 말에도 이러한 뜻을 함의하고 있다. 이처럼 작가의 시선과 독자의 시선은 다르다. 그 다름을 이해하면 소설을 알 수 있다.

이 부분에 대해 작가 김승옥은 자신의 소설집 『무진기행』의 작가의 말(「나의 소설쓰기」)에서 다음과 같이 말했다.

작가가 자신의 작품을 해설한다는 것은 어처구니없는 짓이라고 생각한다. 왜냐하면, 앙드레 지드의 지적대로 한 편의 소설 속에는 작가의 몫과 독자의 몫과 신(神)의 몫이 있기 때문이다. 작가의 이른바 자작해설이란 작가가 그 작품을 통해서 하고 싶은 얘기가 무엇인지에 대해서는 잘 설명할 수 있겠지만 작가 자신도 깨닫지 못한, 아니 도저히 깨달을 수도 없고 느낄 수도 없는 독자의 몫과 신의 몫을 제한하고 훼방하기 십상인 것이다.

한 편의 소설은 그 자체가 독립되고 완전한 개체이다. 스스로 모든 것을 말하고 있다. 그렇게 되게 하기 위해서 작가는 밤잠을 못 자고 고심하며 소설의 형상화에 진력하는 것이다.

그렇다고 해서 소설이 완성되는 것은 아니다. 한 편의 소설이 완성되는 것은 작가가 원고의 끝에 '끝' 자를 쓰는 순간이 아니라 독자가 읽고 난 이후 독자 나름대로 그 소설이 느껴지고 해석되어지는 순간이다.

－김승옥『무진기행』(전자책), 문학동네, 2013, p.8

"소설이 완성되는 것은 작가가 원고 끝에 '끝' 자를 쓰는 순간이 아니라 독자가 읽고 난 이후 독자 나름대로 그 소설이 느껴지고 해석되는 순간이다." 이 말은 '소설은 작가의 손을 떠나면 작가의 것이 아니다'라는 말과도 같다. 앙드레 지드가 '소설 속에는 작가의 몫과 독자의 몫과 신(神)의 몫이 있기 때문이다.'라고 한 말을 기억해야 한다. 작가가 작품을 집필할 때 마치 자기 생각을 완성하는 일로 착각하고 서사에 개입하면 안 된다. 김승옥 작가의 말처럼, 소설 속에는 작가의 몫과 독자의 몫이 있다. 작가는 서술자인 화자와 등장인물을 이용하여 자신의 몫(?)으로 소설을 쓴다. 이 과정에서 독자의 몫을 꼭 남겨 두어야 한다. '신(神)의 몫'은 여러 가지 의미로 해석할 수 있다. 작가도 독자도 아닌, 소설에서 말하고자 하는 '주제'에 대한 해석이다. 이 부분은 현실에서보다 이상에서 바라보는 시선이다. 앙드레 지드 개인의 종교관과는 무관한 일반개념으로 이해해야 한다.

(2) 소설은 살아서 움직인다

우리는 자기의 생각이나 의견, 또는 눈에 보이는 현상을 다른 사람에게 전달하기 위해 글을 쓴다. 따라서 이 글 속에는 글쓴이의 생각 또는 말하고자 하는 내용이 담겨 있다. 글 형식은 다양하다. 짧게 또는 길게 쓸 수도 있고, 논문 형식을 취할 수도 있고, 이야기 형식을 빌려 쓸 수도 있다. 어떤 형식이든 이런 글쓰기의 특징은 반드시 있는 그대로 전달하는 '사실적인 내용(논픽션)'이어야 한다. 사건이나 현상, 또는 생각을 글로 옮길 때는 누구나 이해하고 수긍할 수 있게 보편성을 바탕으로 논리적이며 타당성 있게 사실 그대로를 전해야 한다. 글쓴이가 미화하거나 지어내어 글을 쓰면 진실성이 사라져 전달하는 글로서의 의미가 없다.

소설 쓰기는 일반 글쓰기와 다르다. 소설은 실제 일어난 사건을 다른 사람에게 전하는 게 아니라 지어낸 이야기를 실제로 일어난 듯 믿게 쓴 것이다. 소설은 작가가 쓰지만, 그 소설을 읽는 이는 독자다. 작가는 작품을 쓰는 사람이지 읽는 사람이 아니다. 이처럼 목적을 어디에 두어야 하는지 정확하게 이해해야만 좋은 소설을 쓸 수 있다. 소설을 쓰는 작가가 마치 자기가 읽을 듯이 쓰면 안 된다. 그 작품을 읽게 될 독자를 위해 써야 한다. 소설은 설명이 아니라 상황을 객관적으로 묘사하는 것이며, 독자를 그 상황에 끌어들여 개입하도록 문장 속에 '그 무엇'을 담아야 한다. 이것이 소설 문장이다.

소설은 독자가 개입할 수 있도록 여백이 있는 문장으로 서사(이야기)를 연결하여 완성한다. 있는 사실을 그대로 옮기는 게 아니라, 이 세상 어딘가에 '있을 법한 이야기'로 만들어야 한다(픽션). 이 허구(虛構)의 이야기가 소설이다.

여기까지 이해하고 나면 별로 어렵지 않다고 생각할지도 모른다. 여기까지는 소설의 겉모습이다. 사람이 건강해지려면 몸과 마음이 조화를 이뤄야 하듯이 소설도 주제·문체·구성(소설의 3요소)이 조화를 이루어야 좋은 소설이 된다. 이런 조화를 이루기 위해서 소설 쓰기의 다양한 창작 기법을 공부한다.

(3) 소설적 자유(小說的自由, Romanesque)

언어로 이루어지는 문학(文學, literature)이 예술로 정착하기까지는 많은 단계의 발전을 거쳐 거쳐왔다. 원시시대에는 동굴벽화, 춤, 음악 등으로 감정을 표현했으며, 차츰 언어로 전달하는 구비문학(口碑文學)으로 발전했다. 그러다 문자가 만들어지면서 필사한 책으로 만들어 읽었다. 이때까지는 작가의 존재가 뚜렷하게 드러나지 않았고, 전달되는 과정에 독자가 개입하거나 전달자의 의견이 보태지면서 내용이 달라지기도 했다. 작가의 저작물로 저작권이 성립된 게 아니라, 작품 그 자체의 생명력으로 내용이 살아 움직였다. 말하자면 이때는 텍스트가 완성이 아니라 진행형이었던 셈이다. '작가─소설─독자'의 거리가 확연하게 살아 있었지만, 텍스트가 진형형으로 오히려 '작가'를 떨구어 내고 '소설─독자'의 형태로 존재했다.

'소설─독자' 형태로 발전해 오던 소설이 인문학적 이론 정립과 소설 문학의 발전 및 저작권 확립으로 '작가+소설' 형태로 바뀌었다. 1980년대 초까지만 해도 작가가 독자를 의식하면 삿되다고 여기는 풍조가 있었다. 작가는 독자가 많든 적든 상관하지 말고 오로지 작품 창작에만 신경을 써야 한다고 강조한 것이다. 오직 선비정신을 강조하며 순수문학에 안주했다. 말하자면, 작품은 작가의 고유한 절대정신 영역으로 독자나 그 누구도 개입해서는 안 된다는 의식이 강했다. 심지어 자기 작품을 읽지 않은 독자를 독서 수준이 낮다고 이해하는 작가도 있었으며, 작가는 그런 독자를 의식하거나 영합해서는 안 된다는 게 덕목이었다. 순수문학과 대중문학의 경계가 제대로 정립되지 않은 채 문학정신만 강조하던 시대였다.

독자는 소설 스토리 원본을 재구성할 수는 없지만, 그 소설 속 세계에 개입하여 살아 움직이는 이야기에 동참할 수는 있다. 그런 의미에서 '작가─소설─독자'의 연결 고리는 여전히 유효하다. 작가는 그렇게 독자를 소설 속으로 불러들여 개입시켜야 한다. 이러한 '생명'이 없으면 소설은 그 기능을 다 할 수가 없다.

이 문제에 대해 확실한 해답을 던진 사람은 작가이자 실존주의 철학자로 잘 알려진 장 폴 사르트르 (Jean Paul Sartre)와 노벨문학상 수상 작가 프랑수아 모리아크(Francois Mauriac)다. 모리아크가 "모든 작가는 신과 닮았다"라고 주장하자 사르트르는 "작가는 신이 아니다"라며 '소설적 자유'를 들어 반박했다. 창작 형태로 탄생한 문학은 독자적인 세계를 가지고 있어 작가라 하더라도 함부로 이야기에 개입할 수 없다는 것을, 사르트르는 '소설적 자유'라고 정의했다. 소설 속 이야기를 살아 움직이는 생명체로 보았다.

이 부분에 있어서 사실 모리아크도 같은 생각을 했다. 다만 그 표현이 달랐다. 모리아크는 신이 인간을 창조했듯이 소설 속 이야기를 '창작'한 작가도 신과 같다고 보았다. 이것을 실존주의 철학자인 사르트르에게는 작가가 전지전능한 존재자(권위)로 소설에 개입하여 '소설적 자유'를 구속하려 한다고 본 것이다. 이 점에서는 사르트르가 모리아크를 조금 오해한 부분이 있어 보인다. '파리리뷰' 지(誌)와의 인터뷰 내용에서 모리아크의 그런 의도가 잘 나타난다.

소설 속에서 살아남은 위대한 등장인물들도 이제는 박물관 유물처럼 편람이나 역사서 속에서 더 많이 볼 수 있습니다. 살아 있는 그들은 점점 지쳐가며 허약해집니다. 종종 우리는 등장인물들이 죽는 모습까지도 봅니다. 제가 보기에 보바리 부인은 전보다 건강이 더 안 좋아진 것 같습니다. 그렇습니다. 안나 카레니나도, 카라마조프 형제들도 마찬가지입니다. 무엇보다도, Ⓐ그들이 살아가려면 독자가 필요한데 세대가 바뀔 때마다 그들이 숨 쉬는 데 필요한 공기를 공급하는 능력이 점점 떨어지기 때문입니다.

(－프랑수아 모리아크 인터뷰 기사)

—파리리뷰 기획, 김율희 옮김, 『작가라서』, 다른출판사, 2019. pp.599~600

　사르트르와 모리아크의 논쟁은 작가와 독자와의 거리에 비중을 둔 것으로 보아야 한다. '파리리뷰'와의 인터뷰에서 보면 모리아크는 마치 소설 속 인물을 살아서 움직이는 생명체로 보고 있다. 이 등장인물이 건강하지 않으면 소설도 생명을 끝낸다. 소설이 그렇게 생명을 잃으면 독자도 잃는다 (밑줄 친 Ⓐ)라고 말하고 있다. 소설이 영생(永生)하자면 소설에 생명이 있어야 하고, 이 불멸의 생명을 창조하는 작가를 모리아크는 신과 같은 역할을 하는 존재로 보았다.

　이 말의 핵심은 작가와 독자와의 거리다. 작가는 독자가 이 소설 속 세계에 들어옴으로써 등장인물과 함께 살아 움직인다는 점을 직시해야 한다. '작가—소설—독자'의 연결 고리가 문학의 생명으로 보았다. 오늘날 독자가 줄어들어 문학의 위기가 왔다고 하는 현상은, 소설에 독자를 동참시키지 못하고 '작가—소설'로 폭을 좁혔기 때문이다. 모리아크가 '파리리뷰'와의 인터뷰에서 말한 밑줄 친 Ⓐ 문장은 바로 이 점을 지적하고 있다. 결과로 본다면 모리아크도 사르트르가 말한 '소설적 자유'에 머물고 있다.

　미국 작가 유도라 웰티(Eudora Alice Welty)도 "글쓰기가 앞으로 고려해야 하는 것은 작가의 반대편에 있는 독자의 존재"(유도라 웰티, 신지현 옮김, 『유도라 웰티의 소설작법』, 엑스북스 2018. p.60)라며 독자의 중요성을 주창한다.

제2강

소설은 이렇게 쓴다

1. 소설은 이론으로 쓰는 게 아니다

(1) 소설 쓰는 일을 즐겨라

어느 동료 작가와 이야기를 나누던 중 한 유명 야구 해설가를 예로 들면서 "야구를 잘 안다고 해서 야구 경기를 잘하는 건 아니다."라는 말을 했다. 유명한 그 야구 해설가가 프로야구팀 감독으로 취임했는데, 성적이 좋지 않아 얼마 못 가 도중 하차했다는 것이다.

마찬가지로 소설도 이론으로 쓰는 게 아니다. 소설 이론을 잘 안다고 해서 소설을 잘 쓴다면 문학평론가나 소설론을 강의하는 교수님들은 모두 작가가 되어야 하고, 훌륭한 소설을 창작해야 한다. 물론 소설 이론에 해박하고 소설도 잘 쓰는 분들이 있다. 이는 예외의 경우다. 그럴 수만 있다면 매우 좋은 일이긴 하지만, 세상에 두 마리 토끼를 한꺼번에 잡는 일은 생각보다 그리 만만하지가 않다.

> 소설에는 이론이 없다. 읽으면서 배워라. 소설은 '쓰는' 게 아니고, '짓는' 것이다.
>
> —박상우, 『작가』, 해냄출판사, 2018, 중에서

소설을 쓰려고 입문하는 분들이 첫 번째 장벽에 부딪히는 건 '어떻게 써야 할까?'일 것이다. 그 막막함이 이해된다. 소설을 잘 쓰는 방법, 찾으면 어딘가에는 있다. 시중에는 소설 쓰는 방법에 관한 책들이 무수히 많다. 그래서 우선 급한 대로 소설을 잘 쓰는 방법(기술)을 배우려고 한다. 그러나 소설을 잘 쓰는 기술을 배워 작가로 등단하면 대개 '개점휴업(開店休業)'한다. 안 쓰는 게 아니라 못 쓰는 경우가 많다. 아니면 소설 비슷한 이야기를 쓰면서 평생 작가 명함만 들고 다닌다.

소설은 작품마다 각기 다른 창작 기법으로 창작된다. 작품과 함께 새로운 창작 기법 하나가 탄생하는 것이다. 창작 기법 하나를 익혀 작가로 등단하게 되면, 다른 작품을 쓰기 위해서 또 창작 기법을 배워야 한다. 그게 쉽지 않아 아예 작품을 쓰지 못하는 것이다. 실제로 등단작품이 마지막 작품으로, 이후 새로운 소설을 발표하지 않는 작가들이 의외로 많다. 방법을 배워 소설을 쓸 수 있는 작품은 '딱 한 편' 정도다. 소설 쓰기를 배우는 목적은 다양한 작품을 창작하여 훌륭한 작가가 되는 것이지, 단 한 편을 쓰기 위해서가 아니다. 가게를 열어놓고 팔 물건이 없어 휴업하는, 그런 무의미한 일을 해서는 안 된다.

소설을 잘 쓰려면 '소설 쓰는 방법'이 아니라 '소설을 이해'하는 공부를 하여야 한다. 소설을 이해하고 나면, 소설 이론 또는 소설 쓰는 방법은 쉽게 터득할 수 있다. 소설가(小說家)라는 이름에 '가(家)' 자를 붙인 데는 그만한 이유가 있다. 집집마다 가풍(家風)이 있듯이, 작가도 작가마다 독창적인 작품 세계를 가지고 있기 때문이다. 그렇게 되려면 그 작가만의 독창성 있는 소설 이론이 존재해야 한다. 더 세분하면, 같은 작가가 쓴 작품이라도 작품마다 다른 이론을 형성하고 있다. 그래야 훌륭한 작품을 창작할 수 있으며, 문학작품으로서의 가치 또한 높다. 그런 분이 훌륭한 작가로 독자들에게 사랑을 받는다.

소설은 소설 이론으로 창작하는 게 아니다. '틀(방법)'을 만들어서 국화빵을 구워내듯 소설을 쓰는 게 아니다. 그렇게 되면 똑같은 빵을 만들어내게 된다. 다른 재료를 사용하거나, 재료가 좀 더 들어가고 덜 들어가고의 차이는 있을지라도 같은 틀에 구운 빵은 결국 모두 똑같은 모양을 하게 된다.

얼마 전에 TV에서 서울 성수동에 있는 한 빵집을 소개한 프로그램을 보았다. 주인인 제빵사가 스스로 '빵쟁이'라 부르고, 가게 간판에도 '빵쟁이가 구운 빵'이라 썼다. 리포터인 유명 탤런트가 왜 그렇게 부르느냐고 물으니 "빵 만드는 일을 즐기기 때문이다"라고 말했다. 이 집 빵이 맛있기로 소문나 있어서 전국에서 주문이 쇄도한다. 주문에 맞추어 빵을 구워내지 못해서 미리 주문을 받아 일주일에 딱 한 번만 배송한다.

왜 그토록 사람들이 이 가게 빵을 좋아할까? 이 집 '빵쟁이'의 말처럼, 먹는 사람들을 생각하며 빵을 만들었기 때문이다. 그러기 위해 연구를 거듭한 끝에 독창적인 반죽과 숙성, 그리고 구워내는 시간을 알아냈다. 이것으로 끝난 게 아니다. 빵 한 개 한 개를 만들 때마다 '이 빵은 누가 먹을까?'를 생각하며 즐기는 마음을 보탠다. 바꾸어 말하면 '빵 만드는 기술'이 아니라 '빵을 이해'했기 때문에 이 가게에서 만드는 빵을 사람들이 좋아한다. 이 집에서 만든 빵을 가만히 들여다보면 같은 종류의 빵인데도 모양이 제각각 다르다. 같은 반죽으로 같은 제빵사의 손에서 만들었지만, 빵 하나하나 만들 때마다 '그 빵을 먹게 될 사람을 생각하며' 정성을 담았기에 모양이 그렇다. 먹을 사람이 다 다르기 때문이다. 심지어는 그 빵을 사 간 단골손님의 이름에서 따와 빵 이름이 된 것도 있다. 어떤 사람에게는 금기할 재료가 있어 그 고객을 위해 맞춤 빵을 만들었고, 그 빵을 원하는 고객이 더 생겨 빵에 그 고객 이름을 붙였다. 이렇게 하나하나 정성을 기울여 빵을 만든다. 손에 밴 기술로 뚝딱뚝딱 만들었다면 모양과 크기가 저울에 단 듯 판에 찍어낸 듯 똑같게 만들어 '신기하다'라는 소리를 듣는 데 그쳤을 것이다.

이 '빵쟁이' 가게에서는 빵 하나하나마다 그 빵을 먹을 사람을 생각하며 만들었기 때문에 세상에 하나밖에 없는 새로운 빵이 탄생한다. 그러면서 "빵 만드는 일이 즐겁다"라고 말한다. 빵이 세상에 나와 어떤 역할을 하는지 알고 있고, 또 그것을 왜 만드는지 알고 있어서 그 일이 즐거운 것이다. 빵을 만드는 사람과 먹을 사람이 함께 빵에 참여했다.

작가도 그러해야 하며, 그러한 자세로 작품을 창작할 때 비로소 훌륭한 작가가 된다. 또 소설 쓰는 일을 즐겨야 한다. 즐거워하지 않으면 작가가 될 수 없다.

(2) 소설을 이해해야 소설을 쓴다

소설은 이야기다. 단순히 재미있는 이야기 하나를 만드는 게 아니다. 작품을 읽는 독자에게 감동과 함께 간접 체험할 수 있는 '그 무엇'을 전해야 한다.

소설은 허구(虛構, fiction) 이야기를 사실적(事實的, reality)으로 쓴 산문체 문학이다. 이렇게 압축하여 소설이 무엇인가를 설명하지만, 여전히 어렵긴 마찬가지다. 소설을 설명하기 위해 이론을 곁들여 분석하며 쉽게 다시 풀어 쓰면 책 한 권 분량으로 늘어난다. 이해하기 쉽게 하려고 최대한 줄여놓은 말을, 설명한다며 다시 책 한 권 분량으로 만들 수는 없다. 우선 몇 가지 키워드로 접근해보자.

허구(虛構, fiction)는 실제 있었던 사건이 아니라 지어낸 이야기라는 의미다. 거짓말과 다르다. 허구는 '지어낸 이야기'를 상대방(독자)에게 지어낸 이야기임을 미리 알리고, 상대방(독자) 스스로 진짜 이야기로 믿으며 내용에 빠져들게 하는 것이다.

사실적(事實的, reality)이라는 건, 허구 이야기를 독자가 진짜로 믿으며 빠져들게 하는 장치다. 이 '리얼리티'가 소설을 형성하는 중요한 요소인데, 이는 방법이나 기술이 아니라 소설을 이해함으로써 드러내는 장치다. 이 장치는 이야기의 겉모습에는 드러나지 않는다. 소설을 이해하지 못하면 문장에 숨겨진 이런 장치를 알 수 없기에 소설을 쓰기 위해서는 반드시 소설을 이해해야 한다. 한 편의 소설 속에 숨겨진 이러한 서사 얼개를 이해하는 것이 곧 '소설 쓰는 공부'다.

산문체 문학 양식은 시나 시조처럼 운문체가 아닌 서사(敍事)로 이어지는 형식을 의미한다.

2. 소설과 이야기는 다르다

(1) 소설에는 '그 무엇'이 담겨 있다

소설은 이야기로 되어 있다. 이야기는 소설이 아니다. 이 두 문장의 의미를 이해해야 한다. 소설은 이야기이긴 하지만, 한 번 재미있게 하려고 쓰는 보통이야기와는 다르다. 이걸 이해하지 못하면 소설을 '만들지 않고', 이야기를 '쓴다'. 소설은 쓰는 게 아니라, 만드는 것이라는 사실을 기억해야 한다. '짓는다'라는 표현도 쓴다. 마치 블록을 쌓으며 집을 짓는 것과 같다.

소설 속 이야기에는 '그 무엇'이 들어있다. 할머니가 손녀 손자를 즐겁게 하려고 지어내어 들려주는 보통이야기와 다르다. 보통이야기는 들을 때는 재미에 푹 빠지나 다 듣고 나면 남는 게 없다. 마치 아이스크림을 먹고 났을 때처럼 듣고 나면 공허하다. 이야기 속에 '그 무엇'이 들어있지 않기 때문이다. 이렇듯 재미를 주려고 하는 이야기는 흥미 전달 역할만 한다.

소설 속 이야기에는 '그 무엇'이 들어있다. 이 '그 무엇'이라는 알갱이가 다시 무엇인가를 이루어내고, 또 무엇을 이루어내면서 그것이 '어딘가'에 도달한다. 이야기가 마치 생명체처럼 살아서 움직인다. 그래서 소설을 다 읽고 나면 '그 무엇'이 마치 사건을 직접 겪은 것처럼 간접체험으로 남는다.

왜 현실에서 일어난 이야기(논픽션)와 소설 속 이야기(픽션)가 다를까. 현실 속 이야기는 실제 일어난 사건이라 오직 사건에 초점이 맞추어져 있다. 이 이야기에 등장하는 인물·배경·사건은 이야기에 구성된 보조물(setting)일 뿐이다. 반대로 소설 속 이야기는 허구(지어낸 이야기)이기 때문에 인물·배경·사건을 창조하기 위해 이야기가 존재한다. 말하자면 소설에서는 인물이 주인이고, 그 인물에 의하여 사건과 배경이 발생한다. 이 점이 논픽션과 픽션으로 갈라지는 이유다. 그래서 시간이 흐르면 현실 속 실제 이야기는 '이야기'만 남고 인물은 기억에서 사라진다. 반대로 소설에서 이야기는 기억에서 사라지지만, '인물'은 오래도록 기억에 남는다.

카메라 촬영에서 '심도(深度, depth of field)'라는 촬영 기법이 있다. 주 피사체만을 부각하든지 주변 배경을 모두 살리든지 하기 위해 조리개와 셔터 속도를 결정하는 촬영 기법이다. 조리개를 넓히고 셔터 속도를 빠르게 하면 촬영한 사진에서는 피사체만 또렷하게 남고 배경은 흐릿하게 사라진다(심도를 얕게 촬영). 반대로 조리개를 좁히고 셔터 속도를 느리게 잡으면 멀리 있는 배경까지도 모두 앵글 속으로 또렷하게 들어온다(심도를 깊게 한 촬영). 이렇게 되면 피사체로 설정한 인물은 풍경 속에 하나의 세팅으로 남는다. 세상 속 보통이야기는 심도를 깊게 한 사진 같은 것이고, 소설 속 이야기는 심도를 얕게 한 사진과 같다. '이야기'와 '소설'이 다른 점은 이것이다.

TV 드라마는 이야기에 가깝다. 드라마를 볼 때는 마치 그 사건에 함께 들어가 있는 것처럼 재미에 푹 빠진다. 드라마가 끝나면 한동안 재미의 여운은 남아 있겠지만, 남겨지는 그 '그 무엇'이 없다. 물론 드라마에 따라 그렇지 않은 작품도 있지만, 대개 그렇다는 뜻이다. 그래서 드라마는 '이야기'에 가깝다. 아무리 재미있는 드라마라도 재방송을 하면 안 보는 사람들이 더 많다. 재방송을 또 재방송하면 방송국은 아마도 욕먹을 것이다. 반대로 '소설'은 읽고 나면 이야기에서 받은 감동이 오래도록 남게 되고, 다시 읽으면 또 새로운 느낌을 받게 된다. 그래서 소설책은 한 번 읽고 버리지 않는다. 몇 번이고 읽을 때마다 감동이 다르다. 시간이 지나면서 읽는 이의 삶이 변하기 때문이다. 소설은 그렇게 읽는 이의 감정에 따라 함께 움직인다. 또 살면서 그와 비슷한 사건을 만나거나 경험하면 소설을 읽었을 때 받은 감동이 지혜로 작용한다. 그래서 소설을 통해 간접 체험한다는 말이 성립하는 것이다.

짤막한 문장으로 예를 하나 들어보자. 예문을 만들기 위해 다음과 같은 상황을 만든다.

* 상황 설정

엄마가 아침에 떡볶이가 먹고 싶다고 한 아이의 말을 기억하고 떡볶이 재료를 사러 시장에 간다. 시장에 간 사이에 학교에서 돌아와 혼자 있게 될 아이를 위해 메모를 남겨둔다. 집에 엄마가 없는 걸 궁금해할 아이에게 시장에 갔다는 걸 알리기 위해 냉장고에 포스트잇으로 내용을 적어 붙여 둔다고 설정하자. 그 메모를 어떻게 써야 할까.

① 엄마 시장에 다녀올게.

이 메모를 본 아이는 '엄마가 시장 갔구나'하는 단순한 메시지만 전달받는다. 그러고는 곧 엄마를 잊어버리고 아이는 자기 할 일을 하거나, 지루해하며 엄마가 돌아오기를 기다릴 것이다. 이러한 문장은 전달하고자 하는 내용 그 자체만 전하는 메시지에 불과하다. 길게 사건을 만들어서 전하는 이야기라 할지라도 이러한 문장으로 되었다면 이야기 그 자체의 의미만 전달하게 된다. 이야기 속에 담긴 '그 무엇'이 없다.

② 엄마 **떡볶이 재료 사러** 시장에 다녀올게.
　　　　　a

②번 문장은 ①번 문장에 수식하는 부사구 a를 첨가했다. 이 메모를 본 아이는 ①번 문장에서와 달리 스스로 자신의 이야기를 만든다. '아, 아침에 내가 떡볶이 먹고 싶다고 한 말을 엄마가 기억하고 있구나'하고 감동하게 된다. 이 감동이 ②번 문장 속에 담긴 '그 무엇'이다. 이 감동이 문장 속에 들어있다. 아이는 이 메시지 속에 담긴 이러한 엄마의 마음을 읽고 감동을 전달받는다. 이러한 것이 소설 문장 속에 담긴 '그 무엇'이다. 이 '그 무엇'이 '엄마에 대한 사랑'으로 이어지고, 엄마와의 돈독한 동반자에까지 도달하게 된다. 이 감동은 아이가 성장하고, 자신이 또 자녀를 키우게 될 때까지 이어질 것이다. 이 문장에서 얻은 간접체험이 자신의 자녀에게 전달하는 행위로 이어지는 것이다.

②번 문장 어디를 봐도 엄마가 "네가 좋아하는 떡볶이를 기억하고 있어"라거나, "난 너를 사랑해"라고 하는 말은 없다. 그런데도 아이는 '엄마의 사랑'을 스스로 만들어 감동한다. 이 문장에는 아이가 직접 개입하게끔 하는 장치가 들어있다. 이 장치를 이해하는 게 중요하다.

이제 ①번 문장과 ②번 문장의 차이점을 이해했을 것이다. 소설은 ②번 문장처럼 '그 무엇'이라는 알갱이가 담긴 이야기다. 단순히 사건을 이야기로 설명하며 완성하는 게 아니라, 그 속에 '그 무엇'을 담기게 구성하고, 독자가 직접 그걸 찾아가게 해야 한다.

소설 속에 담긴 이 '그 무엇'은 인위적으로 만들어 숨기는 게 아니다. 이야기를 인과관계로 재미있게 연결하는 가운데 자연스럽게 배어들게 만들어야 한다. 바꾸어 말하면, 이야기를 읽고 났을 때 비로소 '그 무엇'이 떠오르게 하여야 한다. 그러기 위해서는 그 이야기, 그 문장, 그 무엇이 왜 그 자리에 있어야 하는가를 독자가 거부감 없이 받아들이게끔 인과관계로 연결해야 한다. 앞서 설명한 ①번 문장과 ②번 문장을 다시 상기해 보자. ①번 문장을 쓴 엄마는 단순히 메시지만 전달하고자 했다. 반대로 ②번 문장을 쓴 엄마는 떡볶이를 좋아하는 아이를 생각하며 문장을 썼다. 그렇다고 ②번 문장을 쓴 엄마가 '아이가 감동'하라는 의도를 가지고 쓴 건 아니다. 만약 그런 생각을 하고 썼다면 이렇게 썼을 것이다.

③ 엄마가 <u>너 좋아하는</u> 떡볶이 재료 사러 시장에 다녀올게.
　　　　 b

②번 문장과 달리 이 ③번 문장에서 b처럼 '너 좋아하는'이라는 부사구가 하나 더 들어갔다. 이 문장을 살펴보면 엄마는 아이가 이 글을 읽고 좋아할 것을 예상하고 썼다는 걸 짐작할 수 있다. ②번 문장을 읽은 아이와 ③번 문장을 읽은 아이가 느낄 감동의 차이가 무엇일까? ②번 문장을 읽은 아이는 엄마가 자기를 좋아한다는 사실을 <u>아이 스스로 스토리를 만들어</u> 읽어냈고, ③번 문장을 읽은 아이는 스스로 스토리를 만든 게 아니라 <u>엄마가 스토리를 만들어</u> 전달했다. 아이의 스토리가 아니라 엄마의 스토리가 되었다. ③번 문장에서는 아이가 스토리 생성에 개입하지 않은 것이다. ③번 문장에서 b처럼 '<u>너 좋아하는</u>'이라는 수식어에서 이미 문장을 만든 사람의 작

의(作意)가 드러났으며, 아이가 만들게 될 감동을 빼앗아가 버렸다. 따라서 소설 문장에서는 이와 같은 수식은 사족(蛇足)이며, 반드시 삭제해야 한다. 글을 읽을 사람은 엄마(작가)가 아니라 아이(독자)다. 아이가 느낄 감동을 엄마가 먼저 느끼고, 그걸 아이에게 전달했다. 그래서 이 문장은 감동을 제대로 전하지 못하고 엄마의 마음만 전하게 된다. 감동 없이 모양만 전달하는 것이다. 앞서 설명한 '그 무엇'이 이야기 속에 감추어져 있는 경우와 겉으로 드러난 경우를 ②번 문장과 ③번 문장에서 비교해 볼 수 있다.

세상에서 가장 짧은 소설이 있다. 헤밍웨이가 쓴 것으로 알려진, 단 여섯 단어로 된 소설이다. 이 한 문장을 '소설'이라고 한 것은, 문장이 이야기를 만들고 있기 때문이다.

For Sale : Baby shoes, never worn.
팝니다 : 아기 신발, 사용한 적 없음.

한 번도 사용한 적 없는 아기 신발을 파는 건, 이 아이가 신발을 신기 전에 부모 곁을 떠났다는 걸 시사한다. 다른 가정에 입양되었으면 신발을 신겨서 보냈을 텐데, 새 신발인 채로 남았다는 건 세상을 떠났다는 의미가 더 크다. 이 짧은 문장에 이런 가슴 아픈 이야기가 숨겨져 있다. 문장 속에 숨겨진 이 이야기는 독자가 문장에 들어와서 가져가야 한다. 문장에 들어오지 않고, 단어와 문장만 읽으면 이야기를 가져가지 못한다.

(2) 소설 속 이야기는 누가 진행하는가

소설은 다양한 사건을 연결하며 서사를 전개한다. 그럼 이 이야기는 누가 이끄는가. 대부분 소설 속 이야기는 작가가 진행한다고 생각한다. 작가가 소설을 구상하고 사건을 구성하는 건 맞다. 그러나 소설 속 이야기를 전개하며 이끄는 건 작가가 아니다. 이야기를 끌고 가는 가상의 서술자, 즉 화자(話者)다. 물론 이 화자는 작가가 결정하며, 이야기에 등장하거나 등장하지 않은 채 서사를 끌고 간다. 소설 속에 등장하는 인물을 화자로 선택할 수도 있고, 소설 밖에서 모습을 드러내지 않은 채 이야기를 관찰하며 진행하는 화자를 설정하기도 한다. 이러한 화자의 시각에 따라 '소설의 인칭'이 결정되는 것이다. 이 문제는 〈소설의 인칭〉 편에서 다룬다.

화자가 이야기를 진행하지만, 이야기(사건)와 배경을 만들어나가는 건 소설 속 인물(캐릭터)이다. 작가라고 해서 마음대로 사건을 만들고 배경을 이리저리 바꾸어 설정할 수는 없다. 인물의 성격이 결정되면 이 인물의 성격에 따라, 또는 이 인물의 삶을 좇아 사건이 만들어지고 배경이 형성된다. 만약 인물의 성격에 맞지 않은 사건이나 배경이 구성되면 소설은 완성도가 떨어진다. 그래서 소설 속에 나오는 인물은 반드시 등장하는 이유가 있어야 하며, 성격이 사건과 맞아야 한다. 다소 사건이나 배경이 완벽하지 않더라도 인물의 성격이 잘 형성되었다면 일단 소설의 형식은 갖추게 된다. 그런데 사건이나 배경이 잘 형성되었다고 하더라도 인물의 성격과 어울리지 않으면 소설은 틀이 무너진다. 만약 소설로 이루어질 수 있는 좋은 사건을 미리 구상했고, 배경까지도 완성이 되었다면, 이에 맞는 인물(캐릭터)로 바꾸어서(주인공을 재설정)라도 사건과 배경에 맞게 고쳐야 한다. 이러한 작업은 작품을 완성한 뒤 퇴고(推敲) 때 정리하기도 한다. 필자의 단편소설 「아버지의 녹슨 철모」가 퇴고 단계에서 주인공과 사건 및 배경을 바꾸어 초고와 전혀 다른 작품이 되었다(제10강 참조). 그래서 소설은 작가가 쓰는 게 아니라 작품 속 인물이 만든다고 말하기도 한다.

(3) 소설을 그린다

소설을 그린다. '소설을 쓴다'라고 하는 게 문법에 맞지만, 소설창작을 공부하는 분은 '그린다'라는 표현을 이해해야 한다. 소설을 이루는 서사는 단순히 메시지를 전하는 문장이 아니다. 복잡한 얼개로 짜인, 마치 우리가 사는 세상을 축소하여 살아 움직이게 하는 일이다. 세상 하나를 만들려면 세상 전체를 조화롭게 바라보는 시선이 필요하다. 한곳에 시선이 함몰되면 전체를 볼 수가 없다. 마치 화가가 화폭에 그림을 그리듯 전체 균형을 맞추어야 한다. 그래서 '그린다'라는 표현을 사용했다. 소설이 요구하는 모든 얼개를 완벽하게 갖추었다고 하더라도 전체를 아름답게 아우르는 '색깔'이 없으면 완벽한 소설이 되었다고 할 수 없다.

화가가 화폭에 그림을 그리듯, 소설도 그렇게 문장과 문장을 이어간다. 어디에 어떤 색깔이 들어가고, 어디는 무슨 색과 무슨 색을 섞어야 하는지 정확하게 판단해야 한다. 현재 그리는 작업만 보는 게 아니라 비어 있는 공간에 들어갈 색깔까지 예상하고 그려야 한다. 훌륭한 화가는 빈 캔버스를 이젤에 올리는 순간 화폭 전체에 담긴 그림을 본다. 전체를 보지 못하면 앞에 그린 작업과 뒤에 그린 작업이 어울리지 않아 망치게 된다.

소설 짓는 일도 이와 같다. 한 단어 한 문장에만 정성을 쏟는다고 소설이 되는 게 아니다. 처음 소설을 쓰는 분들이 도중에 포기하는 이유가 서사를 이어가다가 중간에 막혀버리기 때문이다. 도저히 다음 단계로 이야기가 이어지지 않아 답답해하다가 포기한다. 아니면, 무리하게 엉뚱한 길로 가

다가 조화롭게 완성하지 못하여 실망한다. 전체를 보지 않고 부분만 신경을 쓰다가 다음 상황과 연결을 하지 못해서 그렇다.

3. 소설을 잘 쓰는 비결

(1) 익숙함과 낯섦의 경계에 서라

작가는 '익숙함'과 '낯섦'의 경계를 넘나들 줄 알아야 한다. 소설 쓰기는 이론이나 소설창작 기법을 배워서 이루는 게 아니라, 작가의 안목을 넓히는 데서 터득한다. 작가가 되려면 안목을 넓히는 훈련이 필요하다. 익숙함과 낯섦의 경계를 넘나들며, 어두운 곳과 밝은 곳을 동시에 보는 시선을 가져야 한다.

사람은 누구나 '학습'에 의해 가치관과 질서를 습득하고, 이것이 행동의 지침이 된다. 인간을 사회적 동물이라고 할 정도로, 사람은 사회계약을 이행함으로써 개체의 가치가 만들어진다. 사회학 측면으로 보면 바람직한 모습이기는 하지만, 인간 본능에 초점을 두고 보면 '본질 왜곡'에 해당한다.

학습된 가치관으로 다듬어진 '모범 시선'으로 그 바깥에 존재하는 사물, 또는 사건의 본질을 발견하는 일이 쉬운 게 아니다. 그래서 우리는 '익숙함'에 머물려고 한다. '낯섦'은 실패를 동반하기도 하고 상처를 입을 수도 있어 두려워한다.

'익숙함'에 머물면 '즐거움' 또는 '새로움'을 얻을 수 없다. 그래서 모험이 수반되기는 하지만, 사람들은 낯선 공간을 여행하고 싶어 한다. 우리가 익숙하게 보아오던 학습된 질서는 시간이 흐르면서 변하게 되는데, 그 변화의 변곡점이 바로 '낯섦'과 '익숙함'의 경계다. 밝음과 어두움을 동시에 볼 수 있을 때 작가의 시선은 넓고 깊어진다. 이 시선이 훌륭한 작가를 탄생시킨다.

앞으로 소설창작 강의를 진행하면서 **'작가 몸만들기'**라는 생소한 용어를 사용할 것이다. 소설을 쓰기 위해서는 소설가가 되는 준비가 필요하다. 이에 대한 구체적인 설명은 다음 장에서 하기로 한다.

(2) 정확한 단어를 찾아라

소설은 '산문체로 된 문학 양식'이다. 산문체 문학인 소설은 문장과 문장의 연결로 서사가 이루어진다. 문장을 이루는 단어 하나하나가 정확하지 않으면 서사가 이어지지 않는다. 좋은 소설을 쓰기 위해서는 정확한 단어 선택이 중요하다.

문장을 구성하면서 단어 하나에 일일이 고민하고 사전을 뒤지게 되면 소설 쓰기가 힘들다. 글 쓰는 리듬도 무너진다. 그럼 어떻게 하면 좋은 단어를 찾을 수 있을까. 독서다. 어휘력은 사전을 보며 달달 외워서 생기는 게 아니라 독서량이 좌우한다. 문학작품을 읽는 것도 좋으나, 인문 사회과학 분야의 다양한 저서를 많이 읽어야 한다. 독서는 작가의 시선을 넓히는 공부도 되지만, 풍부한 어휘력을 쌓는 길이기도 하다.

작가를 꿈꾸는 분들은 독서 습관을 바꾸어야 한다. 독자로 작품을 읽을 때는 좋아하는 작가, 또는 문학성 높은 작품, 취향에 맞는 분야 등 어떤 걸 선택해도 괜찮다. 그러나 작가가 되기 위해 공부하는 분은 이런 독서 방법에서 벗어나 다양한 책을 읽어야 한다. 명작은 물론이려니와 태작(駄作)도 읽어야 한다. 왜 태작이 되었는지 발견하는 것도 좋은 공부다. 어떤 분은 책값이 아까워 재미없는 책은 안 읽는다고 한다. 어떤 책이든 쓸데없는 것은 없다. 인내심을 가지고 완독해 보라. 명작에서 얻는 감동과 다른, 무언가 도움 되는 걸 얻을 것이다. 도저히 재미없어 못 읽겠다 싶으면 스토리를 버리고 문장을 따라가라. 문장을 해부하듯 읽으면 처음 보는 단어들이 나올 것이다. 추수한 들판에서 이삭을 줍듯, 이 단어들만 모아도 충분히 책값이 된다.

(3) 필요 없는 수식어를 버려라

문장을 아름답게 하고, 의미를 잘 전달하려면 형용사 · 동사를 수식하는 부사(副詞)의 역할이 중요하다. 그러나 꾸밈이 지나치면 오히려 문장의 품격을 떨어뜨린다. 적절하게 사용한 부사라 할지라도 제거해도 뜻이 전달된다면 삭제하는 게 좋다. 간결하면서 깊은 의미를 전달하는 문장이 좋다.

습작 기간이 짧은 분들이 겪는 어려움 가운데 하나가 문장의 길을 찾는 일이다. 진행하다가 의외로 길을 잃고 헤매는 경우가 많다. 잘 가다가 갑자기 문장이 막혀버린다. 여러 갈래의 길을 떠올리며 아무리 고민해도 마땅치가 않아 머뭇거린다. 이 머뭇거림이 길어지면 "잠깐 쉬다가 하지 뭐."하고 손을 뗀다. 잠깐 쉰다는 게 너무 길어진다. 그래서 초조한 나머지 적당한 길을 선택하여 다시 시작한다. 대부분 실패작을 만든다.

엄격하게 말하면 스토리가 더 나아가지 않아서 고민하는 게 아니다. 적절한 문장을 만들지 못해 스토리가 엉키고 길이 막히는 경우가 대부분이다. 화자가 서사를 이끄는 속도보다 작가의 머릿속에 든 이야기가 앞질러가 문장 진행이 엉키기도 한다. 적절한 문장과 단어가 물 흐르듯 나오지 않아서 스토리 자체가 엉켜버린다.

작품을 쓰다가 막히는 경우 대부분 적절한 문장이나 단어가 떠오르지 않는 경우가 많다. 문장력과 어휘력은 많은 독서와 쓰기 훈련을 통해 습득된다. 만년필을 예로 들자. 만년필로 글씨를 쓰다가 잉크가 떨어지면 글을 더 쓸 수 없다. 만년필에 잉크를 가득 채워져 있을 땐 글 쓰는 동안 잉크를 생각하지 않는다. 그냥 물 흐르듯이 글이 써진다. 문장력과 어휘력은 만년필의 '잉크'와 같다. 필요할 때 충족시키는 게 아니라, 미리 채워져 있어야 한다. 미리 채워져 있지 않은 어휘력으로 문장을 만들려니 길이 막힌다.

적절한 수식어로 문장을 만들어야 한다. 대부분 아름답게 꾸민다고 무리하게, 또는 중복해서 수식어를 사용하다 보면 문장이 갈 길을 잃고 헤맨다. 평소 우리는 대화할 때 적당히 얼버무리는 습관이 있다. 이런 구어체 습관으로 문장을 구성하거나 비슷한 단어를 사용하면 안 된다. 대화에서는 어느 정도 허용되지만, 문어체에서는 다르다. 정확한 단어로 정확한 문장이 안 되면 제대로 의미가 전달되지 않는다. 그 글을 읽는 사람은 누군지 모르는 낯선 사람이다. 작품에서 전하고자 하는 의도를 오직 문장으로만 전하기 때문에 정확한 표현이 중요하다. 얼굴을 맞대고 주고받는 대화는 앞말과 말하는 이의 표정으로 충분히 부족한 의미를 전달받을 수 있지만, 문장으로 전하는 소설은 다르다.

정확하지 않은 문장이나 단어는 차라리 삭제하는 게 더 좋다. 작품을 쓸 때 미처 발견하지 못했다고 하더라도 퇴고 단계에서 버려야 한다. 아깝다고 그대로 두면 작품 전체 구조를 무너뜨리게 된다.

(4) 작가가 작품을 간섭하면, 독자는 외면한다

어떤 사람은 작품을 신중하게 쓴다고 하고, 어떤 사람은 가볍게 쓴다고 한다. 어느 쪽이 더 좋은 작품이 될지는 알 수 없다. 하지만 하나는 분명하다. 작가 자신이 자기 작품을 최상이라고 믿으면 안 된다. 작가에게 최상의 작품은 평생 한 작품만 있다. 더 이상 작품을 쓸 수 없을 때, 최상의 작품이 생긴다. 최상이라 생각하지 않을 때 모자람이 보이고, 그래야 부족한 것을 채우고 넘치는 것을 제거하면서 훌륭한 작품이 탄생한다. 자기 작품이 최상이라고 생각하면 부족한 게 뭔지, 넘치는 게 뭔지 발견할 수 없다. 좋은 작품을 만든다며 지나치게 작가의 철학이나 사상을 개입시켜서도 안 된다.

작품이 완성되면 그때부터 그 작품은 작가의 것이 아니라 읽는 사람의 것이다. 작가가 독자에게 일일이 작품에 대해 이렇다 저렇다 설명할 수 없다. 작품 스스로 살아서 움직이며 독자를 만족시켜야 한다. 작품이 생명력을 얻으려면, 사르트르가 주창한 '소설적 자유'에 따른 거리 두기를 해야 한다.

작가는 소설을 쓰기 전까지만 개입하여 구성을 탄탄하게 하고, 일단 집필을 시작하면 작품 속 주인공과 화자에게 진행을 맡겨야 한다. 처음 소설을 쓰는 분들은 이 부분이 잘 이해되지 않을 것이다. 육필로 쓰거나 컴퓨터 키보드를 두드리는 작가에게 소설을 다른 사람이 쓴다고 하는 사실을 이해하도록 하는 건 쉽지 않다. 문장을 만들고 서사를 이어가는 행위는 작가가 한다. 다만 이야기를 형성하는 사건은 작중 인물이 만들고, 문장으로 서사를 잇는 건 화자다. 작가는 그 모습을 관찰하면서 문자로 옮긴다. 관찰하는 작가가 서사에 개입하면 문장에 고스란히 드러나고, 결국 서사 흐름을 방해하게 된다. 작가는 작품과 거리 두기를 해야 한다.

(5) 최상의 표현을 피하라

최상의 표현은 되도록 피하는 게 좋다. 일상생활에서도 마찬가지다. '절대로' '제일' '분명히'와 같은 최상급 부사형 꾸밈은 되도록 피해야 한다. 물론 그런 표현을 사용해야 할 때가 있지만, 최상급 부사를 사용하고 나면 그 다음 문장 표현이 어려워진다. 최상보다는 차상이 좋고, 그렇지 않으면 차라리 삭제하는 게 더 좋다. 최상의 표현이 문장에서는 적절하지 않지만, 일상생활에서는 습관처럼 사용된다. 그래서 크게 의식하지 않고 문장에 그대로 사용하는 경우가 많다.

중국어에 '매우' '아주'라는 뜻으로 사용하는 부사 '很[hěn, 헌]'이 있다. 이 말은 부사로 쓰이는 게 아니라 그냥 상투적으로 사용한다. "很好!"라고 하면 '매우 좋다!'가 되어야 하는데 그냥 '좋다.'라는 의미다. 이처럼 우리말에도 일상생활에 이런 표현이 많이 있다. "너무 좋다." "너무 맛있다."와 같은 표현은 자칫 식상할 때가 있다. 문어체로 옮길 때는 정확하고 간결하게 정리해야 한다.

(6) 문법에 맞는 문장과 문학 표현으로 재조립하라

문장은 문법에 맞게 정확하게 만들어야 한다. 그러나 정확한 문장이 가장 좋은 문학 표현이 되는 건 아니다. 소설 전체가 정확한 문장으로만 이루어진다면 논문이 될지도 모른다. 그렇다고 문법에 맞지 않게 쓰라는 건 아니다. 문법을 몰라서 틀린 문장과 정확한 문법을 알고 이를 해체하여 비틀어 놓은 문장은 다르다. 의미를 강조하는 부분, 또는 목적어를 특별히 강조하고 싶을 때 위치를 바꾸어놓기도 하고, 전혀 다른 문장으로 바꾸어 우회적으로 감정을 전하기도 한다.

예문〉① 나는 커피를 마시면 우울하던 기분이 좋아진다.
　　　② 그는 공부를 잘한다.

　　　Ⓐ 나는 우울할 때 커피를 마신다.
　　　Ⓑ 공부 잘해, 그는.

　예문 ① ②번은 문법에 맞게 구성된 문장이다. 감정을, 메시지를 전달하는 문장으로 부족함이 없다. 이러한 문장은 문장력을 갖춘 사람이라면 모두 똑같이 사용하는 평범한 문장이다. 올바른 문장이긴 하지만, 특색이 없다. 문학 문장은 독창적인 특색으로 다듬어야 한다.
　①번을 Ⓐ로, ②번을 Ⓑ로 바꾸어보았다. 같은 의미를 지닌 문장이지만, ①번 ②번보다 Ⓐ와 Ⓑ가 문장에서 나타나지 않는 '그 무엇'이 감추어져 있다. ① "나는 커피를 마시면 우울한 기분이 좋아진다."라는 말은 문장 그대로 그냥 '우울한 기분이 좋아지는구나'라는 의미만 전달된다. 그런데 Ⓐ "나는 우울할 때 커피를 마신다"라고 하면 '왜 우울하지?'라는 호기심과 '자기감정을 잘 조절하는 사람'이라는 주인공의 성격을 인지하게 된다. ② "그는 공부를 잘한다"라고 하면 ①번 문장에서와 마찬가지로 그냥 '공부 잘하는 사람'이라는 의미만 전달된다. 이를 Ⓑ "공부 잘해, 그는"이라고 하면 공부 잘하는 그에게 남다른 관심을 보이는 말하는 이의 성격, 또는 의도가 드러난다.
　보이는 사실, 또는 작가가 표현하고자 하는 감정을 있는 그대로 설명하듯이 옮기면 훌륭한 소설 문장이 될 수 없다. 영감(靈感) 또는 현장 상황을 그대로 전달하는 게 아니라, 거기에서 얻은 감정이나 본질(이데아)을 문장 속에 녹여 전달하는 게 좋다. 마치 숨겨진 보물처럼, 문장 속에 말하고자 하는 '그 무엇'을 심어놓고 독자 스스로 개입하여 찾아가게 한다.

빛나는 달을 보고 '달이 빛난다.'라고 표현하면 아무런 감동을 주지 못한다. 똑같은 달을 보고 있는 다른 사람도 '달이 빛난다.'라는 걸 이미 알고 있기 때문이다. 깨진 유리 조각에 반사되는 달빛을 보여주는 것으로 묘사하면 '둥근 달에서 비추는 빛과 왜 다르지?'라는 의문과 함께 '왜 깨진 유리가 거기 있을까?'라는 스토리의 인과관계를 연결하게 되고, 이 연결을 통해 독자는 지금까지 보지 못했던 새로운 달빛을 보게 된다. 이때의 달빛은 평소에 보던 그 달빛이 아니다. 그 글을 읽는 독자에게는 '지금, 이 순간'의 감정에 의해 새롭게 만들어진 '달빛'이 되고, 이를 통해 독자는 감동을 생성하게 된다. 소설 문장은 이렇듯 문장 속에 '그 무엇'을 심어놓아야 한다.

문학 문장은 의미 전달만이 아닌, 내면에서 꿈틀거리는 주인공의 성격과 감정까지 전달하는 살아 있는 문장을 만들어야 한다.

(7) 작품을 완성했을 때 '소설'은 시작된다

'작품을 완성했을 때, 소설은 시작된다.' 특히 소설 쓰기를 공부하는 분들이 꼭 새겨야 할 말이다. 처음 습작을 시작하면 작품을 시작하다가 중도에 막혀 중단하고, 또 다른 작품에 손을 대는 경우가 많다. 생각이 너무 많아서 쓸 내용을 결정하지 못해서다. 생각이 많다는 건 쓸 자리에 써야 할 내용을 준비하지 않은 채 집필을 시작했다는 의미도 된다. '(3) 필요 없는 수식어를 버려라'에서 말한 만년필에 잉크 채우는 것과 같은 준비를 해야 한다. 그래야 잉크를 가득 채운 만년필로 글을 쓰는 것처럼, 스토리도 그렇게 막힘없이 진행된다.

소설을 쓰기 위해 해야 하는 '준비'는 주인공의 성격 형성과 사건을 이야기로 구성하는 일, 그리고 주제를 확정하는 일이다. 그런 다음 시점을 결정한 뒤 화자에게 서사를 전개하게 하면 막히는 일을 줄일 수 있다. 사건은 주인공이 만들고, 서사는 화자가 이끈다. 작가는 그만큼 고민을 덜게 된다. 작가 혼자 모든 걸 다 해결하려고 하면 벅차다. 이 서사 전개에 맞는 '그 자리'에 들어갈 적합한 스토리 문장은 하나밖에 없다. 이미 소설 속에는 사건이 전개되고 있어 작가가 개입하여 고민하며 서사의 방향을 간섭할 이유가 없는 것이다.

작품을 시작했으면 완성할 때까지 진행해야 한다. 그렇게 완성한 뒤에, 소설은 '시작'된다. 첫 글자를 쓰는 게 시작이 아니다.

불특정다수 독자들은 인생 체험과 감정이 모두 다르다. 이런 독자들이 같은 작품을 읽었다고 해서 똑같은 감동과 체험을 체득할 수는 없다. 각자 자기가 생각하는 대로(물론 작가가 설정한 주제는 그대로 전달된다) 해석하고 받아들인다. 그래서 퇴고까지 마치고 작품을 최종 완성하면, 그때부터 소설이 시작된다. 작품이 독자에게 전달되면, 독자가 소설 속 세상에 개입하여 소설을 완성한다. 이때 비로소 '소설'이 최종 완성된다. 독자가 100명이면 100개의 소설이 된다. 작품에 개입한 독자들은 모두 인생 경험과 철학이 달라 처음 발표한 작품이 각기 다른 모양으로 바뀐다. 이렇게 되도록 작가는 작품에 생명을 불어넣어야 한다.

(8) 소설은 퇴고(推敲)를 거쳐 완성한다

소설은 퇴고(推敲)를 통해 완성된다. 탈고(脫稿)한 작품은 퇴고를 거쳐 최종 완성한다. 퇴고는 교정 교열이 아니다. 퇴고하면서 작품 구성이 새로이 바뀔 수도 있고, 아예 이야기 자체가 바뀔 수도 있다. 주인공이 바뀌는 일도 있다. 소설을 쓸 때 완벽하게 하려고 노력했지만, 퇴고 단계에서 더 높은 작품성을 얻기 위해 아까워도 과감하게 손질하는 것이다. 심사숙고하여 얻어 낸 문장이나 단어를 버리는 일은 생각보다 쉽지 않지만, 많이 버려야 더 좋은 작품이 탄생한다. 좋은 작품을 쓰는 데 퇴고만큼 좋은 스승은 없다. 훌륭한 작품은 갈고 닦으며 버리고 고치는 데서 태어난다. 어네스트 헤밍웨이는『무기여 잘 있거라』를 39번이나 다시 고쳐 썼다고 한다. 완성한 작품을 초고라고 생각하며 고치고 또 고쳐야 한다. 필자의 단편소설「아버지의 녹슨 철모」(2016년『월간문학』7월호 발표)도 퇴고 단계에서 대폭 수정되어 내용도 제목도 다른 작품이 되었다. 퇴고는 작품을 최종 완성하는 단계다.

4. 소설창작 작업 순서

(1) 소설창작과 예술 모방

소설을 쓰기 위해서는 먼저 이야기를 구성해야 한다. 제1강에서 설명했듯이 소설은 논픽션이 아니라 픽션이다. 허구의 이야기를 만들어야 한다. 내가, 혹은 누군가가 겪은 이야기를 그대로 옮겨 이야기로 꾸미면 그건 소설이 아니라 수기가 된다. 소설은 이 세상에 없는 이야기를 만드는 것이다.

소설은 인간과 자연을 탐구하는 데 그 목적이 있다. 우리가 사는 실제 사회현상을 에피소드로 가져와 이야기로 구성할 수도 있고, 때로는 우주의 어느 가상 공간을 상상하여 작품의 배경으로 할 수도 있고, 바닷속을 배경으로 이야기를 구성할 수도 있다. 그 어느 이야기이든 목적을 인간과 자연 탐구에 두어야 한다. 이러한 목적을 기본 바탕으로 해야 이야기 전개가 수월해진다. 그렇지 않으면 아무런 의미도 없이 어지러운 이야기 하나가 탄생할 수도 있다.

소설창작을 처음 공부하는 분들에게는 허구로 된 이야기를 하나 만들어 내는 게 쉬운 일이 아니다. 그래도 이야기를 만들어야 한다. 소설이 이야기로 되어 있기에 소설을 쓰려면 이야기를 만들지 않으면 안 된다.

처음부터 제대로 된 소설을 써야지 하고 시작하면 계속 머뭇거리게 된다. 그래서 우선 자신이 겪은 체험을 중심으로 짧은 이야기를 하나 만들어 본다. 소설이 되든 안 되든 관계없다. 이야기를 만드는 자신감부터 길러야 한다. "소설은 대단한 물건이 아니야."라며 얕잡아보는 것도 자신감을 기르는 좋은 방법이다. 단편소설이 보통 200자 원고지 80매 내외의 분량이다. 이 분량을 채우는 이야기를 만드는 일은 생각보다 쉽지 않다. 그래서 분량과 상관없이 짧은 에피소드로 된 이야기 하나를 완성해 본다. 소설이 픽션이기는 하지만, 처음 습작할 때는 자신이 겪은 체험을 바탕으로 한 논픽션 요소가 섞여 있어도 괜찮다. 이렇게 여러 차례 습작하다 보면 허구의 이야기를 창작하는 능력이 자기도 모르게 길러진다. 이야기를 만들지 않고 머릿속으로만 아무리 구상하고 생각해 봐야 도움이 되지 않는다. 글자로, 문장으로 이야기를 만들어야 한다.

플라톤과 아리스토텔레스도 "예술은 모방에서 출발한다"라고 했다. 플라톤과 아리스토텔레스의 모방론은 그 의미가 좀 다르다. 플라톤은 모방의 모방(예술이 모방에서 탄생한다고 보면)이기 때문에 예술이 불완전하다고 말했다. 반면에 아리스토텔레스는 그 모방을 통해 탄생한 또 다른 모방은 독창적이기 때문에 예술을 창조한 행위라 보았다. 이 문제는 관념을 어떻게 이해하느냐에 귀결된다. 예술은 창작자의 창의적 사고에서 탄생하지만, 그 창의적 사고는 이미 이 세상 어딘가에 존재하는 그 어떤 사물 또는 논리를 통해 연상하게 된다는 정의다. 그렇지 않으면 픽션인 소설이 어딘가에 존재하는 듯 독자에게 인식되게 할 수가 없다. 예술에서 본 '모방'은 우리가 흔히 말하는 표절 개념과는 다르다.

　유명한 오스트리아 출신 미술사학자 에른스트 곰브리치(Ernst Gombrich)는 예술 양식의 변화에 대해 합리적인 해석을 하기 위해 자연 속에 존재하는 무수한 관념들을 바탕으로 미술사 전역을 재검토했다고 했다. 이 말은 미술 양식에 대한 자신의 논리는 이미 존재하는 자연 속 관념에 실재했고, 그는 이를 차용하여 독자의 이해를 돕게 했다는 것이다. 이를 두고 우리는 '모방' 또는 '표절'이라고 이야기하지 않는다. 곰브리치는 이 관념을 미술사에 접목하여 그만의 새로운 미술사를 창작했기 때문이다. 만약 이 세상에 존재하지 않은 관념으로 미술사를 정립했다면 우리는 그의 미술사 이론을 이해할 수가 없었을 것이다. 서양미술사에서 곰브리치 이론이 유명해진 것은 그의 생소한 이론이 어딘가에서 들은 듯 본 듯 쉽게 읽는 이의 관념 속에 스며들었기 때문이다. 아리스토텔레스가 말한 '예술의 모방'은 바로 이것을 말하는 것이다.

　처음 소설을 쓸 때는 자신이 겪은, 가장 기억나는 체험을 소재로 소설을 쓰는 것도 좋다. 자신이 겪은 체험이기 때문에 표절은 아니다. 어느 정도 모방을 차용하여 일단 이야기 하나를 만들어 본다. 그리고 나서 어디가 잘못되었는지 살피면서 조금씩 소설 가까이 다가가는 게 좋다.

(2) 발상-구성-결말-퇴고

1) 발상(發想)

소설을 쓰려면 '어떤 이야기를 쓸까?'를 먼저 고민한다. 여기에서 발상 (發想)이 시작된다. '어떤'이라는 말의 핵심이 대부분 소설의 주제가 된다. '그 어떤 것'을 보여주기 위해 어떠한 이야기가 가장 적합한지를 고심한다. 이 고심 속에는 주인공 인물도 등장하고, 배경을 도시로 할 건지 농촌으로 할 건지, 시대를 어떻게 설정할 것인지 등등 세세한 부분까지도 생각하면서 이야기를 구상한다. 물론 최초로 발상한 '그 어떤 것'에 적합한 가장 훌륭한 이야기(소설)는 세상에 하나밖에 없다. 하지만, 그 하나밖에 없는 이야기는 실체가 없기에 발견하기가 쉽지 않다. 그 하나밖에 없는 이야기에 최대한 가까이 갈 수 있도록 발상에서 충분히 최선을 다해 고민한다.

① 주제 정하기

소설을 쓰기 위해 '어떤 이야기를 쓸까?'를 고민할 때, '어떤'을 자신의 체험과 학습된 고정관념에서 결정하면 서사 전개에 어려움을 겪을 수 있다. 독창적이되 누구든 쉽게 받아들일 수 있도록, 작가의 생각이 아니라 누구든 그런 생각을 할 수 있는 보편성을 지녀야 한다. 쉬운 말인 듯하나, 처음 소설을 쓰는 분들에게는 '보편성'이라는 이 과정을 극복하는 일이 생각보다 어렵다. 학습된 고정관념에서 탈출하는 일이 쉽지 않지만, 소설을 쓰기 위해서는 고정관념에서 탈출해야 한다.

'이 이야기를 누가 읽을 것인가'를 생각하면 이야기를 풀어나가는 데 도움이 된다. 완성된 소설은 작가 자신이 읽는 게 아니라, 누군지도 모르는 신분과 국적이 다른 수많은 사람이 읽게 된다. 어느 한 사람에게 만족하는 그런 이야기가 아니라, 누군지도 모를 이 많은 사람 개개인이 모두 수긍하고 만족하는 감동을 전해야 한다는 점을 이해하면 보편성을 띤 독창적인 주제를 떠올릴 수 있다.

② 인물의 성격을 창조하라

소설의 최종 목적은 인물 창조다. 소설의 3요소가 주제·문체·구성이다. 여기에서 주제와 문체는 일단 조금 밀쳐두자. 중요하지 않다는 게 아니라, 소설이 산문으로 된 이야기이니까 문체가 중요하고, 이야기를 구성하는 데는 주제가 있어야 한다. 당연히 필요한 요소이니만큼 일단 제외하고, 구성에 초점을 두자. 구성은 작가와 작품에 따라 천태만상으로 바뀐다. 그래서 소설의 3요소 가운데 유독 구성만 따로 떼어내어 3요소를 설정했다. 구성의 3요소는 인물·사건·배경이다. 여기에서도 마찬가지로 소설이 이야기로 되어 있으니 당연히 사건과 배경이 필요하다. 두 요소는 밀쳐두고 인물에 집중하여 초점을 맞춘다. 인물은 같은 사건과 배경이라 하더라도 주제의 심도에 따라 다양하게 바뀔 수가 있다.

이렇게 보면, 소설에서 가장 중심되는 요소는 구성에 있는 이 '인물'이다. 바꾸어 말하면, 소설은 소설 속 인물에게 생명을 불어넣어 살아 움직이며 활동하도록 창작된 결과물이다. 이 인물이 생명력을 가져야 소설 속에서 활동하며 사건을 만든다.

소설 속 인물은 일반적이어서도 안 되고 특별해서도 안 된다. 전자는 이야기가 너무 밋밋하게 전개될 우려가 있고, 후자는 독자에게 친근하게 다가서지 못하는 단점을 안고 있다. 소설 속 인물은 개성을 가졌으면서 누구에게나 가까이 다가갈 수 있는 보편성을 지니도록 설정하는 게 좋다.

③ 독자가 사실로 믿게 하라

소설창작은 '엉덩이가 짓무르도록 혼자 앉아서 하는 고독한 작업'이라고 말한다. 그러나 미국 작가 제임스 패터슨(James Patterson, 1947~)은 "절대 고독하지 않다. 작품을 쓰고 있는 동안 작가는 독자와 마주 앉아 대화하듯 이야기를 들려주고, 독자의 질문도 받는다"라고 말했다.

작품은 작가가 읽는 게 아니라 독자가 읽는다. 그 독자가 작품을 읽을 수 있도록, 독자를 작품 속으로 끌어들여야 한다. 작가가 만족하는 게 아니라, 독자가 감동하는 작품을 써야 한다. 제임스 패터슨의 말처럼 독자를 앞에 앉혀 놓고 대화하면서 소설을 쓴다고 생각하는 것도 좋은 방법이다.

소설 속 이야기는 작가가 지어낸 허구다. 독자를 속이는 게 아니라, 독자는 허구의 이야기라는 걸 미리 알고 읽는다. 그러나 이야기에 몰입하는 순간 독자는 이야기가 허구라는 생각을 하지 않는다. 이 세상 어딘가에서 실제 일어났을 법한 이야기로 착각하게 된다. 심지어 소설을 쓴 작가가 직접 겪은 이야기로 믿기도 한다.

이렇게 독자가 실제로 있었던 이야기로 착각하게 만드는 장치가 무엇일까. 작가가 "이건 실제 일어난 이야기다"라고 말해서 독자가 그렇게 믿는 건 아니다. 독자 스스로 그렇게 믿도록, 치밀한 구성과 표현을 통해 장치해야 한다.

허구의 이야기를 실제 이야기로 믿게 하는 건 사건이 일어나게 된 원인과 결과를 인과관계로 그물처럼 촘촘하게 전개했기 때문이다. 이 인과관계는 작가의 고정관념, 즉 학습된 사고에 의해 만들어져서는 안 된다. 누가 보더라도 반드시 그러해야 한다고 믿도록 보편성을 바탕으로 설정되어야 한다.

언제 어느 때나 만날 수 있는 그런 에피소드로는 독자를 감동하게 할 수 없다. 우리 곁에서 볼 수 있는 평범한 이야기를 독창적인 '질서'로 구성하여 '새로움을 발견하도록' 해야 한다. 이것이 독자에게 감동을 주면서 사실로 믿게 하는 장치다.

④ 긴장과 갈등을 적절히 이용하라

재미가 없거나 읽을 가치가 없는 소설은 독자도 외면한다. 소설의 재미는 긴장과 갈등구조에서 얻는다. 사건을 구성할 때 긴장과 갈등을 심화할 수 있게 서사를 이어가야 한다. 기승전결(起承轉結)에 절정(絶頂)과 위기, 또는 반전(反轉) 등을 이용하여 사건의 특징·인물·배경 등을 효과적으로 살리면서 재미있게 이야기를 구성한다.

소설 쓰기는 독자에게 읽힘으로써 완성된다. 마크 트웨인이 "소설 쓰기는 완성했을 때 시작한다"라고 한 말이나, 위화가 『인생』 서문에서 "천 명의 독자가 읽으면 천 개의 작품이……된다"라고 한 말에는 '독자에게 전해진 뒤 비로소 소설이 완성된다.'라는 의미가 담겨 있다. 독자에게 작품이 전해지는 힘은 재미다. 재미없는 작품은 독자가 외면한다. 이 재미는 긴장과 갈등에서 나온다.

⑤ 절제를 통해 의미를 확산하라

작가가 개입하여 사건을 설명하면 안 된다. 심지어 사건에서 얻은 감동까지 설명하기도 한다. 작품을 망치는 지름길이다. 사건을 이해하거나 감동을 가져가는 건 독자의 몫이다.

친절하게, 아름답게 표현하려고 찾아낸 수식어가 오히려 설명이 되어 문장을 해치기도 한다. 수식어 대신 문장을 비틀거나 우회(迂廻)하여 전달하고자 하는 의미를 은밀하게 감춰라.

   Ⓐ 마음이 쓸쓸하고 우울하다.
   Ⓑ 찬 바람이 분다. 앙상한 나뭇가지에 나뭇잎 하나가 흔들리며 매달려 있다.

   Ⓐ와 Ⓑ 문장을 살펴보자. 쓸쓸하고 우울한 마음을 표현하려고 할 때 Ⓐ와 같은 문장은 가능하면 피하라. 쉬 이해하지만, 너무 직설적이다. 이러한 감정을 독자 스스로 발견하고 느껴야 하는데, 이미 작가가 설명해 버렸다. 독자는 어떤 상황인지는 알고 있으나 '쓸쓸하고 우울한' 감정이 가슴에 와닿도록 움직이지 않는다. 독자의 몫을 작가가 가져가 버린 경우다. Ⓑ 문장을 보자. 문장 어디에서도 '쓸쓸하고 우울하다'라는 표현을 쓰지 않았다. 앙상한 나뭇가지에 나뭇잎 하나가 찬 바람에 흔들리는 걸 볼 때 사람들이 느낄 감정을 담았다. 쓸쓸하고 우울하게 느꼈던 작가의 체험 가운데 소설 배경과 어울리는 장면을 그린 것이다. 이 체험을 독자가 가져가면서 '쓸쓸하고 우울하다'라는 똑같은 감정을 느낀다. 이런 표현은, 이러한 상황에서 사람들이 그렇게 느낀다는 걸 미리 작가가 체험으로 알고 있어야 한다. 이 보편적인 느낌에서 독자가 감동한다.

   ⑥ 다양한 체험을 동원하여 현장감을 살린다
   이야기를 재미있게, 또는 현장감을 살리기 위해 다양한 에피소드(episode)를 삽입하기도 한다. 이때 서사와 인과관계가 잘 설정되지 않으면 알레고리가 강하게 드러나 오히려 에피소드가 전체 흐름을 방해할 수가

있다. 에피소드는 에피소드대로 하나의 이야기로 완성될 수 있도록 보편적이며 사실적으로 구성해야 한다. 또한 본 줄기 이야기와 인과관계로 잘 이어지도록 삽입해야 한다.

2) 구성

서사를 이어가는 사건의 흐름을 정한다. 우선 하나의 이야기로 이끌어 갈 건지(단일 구성), 다양한 이야기를 복합적으로 형성하며 완성할지를 생각해 본다(복합 구성). 물론 집필 도중에 이 원칙이 수정될 수도 있으나, 미리 결정하고 이야기를 시작하면 전체 흐름을 장악할 수 있어 집필이 수월하다.

사건의 진행을 어떻게 할 것인지를 결정한다. 일어난 순서대로 진행할 것인지(평면 구성), 아니면 현재에서 시작하면서 과거에 일어난 사건을 끌어올 것인지(입체 구성)를 결정한다. 둘 다 장단점이 있다. 평면 구성은 서사를 이해하기 쉽게 단계적으로 전개할 수 있으나 자칫 밋밋한 이야기가될 수 있다. 입체 구성은 갈등구조를 심화하거나 극적 효과를 가져올 수 있지만, 치밀한 인과관계로 이어지지 않으면 복잡하게 얽혀 소설의 재미를 삭감하게 된다.

이런 특징을 잘 살려 어떤 구성 방법이 주제를 심화하는 데 유리할지를 결정한다.

3) 결말

처음 소설을 쓰는 분들이 가장 고민스러워하는 부분이다. 시작과 전개는 잘했으면서 서사를 마무리하지 못해 도중에 중단하고 새로운 작품을 쓰는 경우가 많다. 한번 그렇게 되면 쓸 때마다 그런 트라우마에 빠진다. 그래서 우선 이야기가 잘 되었든 못 되었든 마무리하는 게 중요하다. 그런 다음 퇴고 단계에서 정리하면 된다.

결말은 단순히 이야기를 끝내는 게 아니다. 이야기를 끝낸다고 생각하기 때문에 결말을 만들기가 어렵다. 습작을 경험해 본 분들은 알겠지만, 이야기를 전개할 때 이 이야기가 어디로 흘러가는지, 어디로 갈래를 정해 끝을 내야 하는지 몰라 하염없이 이야기를 만들어내려고 한다. 이것이 결말을 만들지 못하는 이유가 된다. 결말은 작품을 완료하는 것이지 이야기를 끝내는 게 아니다. 독자에게 전달하고자 한 핵심(주제)을 마무리하는 일이다. 이야기를 끝내려고 하지 말고, 전달하고자 하는 주제를 어떻게 완성할까를 고민해야 한다. 상대방과 이야기할 때 직설적으로 완전하게 할 말을 하기도 하고, 적당히 우회적으로 돌려서 말하기도 하며, 아니면 미완성인 채로 말을 끊어서 마무리할 때가 있다. 소설도 이처럼 완벽하게 이야기를 끝내기보다 미완성으로 끝내며 여운을 남기는 게 더 강렬한 인상을 주기도 한다.

…… 그녀는 진작 마지막 탄알까지 10점을 맞췄고 내가 총을 쏘기만을 기다리고 있었다. 할 말을 찾지 못한 나는 어깨를 으쓱했다. 딴 생각하지 마. 박이 말했다. 텔레비전이나 영화에서 본 것만 권총은 아니라며 그냥 쏘든지 아니면 내려놓으라고 했다. 그녀 말대로면 나는 여태껏 권총에 대한 생각을 하느라 방아쇠를 당기지 못한 것이었다. 그래, 내가 알고 있는 것만 권총은 아니지. 마음을 가다듬었다. 가늠자와 가늠쇠가 가까스로 수평을 이루자 방아쇠를 당겼다.
  ─〈전북일보〉 2020년 신춘문예당선작 「납탄의 무게」(오은숙) 결말 부분

2020년 전북일보 신춘문예 당선작인 「납탄의 무게」(오은숙) 결말 부분

이다. 친구와 함께 사격장에서 사격하는 장면인데, 친구 박과 달리 처음 총을 쏘아보는 주인공 '나'는 이런저런 삶의 갈등으로 제대로 표적지를 맞추지 못한다. 그러다가 마지막 한 발을 쏘는 장면이다. '가늠자와 가늠쇠가 가까스로 수평을 이루자 방아쇠를 당겼다.'로 마무리한다. 이야기를 끝내려면 이번에는 몇 점을 맞추었는지 설명해야 한다. 그런데 이를 생략하고 방아쇠를 당기는 것으로 끝을 맺었다. 독자들은 매우 궁금해할 것이다. "도대체 몇 점일까?" "이번에는 10점을 맞췄나?" 이런저런 상상을 하며 뭔가 미진한 듯한 아쉬움을 안고 책장을 덮을 것이다. 이 여운이 소설에서 말하고자 하는 주제를 강렬하게 심화시킨다. 이 여백에 독자의 상상력이 보태어져 주제가 더 선명하게 살아나는 것이다.

모든 이야기를 다 이렇게 끝내는 건 아니다. 전개하는 서사 구조에 따라 이렇게 마무리하기도 하고, 결론을 확실하게 내릴 경우도 있다. 어느 쪽이 독자에게 더 강렬하게 감동을 남기는지를 작가가 판단해야 한다.

『유도라 웰티 세계문학단편선』(정소영 옮김, 현대문학, 2019)으로 잘 알려진 미국 작가 유도라 웰티의 '소설작법'에서도 이 부분을 강조하고 있다.

"이야기는 행동이고, 움직이며 나아간다. 어떤 이야기들은 별똥별처럼 긴 꼬리를 남겨서 이야기가 다 끝나고 한참 뒤에 독자들이 그 흔적을 발견하고 이야기의 진짜 의미를 파악한다. 반면 포크너의 이야기는 별똥별이라기보다 일정한 주기에 따라 나타나고 사라지는 혜성에 가깝다. 이런 이야기들은 혜성처럼 때맞춰 등장하면서 그 의미를 반복하고 이야기 전체를 통해 한 번의 등장이 의미하는 중요성 이상의 것을 보여준다."

—유도라 웰티, 신지현 옮김, 『유도라 웰티의 소설작법』, 엑스북스, 2018. p.27

4) 퇴고(推敲)

퇴고는 교정 교열이 아니다. 오탈자를 고치는 건 물론, 구성과 서사 전개가 적절하게 잘 되었는지를 점검하면서 문장을 다듬고 버리고 새로이 삽입하여 완성도를 높이는 단계다. 퇴고는 많이 하면 할수록 완성도를 높인다. 어떤 경우에는 퇴고 단계에서 작품이 대폭 수정되어 전혀 다른 작품으로 탈바꿈하기도 한다.

그렇다고 언제까지 퇴고만 할 수는 없다. 여기에서 '작가의 시선' '작가 몸만들기'가 발휘된다. 작가의 역량에 따라 어느 선에서 퇴고를 마무리할지 그 순간이 보인다. 그때 퇴고를 멈춘다. 작가의 '시선'이 이를 결정한다. 이 작가의 '시선'은 끊임없이 변한다. 그래서 시간이 지나서 다시 보면 고쳐야 할 곳이 또 보인다. 하지만, 그렇다고 해서 그때까지 기다렸다가 다시 퇴고할 수는 없다. 그렇게 되면 작가는 평생 작품을 한 편밖에 쓰지 못한다. 이렇게 작가는 평생 공부하며 작품을 쓴다.

5. 소설 장르 구분

(1) 소설의 종류

문학을 표현 양식으로 나누어 시 · 소설 · 수필 등으로 장르를 구분하듯이, 소설에서도 분량 · 형식 · 소재 · 시기 등으로 장르를 나누기도 한다. 소설 발전 시기를 구분하기 위해 고전소설 · 근대소설 · 현대소설로, 분량으로 분류하여 엽편소설 · 단편소설 · 중편소설 · 장편소설 · 대하소설로 구분하고, 소재에 따라 역사소설 · 해양소설 · 무협소설 · 추리소설 등으로 나눈다. 이러한 구분은 학문 연구, 또는 독서의 편의를 위한 것으로 '소설 문학'이라는 틀에서는 큰 의미가 없다.

이 가운데 분량으로 나누는 엽편소설 · 단편소설 · 중편소설 · 장편소설 · 대하소설의 특징에 대해 살펴본다. 이런 분류도 어떤 기준에 의해 정해진 게 아니라, 작품을 수용하는 매체에 따라 임의로 가른 것이다. 물론 작품 소재와 성격에 따라 긴 이야기로, 아니면 짧은 이야기로 완성하지만, 소재가 길다고 꼭 장편소설이 되어야 하는 것도 아니다. 작품의 길이는 작가가 작품을 구성할 때 얼마나 길게 쓸 것이지 결정한다.

완성된 작품은 발표해야 하는데, 분량이 길면 문학 잡지 등에 싣기가 힘들다. 이처럼 원고 분량으로 종류를 나눈 건 발표 매체의 사정이 크게 작용했다.

엽편소설(葉篇小說) : 나뭇잎만큼 적은 분량이라고 해서 붙인 이름이다. 200자 원고지 15매 내외의 분량이지만, 기승전결 등 소설의 형식을 제대로 갖춘 소설이다. 손바닥만하다고 하여 장편소설(掌篇小說)이라고 했으나, 장편소설(長篇小說)과 발음이 같아서 엽편소설이라고 한다.

단편소설(短篇小說) : 200자 원고지 80매 내외 분량의 소설이다. 장편소설보다 짧은 분량이기에 사건의 한 부분, 또는 인간 삶의 핵심 부분을 강조하여 구성하기도 하나 작품에 따라서 사건 전체를 조망하기도 한다.

중편소설(中篇小說) : 장편소설과 단편소설의 중간 분량으로 200자 원고지 200매~500매 정도의 분량 소설이다.

장편소설(長篇小說) : 200자 원고지 1,000매 이상의 소설이다. 요즘은 500매~800매 정도로 완성하여 경장편소설(輕長篇小說)이라 부르기도 한다.

대하소설(大河小說) : 글자 그대로 큰 강처럼 분량이 긴 소설이다. 보통 3권 이상의 분량일 때 대하소설이라 부른다. 황석영『장길산』(전10권), 박경리『토지』(전10권), 김주영『객주』(전10권), 조정래『태백산맥』(전10권), 김호운『님의 침묵』(전3권) 등이 대하소설이다.

우리나라에서는 주로 중편소설 및 단편소설을 중심으로 소설 문학이 형성되고 있으나, 소설의 본령(本領)은 장편소설이다. 이렇게 분량으로 나뉜 가장 큰 이유는 작품을 발표할 매체의 작품 수용 지면의 한계에서 비롯되었다. 장편소설의 경우 작품을 발표하기 위해서는 문학 잡지나 신문 등 매체에 연재하거나 책으로 출판해야 한다. 문학 잡지 또는 동인지 등에 여러 명의 작품을 싣기 위해서는 엽편소설·단편소설·중편소설 분량으로 한정할 수밖에 없다. 이러한 분량에 맞추어 작품을 완성하기 위해서 장르마다 소설의 특징을 정리하지만, 이러한 형식에 맞추어 작품을 쓰는 건 아니다. 분량이 길든 짧든 소설이 갖는 기본적인 틀은 갖추어야 하며, 소재에 따라 단편소설로 할 것인지 장편소설로 할 것인지를 결정해야 한다.

(2) 콩트와 엽편소설

우리나라에서는 200자 원고지 15매 전후의 소설을 모두 '콩트(conte)'라 부르고 있으나, 콩트와 엽편소설은 의미가 다르다. 마땅히 구분해야 한다. 그러함에도 별다른 이론 정리 없이 엽편소설까지도 프랑스어 '콩트'라는 이름으로 두루뭉술하게 사용하는 바람에 반객위주(反客爲主)가 되어 아예 '엽편소설'이라는 명칭이 사라져 버렸다. 외래어에 토착 문화어가 상실되는 안타까운 모습이다. 콩트와 엽편소설이 구분되어야 하는 이유는 양식과 목적이 다르기 때문이다.

엽편소설 : 매체 성격에 맞게 수록하기 위해 분량을 줄였을 뿐, 문학 형식을 제대로 갖춘 소설이다.

콩트 : 처음부터 유머 · 기지 · 해학을 이용하여 흥미를 목적으로 쓴 아주 짧은 이야기로, 소설 형식과 관계없이 오직 흥미 유발을 위해 극적 반전을 중요시한다.

콩트가 소설 문학이냐 아니냐 하는 논란이 있으나, 콩트는 소설 장르에 포함할 수 없다. 그 이유는 엽편소설과 달리 문학으로서 갖추어야 할 요소들을 갖추지 않아도 되기 때문이다. 어떤 중견 작가께서는 몇십 분이면 콩트 한 편을 쓴다고 공공연하게 자랑하기도 한다. 콩트이기에 가능하다. 소설 문학이 갖추어야 할 얼개에 신경 쓸 필요 없이 개그(gag) 대본 쓰듯 쓸 수 있는 것이다.

엽편소설은 그렇게 커피 한 잔 마시듯 앉은 자리에서 뚝딱 써지는 게 아니다. 단편소설 한 편 쓰듯이, 인물의 성격 · 구성 · 배경 등 작가의 체험이 녹아 있는 소설의 서사 구조를 갖추어 탄생한다.

계간 『문학나무』에서 엽편소설 형식을 '스마트 소설'이라는 이름을 붙여서 새로운 장르로 발전시키려고 노력하고 있다. 아마도 엽편소설이 '콩트'와 혼용되고 있어 이를 구분하기 위한 듯하다. 영어로 이름 붙이긴 했지만, '콩트'에서 엽편소설로 되돌아가기 어렵다면, 차라리 스마트 소설로 콩트와 구분하는 것도 좋을 듯하다. 아무러하든, 엽편소설 및 스마트 소설은 '콩트'와 다른 개념이고, 콩트는 소설 문학의 범주에서는 제외되어야 한다. 콩트의 효용 가치를 낮추어 말하는 건 아니다. 콩트도 문자 오락 기능으로 대중에게 필요한 장르다. 다만 콩트를 문학으로 포장하면, 문학작품으로 심혈을 기울여 집필한 엽편소설의 가치를 떨어트린다.

제3강

글감 찾기와 주제 형성하기

1. 소설의 소재(素材) 찾기

(1) 소재(素材)와 제재(題材)

소설을 쓰기 위해서는 이야기를 만들어야 한다. 이야기를 만들려면 먼저 이야기의 소재(素材)를 찾아야 한다. 소재를 찾아 선택하는 게 간단한 일이 아니다. 숙련이 안 된 분에게는 소설 한 편 쓰는 일만큼 벅찰지도 모른다. '뭘 쓰지?'하고 고민하는 게 바로 소재 찾는 걸 걱정하는 일이다.

소설 소재는 보석처럼 반짝하고 눈앞에 나타나지 않는다. 완벽한 형태로 눈에 띄지도 않는다. 발견된 순간부터 조금씩 모양을 갖춰나가며, 그 모양이 갖춰지면 제재(題材)로 몸을 바꾼다. 소재와 제재는 다르다. 『문학비평용어사전』에는 '제재'를 다음과 같이 설명하고 있다.

> 제재란 문학 작품의 바탕이 되는 요소로서 작가가 작품의 주제를 나타내기 위하여 선택한 구체적인 재료를 말한다. 제재는 수많은 소재(素材) 중에서 작가의 의도에 의해 사용된 재료이기에 막연한 소재와 구별된다. 그러므로 모든 소재가 다 제재가 될 수는 없다. 그러기에 제재는 작품에 활용되는 일반적 글감인 소재보다 더 구체적인 대상이다
> — 한국문학평론가협회 『문학비평용어사전』, 국학자료원, 2006

위 설명처럼 소재는 사방에 흩어져 있다. 자연의 모든 사물이 문학의 소재가 되며, 우리 주변에 일어나는 모든 사건이 소설의 소재가 된다. 앞서 설명한 것처럼, 너무 많아서 눈에 잘 띄지 않는다. 작가의 철학 및 미학 안목에 따라, 또는 상상하는 주제에 따라 그 가운데 하나가 제재로 선택이 된다.

(2) '소재―제재―주제'는 한 바구니에 담겨 있다

글감이 되는 소재를 찾거나 발견하는 일이 생각보다 쉬운 건 아니다. 그렇다고 전문자격증 시험을 보듯 어려운 일도 아니다. 발견하고 나면 쉬운 일이고, 발견 못 하면 어려운 일이 된다. 영화「쇼생크 탈출」원작자로 유명한 스티븐 킹은 이렇게 말한다.

> "작가가 해야 할 일은 아이디어를 찾아내는 것이 아니라, 막상 아이디어가 떠올랐을 때 그것이 좋은 아이디어라는 사실을 알아차리는 일이다."
> ―스티븐 킹, 김진준 옮김, 『유혹하는 글쓰기』, 김영사, 2017. p.43

스티븐 킹이 말하는 '아이디어'는 소재, 또는 제재로 바꾸어도 무방하다. 소재를 발견하고, 제재로 발전시키는 것은 아이디어다. 스트븐 킹의 말을 재조립해 보면 '소재를 발견하는 일보다, 제재로 받아들여 소설을 쓸 글감으로 이용할 수 있음을 아는 일이 더 중요하다.'라는 말이다. 작가의 안목이 중요하다는 의미도 된다. 보석을 보고도 보석인 줄 모르면 아무 소용 없다.

소설의 제재로 선택된다는 건 이미 주제가 함께 떠올랐다는 이야기도 된다. 소재를 찾아 제재로 떠올리면서 '주제'를 생각할 수도 있고, 반대로 '주제'를 먼저 떠올리고 그에 맞는 제재를 탐색하기도 한다. '소재―제재―주제'는 한 바구니에 담겨 있다.

스티븐 킹의 말처럼, 소재 가운데 제재를 발견하는 건 작가의 안목이 좌우한다. 평범하거나 학습된 고정관념으로 사물을 보면 눈에 띄지 않는다. 관점을 바꾸면서 사물을 보는 훈련이 필요하다.

미켈란젤로가 '다비드'를 제작할 때 대리석을 구하러 다닌 일화가 유명하다. 산타 마리아 델 피오레 대성당 위원회로부터 제작 의뢰를 받고 미켈란젤로는 조각할 돌을 찾아다녔다. 마땅한 돌을 구하지 못해 고민하던 중 이전에 여러 조각가가 눈독 들였다가 쓸모없다며 버린 돌을 발견하고, 그 돌로 명작 '다비드상'을 제작했다. 그 돌을 버렸던 조각가들이 안목이 모자랐을까? 그건 아니다. 관점과 작품 주제가 달라서 그 돌을 버렸다. 미켈란젤로는 대리석으로 '다비드' 상을 만든다는, 주제와 제재를 미리 결정한 뒤 대리석을 찾았다. 관점이 달랐기 때문에 다른 사람이 버린 돌이 그에게는 보석으로 다가온 것이다.

(3) 호기심과 비틀어보기

작품 소재를 찾는 관점은 '호기심'과 사물을 '비틀어보기'하는 데서 시작된다. 평범한 생각, 학습된 질서로는 좋은 글감을 얻기가 쉽지 않다.
필자가 체험한, 사물에서 작품을 발견한 예를 소개한다.

1) 돌에서 사람을 찾다

바닷가 계곡에서 조그마한 돌을 하나 주웠다. 동글동글한 게 일부러 조각한 것 같이 예뻤다. 함께 간 일행들은 저마다 "아, 참 예쁘다!"라며 감탄했는데, 필자는 생뚱맞게 그 돌이 애잔하게 보였다. 속내를 발설하지는 않았지만, 그렇게 엉뚱하게 생각한 게 겸연쩍어 얼른 돌을 주머니에 넣어 버렸다(지금은 자연보호법이 생겨 자연석을 가지고 오면 안 된다).
시간이 좀 흐른 뒤, 어느 날 문득 그 돌이 사람으로 보였다. 나는 무릎을 치듯 기뻐하며 얼른 메모했다. 그 돌은 본래 그렇게 동글동글한 게 아니었고, 물길에 뒹굴고 큰 돌에 부딪히며 깎이고 깎여서 그런 모습이 되었다. 보는 사람들은 예쁘다고 말했지만, 돌의 입장으로 보면 아픔이고 상처다. 사람도 그러하지 않은가. 거친 세월을, 그렇게 상처 입고 웃기도 하면서 성숙하고 완숙한 자기 모습을 갖춘다. 그 돌이 사람이 될 수는 없지만, 작가의 시선을 통해 '사람'의 본질을 가르쳐주었다. 그렇게 하여 그 돌은 작품 제제가 되었다.

필자는 그 제재로 장편소설 『빗속의 연가』(청림출판사, 1988.)를 완성하여 출간했다.

2) 뉴스에서 따오기를 만나다

2013년, 중국을 국빈 방문한 박근혜 전 대통령과 중국 시진핑 주석이 공동기자회견을 열고 회담 결과를 발표하는 TV뉴스가 방영되었다. 내용 중에 '한·중 따오기 보호·협력에 관한 양해각서(MOU)'를 체결했다는 것이다. 무심결에 들은 터라 '따오기'라는 말만 들었고, 앞뒤 내용은 전혀 연결이 안 되었다. 설마 정상회담을 하면서 뜬금없이 '따오기'를 말했는가 싶었지만, 어릴 적 추억이 워낙 강렬하게 떠올라 자세한 내용도 모르면서 그 말을 들은 것으로 믿었다. 따오기를 실제로 본 적이 없지만, 동요와 동화로 마치 본 듯 기억에 남아 있어서 그 말만 귀에 들어온 것이다. 나중에 뉴스를 뒤지니 중국에서 우리나라에 따오기 한 쌍을 보내 개체 번식하도록 한다는 내용이었다. 국가 정상회담에서 양해각서까지 주고받을 만큼, 따오기는 멸종되어 우리나라 자연에서는 볼 수가 없다.

이 뉴스에서 들었던 '따오기'가 **소재**로 떠오르고, '옛 추억'으로 연결되면서 **제재**로 바뀌었고, 그와 함께 '난개발로 인해 자연이 파괴되어 꿈을 상실하는 현실'(따오기가 멸종된 원인)이 **주제**로 이어졌다. 여기에 언젠가 인천에 있는 소래 포구에 갔을 때 난개발로 염전과 개펄이 사라지는 현장을 보고 인간의 욕심이 자연까지 파괴한다고 생각한 적 있다. 이때 본 소래 포구가 이 작품의 배경이 되었다.

이렇게 하여 필자는 단편소설 「율도국으로 날아간 따오기」를 완성하여, 『월간문학』 2013년 10월호에 발표했다(소설집 『그림 속에서 튀어나온 청소부』, 인간과문학사, 2016. 수록).

이 과정을 살펴보면 우연히 들은 TV뉴스가 발단이 되었고, 어릴 때 불렀던 아동문학가 한정동 선생의 동요 〈따오기〉가 오버랩되면서 소설 제재로 영글었다. 제재는 주제와 동시에 형성되기에, 언젠가 가 본 소래 포구의 난개발로 파괴되는 자연이 주제로 연결되어 단편소설 한 편이 탄생했다. 우연히 만들어진 것 같지만, 오랜 시차를 두고 체험으로 남아 있던 기억 조각들이 퍼즐 맞추기를 하듯 튀어나와 한 편의 단편소설을 만들게 했다. 작가에게 있어 체험은 이처럼 소중한 보물이 된다.

3) 동물의 엉덩이에서 명작이 탄생하다

조지 오웰의 『동물농장』은 수레를 끌고 가는 말 엉덩이를 보고 작품을 떠올렸다고 한다. 말이 소재가 됨과 동시에 제재가 된 경우다. 수레를 끌고 가는 말을 보면서 '사람보다 힘이 더 센 말이 건초 한 줌을 얻어먹기 위해 평생 사람의 노예가 되어 일한다.'라는 생각을 했다. 이를 현실 사회, 특히 사회주의 체제 아래 사는 사람들의 모습과 대비하면서 '인간의 자유 의지'를 주제로 작품과 연결한 것이다(제10강 '동물농장' 편 참조).

2. 주제 형성하기

(1) 주제(主題, theme)의 의미

소설의 주제는 작품에서 얻고자 하는 중심 의미다. '이 소설을 왜 쓰는 가?'라는 질문을 했을 때 나올 수 있는 답이기도 하며, 플라톤이 말한 이데 아(idea)와 스토아학파가 정리한 로고스(logos)와 같은 것이다. 이렇듯 주제는 논리학에서 말하는 '본질'처럼, 이야기가 가지고 있는 핵심 의미다.

주제는 이야기 속 어딘가에 감추어 놓는 게 아니라, 문장·사건·배경 등에서 자연스럽게 드러난다. 작품을 구상할 때 그 작품을 쓰려고 하는 '이유'가 있게 되고, 그 이유를 중심으로 서사가 이어진다. 그 '이유'가 주제가 된다. 소설 속 이야기는 이 하나의 주제를 중심으로 전개된다. 주제에서 벗어난 사건이 삽입되어서는 안 된다. 하나의 주제를 중심으로 서사를 전개하는 건 작품을 쓰는 궁극적 목적이기도 하며, 작품의 질서이기도 하다. 따라서 주제에서 벗어나는 사건이 있으면 작품이 난삽해지며, 완성도가 떨어진다.

(2) 주제 드러내기

주제는 소설에서 매우 중요한 위치에 있다. 그러나 작품을 쓰면서 너무 주제를 의식하게 되면 서사의 흐름을 거칠게 할 수가 있다. 주제를 중심으로 서사를 전개하되 소설의 겉모습을 이루는 이야기를 구성하는 데 눈을 두어야 한다. 이야기의 기승전결이 허물어지면 주제 자체도 허물어진다. 집을 짓는 일을 떠올리면 이해가 빠르다. 집은 사람이 살기 위해 짓는다. 그렇다고 집을 지으면서 그 안에 살 사람만 생각하면 안 된다. 그건 집을 짓기 전에 설계단계에서 생각할 일이고, 집을 짓기 시작하면 우선 구조적으로 안전하고 겉보기에 아름답게 집 짓는 일에만 신경 써야 한다. 소설도 이와 같다. 완성하고 났을 때 훌륭한 작품이 되어야 한다. 주제는 그 작품 안에 있다.

주제는 너무 명확하게 드러나게 해서도 안 된다. 서사 전개보다 주제에 너무 함몰되었을 경우 이런 모습이 된다. 무리하게 설명하거나, 알레고리(Allegory)가 강한 에피소드를 삽입하게 되어 자칫 작품을 불완전하게 만든다. 있는 듯 없는 듯 독자가 전혀 의도를 눈치채지 못하게 지문과 대화 속에 자연스럽게 스며들게 해야 한다.

글머리에서 설명했듯이, 재미있게 소설을 읽고 나서 '왜 이 이야기를 하는가?'라는 질문을 받으면 선뜻 대답이 나와야 한다. 작품을 읽는 독자들이 각기 다른 감동과 체험을 가져가지만, 이 질문에 대한 대답은 똑같은 게 나와야 한다. 이것이 작품의 주제다. 이야기를 전개할 때 '왜 이 이야기를 하는가?'라는 질문을 놓치면 안 된다. 작품 전반에 흐르는 '그 무엇'이 결과적으로 이 해답을 만드는 데 이용되기 때문이다.

다시 한번 강조한다. 작품이 짧든 길든 소설은 하나의 주제로 서사가 이어져야 한다. 수많은 문장과 문단을 연결하여 사건과 배경을 형성하지만, 이 모든 게 하나의 주제로 연결된다. 이 줄기를 놓치면 작품은 무너진다. '작품이 난삽하다'라는 말은 이야기가 여러 줄기로 흩어져서 주제가 선명하게 떠오르지 않는다는 의미다. 사건을 주도하는 인물의 성격 형성을 외면하고 사건에만 치중하면 서사 전개에 무리가 온다. 아무리 긴 작품일지라도 하나의 주제로 길을 터놓으면, 그 길 위에서 일사불란하게 작품 속 주인공이 사건을 만들게 된다.

주제는 인위적으로 만드는 게 아니다. '이 이야기를 왜 하는가?'라는 질문에 대한 대답이 곧 '주제'다. 사건을 만들고, 서사로 전개하는 과정에 이 '대답'이 자연스럽게 이야기 속에 스며들게 된다. 그 주제로 인해 사건이 만들어지고, 이야기가 구성되기 때문에, 당연히 주제는 이야기 속에 담기게 된다.

'주제가 잘 드러나지 않는다' 또는 '주제를 심화하지 못했다'라고 하는 말은, 사건 구성이 잘못되었거나 서사의 연결 등에서 문제가 생겼다는 의미이다. 사건의 진행, 또는 흥미에만 신경을 쏟다 보면 주제와 아무 연관이 없는 이야기를 나열하는 실수를 범한다. 이야기에 함몰하면 이런 역학관계가 눈에 들어오지 않기 때문에 주의를 기울여야 한다.

일부러 주제를 드러내려 해서도 안 된다. 이런 생각은 자칫 서사를 설명으로 흐르게 할 수 있다. 이 설명이 작가를 사건에 개입하게 만드는 원인이 된다.

제4강

소설의 구성

1. 소설을 구성하는 장치들

(1) 소설의 3요소와 구성의 3요소

소설은 허구(虛構, fiction)를 사실(事實, reality)로 보이게끔 한 이야기다. 재미있는 이야기 하나를 만들었다고 모두 소설이 되는 건 아니다. 그 이야기에 '왜 이런 이야기를 하는가?'라는 질문에 답할 수 있는 '그 무엇'이 담겨 있어야 한다. 이렇게 되기 위해서는 소설을 구성하는 몇 가지 장치가 필요하다. 이것이 소설의 얼개, 즉 구성이다.

작가가 창작한 이야기(소설)에는 '소설의 3요소'라 불리는 **주제·문체·구성**과, '구성의 3요소'라 불리는 **인물·사건·배경**이 필연적으로 존재한다. 이야기 속에 등장하는 인물·사건·배경이 실제 존재하는 것처럼 살아서 움직이게 아우르는 작업이 구성(構成)이다.

이 구성이 소설 속에 필연적으로 존재하지만, 그렇다고 소설을 쓰면서 이 얼개를 만들려고 노력하면 안 된다. 그래서 소설 쓰기에 방법이 없다고 말하는 것이다. 이러한 얼개를 머릿속에 그리게 되면 이야기를 전개하기가 어렵다. 소설의 얼개를 배우는 것은 소설을 이해하기 위해서다. 소설을 이해하고 나면 일부러 만들려고 노력하지 않아도 작가가 구성하는 소설 속에 이러한 얼개가 존재하게 된다.

1) 인물(캐릭터; character)

소설 속에 등장하는 인물은 꼭 사람일 필요가 없다. 카프카의 「변신」에서처럼 딱정벌레도 캐릭터가 될 수 있고, 조지 오웰의 『동물농장』에서처럼 동물과 사람이 동시에 한 공간에서 서로 대화하며 생활할 수도 있다. 심지어는 사물도 소설 속 인물이 될 수가 있다. 소설을 이끄는 주체가 되는 인물은 그 어떤 것이든 캐릭터로 등장할 수 있다.

소설은 소설 속 인물이 만든다. 처음 소설에 입문하는 분들은 이 말에 어리둥절할 수도 있다. 이야기는 작가가 쓰는 것인데, 소설 속 인물이 만드는 거라 했으니 어리둥절할 수밖에 없다. 인물이 결정되면 이 인물의 성격에 맞게 이야기를 전개해야 한다. 인물의 성격이 결정되면 아무리 작가라 해도 사건에 개입하여 마음대로 이야기를 구성하면 안 된다. 그렇게 되면 소설의 틀이 무너진다. 그만큼 작품 속 인물의 성격 형성이 작품의 완성도를 이루는데 매우 중요하다. 설정한 인물이 어떻게 이야기를 만들고 있는지, 아래 예문을 통해 살펴보자

*예상 인물 설정

서울의 부유한 가정에서 태어나고 자란 30대 초반 여성이다. 대학교에서 정치외교학과를 졸업했으며, 외교관이 되기를 희망하고 있다.

사건·배경·주제까지 결정하고 집필을 시작할 수도 있지만, 이 정도로 인물을 설정했다면 미리 사건을 구성하지 않아도 이야기를 만들 수 있다. 인물이 독창적이고 개성을 가지고 있다면 인물을 중심으로 충분히 사건을 만들어 갈 수 있다.

여러 가지 이야기가 나올 수 있겠지만, 외교관을 꿈꾸기 때문에 외무고시를 준비 중으로 설정할 수 있다. 그래서 고시원에 들어가 있던지, 고시 공부하는 동아리를 만들어 정기적인 스터디를 할 수도 있다. 이런 과정에서 특정 친구와 가까워지고, 두 사람의 사랑이 진행된다. 해피앤딩으로 처리할 수도 있고, 주인공 여성만 외무고시에 합격하고, 남자친구는 낙방하여 두 사람 사이에 갈등이 생기게 할 수도 있다.

이 짧은 상황으로도 얼마든지 소설 한 편을 만들 수 있다. 주인공의 성격 형성이 되었기 때문이다. 인물의 성격이 형성되면, 이 인물이 사건을 만든다. 이 인물의 성격으로 보아 일어날 수 있는 사건이 한정되고, 이 사건에 소설적 요소를 보태어 재미있는 작품을 완성하는 것이다. 이렇듯 소설은 이 인물의 성격에 맞는 사건과 행동으로 구성되어야 한다.

이런 인물에게 느닷없이 50대 여성이 좋아하는 행동을 하게 한다든지, 외국 여행을 싫어하는 인물로 그릴 수는 없다. 심지어 주인공의 이름을 짓는 데도 영향을 미친다. 이런 주인공의 이름을 '또순이'라고 부르면 이상하다. 또순이라는 이름의 여성은 외교관이 되지 못한다는 건 아니다. 현실에서는 이런 일이 있을 수 있지만, 작가가 허구로 설정한 이야기의 주인공으로서는 어울리지 않는다. 바로 사실성에서 문제가 발생하기 때문이다. 또순이보다 더 세련된 이름이 어울린다. 이처럼 캐릭터가 분명하면 분명할수록 작가가 개입할 틈이 줄어든다. 이 말은 작가가 이야기를 이끌고 나가기가 쉬워진다는 말도 된다. 작가의 상상력에서 독립한 캐릭터가 이야기 속 사건을 만들어 주기 때문이다. 이처럼 작품 주인공의 캐릭터가 완벽하면 할수록 작가가 개입할 틈이 좁아진다.

2) 사건

사건은 소설의 중심을 이루는 이야기다. 소설이 '허구의 산문체로 된 이야기'라는 것은 이 사건을 형성하는 걸 의미한다. 그러므로 사건 소재(素材)를 잘 선택해야 한다. 사건 소재는 우리 주변에서 '흔히 일어날 수 있는 일'이면서 '독창성'을 지녀야 한다.

'흔히 일어날 수 있는 일'을 선택하면 보편성을 형성하기가 쉽다. 일어날 가능성이 희박한 사건은 호기심을 유발하는 데는 유리하나 사실성을 부여하기가 쉽지 않다. 일어날 가능성이 희박한 소재를 선택하는 건 대개 그 사건을 실제 겪었거나 전해 들었을 경우가 많다. 이 경우 소설로 만들겠다는 의욕이 앞서나 허구로 재구성하는 데 많은 장치가 필요하다.

'독창성'은 흔히 볼 수 있는 사건이지만, 그 이면에서 미처 발견하지 못한 사실을 찾아내는 일이다. 다 알고 있는 일이지만, 무관심으로 흘렸다가 소설을 읽으면서 '아, 이런 게 있었지.' 하고 받아들여질 수 있는 체험을 끄집어내는 것이다. 누구든 수긍할 수 있는 보편성을 바탕으로 해야 한다. 사건의 소재를 선택하는 일이 소설의 질을 좌우한다.

사건이 준비되면 독자들에게 감동을 전할 수 있도록 갈등구조와 기승전결에 의해 이야기를 잘 구성해야 한다. 사건은 하나의 상황이 될 수도 있고, 여러 상황이 시차적으로 또는 시간을 역행하여 배치할 수도 있다. 어느 쪽이든 독자의 시선을 끌어들일 수 있는 복선을 심화해야 한다. 사건을 이끄는 에피소드가 독창적일수록 소설의 완성도가 높고, 창의력도 돋보인다.

신춘문예나 문학 잡지 신인상 공모 심사평에 자주 등장하는 말이 '신인다운 신선한 소재와 구성이 돋보인다.'라는 것이다. '신인답다'라는 이 말을 잘 새겨들어야 한다. 기성작가의 작품을 흉내 내지 않았다는 말도 된다. 신인이기 때문에 기성작가들처럼 완벽하지는 못하지만, 새로운 작가로 내보낼 수준이 되었다는 의미다. 바꾸어 말하면 지금까지 만나지 못한 새로운 작가가 탄생하는 수준을 말한다. 반대로 작품은 어느 정도 되었으되 새로움이 없이 늘 보아오던 그런 수준이면 신인 작가로 뽑는 데는 문제가 있다는 의미도 된다. 작가 자신만의 목소리가 없기 때문이다. 세상의 모든 작가가 고만고만 비슷하다고 하면 그렇게 많은 작가가 필요 없다. 이 지구 위에 사는 70억 인구가 모두 로봇처럼 똑같다면 인간의 가치는 사라질 것이다. 이것이 독창성이다.

명작을 쓰기 위해 고뇌하며 작품 소재가 없다고 말하는 분들이 있다. 소설 소재는 우물에서 물을 퍼 올리듯 만들어내는 게 아니다. 물길을 찾아 우물을 파고 물을 퍼내야 하는 작업이다. 좋은 물을 얻으려면 메마른 땅속에 숨어 있는 수맥을 발견해야 한다. 물맛을 음미할 줄 아는 기술보다 이 물길을 찾는 능력을 먼저 습득해야 좋은 물을 얻을 수 있다. 소설을 탄생시키는 사건의 소재는 이렇듯 수맥을 찾아내는 일과 같다. 수많은 독서와 여행, 인간관계 형성 등을 통하여 얻은 폭넓은 체험이 훌륭한 작품을 탄생시키는 원동력이다.

3) 배경

배경은 사건이 일어나고 인물이 활동하는 시공간(時空間, space−time)이다. 허구로 지어낸 이야기가 정말 일어난 사건처럼 믿게 하는 데 배경도 한몫한다. 사건과 인물에 따라 이 배경은 과거가 될 수도 있고, 현재가 될 수도 있다. 또 농촌의 어느 마을이거나 도시일 수도 있고, 낯선 외국의 어느 도시가 될 수도 있다. 이 배경은 사건과 인물에 따라 가장 잘 어울리는 장소와 시간으로 선택한다.

배경은 인물과 사건을 더욱 현실감 있게 만들어 주며, 주제를 심화시키는 분위기를 형성한다. 배경은 소설 속 이야기를 더욱 구체화하고, 시간적 공간적 분위기뿐만 아니라 주인공의 생활환경까지 결정짓는다.

소설 강의에서 배경을 미학적으로 잘 배치한 작품으로 이효석의 단편소설 「메밀꽃 필 무렵」을 자주 인용한다. 배경 설정이 서사의 흐름과 절묘하게 잘 어울리고, 문장 묘사 또한 탁월하기 때문이다. 이 「메밀꽃 필 무렵」의 배경의 중심은 '길'이다. 봉평 장에서 대화 장으로 가는 산길에서 중심 이야기가 펼쳐진다.

조 선달 편을 바라는 보았으나 물론 미안해서가 아니라 달빛에 감동하여서였다. 이지러는 졌으나 보름을 갓 지난 달은 부드러운 빛을 흐붓이 흘리고 있다. 대화까지는 칠십리의 밤길, 고개를 둘이나 넘고 개울을 하나 건너고 벌판과 산길을 걸어야 된다. a 길은 지금 긴 산허리에 걸려 있다. 밤중을 지난 무렵인지 b 죽은 듯이 고요한 속에서 짐승같은 달의 숨소리가 손에 잡힐 듯이 들리며, 콩 포기와 옥수수 잎새가 한층 달에 푸르게 젖었다. 산허리는 온통 메밀밭이어서 c 피기 시작한 꽃이 소금을 뿌린 듯이 흐붓한 달빛에 숨이 막힐 지경이다. 붉은 대궁이 향기같이 애잔하고 나귀들의 걸음도 시원하다. 길이 좁은 까닭에 세 사람은 나귀를 타고 외줄로 늘어섰다. 방울소리가 시원스럽게 딸랑딸랑 메밀밭께로 흘러간다. 앞장선 허 생원의 이야기 소리는 꽁무니에 선 동이에게는 확적히는 안 들렸으나, 그는 그대로 개운한 제멋에 적적하지는 않았다.

(이효석의 단편소설 「메밀꽃 필 무렵」 중에서)
─황순원 외,『소나기─한국인이 사랑하는 단편소설21선』(전자책),
새움출판사, 2017, pp.111~112

작가 김동리는 이효석의 「메밀꽃 필 무렵」을 두고 "소설을 배반했다"라고 표현했다. 산문이면서 마치 시를 쓰듯 문장을 잇고 있다는 것이다. 그만큼 이 작품은 마치 시 한 구절을 읽듯 문장이 아름답다. 밑줄 친 a b c가 특히 그렇다. '지금 길은 산허리에 걸려 있다.' '죽은 듯이 고요한 속에서 짐승같은 달의 숨소리가' 이렇게 떼 놓으면 어느 시 구절에서 가져온 문장 같다.

'길이 산허리에 걸려 있다'라는 표현은 산을 생명체로 보고 있다는 의미다. 달의 숨소리를 들어보았는가. 달까지도 생명을 불어넣었다. 달빛 아래 산길을 가는 이들은 자연과 사람이 혼연일체가 되어 있다. 이 밤중에 산허리에 걸린 긴 길을 가는 장돌뱅이들에게 교교히 비치는 달빛은 눈으로 보는 게 아니라 귀로 듣는 게 더 실감이 난다.

이 길에 개울도 나오고 '소금을 뿌린 듯 달빛에 숨 막히게 꽃을 피운 메밀밭'도 펼쳐져 있다. 밤길을 걷는 세 사람의 장돌뱅이는 딸랑이는 나귀의 방울 소리만 들리는 어두운 산모롱이 길을 일렬로 서서 걷는다. 이 무료한 동행에서 이야기가 빠질 수 없다. 이들이 무료함을 달래기 위해 나누는 흘러간 지난날의 이야기가 바로 이 소설의 서사가 되는 것이다. 이 길이 있었기에 이런 이야기가 나올 수 있다. 애잔함과 절절함이 그대로 달빛에 녹아내리는 그런 길이다. 메밀꽃이 막 피기 시작했고, 옥수수 잎사귀가 푸르르다고 한 것은, 여름이라는 계절을 표현하기 위해서다(굳이 여름이라고 말할 필요가 없다). 길을 가면서 이야기를 나눌 수 있는 한적한 시간은 겨울이 아닌 여름이 더 어울린다. 시골 산길이기에 당연히 개울이 나온다. 개울에서 허 생원이 발을 헛디뎌 넘어지고, 동이가 그를 등에 업는다. 개울이 있어서 이 같은 사건이 만들어진다.

이런 서사의 연결이 모두 이 길 위에서 이루어진다. 길을 가면서 길 위에 세팅된 에피소드들을 하나하나 주워 담는 듯 설정했다. 배경이 서사 진행에 얼마나 중요한 역할을 하는지 알 수 있다.

2. 제재(題材)에서 작품으로 연결하기

(1) 작품 구성해 보기

제재가 준비되면 소설을 구성하기 위해서 먼저 대강의 스토리를 그려본다. 스토리가 있어야 구성할 수 있다는 말과는 다르다. 스토리를 너무 완벽하게 구상하면 좋은 작품을 만드는 데 오히려 방해될 수도 있다. 상황에 따라 그렇게 할 수도 있지만, 보통의 경우 그렇다는 것이다. 스토리는 서사를 진행하면서 주인공이 마주치는 사건으로, 예측 없이 우연히 발생하기도 한다. 마치 현실에서 생각지도 않은 일에 휘말리는 것처럼, 소설에서도 그런 사건이 더 사실감 있고 반전으로 극적 효과를 가져오기도 한다. 사전에 스토리를 완벽하게 구상해 버리면 주인공은 계획된 서사를 따라갈 수밖에 없다. 이런 소설은 대개 무미건조하게 마무리되는 경우가 많다. 우연과 갈등 구조가 만들어지지 않기 때문이다.

소설을 완성할 때 스토리·구성·주제 등 어느 것을 먼저 선택해야 하는가는 논의의 대상이 될 수 없다. 소설에 따라 그 순서가 바뀔 수 있다. 소설 쓰기에 조건이 따르는 게 아니라, 사건에 따라 이야기를 형성하는 순서가 바뀐다.

소설을 구성할 때 다음 순서대로 하면 무난하다. 꼭 이렇게 해야 한다는 의미는 아니다. 사건에 따라 달라지지만, 처음 소설을 쓰는 분들은 이야기를 구성하는 일이 생각보다 쉽지 않기에 예시로 만들어 본다.

① 소설 소재와 제재 찾기(주제 동반)
② 대강의 이야기를 얽어본다(구성 과정).
③ 등장인물을 결정한다.

④ 등장인물들이 펼치게 될 사건을 구상한다.

⑤ 이 사건이 일어나게 될 배경을 결정한다.

① ② ③ ④ ⑤가 완성되면, 본격적으로 구성을 시작한다. 선택한 소설 소재 ①을 얻는 가운데 주제도 드러난다. 소재가 제재로 바뀌는 순간이다. 이때 대강 이야기를 엮어 본다. 소재를 더 구체화하는 과정이 구성이다. 이 해하기 쉽게 상황 하나를 설정해 보자.

* 상황 설정

① 소설 소재와 제재 찾기(주제 동반)

동유럽 배낭여행 중 폴란드 크라쿠프에서 차르토리스키박물관을 관람 했다. 이곳에 필자가 평소 보고 싶어 했던 레오나르도 다빈치의 유화 「흰 담비를 안은 여인」이 있다. 담비를 안고 있는 그림 속 여인은 이탈리아 밀 라노 공국의 통치자였던 루도비코 스포르차의 연인 체칠리아 갈레라니다. 그녀의 슬픈 사연을 떠올리며 한참 동안 그림 앞을 떠날 수가 없었다.

그날, 예약한 유스호스텔로 갔다. 숙소 이름이 '굿바이 레닌'이다. 예약 할 때 이름을 알고 있었지만, 막상 현장에서 간판을 바라보니 순간적으로 숨이 컥 막혔다. 볼프강 베커 감독의 영화 「굿바이 레닌」이 떠올랐다. 그 러고 보니 여긴 폴란드다. 볼셰비키 혁명 직전까지 레닌은 이곳 크라쿠프 에서 망명 생활을 하며 「프라우다」지를 편집하였고, 레닌 사상을 구상하며 혁명을 준비했다. 그런 인연이 있어서였을까. 혁명에 성공한 레닌은 폴란 드 수도 바르샤바에서 소련을 비롯한 동구권 8개국 총리와 함께 북대서양 조약기구에 대항하는 바르샤바조약기구를 결성했다.

굿바이 레닌, 조금 전 차르토리스키박물관에서 보았던 「흰담비를 안은 여인」이 그 간판 위에 오버랩되었다. 왜? 이 왜라는 의문으로 시작된 상상이 이야기 하나를 만들었다.

시인이기도 했던 「흰담비를 안은 여인」 속의 주인공 체칠리아 갈레라니는 어린 나이에 밀라노 통치자 스포르차의 연인이 되어 그의 아이까지 출산했다. 당연히 결혼할 줄 알았으나, 스포르차는 정략을 위해 다른 여인과 결혼했다. 당시 이 스포르차 궁정에 머물던 레오나르도 다빈치는 그녀의 처지를 안타까워한 나머지(사랑했다는 설도 있다) 그녀의 초상화를 그린다. 그리고 그녀의 가슴에 흰담비를 안겨준다. 흰담비는 스포르차 가문을 상징하는 동물이다. 레오나르도 다빈치는 그녀에게 잃어버린 사랑 대신 스포르차 가문(권위)을 통째로 안겨준 것이다.

이 그림을 이곳 폴란드에 있게 한 사람은 폴란드 귀족 혁명가 차르토르스키다. 당시 혁명에 실패한 폴란드는 러시아·오스트리아·프러시아에 나라를 빼앗기고 한동안 세계지도에서 국토가 사라지는 비운을 겪는다. 이때 차르토르스키를 비롯한 약 1만 명의 혁명 가담자들이 국외로 망명했다. 피아니스트 쇼팽도 이때 조국 폴란드를 떠난다. 차르토르스키가 프랑스에 망명할 때 이 그림을 안고 갔다가, 제1차 세계대전으로 폴란드가 국권을 회복하자 이 그림을 다시 가지고 왔다. 체칠리아 갈레라니가 잃어버린 사랑 대신 스포르차 가문을 안았듯이, 국가를 상실한 대신 국권을 잃지 않으려고 이 작품을 안고 있었는지 모른다.

체칠리아 갈레라니―차르토르스키―레닌, 이 함수가 풀린다. 이념과 권력이 민중에 미치는 영향이 주제로 떠오른다. 국토를 상실하고, 국민이 사라지는 결과를 빚으면서까지 손에 쥐려 했던 권력의 실체가 무엇일까. 한 편의 단편소설이 그려졌다.

② 대강의 이야기를 얽어 본다(구성 과정)

보고 들은 '① **소설 소재와 제재 찾기**'에서 얻은 이야기를 그대로 꾸며도 재미있을 것 같다. 그러나 그렇게 하면 소설을 만들 수 없다. 논픽션이 된다. 논픽션에서 얻은 이 소재를 '주제'로 이야기를 꾸며 만들어야 한다. 몇 가지 이야기를 떠올리다가 문득 하나가 잡힌다. 1970년대, 10월 유신으로 전국에서 대학생들의 데모가 일어나 사회가 혼란하던 때를 배경으로 한다. 이 혼란 중에 시골 출신 학생이 대학에 입학하고, 이러한 사회 환경에 대해 조금도 관심이 없던 이 신입생과 운동권 선배 여학생과의 만남이 이뤄지고, 두 이질적인 남자와 여자는 사랑과 이념의 경계에서 위험한 줄다리기를 한다. 사회정의 구현을 목표로 모든 걸 바치며 투쟁하는 여학생과 사랑까지 버리며 그런 삶의 방식을 택하는 여자를 이해하지 못하는 남자, 이 두 사람의 갈등을 통해 '역사란 무엇인가'를 주제로 이야기를 만든다.

③ 등장인물을 결정한다

운동권 여학생A, 중견 기업의 외동딸로 사법고시 준비를 하는 법대 3학년이다.

시골에서 고추 농사를 짓는 농부의 아들B, A가 다니는 대학교 사학과에 입학한다.

A와 B가 만나면서 이념과 현실에 대한 갈등구조가 형성된다.

④ 등장인물들이 펼치게 될 사건을 구상한다.

부유한 중견기업의 외동딸 A는 서울의 한 대학교 법대 3학년이다. 장차 법조인이 되는 꿈을 가지고 있다. 당시 사회는 정치적 변혁기로 날마다 시위와 최루탄이 난무한다. A도 운동권 학생이다. A의 아버지는 딸이 평범하게 공부를 마치고 고시에 합격하는 게 희망이다. 그러나 A는 아버지의 바람과는 달리 운동권 학생으로 모든 걸 바쳐 싸운다.

이때 시골에서 고추 농사를 짓는 농부의 아들 B가 신입생으로 입학하고, 동아리에서 A와 만난다. B는 정치도 이념도 전혀 관심이 없다. 시골에서 천재가 나타났다며 희망을 거는 아버지를 만족시키는 효자가 되고 싶어 한다. 그런 B와 A가 만나 사랑을 하게 되고, 함께 폴란드로 여행 가서 「흰담비를 안은 여인」을 보았다. 이날 사랑을 나눈 뒤, A는 B에게 이 그림이 이곳까지 온 사연을 들려준다. 그리고 레닌이 이곳에서 혁명을 꿈꾸었고, 마침내 혁명에 성공했다는 이야기도 했다. 그러나 B는 A가 지향하는 이념의 세계를 이해하려 하지 않는다. 결국 A는 관계 당국에 체포되어 구금되었고, B는 A를 부정하면서 혐의를 벗어난다. 두 사람은 그 이후 서로의 행방을 모른 채 헤어져 각자의 삶을 살았다.

몇 년이 흘렀다. B가 졸업 후 시골 학교 교사로 근무하던 중, 동유럽에서 날아온 낯선 이메일 하나를 받는다. 'ermine(어민)'이라는 아이디를 확인하고 B는 놀란다. A는 '담비'를 뜻하는 ermine을 아이디로 사용했다. 스포르차 가문을 상징하는 그 흰담비다. 담비는 자존심이 강하고 포악하기로 유명한 동물이다. 당시 B는 이 아이디를 보면서 그녀답다고 생각했다. B는 까맣게 잊고 있던 과거를 회상하면서 스토리를 전개해 나간다.

⑤ 이 사건이 일어나게 될 배경을 결정한다
대학교 캠퍼스, 폴란드 크라쿠프, 운동권 학생들의 이념교육 현장, 관계 기관 개입.

이 구상은 실제로 필자가 단편소설 「흰담비를 안은 여인」(소설집 『그림 속에서 튀어나온 청소부』, 인간과문학사, 2016. 수록)으로 완성하여 발표했다. 위에 대강으로 구상한 내용이 어떻게 이렇게 작품으로 구성되었는지, 완성된 작품과 비교 분석해 보자.

　　노트북을 열고 e메일을 확인하던 나는 낯선 메일 하나를 발견하고 뚫어지게 바라보았다. 낯설긴 하지만 스팸이 아니라는 걸 금방 알았다. 세월이 많이 흘렀는데도 나는 ermine(어민)이라는 아이디(ID)를 보고 단번에 그녀를 떠올렸다. 그럼에도 나는 곧장 메일을 열지 못했다. '굿바이 레닌'이라고 쓴 제목 때문이 아니다. 지금은 그때와는 상황이 다르다. 그녀가 이런 제목으로 걸림 없이 메일을 보낼 수 있을 만큼, 이젠 당당하게 '진보' '사회' '노동'이라는 이름을 붙인 정당을 만들고 제도권 정치를 할 수 있는 세상이다. 칼 마르크스의 책이 자유로이 출판되고, 메일 제목처럼 '굿바이 레닌'이란 독일 영화도 상영하지 않았는가. 이념의 망령이 아니라 아픈 기억 때문이다. 오랜 시간이 흘렀음에도 그녀의 아이디에는 여전히 트라우마처럼 나를 꼼짝 못하게 묶는 힘이 있었다.
　　ermine(어민)은 족제비과의 동물 담비를 뜻하는 말이다. 이 ermine을 자신의 아이디로 사용하고 닉네임도 '어민'이라 불렀을 만큼, 그녀는 외모와 성품까지 담비를 꼭 빼닮았다. 몸집이 작고 예쁜 겉모습과 달리 담비는 고라니는 물론 멧돼지까지 잡아먹는 의외로 포악하고 잔인한 동물이다.
　　나는 조심스럽게 메일을 열었다. 마우스를 누르는 손가락 끝이 떨렸다. 흰 담비 한 마리가 날렵하게 뛰쳐나올 것 같다.

　　지금 이 멜을 보는 사람이 차르토리스키 맞아? 혹시 낯선 분이 이 멜 주소를 사용하고 있다면, 죄송하지만 스팸이니 즉시 휴지통으로 날려 주십시오.

글머리에 오렌지색으로 이런 말을 먼저 올려놓았다. 오랜 시간이 지났어도 담비처럼 용의주도한 그녀의 성품은 여전히 그대로 남아 있다.
　　　　　　　　　　－김호운 단편소설 「흰담비를 안은 여인」 중에서

「흰담비를 안은 여인」 첫 도입부다. 대강 구상한 내용이 이런 소설로 바뀌었다. 이처럼 세밀하게 이야기를 구상하여 작품이 탄생한 건 아니다. 위에 예로 든 상황에서처럼 대강의 내용을 구상하고, 등장인물·사건·주제·배경을 결정한 뒤 집필을 시작했다. 주인공이 결정된 뒤라 주인공이 세밀한 사건을 발생시키고, 화자가 이렇게 서사로 전개한다. 작가는 주인공과 화자를 관찰하며 따라만 간다.

집필을 시작하기 전에 등장인물 A와 B를 놓고 누구를 주인공으로 할 것인지를 고민했다. 주인공이 누구냐에 따라 이야기 흐름이 바뀐다. 전체 이야기 흐름으로 보면 여학생 A를 주인공으로 하는 게 좋을 것처럼 보인다. 그러나 서사 전개와 독자에게 감동을 전하는 데는 A보다 B를 주인공으로 하는 게 낫다. A는 사회를 변혁하려 할 정도로 개성이 강하기 때문에 독자의 흥미를 유발하는 데 약점이 된다. 반대로 B는 시골에서 성장하였으며, 자신과 가족밖에 모를 정도로 순수하다. 이런 인물이 자신을 변혁하고, 혼탁한 사회를 알아가고, 사랑을 경험하게 되는 과정이 독자를 소설 속으로 끌어들이는 데 훨씬 적합하다. 말하자면 B는 스토리를 채워야 할 빈 공간이 많은 인물이다. 이런 인물을 주인공으로 하면 사건을 만들기가 수월해진다. 그리하여 B를 주인공으로 결정, '1인칭 주인공 시점'으로 서술하기로 했다.

이제 구성만 결정되면 집필을 시작한다. 이야기의 흐름대로 진행할까 고민하다가 맨 마지막 부분을 도입부로 올려 시작하기로 했다. 사건이 일어난 순서대로 하기보다 이렇게 역순으로 시작하면 긴장이 고조되어 읽는 재미를 배가시킬 수 있다.

집필 시작할 때 이처럼 사건을 세밀하게 만들어 놓은 건 아니다. 첫 도입부 문장만 고민하여 결정했고, 이후부터는 주인공 '나'가 이 사건을 만들었다. 주인공 성격을 완벽하게 형성해 놓으면 이렇게 주인공이 사건을 만들어간다. 화자는 그 사건을 좇아 서사를 따라가면 된다.

3. 단편소설 구성하기

(1) 단편소설의 특징

1) 짧지만 긴 이야기

'단편소설'은 200자 원고지 80매 내외 분량으로, 이름 그대로 장편소설이나 중편소설보다 길이가 짧은 소설이다. 거듭 언급하지만, 처음부터 특별한 양식으로 단편소설이 생겨난 게 아니라, 작품을 수용할 매체와 관련이 있다. 서구에서 잡지와 신문 등 저널리즘의 발생과 함께 소설 문학의 발표 양식도 동시에 만들어졌다. 우리나라에서도 신문학 이후 문예지를 발표 매체로 소설 창작 활동을 하여 단편소설 중심으로 소설 문학이 발전해 왔다. 문학 잡지나 동인지 등 여러 작가의 작품을 수록해야 하는 매체는 지면의 한계로 분량이 긴 작품을 게재하기가 어려워 짧은 소설을 원했고, 이것이 단편소설로 일정한 양식처럼 형성된 것이다. 지금처럼 문학 월간지 발행이 활발하지 않던, 동인지 중심으로 작품 활동하던 때는 단편소설 분량이 보통 200자 원고지 30매 내외였다.

중편소설이나 장편소설보다 분량이 짧기에 서사구조가 긴 소재를 80매 내외의 단편소설로 구성하기에는 무리가 있다고 생각할 수도 있지만, 그렇지는 않다. 긴 소재도 얼마든지 단편소설로 구성할 수가 있다. 반대로 처음부터 단편소설로 구성한 소재라 하더라도 중편소설이나 장편소설에 못지않게 한 사람의 일생을 담을 수도 있다. 단편은 짧지만 긴 이야기다.

단편소설은 삶의 어느 한순간을 함축적으로 담아내는 서정시의 속성과, 삶의 오랜 내력을 유장한 내러티브에 실어 전달하는 장편소설의 속성을 공유한다. 또한 단편소설은 우리로 하여금 서술자의 이야기를 통해 새로운 서사적 경험을 하게 하면서, 이미 겪었을 법한 실제 경험들을 상상적으로 재구성하게 하기도 한다.

(유성호, 「전쟁의 상흔과 치유의 기억」 중에서)
―계간 『인간과문학』 2019년 겨울호.

문학평론가 유성호(한양대학교) 교수가 언급한 위의 글에서 단편소설을 '삶의 어느 한순간을 함축적으로 담아내는 서정시의 속성과, 삶의 오랜 내력을 유장한 내러티브에 실어 전달하는 장편소설의 속성을 공유한다.'라고 한 말에서 단편소설의 특성을 엿볼 수 있다.

단편소설은 사건을 자세하게 묘사 확대해 나가는 장편소설과 달리 단일한 인상과 효과에 중점을 두며, 동시에 서사 전체를 관통하는 통일성이 있어야 한다. 이는 짧은 분량에 복잡한 갈등구조를 형성하기 때문에 전체를 관통하는 통일성이 없으면 매우 난삽해져서 주제를 심화하는 데 방해가 된다. 줄거리는 단순한 게 좋다. 대신 간결한 문체로 구성을 치밀하게 하면서 알레고리와 텍스트 인용을 잘 활용하여 완성도를 높인다.

(2) 단편소설창작 방법

1) 단편소설

소설창작 수업을 하다 보면 "단편소설은 어떻게 쓰나요?" "장편소설은 어떻게 쓰나요?"라고 묻는 분이 있다. 소설을 처음 공부하는 분뿐만 아니라, 단편소설 위주로 작품 활동을 하던 기성작가도 '장편소설은 쓰기가 어렵다.'라고 말하기도 한다.

이런 질문에는 정답이 없다. 단편소설 쓰는 방법이 따로 있고, 장편소설 쓰는 방법이 따로 있는 게 아니기 때문이다. '소설 쓰기' 공부를 하면 이 두 가지 질문에 대한 문제가 모두 해결된다. 소설을 이해하면 단편소설이든 장편소설이든 얼마든지 쓸 수가 있다.

다만, 앞서 단편소설의 특징에 대해 간단하게 설명했듯이, 짧은 분량으로 완성해야 하는 단편소설에 장편소설처럼 서사를 여러 갈래로 분산하면 완성도가 떨어진다. 할 수 없는 게 아니라, 그렇게 하면 전체를 관통하는 이야기 흐름이 복잡하고 난삽해질 우려가 있다. 말하자면 독자의 시선이 따라오지 못한다. 그래서 단편소설에서는 효과적으로 주제를 심화시키고, 서사를 일관되게 전개하여 스토리를 간단하게 처리하고, 단일한 인상, 단일한 효과에 중점을 주어야 한다. 갈등구조와 알레고리 기법을 잘 살리고, 에피소드와 텍스트 인용 등 다양한 기법으로 복선을 만들면 읽는 재미 외에 작품 구조를 따라가는 재미도 만들 수 있다. 장편소설과 달리 구성을 치밀하고 오밀조밀하게 하면 좋다. 이것이 단편소설을 쓰는 방법이 될 수 있다.

그럼 작품을 통해 단편소설 구성에 대해 살펴보자.

(3) 단편소설 창작 실기

1) 단편소설 「미켈란젤로의 돌」(김호운)

① 글감 찾기

단편소설이든 장편소설이든 소설을 쓰려면 먼저 '글감'이 있어야 한다.
글감은 '소재(素材)'일 수도 제재(題材)일 수도 있으며, 주제(主題)나 스토
리일 수도 있다. 무엇이 먼저일 필요는 없지만, 이러한 글감을 다듬어서 작
품을 만든다. '다듬는다'는 의미는 성근 재료(소재)를 가공하는 일이다. 글
감을 얻는 데는 순서가 없지만, 짜임새 있게 작품으로 연결하기 위해서는
가공하는 순서가 필요하다. 물론 작가에 따라 이런 절차도 필요 없이 떠오
르는 대로 그냥 쓰면 된다고 하는 분도 있다. 정답은 없다. 어떤 방법이든
훌륭한 작품을 쓰기만 하면 된다. 그러나 창작에 익숙하지 않은 분은 길 없
는 곳에서 길을 찾아가기보다 먼저 길을 알고 가는 게 더 쉬울 수 있다.

글감에서 작품으로 이어지는 과정은 다음과 같다. 이 방법은 필자가 실
패를 거듭한 끝에 정리하여 등단작품을 완성했고, 이후 지금까지 잘 활용
하고 있으니, 실전에서 그 효용성이 확인된 셈이다. 현재까지 이러한 과정
이 인문학적으로 정리된 이론은 아직 발견하지 못했다.

'작품 소재 → 제재+주제 → 스토리 생성 → 구성 → 서사 전개 = 소설'

먼저 작품 소재를 구한다. 취득한 소재를 소설이 될 수 있는 제재로 발
전시킨다. 소재와 제재는 다른 의미다. 소재가 글감이긴 하지만, 아직 구체
화하지 않은 일반개념이다. 눈에 보이는 사물과 사건들은 모두 소재가 될

수 있다. 제재는 이 소재들 가운데 소설이 될 수 있는 특정 의미를 드러내는 걸 말한다. 소재가 제재로 바뀌면 소설의 틀이 어느 정도 그려진다. 이때 제재는 대부분 주제를 동반한다. 주제가 확정되면, 이 주제를 담을 이야기를 만든다. 이야기(스토리)를 어떤 순서로, 어떤 시점으로 진행할지, 인물의 성격과 배경을 어떻게 할 건지 설계하는 과정이 구성이다. 그다음부터는 인물의 성격에 맞게 배경과 사건을 배치하고, 구성 순서대로 서사를 전개하면 된다.

서사 전개 단계가 중요하다. 서사 전개 단계는 단편소설뿐만 아니라, 중편, 장편소설에서도 마찬가지다. 구성 단계에서 주인공이 설정되고, 시점(視點)이 결정되면, 작가는 서사 전개에 개입하면 안 된다. 시점에 의해 결정된 서술자(話者)에게 진행을 맡겨야 한다. 그래서 소설은 '작가가 쓰는게 아니다'라고 말한다. 물론 작가의 철학과 체험이 작품에 영향을 준다. 이는 서술자를 통해서 작품에 반영한다. 작가가 직접 서사 전개에 개입하면 작가의 의도가 작품에 그대로 드러나서 사실성을 떨어뜨리고, 설명조로 흐를 수가 있다. 작가의 의견을 투영하고 싶으면 반드시 서술자를 통해서 하도록 한다. 서술자는 인물의 성격에 의해서만 서사를 전개하기 때문에, 그런 작가의 의도를 '작가가 아닌 등장인물'에 맞도록 가공하여 서사로 옮긴다. 작품에 개입할 수 있는 사람은 '서술자와 독자'뿐이다. 독자가 서사에 개입하는 문제는 다른 장에서 따로 다룬다.

필자의 경우 이 순서를 단편소설뿐만 아니라, 장편소설에서도 그대로 적용한다. 다만 '스토리 생성' 과정 이후부터는 단편소설의 경우 단편의 특성을 살리기 위해 문장을 간결하게 하고, 서사의 진행 갈래를 단순화하여 단일화된 시선으로 작품 전체를 관통할 수 있도록 한다. 또 갈등구조를 심화하기 위해 알레고리와 특별한 에피소드를 활용한다.

② 작품 구성

단편소설 「미켈란젤로의 돌」은 미켈란젤로의 조각작품 '다비드'에서 소재를 얻었다. 유럽 배낭여행 중에 이탈리아 피렌체 아카데미아 미술관에서 본 미켈란젤로의 다비드상을 감상하다가 작품 **소재**를 얻었고, 이 소재가 몇 년이 지난 뒤 '인간의 본질'이라는 **제재**로 바뀌고, '현실과 이상 사이에서 혼란하게 사는 현대인의 모습'이란 **주제**로 연결되면서 단편소설이 만들어졌다.

직접 보지 않더라도 사진으로도 많이 봤던 미켈란젤로의 「다비드」를 현장에서 보면서 미술사로서도 훌륭한 작품이지만 어딘가 모르게 '사람 냄새'가 난다는 인상을 받았다. 다른 작가들이 작품을 만들려다가 버린 돌에서 이렇듯 훌륭한 작품으로 탄생시켰다는 점에서 소설이 될 수 있겠는 생각을 했다.

이런 '생각'을 하는 순간 '다비드'는 소설의 소재가 되었다. 메모한 뒤 오랫동안 숙제로 두었다가 잊혀갈 무렵, 문득 인간의 본질에 대해 생각하던 중 「다비드」가 다시 떠올랐다. 미켈란젤로는 버려둔 돌 속에 서 있는 '다비드'를 보았다. 이처럼 우리도 저마다 겉으로는 드러나지 않는 그런 '다비드'를 속에 안고 산다.

소재가 제재로 바뀌었다. 주제도 떠올랐다, 이제 이야기만 만들면 된다. 이러한 인간의 본질 문제로 갈등을 빚는 이야기가 좋을 듯했다.

같은 무역회사에 다니는 돌싱 남자와 여자를 주인공으로 했다. 두 사람을 재혼시킨다. 여자에게는 딸이 있고, 남자의 아들은 이혼한 전처가 양육한다. 그러다 이혼한 전처가 재혼했으며, 아이가 새아버지에게 적응 못하고 이혼한 자기 아버지에게 날마다 전화로 불만을 터트린다. 이런 모습을 재혼한 아내에겐 못마땅하게 비친다. 또 재혼한 부인의 딸, 의붓딸은 새아버지를 무시하고 따로 사는 자기 아버지에게 데려가 달라고 떼를 쓴다. 이렇게 복잡한 가족관계를 설정한 것은, 단편소설이 갖는 조밀한 구성의 특성을 살리기 위해서다. 어떤 이유에서든 '이혼'과 '재혼'은 사람을 잘 알거나 잘 몰라서 생기는 가족사다. '잘 알거나 잘 몰라서'라는 건 서로 그렇게 잘 안다고 생각한다는 것이지, 실제로 잘 알아서는 아니다. '미켈란젤로의 돌'처럼, 같은 돌을 훌륭한 조각가들이 보는데도 어떤 사람은 못 쓴다고 버리고, 어떤 사람은 보물로 만들었다. '안다'는 건 학습된 사고에 의해 내린 판단의 오류였던 셈이다. '본질'을 보지 못하고 학습된 현상만 보기 때문에 그렇다.

그렇게 코드가 맞아 재혼했으나, 또 얼마 못 가 두 사람은 이혼한다. 이 두 사람의 사건에서 우리는 우리 자신의 내면에 있는 '다비드'를 발견하는 간접체험을 한다.

아침부터 날씨가 우중충하다. 꽃에서 이름을 따온 도시 피렌체, 그 이름이 부끄럽게 아카데미아 미술관으로 가는 골목길은 좀 음산하다. 거무칙칙한 건물 색깔도 우중충한 오늘 날씨에 딱 어울리는 풍경이다. 나는 이 풍경 속으로 빨려 들어가듯 걸어가고 있다. 누군가 이 모습을 스케치했다면 그대로 한 폭의 그림이 될 듯한, 그런 분위기 속에 홀린 듯 걸어가고 있다.

내가 이혼한 아내와 재결합을 꿈꾸며 오랜 시간 고민한 끝에 만들어 낸 아이디어가 그녀와 함께 하는 여행이다. 아이디어라고 고상하게 말했으나 상대방이 볼 때는 음흉한 계략으로 보일 수도 있다. 그렇더라도 그게 내게는 최선의 방법이었기 때문에 아이디어라고 표현한다. 그 여행지로 피렌체를 선택했다. 재결합, 말해 놓고 보니 이 말도 적절한 표현이 아니다. 우린

한 번 이혼했다가 다시 만나는, 그런 재회가 아니기 때문이다. 아내도 나도 이혼한 뒤 한 번씩 재혼한 경험이 있다. 그러던 중 아내는 재혼한 남편과 사별을 했고, 나는 두 번째 아내와 또 이혼했다. 좀 복잡하지만, 우린 인연의 끈이 완전히 잘린 채 남남으로 살아가다가 다시 만나 새로운 인연을 만들고자 노력한다고 하는 게 어울린다.

—김호운 단편소설 「미켈란젤로의 돌」 중에서

단편소설 「미켈란젤로의 돌」 시작 부분이다. 재혼한 아내와 이혼하고, 앞서 이혼했던 전 부인과 피렌체를 여행하는 장면을 첫 문단으로 만들었다. 남자는 아이를 위해 다시 결합하고자 하는 의도를 가지고 함께 여행을 왔다. 함께 여행하긴 하나, 현지에서는 '남남'으로 여행을 즐기기로 서로 미리 약속하고 왔다. 지금 여성은 우피치 미술관으로 가고, 남자는 「다비드」를 보기 위해 혼자 아카데미아 미술관으로 가는 중이다. 을씨년스러운 분위기는 지금 이 남자의 기분이다.

피렌체로 여행지를 정한 것은 미켈란젤로의 「다비드」가 있기도 하려니와 르네상스의 불길을 당긴 도시기 때문이다. 르네상스는 '재생·부활'이라는 의미로 중세 암흑기를 벗어나 인본주의로 돌아온 것을 이르는 말이다. 이 두 이혼한 남자와 여자가 재결합을 꿈꾸는 도시로 안성맞춤이다. 알레고리가 강한 의도이긴 하지만, 「다비드」를 보러 온 목적이 있어 인과관계로 매우 자연스럽게 배경을 설정할 수가 있다. 특히 단편소설에서는 이와 같은 에피소드와 텍스트 인용으로 형성하는 알레고리가 강한 극적 장치가 필요하다. 주의할 점은, 자칫 알레고리가 강해 의도성이 드러나면 안 된다. 자연스럽게 서사에 융화되도록 인과관계 등 보조 장치가 필요하다.

이 작품 속에 그런 보조 장치가 이렇게 삽입되어 있다.

여행지로 피렌체를 택한 이유는 이탈리아 미술사가인 조르주 바사리가 한 말 때문이다. 여기에다 결정적으로 피렌체를 선택하게 한 게 있다면 그 것은 『냉정과 열정』이라는 소설이다. 사실 이 소설은 수없이 읽기를 시도 했으나 끝내 완독을 하지 못했다. 소문과 달리 그다지 재미가 없어서다. 반 도 못 읽고 덮어버렸는데, '냉정과 열정'이라는 제목 때문에 구매했던 동기 가 톡톡히 구실을 했다. 산타 마리아 델 피오레(Santa Maria del Fiore) 성당 이 왠지 우리를 냉정에서 열정으로 바꿔 줄 그런 부작(符作) 구실을 할 것 같았다. 중세 암흑기를 지나 예술의 부활을 불붙인 곳이 아닌가. 바사리는 자신의 회고록에 친구인 미켈란젤로를 이렇게 기술했다.

"천지를 창조한 하나님이 이곳이 별 가치 없다는 걸 알고 자신이 실수한 걸 만회하기 위해 재주가 뛰어난 예술가 하나를 내려보내 주었다."

이 말이 어찌 미켈란젤로 한 사람에게만 해당하겠는가. 피렌체가 르네 상스를 이룬 기폭제가 된 것은 이곳이 그만한 조건을 품고 있었기 때문이 다. 숱한 예술가들의 땀과 희망이 숙성되어 그런 땅으로 만들었다. 레오나 르도 다빈치와 미켈란젤로가 이곳에서 예술혼을 불태웠고, 보티첼리의 「비 너스의 탄생」을 비롯한 많은 명작이 이곳에서 태어났으며, 단테도 이 피렌 체에서 베아트리체를 만났다. 그뿐만 아니다. 도스토예프스키가 이곳에서 『백치』를 집필했고, 엘리엇은 소설 『로몰라』의 배경으로 삼기도 했다. 스 탕달은 이 도시의 아름다움에 취해 현기증을 일으킨 나머지 '스탕달 신드 롬'이 생기기도 했다. 르네상스가 그냥 생긴 게 아니다. 그래서 나도 이 도 시의 향기에 취해 암흑기를 빠져나와 남은 내 인생을 화려하게 부활시켜 보고 싶었다.

－김호운 단편소설 「미켈란젤로의 돌」 중에서

이러한 에피소드를 삽입함으로써 자연스럽게 독자들에게 읽을거리를 동반한 인과관계를 만들어 주고 있다. 작가가 직접 서사에 개입할 수는 없 지만, 이런 방식으로 서술자 '나'를 통해 작가가 습득한 인문학, 또는 철학을 텍스트 인용으로 가져올 수 있다. 역시 이러한 장치는 매우 신중하게 다루어야 한다. 작가의 의도나 지나친 간섭, 또는 교육적으로 비치면 안 된다.

　도나텔로가 조각한 환조 「다비드 상」은 신을 찬양하던 헤브라이즘 시대에서 크게 벗어나지 못했다. 다비드가 돌팔매로 골리앗을 쓰러뜨리고 목을 벤 뒤, 그 목을 밟고 서 있는 모습을 만들었다. 베르키오의 「다비드 상」 역시 마찬가지다. 신의 영광을 찬양하는 모습이다. 그런데 미켈란젤로의 「다비드 상」은 다르다. 골리앗을 공격하기 직전 모습이다. 골리앗을 쓰러뜨리기 전, 상대할 수 없는 거대한 골리앗 앞에 서 있는 인간의 모습. 그 내면의 고뇌를 표현했다.

－김호운 단편소설 「미켈란젤로의 돌」 중에서

　서사와 무관한 듯 보이지만, 이러한 텍스트 인용은 작품의 주제를 심화시켜주는 보조 장치로 이용된다. 미켈란젤로의 「다비드」에서 주인공 '나'가 느낀 건 '인간의 모습, 그 내면의 고뇌'다. '나'의 내면 갈등을 이 텍스트 인용으로 보여주고 있다. 이러한 '나'의 갈등은 직접 서사로 전개하기보다 이렇게 적절한 에피소드나 텍스트 인용으로 장치하면 더 강렬하게 묘사할 수 있고, 독자들은 문장 속에 숨겨 둔 '그 무엇'을 찾아내는 기쁨이 있다. 단편소설은 이와 같은 치밀한 퍼즐맞추기 문장이 필요하다. 앞서 미켈란젤로가 남들이 버려둔 돌에서 이 작품을 발견해 냈다는 내용을 삽입했다. 거기에서 더 발전하여 도나텔로와 달리 골리앗을 쓰러뜨리기 직전 모습으로 작품을 만든 미켈란젤로의 안목이, 결과적으로 주인공 '나'가 이혼한 아내에게서 미처 보지 못한 덕목을 발견하는 일을 오버랩한 것이다. 이러한 인과관계로 인하여 알레고리가 부드럽게 서사에 녹아든다.

4. 중편소설 구성하기

(1) 중편소설의 특징

중편소설은 200자 원고지 200매~500매 분량의 작품을 일컫지만, 보통 250매 내외로 완성한다. 너무 길면 발표할 지면을 얻기가 어렵기도 하려니와, 길어질 바에야 차라리 장편소설로 완성하는 게 낫다는 생각도 작용한다.

단편소설과 달리 중편소설과 장편소설은 단순히 서사의 분량이 짧고 긴 것만으로 나눈 게 아니다. 단편소설은 치밀한 짜임새로 주제를 심화하고, 이야기의 갈래를 단일화하여 작품 전체를 관통하도록 서사를 전개해야 한다고 설명했다. 이와 달리 중편소설이나 장편소설은 다양한 서사 갈래를 삽입하여 사건의 복선을 만들어 전개한 뒤, 이를 한 자리로 모아 전체 줄기를 단일화한다. 이렇게 구성하는 이유는 다양한 에피소드를 삽입하여 갈등 구조를 고조하여 독자에게 읽는 재미를 제공하기 위해서다. 긴 호흡이 필요한 중편소설과 장편소설은 독자를 서사에 개입하도록 붙드는 장치가 특별히 필요하다.

(2) 중편소설 구성 방법

필자의 중편소설 「양파껍질 벗기기」를 중심으로 중편소설 구성 방법을 살펴본다. 이 작품은 중편소설이지만 분량이 200자 원고지 500매에 가까위 경장편소설로 분류해도 좋을 긴 작품이다. 글감을 얻고 작품으로 연결하는 순서는 단편소설과 크게 다르지 않다.

'작품 소재 → 제재+주제 → 스토리 생성 → 구성 → 서사 전개=소설'

'스토리 생성'까지는 단편소설 구성과 거의 같다. 다만 중편이라는 긴 분량의 스토리를 구성하자면 단편소설과 달리 장편소설처럼 다양한 에피소드와 텍스트 인용으로 복합 구성을 해야 서사 구조가 탄탄해진다.

다음 '글감 구하기'에서 설명하겠지만, 이 소설은 같은 주제를 4개의 이야기로 나누어 옴니버스(omnibus) 형식으로 구성했다. 각각의 이야기는 독립된 작품으로, 구성도 다르고 주인공도 다르다. 당연히 시점(視點)도 다르다. 좀 특이하게 4개의 시점으로 한 작품을 구성했다. 매우 복잡한 구성을 선택한 것이다. 이렇게 복잡하게 옴니버스 형식으로 구성한 이유는 주제를 효과적으로 심화하기 위해서다. 인간의 내면에 존재하는 자아(自我)와 겉으로 보이는 현실 속의 모습, 이 이중 구조로 살아가는 현대인의 모습을 주제로 표현하자면 단일 구성보다 각기 분리하여 구성하는 게 좋다는 판단을 했다. 이를테면, 내면에 감추어져 있는 '자아'를 그대로 실존 인물(가면을 쓴 것처럼)로 등장시켜, 현실과 가상의 공간을 오가면서 현실 속의 또 다른 자기와 충돌하도록 이야기를 만들었다. 이렇게 구성하면, 구성 단계에서 주제를 드러낼 수 있어서 작품 전개가 편하다.

〈첫 번째 이야기−나비춤을 추는 여자〉에서는 자유로운 성(性)과 관습으로 속박된 성 사이에서 갈등을 빚는 여주인공을 등장시켜서, 자아를 찾는 여행을 하게 한다.

〈두 번째 이야기−벽 속에 갇힌 남자〉에서는 직장생활을 하며 단란한 가정을 꾸려가던 평범한 남자 주인공이 어느 날 가면을 쓴 자기 모습을 발견하고, 잃어버린 자기를 찾아 방황하는 이야기를 그린다.

〈세 번째 이야기-뻐꾸기 알을 품은 개개비〉에서는 꿈을 찾아 미국에 이민 간 한 남자 주인공이 정체성과 관습의 차이로 가정이 무너지는 이야기를 그린다.

〈네 번째 이야기-세 사람의 멜랑꼴리한 가면무도회〉에서는 1, 2, 3화의 주인공을 한 공간에서 같이 만나게 하여 하나의 이야기를 구성한다. 각기 다른 장소, 다른 시간에 일어난 사건 주인공들을 한자리에 모이기 위해 '여행'이라는 형식을 택했다. 이 여행에서 각기 이야기를 구성했던 1, 2, 3화의 주제를 한 곳으로 모아 중편소설의 결말을 구성한다.

일반적인 옴니버스 형식과 구성이 좀 다르다. 각각 독립된 작품이면서, 또 다른 독립된 이야기 속에서 모여 마치 한 이야기의 주인공처럼 서사를 전개한다. 이 독특한 구성으로 독자는 형이상학적인 주제에 쉽게 접근하여 체험으로 연결할 수가 있다.

(3) 중편소설창작 실기

1) 중편소설 「양파껍질 벗기기」(김호운)

① 글감 구하기

이 작품의 소재는 여행을 통해 얻었다. 출판사에 근무할 당시 이탈리아 볼로냐에서 개최한 북페어에 출장을 갔다. 직원 5명이 6박 7일 일정으로 회사에서 설치한 출판사 부스를 운영하는 업무상 출장이었다. 공식 업무를 끝낸 뒤, 희망자는 5일 이내 자비(自費)로 여행을 할 수 있도록 회사에서 배려해 주었다. 말하자면 개인 여행이니까 가이드 없이 자유여행을 해야 한다. 다른 직원들은 자신이 없었는지 포기했고, 필자는 스위스에 있는 융프라우요흐에 오르고 싶어 일행 중 한 명을 구슬려서 함께 여행하기로 했다. 볼로냐 출장을 마치고 일행은 마지막 일정으로 함께 베네치아를 거쳐 로마에 도착했다. 나머지 일행은 모두 로마에서 귀국하고, 우리는 따로 밀라노를 경유, 스위스로 가 융프라우요흐에 오른 뒤, 파리에서 귀국하기로 미리 일정을 잡아두었다. 그런데 함께 여행하기로 한 직원이 로마에서 마음이 변해 일행과 함께 바로 귀국한다는 것이다.

혼자 남아 여행을 하느냐, 필자도 포기하고 일행과 함께 귀국하느냐 고민한 끝에 혼자서라도 여행을 하기로 했다. 언어도 미숙하고, 자유여행 경험도 없이 혼자 낯선 외국 국경을 넘나들며 여행하는 게 두려웠지만, 이때가 아니면 체험할 수 없다는 생각으로 용기를 냈다. 말하자면, 첫 단독 배낭여행을 시도한 셈이다.

로마 테르미니역에서 출발하는 야간열차를 타고 밀라노까지 가서, 다시 열차를 바꿔 타고 스위스 베른으로 간 뒤, 또 열차를 갈아타고 인터라켄으로 간다. 여기에서 등산 열차로 갈아타고 그린델발트를 지나 융프라우요흐로 올라가는 여정인데, 초행이라 여간 두려운 게 아니었다.

밀라노에서 스위스 베른으로 가는 열차에서 미국 교포 여행자와 만났다. 그는 3개월 일정으로 배낭여행 중이라고 했다. 마침 그도 융프라우요흐로 가는 길이었다. 천군만마를 만난 기분이었다. 영어를 자유롭게 구사하는 그와 동행하게 되어 자유여행이 아니라 든든한 가이드를 대동한 여행이 되었다.

융프라우요흐에서 그가 미국에 있는 가족에게 기념엽서를 보낸다고 했다. 그런데 아내에게는 한글로, 아들에게는 영어로 썼다. 궁금해하는 필자에게 그는 씩 웃으면서 설명했다.

아이를 미국인으로 키우기 위해 다른 이민자들과 달리 자기 집에서는 아이와 절대 한국어를 사용하지 않는다. 어차피 아이들은 미국에서 살아야 하기에 미국인으로 만들어야 한다. 초기 이민자 2세들이 적응에 실패한 가장 큰 원인이 한국인도 아니고 미국인도 아닌 어정쩡한 제삼국인으로 키웠기 때문이라고 했다. 남자는 아침에 출근할 때는 꼭 아이가 보는 앞에서 부인과 키스를 한다. 아이가 방에 있으면 일부러 불러내어서 키스하는 모습을 보여준다. 이유는 혹시 늘그막에 아내와 이혼하는 불상사가 생기더라도 아내를 사랑하지 않았다는 귀책 사유를 만들지 않기 위해서라고 했다. 자주 그러니까, 눈치를 챈 아이가 미리 문을 열고 "빨리 하세요!"하고 짜증을 낸다고 했다.

그때 필자는 문득 작품의 소재가 떠올랐다. 산다는 게 뭘까, 열심히 살아가는 이 사람은 도대체 누굴까. 필자와 함께 여행하는 이 남자와 지금 자기 아내와 아이에게 엽서를 쓰는 남자는 같은 사람일까. 이 남자의 진짜 모습은 어떤 걸까. 그러다가 이 남자가 아니라, 모든 사람으로 생각이 확장되었다. 로마에서 귀국한 동료직원, 함께 여행하기로 했다가 포기하고 돌아간 그 친구도 생각났다. 모두 무엇 때문에, 누구를 위하여 사는가. 눈에 보이는 그들과 또 다른 그들의 모습을 분리해 보았다. 재미있는 소설 소재를 얻었다.

이렇게 하여 중편소설 「양파껍질 벗기기」가 탄생했다. 양파는 제재(題材)가 되었다. 양파는 알갱이와 껍질이 없다. 같은 몸이면서 껍질도 되고 알갱이도 된다. 벗겨내어도 또 껍질(몸)이 있다. 그리고 모양은 똑같아도 각각 결이 다르다. 마치 사람 같다. 사람마다 생각이 다르고 모양이 다르듯이, 양파도 그렇다. 또 속과 겉이 따로 없는 것도 양파와 닮았다.

② 작품 구성

그녀는 이 시간이 가장 견디기 힘들다. 남편이 병원으로 출근한 뒤 혼자 ④<u>남겨진(그녀는 '남아 있는'이라는 말을 두고 굳이 '남겨진'이라고 표현한다)</u> 오전 이즈음에 꼭 한 번씩 공황발작이 일어난다. 60평 아파트의 넓은 공간이 마치 조그마한 상자처럼 느껴지며, 자신은 이 폐쇄된 공간에 유폐된 것 같이 극심한 공포의 늪으로 빠져드는 것이다. 갑자기 숨이 막히고 심장이 터질 것처럼 뛴다. 그와 동시에 토악질과 함께 어지럽고 식은땀이 흐르며, 이러다 죽을 것 같은 공포가 엄습해 온다. 마치 홀로 낯선 세상에 내던져진 것 같은, ⑧<u>일상적으로 만지고 닦던 눈앞의 사물들이 모두 낯설다.</u>

(중편소설 「양파껍질 벗기기」 첫 번째 이야기 중에서)

—김호운, 『그림 속에서 튀어나온 청소부』, 인간과문학사, 2016. p.190

〈첫 번째 이야기—나비춤을 추는 여자〉의 첫 문단이다. '3인칭 관찰자 시점'으로 서술된다. 주인공 '그녀'의 신분, 성격, 갈등구조가 이 문단 속에 배치되어 있다. 남편이 의사이고 60평짜리 아파트에 사는, 부유한 가정이다. 이런 가정에 살면서 폐쇄공포증으로 고통받고 있다. 갈등구조를 심화시키는 설정이다. 밑줄 친 ④ "남겨진(그녀는 '남아 있는'이라는 말을 두고 굳이 '남겨진'이라고 표현한다)"라는 의도적인 문장을 삽입함으로써 '그녀'는 스스로 자신을 폐쇄하고 있음을 암시한다.

밑줄 친 ⑧ '일상적으로 만지고 닦던 눈앞의 사물들이 모두 낯설다.'는 내재한 자아와 겉으로 보이는 자신과의 충돌을 예고하고 있다. '일상적으로 만지고 닦던' 사람과 지금 이 사물을 바라보는 사람은 동일 인물이자 다른 인물이다. 첫 문단에서 이렇게 전시함으로써 이 스토리가 앞으로 같은 인물이 두 개의 캐릭터로 진행되는 걸 독자들은 낯설지 않게 받아들이게 된다.

    그는 인턴 과정을 마쳤을 때 그녀에게 "우리 결혼하자." 라고 말했다. 술자리에서 한 말이라 처음에는 장난으로 그러는 줄 알았다. 그의 표정이 너무나 진지해서 그녀는 잠시 생각을 정리했다. '결혼할까?' 라고 했으면 장난이라고 여길 수도 있는데 '결혼하자.'다. 결혼? 잠시 진지하게 생각하던 그녀는 '우리가 결혼할 만한 사이인가?' 라는 생각과 함께 깔깔 웃었다. 그와 만나면서 한 번도 결혼이라는 단어를 떠올려본 적이 없다. 장래 의사가 될 남자와 국문학과를 나와 조그마한 출판사 편집부에서 아르바이트나 다름없는 비정규직 사원으로 근무하는 자기와 우선 조합이 맞지 않았다. 그로부터 '우리 결혼하자.'는 말을 들으니 웃음부터 나왔다. 그녀는 결혼 또는 사랑이라는 단어를 아예 떠올리지 않았기 때문에 그와 계속 만났다. 그와 결혼을 꿈꾸었다면 그와 조합이 맞지 않아 벌써 헤어졌을 것이다. 그와 만나는 이유를 군이 대라면, 첫 번째는 그의 말대로 속궁합이 맞았고, 둘째는 ⓒ조합이 맞지 않은 남자도 때론 자기 같은 사람이 품을 수 있다는 사실에 일종의 성취감 같은 게 있었다. 그런데 그가 갑자기 결혼을 하자고 한다. 결혼하지 않고도 얼마든지 만날 수 있고 섹스를 할 수 있다. 설사 그가 다른 여자와 결혼을 한다고 하더라도 마음먹기에 따라서는 얼마든지 자기와 만날 수 있다. 그런데 군이 왜 결혼을 하려고 할까?

(중편소설 「양파껍질 벗기기」 첫 번째 이야기 중에서)
—김호운, 『그림 속에서 튀어나온 청소부』, 인간과문학사, 2016. pp.198~199

    '그녀'의 성격을 형성하는 문장이다. 주인공의 성격은 이처럼 이야기 속에 묻어서 나타나야 한다. '성격을 만든다'는 의도가 나타나면 안 된다. 자연스럽게 서사로 연결되는 사건에 주인공의 성격이 드러나게 해야 한다.

    '그녀'는 여행 중에 만난 남자와 연애 중이다. 연애는 하지만 결혼은 생각하지 않는다. 결혼을 전제로 하면 이 남자와 연애할 수가 없다. 조그마한 출판사에 다니는 자신과 의대를 나와 인턴 과정에 있는 남자와 조합이 안 맞다는 걸 그녀는 안다. 억지로라도, 남자의 신분이 탐나서 결혼하려고 의도적으로 접근하는 것도 싫다. 남자가 자신을 좋아하는 것처럼(섹스 때문이라 할지라도), '그녀'도 그렇게 능동적으로 남자를 사귄다. 매우 자유로운 사상을 가진 사람이다. 어떤 조건이든, 그런 자유가 속박되는 걸 싫어하는 사람이다. 이런 성격의 '그녀'에게 남자가 "결혼하자"라고 한다. 그것도 "결혼할까?"가 아니라 "결혼하자."다. 이런 대화는 매우 경쾌하면서 깊은 의미를 던지게 된다. 남자는 당연히 여자가 결혼하리라 믿고 있다. 이 말에서 남자의 성격이 드러난다. 가부장적이고 자기중심적이다. 부잣집 아들로 마음만 먹으면 다 해결되는 줄 아는 남자다. 반대로 '그녀'는 다르다. '결혼할까?'가 아닌 것에 대한 반응이 매우 냉소적이다. '네가 나를 취하는 게 아니라, 내가 널 취하고 있어.'라는 태도가 묻어 있다. 밑줄 친 ⓒ '조합이 맞지 않은 남자도 때론 자기 같은 사람이 품을 수 있다는 사실에 일종의 성취감 같은 게 있었다.'에서 그러한 '그녀'의 성격을 매듭짓는다.

소설은 서사 진행 문장에서 사건의 의미, 주인공의 성격 형성, 주제 심화 등과 같은 '목적'을 성취하게끔 장치해야 한다. 이것이 소설 문장 속에 담긴 '그 무엇'이다.

　　나는 일 년 전부터 심한 정신적 스트레스를 받고 있었다. 나 자신도 그 원인을 꼭 집어 밝힐 수 없어 더 불안했다. 겉으로 보기에는 아무 하자가 없는 멀쩡한 일상을 살아가고 있다. 나이 마흔 셋, 평범한 성격에 적당한 미모를 갖춘 아내와 두 아이, 직장생활도 그리 모나지 않게 잘하고 있었다. 그런 나에게 ⓓ어느 날 문득 원인을 알 수 없는 그런 병—아직 의사에게 정식으로 진료 받은 적은 없지만, 난 스스로 이것을 병의 일종으로 진단 내려놓고 있다—이 찾아왔다. 입이 바싹바싹 말라 물병을 입에 달고 살아야 하며, 출근하는 그 순간부터 수전증이 와서 두 손을 으스러져라 꽉 잡고 있어야 했다. 어느 순간에는 약한 바람에도 날아가 버릴 것 같이 몸이 솜털처럼 가벼워졌다. 그럴 때면 나도 모르게 황급히 주변 구조물을 움켜잡고 안정을 찾아야 했다. 이런 일이 하루에도 몇 번씩 반복되었다.

(중편소설 「양파껍질 벗기기」 두 번째 이야기 중에서)

—김호운, 『그림 속에서 튀어나온 청소부』, 인간과문학사, 2016. pp.205~206

〈두 번째 이야기—벽 속에 갇힌 남자〉의 도입부다. 이 두 번째 이야기는 '1인칭 주인공 시점'으로 '나'가 서술자다. 〈첫 번째 이야기—나비춤을 추는 여자〉처럼, 주인공 이 두 번째 이야기도 첫 문단에 이야기의 흐름을 전시했다. 출근하는 순간부터 수전증이 오고, 바람에 날아갈 것 같은 불안감으로 주변 구조물을 움켜잡고 안정을 취해야 한다. 직장에서의 '나'와 집에서의 '나'가 다른, 두 개의 나가 한 몸에 존재함을 전시한다. 밑줄 친 ⓓ '어느 날 문득 원인을 알 수 없는 그런 병—아직 의사에게 정식으로 진료받은 적은 없지만, 난 스스로 이것을 병의 일종으로 진단 내려놓고 있다—이 찾아왔다.' 이 문장은 사실성을 부여하기 위한 장치다. 이 문장 안에 '—아직 의사에게 정식으로 진료받은 적은 없지만, 난 스스로 이것을 병의 일종으로 진단 내려놓고 있다—'를 삽입함으로써 과학적이라든지 의학적일 필요가 없다 걸 예고한다. 꼭 과학적이고 의학적이라야 병이 되는 건 아니다. 이 이야기에서 세세하게 의학적 용어라든가 진단 장면을 삽입하면 오히려 사실성을 헤친다. 자기 스스로 스트레스 과중으로 과대망상과 같은 생각을 하는 '나'는 이런 진단을 스스로 내리는 게 사실적이다. 소설 문장은 이처럼 치밀하게 심리변화와 이 변화를 읽고 받아들일 독자의 심리까지도 예측하여 만들어야 한다.

이민 16년 만에 남자는 드디어 카라바사스(Calabasas)에 입성했다. 산타 모니카 산맥과 우드랜드 힐스 사이에 있는 카라바사스는 할리우드에서 10킬로미터 떨어져 있는데, 이민 20년차 이상 되는 성공한 한인 교포들이 모여 사는 LA의 부자촌으로 유명한 곳이다. 그는 이민 초기부터 이곳에 둥지를 틀어야겠다고 굳게 마음먹었다. 처음 이민 와서 고생할 때 도와준 고향 선배가 이곳에 살고 있어서이기도 했지만, 무엇보다 카라바사스라는 지명이 강렬하게 그의 마음을 붙잡았다. 카라바사스는 '호박'이라는 뜻이다. 스페인어로 호박을 뜻하는 칼라바자(calabaza)에서 따 왔다. 매년 10월에 이곳에서 그 유명한 '칼라바사스 호박 축제'가 열린다. 선배의 초대로 가족과 함께 이 축제를 보러 왔다가 '성공해서 나도 꼭 이곳에 들어온다.' 하고 속으로 다짐했었다. 이곳에 둥지를 틀면 왠지 '호박이 넝쿨째 굴러올 것'만 같은 예감이 들었다. 자기가 찾으려는 황금의 도시 '엘도라도(El Dorado)'가 바로 이 카라바사스라고 생각했다. 성공한 한인 교포들이 이곳으로 몰려드는 것도 어쩌면 '호박'이 주는 이런 상징적 의미 때문일 거라 믿기도 했다.

(중편소설 「양파껍질 벗기기」 세 번째 이야기 중에서)
─김호운, 『그림 속에서 튀어나온 청소부』, 인간과문학사, 2016. p.223

〈세 번째 이야기─뻐꾸기 알을 품은 개개비〉의 첫 문단이다. 세 번째 이야기는 '전지적 작가 시점'으로 서술한다. 한국에서 개척교회를 하던 목사가 신자들의 헌금과 교회 자산인 임대보증금을 빼내 미국으로 도망쳤다. 미국에서 개척교회를 만들어 성공하겠다는 생각이었으나, 기득권을 가진 교회가 널려 있어 발붙일 곳이 없어 일용직 근로자로 전락한다. 성공한 선배의 도움으로 마침내 성공하여 이민자들이 꿈꾸던 주택가 카라바사스에 입성한다. 카라바사스는 스페인어로 호박을 뜻하는 칼라바자(calabaza)에서 따온 지명이다. '호박이 넝쿨째 굴러떨어졌다.'는 우리 속담이 있다. 이 첫 문단이 고생 끝에 성공한 이민자임을 전시한다. 너무 의도적이어서도 안된다. 사실성을 부여하면서 서사로서도 무리가 없어야 한다. LA시가 있는 캘리포니아는 아메리카에 온 서구 이민자들이 황금을 찾아다니던 황금향(黃金鄕) '엘도라도(El Dorado)'다. 그리고 실제 카라바사스는 이민자 중 성공한 사람들이 모여 사는 부촌이다. 유명한 호박 축제를 하는 곳이기도 하다. 이러한 인과관계를 연결하여 주인공이 성공했음을 전시한다. 이 전시는 희망의 메시지가 아니다. 호사다마(好事多魔), 좋은 일에는 늘 나쁜 일이 따라온다. 이 주인공에게 앞으로 희망이 아닌 어두운 그림자가 기다린다는 암시도 동시에 배어 있다.

소설의 첫 문장과 첫 문단은 작품 전체를 관통하는 주제, 또는 주된 스토리를 전시하는 것이 좋다. 너무 의도적이지 않게, 자연스러운 서사로 연결해야 한다.

"앙드레 말로는 「인간의 조건」에서 이렇게 말하죠. '에로티시즘은 자기를 모욕하거나, 아니면 상대방을 모욕하는 것이다. 아니, 쌍방을 모두 모욕하고 있는 건지도 모른다.' 이 말, 어떻게 생각하세요?"

"그 사람의 생각이겠지요. 서로 즐기면서 굳이 모욕이라고 정의 내릴 필요가 있을까요."

"그렇죠. 보편적인 남자들은 다 그런 생각을 해요. 이 소설 읽어 보셨어요?"

"아뇨."

나는 빈약한 내 독서 수준을 내보여 창피한 것보다 보편적인 남자로 분류된 것에 화가 났다.

"그 작품을 다 읽으면 이 말에 대한 해답이 나와요. 여자는 섹스를 통해 남자에게 소유되는 게 아니라, 섹스를 통해 남자로부터 자유를 얻는 거다.

에로티시즘을 모욕으로 느끼는 건 바로 그 소유에서 비롯되는 거예요. 자유와 소유 사이의 갈등에서 모욕을 느끼죠. 남자들은 대부분 섹스를 통해 여자를 소유하는 줄로 착각해요. 그래서 에로티시즘이 모욕으로 바뀌는 겁니다. 이 작품은 열강의 침략과 좌우 이데올로기의 대립 속에서 난무하던 중국의 테러리즘을 다룬 내용인데, 에로티시즘의 정의를 완벽하게 노정하고 있어요. 이념의 선을 넘는 일이 바로 진보적인 의식의 성장이라고 보았고, 그걸 해결하는 가장 쉬운 방편을 앙드레 말로는 섹스라 본 거예요. 에로티시즘에 고정 관념을 가진 사람은 이념을 개혁시킬 수 없는 보수주의자가 아니겠어요? 어때요, 이해되세요? 시간이 나면 이 책 꼭 한 번 읽어 보세요."

(중편소설 「양파껍질 벗기기」 네 번째 이야기 중에서)
─김호운, 『그림 속에서 튀어나온 청소부』, 인간과문학사, 2016. pp.265~266

〈네 번째 이야기─세 사람의 멜랑꼴리한 가면무도회〉는 앞서 전개한 세 개의 독립된 이야기의 주인공이 함께 나와 '1인칭 주인공 시점'으로 서사를 진행한다. 〈두 번째 이야기─벽 속에 갇힌 남자〉의 주인공 '나'가 이 네 번째 이야기에서 주인공 '나'로 등장하여 화자(話者)로 이야기를 이끈다.

위 장면은 세 사람이 함께 스위스 융프라우요흐로 가는 길에 그린델발트에 있는 캐빈에서 하루 묵기 위해 짐을 푼 뒤, 〈첫 번째 이야기─나비춤을 추는 여자〉의 주인공 '그녀'와 네 번째 이야기 주인공 '나'가 계곡에 물 뜨러 가서 나누는 대화다. 〈세 번째 이야기─뻐꾸기 알을 품은 개개비〉의 주인공 '남자'는 '나'보다 먼저 '그녀'와 밀라노에서 만나 두 사람이 함께 여행하던 중이었고, '나'는 중간에 합류했다. '그녀'는 '남자'를 피해 '나'와 가까워지기를 은근히 바라고 있다.

〈네 번째 이야기─세 사람의 멜랑꼴리한 '가면무도회'〉는 세 개의 이야기를 한 공간에 모아 하나의 주제로 종결하는 이야기다. 위 장면이 바로 주제를 모으는 핵심이다. 새로운 이야기를 만들기보다 앙드레 말로의 『인간의 조건』의 주제를 텍스트 인용으로 삽입하여 서사 구조를 형성함으로써 사실감을 고조시켰다. 주제가 형이상학으로 자칫 산만하게 흐트러질 수 있는 약점을 독자에게 잘 알려진 명작에서 텍스트를 인용함으로써 오히려 사실감을 살리게 된다. 소설에서 이런 기법을 잘 이용하면 작품 구성에 도움이 될 경우가 많다.

5. 장편소설 구성하기

(1) 장편소설의 특징

장편소설은 분량이 보통 200자 원고지 1,000매 이상의 소설을 말한다. 최근 길이가 짧은 작품을 선호하는 독자들을 위해 800매 내외의 작품으로 완성하고 경장편(輕長篇小說)이라 부르기도 한다. 우리나라에서는 장편소설보다 단편소설 중심으로 소설 문학이 발전해 왔다. 앞서 설명했듯이, 인문학적 정리에 따른 현상이 아니라, 매체 발전과 상관관계가 더 크다. 단편소설의 경우에는 먼저 문학 잡지 등에 발표하고, 나중에 10여 편 정도 작품이 모이면 그때 소설집으로 묶어 출간한다. 장편소설은 작품을 완성하더라도 발표하기가 쉽지 않다. 잡지나 신문에 연재하든지, 아니면 책으로 출간해야 독자를 만난다. 고정 독자를 확보하지 못한 작가들은 이런 발표 기회를 얻는 게 쉽지 않다. 이러한 창작 환경으로 인하여 자연히 장편소설보다 단편소설 중심으로 소설 문학이 발전할 수밖에 없었다.

장편소설은 단일성을 요구하는 단편소설과 달리 여러 사건을 유기적으로 연결하면서 전체 서사를 통일한다. 장편소설은 대부분 복합 구성으로 이루어지기 때문에 여러 갈래의 사건들이 인과관계로 서로 연결되지 않으면 매우 혼란하게 된다. 구성 단계에서 잘 살피면서 진행하는 게 좋다.

(2) 장편소설 구성 방법

중·단편소설도 마찬가지지만, 특히 장편소설은 소재가 긴 서사로 창작될 수 있는 내용이어야 한다. 또 여러 개의 소재로 복합 구성을 할 수 있으면 더욱 좋다. 한 개의 소재로 장편소설의 서사를 이어가는 건 아무래도 벅차다.

장편소설은 처음부터 끝까지 스토리를 완벽하게 구상하기보다 대강의 줄거리로 시작하는 게 좋다. 완벽하게 구상하면 서사를 진행할 때 구상한 스토리에만 의존하게 되기 때문에 작가의 상상력이 위축된다. 대강의 줄거리만 구상하면, 진행해 가는 동안 다양한 길을 만들 수 있다. 마치 우리의 미래와 같다. 미래를 완벽하게 계획하게 되면 궤도 위를 달리는 열차처럼, 그 계획만 좇게 되어 변화를 주지 못한다. 장편소설 스토리도 마찬가지다. 작가의 구상대로만 전개되면 자칫 이야기가 밋밋해질 수 있다.

인생은 오늘, 바로 지금이다. 그때그때 상황과 마주치면서 인생의 길이 만들어진다. 소설도 이와 같다. 제재가 있고, 주인공의 성격이 형성되고, 주제를 결정했다면, 사건은 주인공이 만든다. 말하자면 주인공이 살아가면서 좌충우돌 사건을 일으키는 것이다. 서술자는 주인공이 일으킨 사건이 주제와 주인공 성격에 잘 맞는지, 서사 줄기에서 벗어나지 않는지만 살피면 된다.

물론 긴 분량의 창작 작업을 하는 만큼, 장편소설 쓰기는 인내력이 필요한 고독한 싸움이다. 작가 스티븐 킹은 "장편소설 쓰기란 외롭고 힘겨울 수도 있다. 이를테면 욕조를 타고 대서양 건너기와 비슷하다"라고 말했다. 적절한 비유다. 장편소설 쓰기는 정말 망망대해를 홀로 항해하는 것 같다. 그렇지만, 항해가 끝나면 그만큼 성취감 또한 높다. 무엇보다 세상 하나를 만들었다. 그래서 힘들어도 작가는 즐기면서 끊임없이 창작 활동을 한다.

(3) 장편소설창작 실기

1) 장편소설『표해록(漂海錄)』(김호운)

① 글감 구하기

장편소설『표해록』은 역사소설이다. 그러함에도 역사소설로 분류하지 않고 '장편소설'이라고 이름 붙인 이유는 역사의 한순간에 머물렀던 사료를 들추어내어 소설로 만든 게 아니기 때문이다. 과거와 현재, 그리고 미래를 진행형으로 관통하는 주제에 과거 역사 자료를 배경으로 작품을 썼기 때문이다. 이를테면, '사랑'을 주제로 작품을 쓸 경우, 그 배경을 현대사회로 할 수도 있고, 저 먼 역사 속 어느 시점을 배경으로 할 수도 있다. 삼국시대에 살던 어느 실존 인물을 주인공으로 사랑 소설을 썼다고 해서 역사소설이 되는 건 아니다. 이 사랑은 과거 현재, 그리고 미래를 관통하며 진행형으로 존재한다. 이 작품『표해록』의 주제가 그러하고 지금도, 다가올 미래에도 여전히 그렇게 진행형으로 존재할 수 있기에 역사소설로 분류하지 않았다.

이 작품의 소재를 얻은 건 정말 우연한 계기를 통해서다. 중국어를 공부하고 중국문화를 좋아해서 중국 절강성 닝보[寧波] 여행 자료를 찾던 중 조선시대 인물 최부(崔溥)를 알게 되었다. 그것도 중국 자료를 통해 알았다. 풍랑을 만나 표류하다가 절강성에 표착된 조선시대 관리라는 정도로 소개한 짧은 내용이었다. 이 짧은 글이 호기심을 불러일으켰다. 국토의 삼면이 바다인 우리나라에서 풍랑을 만나 중국 땅에 표착된 사람이 한두 명이 아닐 텐데, 표착된 일반 서민을 그렇게 기록으로 남기지는 않았을 거라는 의문이 들었다. 그래서 최부에 대한 자료를 뒤지다가, 그가 제주도에 추쇄경차관으로 파견되어 복무하던 중 부친상을 입고 제주에서 고향 나주로 가던 중 추자도 앞바다에서 풍랑에 휩쓸려 14일간 표류하다가 구사일생 중국 절강성에 표착됐다는 것을 알았다. 여러 기관의 심문을 받으며 생사를 넘나드는 고난을 겪은 끝에 항주를 거쳐 북경까지 갔고, 다시 북경에서 한양까지 일행 43명이 한 사람도 희생 없이 살아서 돌아온, 6개월 동안 겪은 기록 『표해록』(원본은 『中朝聞見日記』다)의 저자였다. 그래서 더욱 놀랐다. '동방견문록'과 '하멜표류기'는 잘 알면서 우리나라 사람이 쓴 '표해록'은 배운 적도 없었다는 사실이 놀랍기도 하고 부끄럽기도 했다. 이를 널리 알려야겠다는 생각에 소설을 쓰기로 맘먹고 자료를 뒤졌다. 의외로 학자들의 연구 활동은 활발했다. 복사한 논문 자료가 라면 상자 하나고, 참고 저서도 여러 권 출간되어 있었다. 그날부터 자료를 중심으로 공부하기 시작했다.

이 소설의 소재(素材)는 '표해록'이라는 최부의 저술이다. 이 소재에서 소설이 될 수 있는 제재와 주제를 찾아야 한다. 표해록 자료를 뒤지다가 한 가지 중요한 사실을 발견했다. 최부는 학자이면서 관리였다. 보통 관료로 진출하는 걸 목표로 공부한 선비들과는 다른 점을 발견한 것이다. 경학에 밝고, 주변 학문까지 연구했을 정도로 큰 학자면서 '시(詩)' 쓰는 일은 경박한 행위로 치부했다. 지금은 문학으로 중요한 위치에 있지만, 당시에는 기득권 선비들의 여흥의 소산물로 본 것이다. 학문의 목적은 경세제민(經世

濟民)에 있는데, 한가하게 학자가 시 놀이로 시간을 소비해서는 안 된다는 철학을 지니고 있었다. 표류하는 동안 많은 중국 관리들이 그에게 시를 주고 화답해 달라거나, 시 한 수 얻으려고 선물까지 들고 왔으나 몇몇 피치 못한 경우를 제외하고는 모두 거절했다. 그런 그가 제주의 문화와 역사를 칠언절구(七言絶句)로 쓴 35편의 시를 남겼다. 〈耽羅詩35絶(탐라시35절)〉이다. '표해록' 행간에서도 드러나지만, 이 시구에서 최부가 우리 역사와 땅, 그리고 그곳에 사는 사람을 얼마나 소중히 여겼는가가 여실히 드러난다.

渤海之南天接水(발해지남천접수)
鰌潮鼉浪無涯埃(추조타랑무애애)
耽羅國在渺茫中(탐라국재묘망중)
一點彈丸九百里(일점탄환구백리)

발해에서 남쪽 하늘과 바다 서로 이어져
거센 물결 끝없이 물밀 듯 밀려오네
탐라국은 멀리 아득한 곳에 있어
한 발 총알 같은데 주위가 육백리라네

−임준성, 「금남 최부의 〈탐라시35절〉 연구」,
『한국시가문화연구』 제27집, 2011.2. p.300

최부의 칠언절구 〈탐라시 35절〉 중 한 편이다. 첫구 머리에 '渤海(발해)'가 나오고, 셋째 구에 '耽羅國(제주)'이 나온다. 마지막 구에 제주를 '一點彈丸九百里(일점탄환구백리)'라고 했다. 먼 북쪽 발해로부터 한 발 총알처럼 900리 떨어진 제주까지가 우리 영토임을 이 시에서 주장하고 있다. 조선시대 관리가 발해를 우리나라 영토로 인정하고 있다. 놀라운 일이 아닐 수 없다. 지금도 발해가 우리 땅이라고 말은 하지만, 우리 의식 속에 얼마나 깊이 실감하고 있는지 반성하게 한다. 하물며 중국의 연호를 사용하며 국왕이 사대하던 시절에 관리가 중국 영토로 들어가 있는 발해 땅을 조선 영토로 인식한다는 건 역적에 버금가는 죄다. 이런 진보 의식을 교묘하게 칠언절구 시 운율에 감추고 있다. 당시 조선 성종 때였는데, 누군가가 진의를 알고 밀고했으면 아무리 국왕이 편애하는 신하라 하더라도 목이 달아날 사건이다. 또 한 가지 놀라운 사실이 이 시 속에 감추어져 있다. '耽羅(탐라)'라고 하지 않고, '耽羅國(탐라국)'이라고 표현했다. 조선 시대의 제주는 조선 영토로 편입된 '탐라'여야 한다. 그러함에도 이전 독립 국가인 탐라국이라고 썼다. 물론 제주를 독립시키자는 의도로 쓴 건 아니다. 제주 현지에 파견된 관리로서 제주의 문화와 역사를 살피던 중, 제주민의 독창적 개성이 강렬하다는 걸 인식했다. 그 원인은 오랫동안 뭍에서 떨어져 다른 나라로 살아왔고, 조선에 편입된 뒤에도 조정의 정치 혜택을 누리지 못하고 파견 관리를 통해 조공(朝貢)하듯 세공만 바쳤다. 앞서 최부는 성종 대에 편찬한 문물지리지 『동국여지승람(東國興地勝覽)』 편찬에 참여하여 많은 항목을 집필했다. 이때 그가 절실하게 느낀 게 제주에 대한 자료가 없다는 것이었다. 바다 건너 오가는 일이 그처럼 먼 나라로 느껴졌다 추쇄경차관으로 제주에 간 것도 풍랑이 겁나 서로 안 가려고 하는데, 최부가 자청했다고 한다. 이 기회를 제주 문물을 직접 보고 공부할 수 있는 계기로 삼기 위해서다. 시 쓰는 일을 경시하던 최부가 제주를 주제로 칠언절구 '탐라시35절'을 남긴 것만 보아도 그의 이런 의도를 알 수 있다.

자료를 통해 최부의 이런 경세제민 정신을 발견하자, 앞서 소재로 얻은 '표해록'에서 제재(題材)로 전환되었고, 주제도 함께 형성되었다. '최부'라는 인물을 통해 '삶의 목적이 무엇인가'라는 명제를 주제로 삼은 것이다.

이 작업은 빼어난 선각자 '최부'의 참모습을 복원하는 일도 되지만, 오늘날 살아가는 우리에게 자신의 참모습을 발견하는 계기를 주는 일도 된다.

이제 이 장편소설의 스토리만 만들면 된다. 고민하던 끝에 최부가 남긴 역작 '표해록'을 배경으로 그 행간에 스며 있는 그의 경세제민 사상을 찾아내기로 했다. 그런데 표류 기간 내 하루도 빠짐없이 날짜와 날씨까지 기록했지만, 남의 나라에서 몰래 메모하는 처지라 필자가 원하는 내용을 충분히 추출할 수가 없었다. 그래서 기록으로는 남기지 않았지만, 최부가 분명히 '그렇게 생각하고, 그렇게 행동했을 거'라고 확신할 수 있는 동시대 중국 역사와 문화, 그리고 조선 역사와 문화를 에피소드로 삽입하기로 했다. 예를 들면, 항주에서 경항운하를 거쳐 북경으로 가는 동안 절강성 소흥에 있는 회계산을 지나갔다. 회계산 아래 고향을 둔 「회향우서(回鄕偶書)」로 유명한 당나라 시인 하지장을 최부가 놓쳤을 리 없다. 조선의 학자라면 그의 '회향우서'를 모를 리 없기 때문이다. 그의 표해록 일기에는 언급이 없다. 그래서 회계산을 지날 때 하지장의 일화와 그의 문학이 조선 학자들에게 영향을 준 사상을 에피소드로 삽입했다. 픽션으로 구성하는 소설이기에 가능하다. 이러한 픽션은 우리가 발견하지 못한 최부의 인격을 재생하는 데 필요한 작업이다. 또 앞서 소개한 최부의 '탐라시 35절' 구절에 '발해'를 언급했다. 요동을 거쳐 의주로 가는 동안 최부 일행은 발해 땅을 지나갔다. 시로 남길 만큼 강렬한 진보사상을 가진 최부가 발해 땅을 무심히 통과했을 리 없다. 이 지역을 지나면서 '탐라시35절'과 함께 발해에 관한 에피소드를 삽입했다. 이렇게 하여 장편소설 『표해록』이 완성되었다.

장편소설은 이처럼 주제를 중심으로 진행하지만, 여러 에피소드가 새로운 이야기로 등장하여 복합적인 구성을 이룬다. 최부가 남긴 '표해록' 내용만을 중심으로 번역하듯 이야기를 구성하면 원본과 다르지 않아 별 의미가 없다. 또 무리하게 주제와 관련 없는 에피소드를 흥미 위주로 삽입하면 서사의 흐름이 난삽해지고, 작품 의미도 흐려진다.

이 소설의 시점은 '전지적 작가 시점'으로 했다. 최부가 직접 기술한 '표해록'을 바탕으로 했지만, 최부의 시점으로 하면 문학의 '한계'를 극복할 수 없다. 그래서 작가 시점으로 최부를 따라가면서 문학 작품으로 완성한 것이다.

장편소설에서 가장 중요한 건 한 가지 주제로 작품 전체를 관통하는 시선이다. 이 시선을 중심으로 다양한 에피소드와 텍스트 인용으로 작품의 흥미를 높인다. 분량이 긴 만큼 자칫 지루해질 수가 있다. 장편에서 최대적은 '흥미를 잃는 것'이다. 재미가 없으면 내용이 아무리 좋더라도 독자는 서사를 따라오지 않는다. 독자의 시선을 끝까지 붙잡을 수 있도록 치밀하게 구성해야 한다.

② 장편소설창작 실기
'소재 → 제재+주제 → 스토리 → 구성'

이렇게 소재를 얻은 데서 스토리가 대강 엮어지면 구성 작업을 한다. 승정원에 보관 중(지금은 서울대학교 규장각에 보관)인 『中朝聞見日記』는 후손들이 문집을 정리하면서 '금남표해록(錦南漂海錄)'이라고 기록했고, 이후에는 보통 줄여서 '표해록(漂海錄)'으로 불린다. 원문도 간행되어 나와 있고, 여러 학자가 주해를 달아 번역한 책들도 있다. 필자는 그 가운데 고려대학교 박원호 명예교수의 역주본 『최부 표해록 역주』(고려대학교 출판부, 2006)를 저자의 허락을 받아 저본으로 삼았다. 그러나 원본 표해록을 역주한 내용만으로 소설을 구성할 수는 없다. 그래서 최부 개인사 자료를 찾았으나 무오사화를 거쳐 갑자사화 때 희생되는 바람에 자료가 별로 남아 있지 않아서 동시대를 산 주변인들의 개인사와 중국의 역사와 문화, 그리고 조선의 역사와 문화를 살펴 에피소드로 이용하면서 최부의 인격을 재생(再生)하기로 했다. 그러고 나자 전체 구성이 잡혔다.

먼저 최부가 무오사화 때 체포되어 함경도 단천(端川)에서 6년간 유배 생활했던 일을 재현하여 작품 첫머리에 올리기로 했다. 단천에서 유배 생활하던 중 갑자사화가 일어났고, 최부는 단천에서 다시 한양으로 압송되어 도착 다음 날 처형당했다. 이 두 과정을 작품 앞뒤에 배치했다. 단천 유배에서 압송되는 순간까지 작품 머리에 올리고, 중간에 제주에서 표류당해 중국 절강성 항주에서 경항운하를 거쳐 북경에 머물다, 요동을 거쳐 한양으로 오기까지의 여정을 중심 서사로 전개하고, 끝에 단천에서 한양으로 압송되어 의금부 옥사에서 하루 묵고 처형당하는 순간을, 작품 머리에 재현하여 배치했던 단천 유배의 마지막 장면과 이어서 결말로 마무리했다.

마지막으로 이 작품의 사실성 확보를 위해 서사구조와는 무관하게 '결미'를 덧붙였다. 최부가 갑자사화로 희생된 사건은 역사적 사실이다. 여기에 주모자가 연산군이다. 최부를 처형한 후 연산군이 보여준 심정이 '연산군일기'에 기록되어 있어 이 부분을 사실적으로 덧붙이는 게 좋을 듯했다. 전체 서사 흐름으로 보면 사족(蛇足)이 될 수도 있지만, 이 작품의 배경이 역사적 사실에 근거하기에 이런 구성 스타일을 실험적으로 시도했다. 결과적으로는 잘 되었다고 생각한다.

바람이 세차게 분다. 오늘 이 바람은 예사롭지 않다. 광풍(狂風)이다. 억새로 엮은 사립문이 마치 종이쪽처럼 가벼이 흔들리더니 결국 밀려드는 바람에 못 이겨 안으로 꺾여 들어와 그대로 담벼락을 치고 만다. 본래 밖으로 열리는 문인데 바람이 얼마나 거센지 거꾸로 마당 안으로 치받아 들어와 내동댕이쳐진 것이다. 그러더니 마당 한쪽에 있던 살구나무도 뚝 하고 부러져 넘어간다. 이곳에 와서 손수 심고 키워서 작년에는 열매를 얻어먹기도 했던 제법 큰 나무인데 그리 맥없이 넘어가 버렸다.

혼자 초옥(草屋) 툇마루에 앉아 이 광경을 지켜보던 최부(崔溥)는 눈을 지그시 감는다. 어젯밤 꿈자리에서 만난 스승 점필재(佔畢齋) 김종직(金宗直) 선생을 떠올렸다. 단천으로 유배 온 지 6년 만에 처음으로 꿈자리에 스승이 나타났다. 한동안 말없이 그를 바라보던 점필재의 눈에서 눈물이 아닌 피가 흘러내렸다. 놀라 무릎을 꿇는 그에게 점필재는 꾸짖듯이 말했다.

"여기서 왜 이러고 있느냐?"

"단천의 물이 좋다 하여 예서 눌러삽니다."

"예끼, 이 사람! 죽음이 지경에 왔는데 그리 한가한 소리를 하는가!"

"무슨 말씀이신지요?"

"오늘 또 한차례 광풍이 불걸세. 그대도 이제 천천히 자리를 살피시게."

"광풍이라 하셨습니까?"

"소소한 인연 하나가 이렇게 역사의 물줄기를 꺾을 줄은 내 미처 몰랐네. 악연(惡緣)도 인연이니 내 어찌 피할 수 있었겠냐만, 그날 내가 학사루에 걸려 있던 그 현판을 불태우지만 않았어도 오늘 이 광풍은 불지 않았을걸세."

그러고 나서 점필재는 홀연히 사라졌다. 최부는 소스라치게 놀라 잠에서 깨 벌떡 일어나 앉았다. 축시(丑時;새벽 1~3시)를 막 넘겨 사위는 아직 칠흑같이 깜깜하다. 멀리서 들려오는 부엉이 울음소리가 초옥을 한 바퀴 감싸고 어둠 속으로 묻혀간다.

　　　　　－김호운 장편소설『표해록(漂海錄)』, 도서출판 도화, 2017, pp.19~21

장편소설『표해록(漂海錄)』첫 장에 픽션으로 그린 최부의 단천 유배 생활 한 부분이다. 광풍은 한양에서 피비린내 나는 갑자사화를 상징한다. 최부가 단천에 오자마자 심고 가꾼 6년생 살구나무가 그 광풍에 뚝 부러졌다. 이제 열매를 따 먹기 시작한 살구나무다. 여기에서 살구나무는 '최부'

이고, 이 나무가 광풍에 부러진 건 갑자사화로 최부가 희생됨을 예고한다. 또 살구나무가 6년간 잘 자랐다는 건 단천 유배 생활에 이제 적응되었다는 의미다. 열매를 따 먹기 시작한 건 단천에서 아이들을 교육하며 얻은 결실을 의미한다. 주인공 최부의 성격을 형성하는 장치다. 주인공의 성격 형성을 설명으로 하면 안 된다. 이 작품에서 보듯 독립된 이야기로 꾸미고(전체 서사에 연결되는 이야기), 이 이야기 속에 그러한 의도를 감추어야 한다. 설명으로 묘사하면 사실성이 떨어진다. 알레고리를 이용하여 꾸민 이야기에 감추는 게 좋다. 소설 문장은 이같이 우회적으로, 사건을 만들어 전달하면 감동이 더 크다.

꿈에 점필재 김종직이 나타난 건 최부와 김종직과의 역사의 끈을 만들기 위해서다. 최부가 무오사화에 연루된 것은 성종실록 작성 때 김종직이 쓴 '조의제문(弔義帝文)'을 제자 김일손이 사초에 넣은 게 원인이 되었고, 이 사건은 단순히 실록의 사초가 문제가 아니라, 훈구파와 사림 간의 갈등 종식을 위해 이용되었다. 여기에 김종직과 앙금을 가진 유자광의 역할이 작용한다. 죽은 김종직은 부관참시당하고, 그의 제자들은 모조리 숙청되었다. 최부는 김종직 직계 문하생은 아니지만, 그의 학문이 뛰어나고 청렴결백하여 김종직이 그를 제자의 반열에 올렸다. 이 사건에 최부가 연루된 건 그의 집에 점필재 문집이 있다는 이유였지만, 사실은 연산군이 옳은 말을 하는 최부를 가장 두려워했기 때문이다.

최부가 단천으로 유배된 이유와 무오사화의 과정을 간접적으로 제시하기 위하여 꿈에 김종직이 나타나게 한 것이다. 장편소설의 흥미를 위해 이처럼 서사의 본줄기에 다양한 에피소드를 삽입하여 이야깃거리를 생산하여야 한다. 이 경우에 반드시 본 줄기 서사와 연관 있도록 인과관계를 잘 살려야 한다. 그렇지 않으면 사족이 되어 오히려 작품을 혼란스럽게 만든다. 작품 속 김종직 에피소드는 함양 '학사루'에 걸려 있던 유자광의 시 현판을 김종직이 끌어내려 불태운 사건과 연결했다. 이 사건이 결과적으로 유자광과의 악연을 만들고, 무오사화를 일으키게 되는 것이다. 그 인연에 최부가 연루된다.

최부는 추쇄경차관으로 부임하면서 제일 먼저 제주 지방의 생활풍토부터 살폈다. 제주목(濟州牧), 구의현(口義縣), 대정현(大靜縣) 등 제주 3읍을 순시하고, 역사와 풍속 자료를 뒤지는 한편 직접 백성들을 만나 묻고 살펴서 이를 「탐라시(耽羅詩)」라 제목을 붙여 칠언절구(七言絶句)[1]로 기록했다. 지금까지 그는 경학(經學)을 공부하며 시사(詩詞)를 가까이하지 않았다. 심지어 시를 짓는 일을 놀기 좋아하는 한량들이나 하는 짓으로 경시했다. 그런데 이 탐라의 풍속을 기록하면서 그는 의외로 시로 적고 싶었다. 섬사람들의 애잔한 삶을 딱딱한 문장으로 담기에는 뭔가 부족하다 느꼈고, 그렇다고 그들의 아픈 삶을 가벼이 노래(詩)로 표현할 수도 없었다. 그래서 그는 절충을 선택했다. 칠언절구로 기록하되 문학의 미학을 살리는 감상이 묻은 수사(修辭)를 버리고, 진솔한 삶의 모습 그대로를 기록하기로 한 것이다. 말하자면 칠언(七言)의 운율을 제주 사람들의 가슴에 스며 있는 삶의 아픈 감정을 담는 장치로 이용하는 묘안을 선택한 것이다. 이제 「탐라시(耽羅詩)」를 35절(絶)까지 완성했다. 앞으로 계속 이어서 그는 한 권의 대서사시(大敍事詩)로 묶어 세상에 내어놓을 작정이다.

革帶芒鞋葛織衣(혁대망혜갈직의)

石田茅屋矮紫扉(석전모옥왜자비)

負瓶村婦汲泉去(부병촌부급천거)

---

1 율시(律詩)와 함께 근체시(近體詩)에 속하는 한시체(漢詩體)의 하나. 절구(絶句)는 오언절구와 칠언절구로 구분되는데, 모두 기(起)·승(承)·전(轉)·결(結) 4수로 이루어진다. ─한국학중앙연구원, 『한국민족문화대백과』, 1991.

横簇堤兒牧馬歸(횡적제아목마귀)

가죽감티 망혜에 갈옷을 입고
자갈밭과 초가지붕, 엉성한 사립문
촌아낙네는 허벅지고 물 길으러 샘으로 가고
피리 불며 돌담에 앉아 말 먹이던 아이 돌아오네

    풀잎으로 지붕을 엮은 허름한 집에 살면서 가죽감티에 다 헤진 미투리를 신고 갈포로 짠 거친 베옷을 입고 돌밭을 일구며 사는 제주도 사람들의 척박한 삶을 이 시 한 수로 표현했다. 특히 제주 여자들은 물동이를 머리에 이지 않고 등에 진다. 주둥이가 좁은 항아리를 바구니에 넣고 지는데 이를 '허벅'이라고 했다. 이렇게 허벅을 지고 물을 길으러 다니는 것은 물이 귀한 제주도의 지형 때문이다. 돌밭과 돌길을 돌아 멀리 있는 샘에 가서 물을 길어오자면 육지처럼 주둥이 넓은 물동이를 머리에 이면 물이 다 쏟아진다. 그래서 허벅을 지고 물을 긷는 것이다.
                     -김호운 장편소설『표해록(漂海錄)』, 도서출판 도화, 2017, pp.33~35

    이 부분도 픽션으로 구성한 내용이다. 최부 '표해록'은 부친의 부고를 듣고 제주를 떠나는 날부터 한양 청파역에 도착하기까지 기록이다. 제주에 부임하여 지낸 3개월간의 기록은 없다. 그래서 최부 '탐라시35절'과 최부와 관련된 주변 자료를 통해 단편적이나마 최부가 제주에 도착한 이후 있었던 단편적인 기록을 모아 픽션을 구성했다. 최부가 공무가 없을 때는 제주 3읍을 순회하면서 민가의 나이 많은 노인들을 만나서 구술로 이야기를 전해 들었다고 한다. 그 이유를 한때는 탐라국으로 독립된 나라였는데, 역사 기록이 변변히 남아 있지 않고 문화 풍물 기록도 제대로 되어 있지 않아 안타까워했다고 한다. 참고로 최부의 '탐라시35절' 가운데 제28절인 위 칠언절구에 제주 풍물을 담았다. 여기에 나오는 '부병(負甁)'은 문자로 남은 허벅에 관한 유일한 기록이다. 제주 지방에서 아낙들이 물을 길어올 때 지는 항아리를 허벅이라고 하는데, 문헌에는 없었다고 한다. 최부가 얼마나 백성들의 생활에 대해 관심을 가졌는가를 보여주는 좋은 자료다.

이렇게 소설은 실증 자료와 픽션을 혼합하여 이야기를 재생산하기도 한다. 없는 사실을 만드는 게 아니라, 있는 사실을 중심으로 '그렇게 했을 것이다' '혹은 그런 결과를 가져왔을 것이다'라는 가정을 끌어오는 것이다. 이 가정은 '반드시 그러하리라'라는 신뢰를 주어야 한다.

제5강

소설 문장론

1. 문장이란 무엇인가

(1) 모든 문장에는 독자가 있다

국어사전에는 문장을 "생각이나 감정을 말과 글로 표현할 때 완결된 내용을 나타내는 최소의 단위. 주어와 서술어를 갖추고 있는 것이 원칙이나 때로 이런 것이 생략될 수도 있다"라고 설명하고 있다. 여기에서 주목할 대목은 '주어와 서술어를 갖추고 있는 것이 원칙이나 때로 이런 것이 생략될 수도 있다.'라고 설명하는 부분이다. 문법을 준수하여 정확한 문장을 만드는 것이 원칙이지만, 문학다운 표현을 할 때는 이러한 원칙을 무너뜨려야 한다. 전하고자 하는 내용을 강조하고, 동시에 문장의 아름다움과 리듬을 강화하기 위해서는 '문장 비틀기'를 해야 한다.

누군가가 읽을 걸 전제로 문장을 쓴다. 그렇다면 문장의 내용을 받아들이는 건 쓰는 사람이 아니라, 읽는 사람이다. 여기에 문장을 어떻게 써야 하는지 그 해답이 있다.

글 쓰는 이의 감정과 철학만으로 문장을 만들면 안 된다. 그 문장을 읽는 이가 어떤 감정, 어떤 철학을 가져야 하는지를 미리 예견하고, 독자가 문장 안으로 들어오도록 해야 한다. 문장을 쓰는 이는 작가지만, 읽는 이는 독자라는 걸 명심해야 한다.

필자와 친분이 있는 한 화가가 어릴 때 아버지에게 들은 이야기를 들려준 적이 있다. 그 화가는 그림을 그릴 때 항상 아버지가 한 이 말을 생각한다고 했다.

"보자기를 쌀 때는 푸는 사람을 생각하며 묶어야 한다."

보자기를 묶는 건 물건을 싸는 사람이지만, 그 보자기를 푸는 사람은 따로 있다. 푸는 사람을 무시하고, 싸는 사람이 자기 의지대로 보자기를 묶으면 보자기를 푸는 사람은 매우 힘들게 된다. 그 화가는 그림을 그릴 때 그 그림을 볼 사람들을 생각한다고 한다.

문장도 이와 같다. 문장을 만들 때는 그 문장을 읽는 사람을 위해 완성해야 한다.

(2) 학습된 고정관념에서 벗어나라

아리스토텔레스는 "인간은 사회적 동물이다(Man is a social animal.)"라고 말했다. 이 말은 곧 "인간은 사회적 동물이기 때문에 혼자서는 살지 못한다(Man is a social animal, and we cannot live alone.)"는 의미로 확대된다. 즉, 개인은 사회가 없으면 존재할 수가 없다. 그래서 여럿이 어울려 살 수 있는 사회를 구성하고, 그 사회를 유지하기 위해 다양한 약속을 만든다. 그 약속 안에서 우리는 평화와 평등을 누리며 살고 있다.

우리는 그렇게 학습된 틀 안에서 논리와 정의, 철학을 구현한다. 이를 잘 수행한 사람을 보고 훌륭하다고 한다. 그런데 아이러니하게도 훌륭한 사회인으로 정의되면 될수록 인간은 '자유로운 본능'에서 멀어질 수밖에 없다. 자유롭게 사고하고 행동하려는 인간의 본능은 학습된 사회 룰에 의해 억압되고 통제되는 것이다.

문학은 이러한 학습된 고정관념에서 벗어나 사고의 영역을 확산해야 한다. 본래 인간이 가지고 있는 그 '자유로운 본능'을 회복시켜 평소에는 보지 못하는 내면에 잠재된 사상, 또는 철학을 끌어내는 것이다. 인류가 문명과 문화를 발전해 온 것 역시 학습된 사고의 '틀'에서 벗어났기에 가능했다. 세상을 비틀어서 보려는 소수에 의해 과거에서 벗어나 현재를 형성했으며, 또 '절대적'이라 믿고 사는 현재도 언젠가는 삐딱하게 틀어서 세상을 바라보는 누군가에 의해 낯선 미래가 만들어질 것이다.

유리 벽(壁), 유리로 된 벽 안에서 바깥으로 나갈 수는 없지만 볼 수는 있다. 이 유리 벽은 우리의 의식과 행동 사이에 있는 필터(학습된 사고)다. 욕망은 이 필터에 걸려져 행동으로 옮길 수 있는 것과 없는 것을 가려낸다. 이것이 학습된 사고로 살아가는 우리 모습이다.

예술은 유리 벽 밖에 있는 세상을 유리 벽 안으로 가지고 오는 행위다. 유리 벽 안에 사는 사람들이 갈 수 없는 유리 벽 바깥세상을 소설을 통해 간접 체험하게 한다. 이것이 '공감'을 가져다준다. 감동은 준비된 사람만이 느낄 수 있다. 유리 벽 바깥세상을 볼 수 있도록, 소설을 통해 잠자는 독자의 감각을 깨워서 공감하게 한다.

(3) 문체(文體, style)

작가의 사상 및 철학이 나타나는 문장의 특색이 문체다. 프랑스 식물학자이자 철학자인 뷔퐁(Georges-Louis Buffon)은 "문체는 곧 그 사람이다(Le style est l'homme même.)"라고 했다. 작가의 개성이 문체를 만든다는 의미다.

소설은 산문으로 이루어져 있다. 따라서 소설에서의 문장은 핏줄과 같은 역할을 한다. 우리 몸에는 크고 작은 핏줄이 수없이 이어져 있다. 이 핏줄이 제대로 이어지지 않거나 혈액이 제대로 흐르지 않으면 병이 생긴다. 소설에서 문장도 이와 같다. 그만큼 미세한 데까지 신경을 써서 문장을 다듬고 갈아야 한다.

소설 속 문장들은 작가의 개성에 따라 하나의 모양으로 조화를 이루고 있다. 이것이 문체다. 우리가 옷을 입는 것과 같다. 어떤 옷을 입느냐에 따라 그 사람의 인격과 품위가 달라진다. 아무리 몸을 정갈하게 하였더라도 입은 옷이 지저분하거나 그 사람의 격에 어울리지 않으면 옷으로서의 품격이 떨어진다. 이처럼 소설에서도 이야기를 구성하는 서사의 문장이 사건의 전개에 맞게 정확하고 아름답도록, 군더더기 없이 간결하게 잘 이루어져야 한다. 이야기를 잘 구성했더라도 문장이 정확하지 않고 거칠다거나 필요 없는 내용이 끼어 난삽해 보이면 소설로서의 완성도가 떨어진다.

문체는 고정된 게 아니다. 작가마다 특화한 문체가 있지만, 모든 작품에 똑같은 문체를 고집하지는 않는다. 글의 성격에 따라 가장 어울리는 문체를 만들어 사용하는 게 좋다. 평론가 이어령은 뷔퐁이 정의한 "문체는 곧 그 사람이다."라는 말에 속아서 안 된다고 했다. 문체는 장르, 즉 수필, 시, 소설, 서간체 등 어떤 글을 쓰느냐에 따라 달라지기 때문이다. 이어령의 이 주장은 뷔퐁의 정의를 완전히 부정한다는 것이기보다, 그 말에 함몰되면 장르의 특색이 없어진다는 뜻으로 이해된다. 장르에 따라 문체가 특색을 지니긴 하지만, 그 특색에도 여전히 작가의 철학을 포함한 개성이 나타나게 마련이다. 장르뿐만 아니라, 소설의 성격에 따라서도 문체가 달라진다. 소설의 주제와 배경, 그리고 구성에 따라 다양한 특색을 지닌다. 작가는 이러한 특색에 맞게 조화로운 문체를 취해야 완전한 소설을 탄생시킬 수 있다.

문체는 문장을 통해 나타난다. 소설 문장은 문법 완성도를 말하는 게 아니다. 정확한 문장만을 고집하면 안 된다. 정확한 문장을 만들되, 이를 해체하여 문학성을 살리는 문장으로 재창조해야 비로소 문학적 표현이 만들어진다. 많은 수련을 통해 자기만의 독창적인 문체를 형성해 가야 한다.

소설은 수많은 문장으로 이어진 서사다. 마치 벽돌을 하나하나 쌓아 올려 건물을 지어놓은 것과 같다. 그 건물을 형성한 벽돌 하나하나가 완전하지 않으면 건물은 부실해진다.

이처럼 완전한 문장을 만들어야 한다. 여기서 '완전한 문장'이란 문법에 맞는 문장만을 말하는 게 아니다. 문법에 맞는 올바른 문장을 만든 뒤, 그 문장을 문학적 표현이 되도록 비틀어야 한다. 말하자면 '문장의 조형미(造形美)'를 갖추라는 의미다. 그 문장에 맞는 최상의 단어는 하나뿐이다. 그 하나를 찾아야 한다. 문장을 아름답게 한다고 안 넣어도 될 단어를 사용해서도 안 된다. 빼도 의미가 전달되면 과감하게 버려야 한다. 문장은 수동태가 아닌 능동태로 만들어야 한다. 그래야 문장에 힘이 솟는다. 소설의 3요소에 '문체'를 선택한 건 그만큼 중요하다는 의미다.

이로써 '소설의 3요소'인 주제·문체·구성과 '구성의 3요소'인 인물·사건·배경에 대해 살펴보았다. 인문학적 이론을 쉽게 창작 실기에 적용할 수 있게 풀어서 설명했으나 소설 습작에 막 입문하는 분들에게는 여전히 이해하기 어려울 수밖에 없다. 그러나 걱정할 필요는 없다. 이 이론을 외우고 습득하여 소설을 쓰는 게 아니기 때문이다. 사람마다 각기 다른 개성을 지니고 있듯이 소설은 각 작가가 자유롭게 창작 활동을 하면서 탄생하는 창작물이다. 틀에 구워내듯 하나의 이론과 원리로 창작 활동을 한다면 문학은 예술이 될 수가 없다. 이론은 그저 소설이 무엇인지 이해하는 정도에서 살펴보고, 실제 창작 실기에서는 '재미있는 이야기' 하나를 만든다는 가벼운 생각으로 출발하는 게 좋다.

이렇게 하여 탄생한 이야기를 다시 살펴보면서 앞서 언급한 이론이 잘 나타나 있는지 확인하면서 퇴고 수정한다. 그저 밋밋하고 단순한 이야기가 되었다면, 그때 이 소설의 얼개를 생각하면서 갈등구조를 보완하고, 캐릭터를 보강하며, 배경 또한 개선하여 완전한 소설에 더 가까이 다가가게 된다. 이런 행위를 수없이 반복하는 가운데 언젠가는 훌륭한 소설 작품을 쓸 수 있는 작가로 성장하는 것이다.

소설의 주제는 이야기를 통해 독자에게 전달하고자 하는 '그 무엇'이다. "왜 이 소설을 쓰는가?"라는 질문에 대한 답이기도 하다. 한 편의 소설이 완성되는 것은 이 주제가 완성되는 시점이기도 하다.

문학이 예술이라고 하여 소설의 주제를 교육적이거나 사회통념에 맞게, 또는 우아하게 해야 한다는 고정관념을 버려야 한다. 마찬가지로 스토리를 구성할 때도 그렇다. 소설은 우리가 사는 세상에서 일어나거나 일어날 법한 사건을 그리는 것이다. 좋은 이야기, 나쁜 이야기 모두 소설이 될 수 있다. 따라서 소설의 주제는 그 이야기 속에 들어있는 본질 또는 축약된 의미다. 이 주제가 통념을 벗어났다고 해서 잘못된 건 아니다. 이 '통념'은 올바르냐 아니냐는 정의(定義)로 결정하는 게 아니라, 시대에 따른 인간의 욕구(본능)에 의해 결정된다. 사회적 약속과는 또 다른 의미다. 바꾸어 말하면 개인의 욕구와 사회 환경에 의해 자생적으로 형성된다. 개인의 본능은 개인 삶의 가치에 의해 결정되며, 사회 환경은 역사와 시대의 흐름에 의해 변화한다. 본능은 언제 어느 때든 개인이 추구하는 '삶의 본질'이라는 가치에 의해 결정되며, 그것이 인간이 추구하는 삶의 질과 연결된다.

2. 문장은 커뮤니케이션(communication)이다

(1) 서사를 잇는 발화(서술 : predicate)

브리테니커 인터넷 백과사전에는 문장을 "문법적으로 충분한 독립된 단위로서 하나의 단어, 혹은 통사적으로 서로 관련된 단어들의 집합으로 구성되는 문법 단위"라고 설명한다.

어떤 형태든 문장은 그 속에 담긴 메시지를 전하고 받아들이는 목적을 지닌다. 그러나 문학 작품에서의 문장은 이와 조금 달리 해석된다. 문장에 담긴, 즉 낱말의 조합으로 이루어진 문장 구조에서 나타내는 뜻 이외에 그 문장에 시사하는 어떤 역할(주제 : theme), '그 무엇'을 감추고 있다. 문학 문장은 이 '그 무엇'을 전달하는 발화(서술 : predicate) 역할을 한다. 문장을 읽는 이는 은연중에 이 서술을 느끼게 되고, 이 느낌이 다음 서사로 이어지면서 스토리를 자연스럽게 전개한다.

(2) 문장은 살아 움직이는 생명이다

소설 문장은 움직이는 생명이다. 스스로 변화하고 사건을 만들어낸다. 살아 있는 문장은 스스로 감정을 표현하기도 한다. 이렇게 움직이지 못하면 죽은 문장이 된다. 이 살아 꿈틀거리는 감정을 독자에게 전달해야 한다.

"국경의 긴 터널을 지나자 설국이었다."

가와바다 야스나리의 장편소설 『설국』은 이 문장으로 시작한다. 작품

원문은 '国境の長いトンネルを抜けると雪国であった。'이다. 국내 여러 출판사에서 출간하면서 이 원문이 각기 다른 문장으로 번역되었다. 범우사 번역판은 '현경의 긴 터널을 빠져나오면 설국이었다.'[가와바타 야스나리, 김진욱 옮김, 『설국』(전자책), 범우사 2008]로, 민음사 번역판은 '국경의 긴 터널을 빠져나오자, 눈의 고장이었다'[가와바타 야스나리, 유숙자 옮김, 『설국』(전자책), 민음사, 2002.]로 번역되었는데, 이는 원문의 '国境'과 '雪国' 개념 때문이다. 우리말에서 '국경'은 나라와 나라 사이의 경계를 뜻하지만, 일본에서 '국경'은 현(縣)과 현의 경계다. 이 작품에서 말하는 '국경의 터널'은 일본 군마현(群馬県)과 니가타현(新潟県)을 잇는 조에츠 선(上越線)의 시미즈(清水) 터널이다. 작품 속에서 열차는 이 터널을 지나간다. 이 '국경'을 '범우사' 번역은 일본 현지 문화에 맞게 '현경'으로 번역했지만, 우리나라에서는 '현'이 생소하다. 민음사 판은 '국경'으로 번역했으나, '雪国(설국)'을 '눈의 고장'으로 번역했다. 일본에 '설국'이란 나라가 없으므로 '눈의 고장'이라 번역한 게 자연스럽다. 두 번역서 모두 일본 문화를 잘 이해한 번역으로 전혀 잘못된 부분은 없다.

소설창작 수업 텍스트로 인용하기 위해서는 아무래도 '현경'이나 '눈의 고장'보다는 '국경'과 '설국'이 더 간결하기에 두 출판사 판 번역을 참고하여 의역으로 옮긴다. 작품 제목도 '눈의 고장'이 아니라 '설국'이고, 원문에도 '설국(雪国)'으로 표기했으니, 의역도 크게 원문 의미에서 벗어나지는 않는다.

장편소설 『설국』이 독립된 하나의 작품으로 쓴 줄 알지만, 사실 『설국』은 보통 작가들이 작품을 쓰는 창작 형태와 다르게 씌었다. 처음부터 한 편의 장편소설로 계획하고 쓴 게 아니다. 가와바다 야스나리는 1935년에 첫 단편 「저녁 풍경의 거울」을 발표했고, 그 뒤 10년 동안 연작 형태로 단편소설 7편을 발표했다. 이 단편들을 하나로 묶어 단행본으로 출간했는데, 이 소설집 제목이 『설국』이다. 그리고 나서 다시 장편소설 『설국』을 집필한다. 말하자면 앞서 단행본 『설국』으로 묶은 단편소설 7편은 뒤에 나올 장편소설 『설국』을 집필하기 위한 워밍업이었던 셈이다. 작가 약력에도 특이하게 노벨문학상을 수상한 장편소설 『설국(雪國)』(1935~1947)의 발표연대를 '1935~1947'로 기록하여 12년에 걸쳐 집필되었다는 걸 밝힌다. 말하자면, 이 작품을 완성하기 위해 12년 동안 여러 작품을 쓰면서 갈고닦았다는 의미다.

가와바다 야스나리의 첫 번째 소설집 『설국』에 실린 단편소설 「저녁 풍경의 거울」에는 '국경의 터널을 빠져나오자, 창밖의 밤의 밑바닥이 하얘졌다.'라는 표현을 사용한다. 이 문장이 나중에 장편소설로 발표한 『설국』의 도입부에 삽입하면서 '국경의 긴 터널을 지나자 설국이었다.'로 고쳤다. 사실 이 문장도 처음 원고에는 '国境の長いトンネルを越えたら' そこは雪國だった。(국경의 긴 터널을 지나자, 그곳은 설국이었다.)'였는데, 퇴고하면서 '国境の長いトンネルを抜けると雪国であった。(국경의 긴 터널을 지나자 설국이었다)'로 고쳤다. 작가가 퇴고 단계에서 문장 하나를 다듬는데 얼마나 많은 공력을 기울이는지를 잘 보여주는 대목이다. 이러한 노력이 작가에게 노벨문학상을 안겨주었다.

국경의 긴 터널을 지나자 설국이었다.

짧지만, 참 묘한 매력을 주는 문장이다. 이 문장을 자세히 보면, 문장 구조를 파괴하고 있다. 주어가 없다. 문단 중간쯤에서 나온다면 주어를 생략하기도 하나, 도입부에 독립문장으로 주어를 생략한 건 매우 의도적이다.

마치 화자가 상황을 묘사하는 것처럼 된 문장이지만, 독자는 누군가가 기차를 타고 가면서 바깥 풍경을 현장 중계하는 듯한 느낌을 전달받는다. 『설국』이란 작품이 앞으로 어떻게 전개될 것이라는 예감을 나타내고 있다. 가와바다 야스나리는 바로 이 감정을 담기 위해 12년 동안 퇴고를 거치며 이 한 문장을 완성했다. 이 문장을 가만히 읽고 있으면, 읽고 있는 사람(독자)이 마치 그 기차를 타고 가는 듯한 착각에 빠지게 한다. 바로 이 점을 가와바다 야스나리가 의도했다. 생략된 '주어'는 바로 독자가 앉을 '좌석'으로 비워둔 것이다.

그 다음에 이어지는 문장 '夜の底が白くなった(밤의 밑바닥이 하얘졌다)'도 훌륭하다. 어둠 속에 갇힌 눈을 이렇게 묘사했다. ① '어둠 속에 하얀 눈이 쌓여 있었다'로 묘사할 수도 있지만, ② '밤의 밑바닥이 하얘졌다'와 다르다. 어둠 속에 눈이 쌓인 사실을 전하는 메시지는 같지만, 두 문장이 주는 뉘앙스는 다르다. ①은 앞 문장 Ⓐ '국경의 터널을 지나자 설국이었다'가 없으면 그냥 '눈 쌓인 밤'을 알리는 메시지에 불과하다. 소설 문장은 문장과 문장을 연결하여 의미를 만들기도 하지만, 그래도 독립된 문장으로 문학성이 빛나야 한다. ①번 문장은 Ⓐ문장이 없으면 무미건조하다. ②번 문장은 살아움직인다. '밤'에 생명을 불어넣었기 때문이다. 일반적으로 '밤'은 형상이 없다. 그런데 이 문장에는 밤을 아래위 형상이 있는 '사물'로 만들어 표현했다. Ⓐ문장이 연결되지 않아도 독립문장으로도 깔끔하고 아름답다. 여기에 Ⓐ문장을 연결하여 '국경의 터널을 지나자 설국이었다. 밤의 밑바닥이 하얗다.'가 연결되면 더욱 빛난다. 이렇게 소설 문장은 살아움직이는 생명을 불어넣어야 한다.

이 문장에서 '밤'과 '눈'은 '검은색'과 '흰색'으로 대비되며, 이는 곧 '현실'과 '이상'으로 볼 수 있다. '국경을 지나자 설국이었다'에서 '설국'은 이상이며, 그 이상에 도달했는데 아직 '밤'의 밑바닥이 '하얗다'. 가와바타 야스나리의 이런 감각 문체는 「무진기행」에서 '검은 풍경 속에서 냇물은 하얀 모습으로 뻗어 있었고, 그 하얀 모습의 끝은 안개 속으로 사라지고 있었다'라고 묘사한 작가 김승옥을 떠올리게 한다.

아래 소개하는 문장은 카뮈의 장편소설 『이방인』의 첫 문장이다. 참 간략하지만 많은 내용을 담고 있다. 엄마의 죽음을 무덤덤하게 받아들이는 뫼르소라는 인물, 캐릭터가 확연히 드러난다. 이 뫼르소에게 다가올 스토리를 암시하고 있다.

엄마가 죽었다. 아니, 어쩜 어제.

작품 제목 '이방인(異邦人)'이 시사하는 것처럼, 주인공을 철저하게 이방인으로 암시한다. 어머니가 사망한 소식을 뒤늦게 전보를 받고 알았으며, 그것도 언제 사망했는지조차 모른다. 더 황당한 것은 알려고도 하지 않는다. 학습된 사고로 무장된 사람(사회학으로 본 모범시민)의 입장에서 바라보면 전혀 이해할 수 없는 모습이다. 작가는 '유리 벽' 바깥세상에서 이방인의 실존을 '유리 벽 안' 세상으로 가지고 왔다.

엄마와 아들 간에 이처럼 높은 담을 쌓고 있는데, 타인과는 어떤 관계가 될지 이 짧은 문장이 암시하고 있다. 이처럼 카뮈는 인간을 철저하게 이방인으로 설정하고 있다.

(3) 문장의 짜임새

문장은 단문과 복문으로 나뉜다. 주어가 여러 개 있더라도 서술어가 한 개면 단문이다. 복문은 병렬(竝列), 등위(等位), 종속(從屬)으로 이어지는 2개 이상의 문장이 연결된다. 이 복문의 문장은 하나의 절이 된다. 병렬이나 등위의 경우에는 각 절이 각각 독립한 단문이 될 수 있으나, 종속된 절로 된 복문은 각기 단문으로 독립할 수 없고 주된 절에 종속된 도움을 받아야 한다. 이렇게 구성된 복문은 연속된 절이 순접(順接)과 역접(逆接)의 기능을 한다. 순접은 앞 절의 의미를 더 강조하거나 같은 의미를 두고 구체화하는 절이다. 반대로 역접은 앞 절의 의미와 다른 상반되거나 부정하는 의미를 담은 절이다. 이렇듯 복문은 순접과 역접의 기능으로 이어진다. 이러한 기능 없이 몇 개의 문장을 한데 묶으면 문장이 매우 무거워진다. 이런 문장은 따로 나누어 단문으로 처리하는 게 좋다.

① 내가 읽은 책은 매우 재미있다.
　 주+술 / 주 + 술

② 내가 영화 보는 걸 좋아하는데, 영화를 좋아하지 않는 그녀도 영화를
　　　　　　　　　　　　　　　　　좋아하게 되었다.
　　　　　　a　　　　　　　　　　　　b

③ 나는 영화 보는 걸 좋아하는데, 그녀는 영화 보는 걸 좋아하지 않는다.
　　　　　　a　　　　　　　　　　　　b

④ 나는 영화 보는 걸 좋아하는데, 그녀는 여행을 갔다.
　　　　　　a　　　　　　　　　　　　b

위 예문으로 든 ① ② ③번 문장을 살펴보자. ①번은 주어와 술어가 2개로 된 종속 복문이다. 종속 복문은 따로 독립된 문장으로 나눌 수 없다. ②번과 ③번은 각기 독립된 2개의 문장이 절이 되어 복문으로 만들었다. 이러한 복문은 접속사를 이용하여 따로 단문으로 나눌 수가 있다. ②번은 순접으로 된 절로 이은 복문이다. 순접을 단문으로 나눌 때는 '그래서'와 같은 접속사를 이용한다. ③번은 역접으로 된 절로 이은 복문이다. 역접을 단문으로 나눌 때는 '그러나'와 같은 접속사를 이용한다.

④번 문장을 보자 ②번과 ③번 문장처럼 2개의 문장으로 되어 있으나, 이 경우는 복문이 될 수가 없다. a와 b절의 의미가 순접이나 역접으로 이루어지지 않았다. 전혀 다른 의미로 된 2개 문장을 쉼표로 이어놓았다. 이 a와 b절을 접속사 '그래서'나 '그러나'를 이용하여 나누어 보자.

나는 영화 보는 걸 좋아한다. <u>그래서</u> 그녀는 여행을 갔다.
나는 영화 보는 걸 좋아한다. <u>그러나</u> 그녀는 여행을 갔다.

이 두 문장은 전혀 의미 연결이 안 된다. 이러한 문장은 서로 연결하면 안 된다. 복문은 여러 개의 문장을 연결하는 게 아니라, 의미 전달을 연결할 수 있을 때 만든다.

(4) 문장에서 피해야 할 것들

1) 종결어미를 통일할 것

서사 진행 방법에 따라 문장의 종결어미를 현재형으로 할지 과거형으로 할지 선택해야 한다. 선택했으면 이를 일관되게 적용해야 한다. '있다' '있었다' '했다.' '했었다' '하다' '한다'가 뒤섞이면 문장이 난삽해진다. '보았었다' '보았었었다'와 같은 과거완료형은 사용하면 안 된다. '보았다'로 해야 한다.

문장의 종결어미는 평서문, 의문문, 명령문 등 문장의 의미에 따라 결정된다. 단순하게 종결할 수도 있고, 의문문으로 대답을 요구할 수도 있고, 독자에게 직접 종결하게끔 유도하기도 한다. 어떤 경우에는 문장을 마무리하지 않은 채 일부를 생략하고 끝낼 수도 있다. 종결어미는 서사를 이끄는 문장의 분위기에 따라 적절하게 변화시키면 된다.

2) 부사와 형용사를 경계하라

부사와 형용사가 때론 독자의 상상력을 잠식하여 죽은 문장을 만들게 된다. 형용사나 부사를 제거하고도 그 의미가 전달된다면 과감하게 삭제하라.

부사와 형용사는 문장을 아름답게 꾸미는 일보다 작가의 감정을 나타내는 경우가 더 많다. 그러한 감정은 작가가 아닌 독자가 문장 속에서 가져가는 것이다. 감정은 직접 꾸미기보다 알레고리를 이용한 간접 화법이 좋다. 독자를 서사에 개입하게 하여 감동을 증폭시킨다.

Ⓐ <u>아름답고 예쁜</u> 장미가 활짝 피었다.

Ⓑ 노랑 장미가 활짝 피었다.

Ⓐ 문장과 Ⓑ 문장을 비교해 보자. Ⓐ 문장에서 밑줄 친 부사 '아름답고 예쁜'은 장미꽃을 본 느낌이다. 서술자가 느끼는 감정을 표현했다. 장미꽃을 싫어하는 사람에게는 감동을 줄 수가 없다. 이 Ⓐ 문장에는 독자가 개입

하지 않는다. Ⓑ 문장은 장미가 핀 모습을 객관적으로 묘사만 했다. 이 만개한 노랑 장미는 보는 사람이 감정을 느낀다. 이 문장은 독자가 개입해야 느낌을 가져갈 수 있다.

3) 같은 단어를 사용하지 않는다

한 문장에 같은 단어를 여러 번 사용하지 말라. 한 문단 안에서도 될 수 있으면 중복되는 단어를 피하라. 한 문장에 같은 단어를 사용할 바에는 두 문장을 만들어 의미를 쪼개어야 한다. 굳이 그럴 필요가 없다면 삭제해도 의미가 통하는 문장이다.

용어를 통일하라. 그 뒤—그후, 그밖—그외, 한 개—1개, 두 살, 2살(2세) 등 이러한 단어는 소설 전체에 하나로 통일해야 한다. '그 뒤'라고 했다가 '그후'라고 하면 안 된다. 틀린 문장은 아니지만, 작가가 소설 전체를 통찰하고 장악하지 못했다는 인상을 주며, 신뢰도를 떨어뜨린다.

4) 동의어 반복을 피한다

동의어 반복을 피해야 한다. 습관적으로 쓰는 말 가운데 같은 의미를 중복해서 사용하는 단어가 많다. 일상어에서 동의어 반복으로 쓰이는 말이 그대로 문장으로 옮겨오면 안 된다. 예를 들면, 초가집, 완두콩, 무궁화꽃, 역전앞, 동해 바다, 모래사장, 육숫물, 강제징용, 공범자들 등은 모두 동의어 반복이다. 초가, 완두, 무궁화, 역앞, 동해, 백사장, 육수, 징용, 공범들로 사용하면 무난하다. '기습공격' 같은 경우는 '기습(奇襲)'에 이미 '공격' 의미가 있다. 그 밖에 우리가 사용하는 단어 가운데 이렇게 동의어 반복인 경우가 많다. 한 번씩 더 살펴보고 바로잡아야 한다.

문장에서도 마찬가지다. '언덕 아래로 굴렀다' 이런 표현도 어색하다.

'언덕에서 굴렀다'로 해도 된다. 이 문장에 '아래로'라는 의미가 들어있기 때문이다.

5) 능동형 문장을 만든다

화자가 서사를 끌고 가기 때문에 표현을 적극적으로 해야 한다. 피동형 문장보다 능동형 문장으로 표현하는 게 좋다. 문장의 주어가 목적어를 이끌게 해야 문장에 담긴 의미에 쉽게 접근할 수 있다. '쓰이다'는 '쓰다'로, '보이다'는 '보았다'로 하면 문장에 힘이 생긴다.

Ⓐ 얼룩진 옷은 세탁소에 맡겨졌다.
Ⓑ 얼룩진 옷을 세탁소에 맡겼다.

Ⓐ 문장보다 Ⓑ 문장이 더 간결하고 의미 전달이 좋다. 더구나 옷을 Ⓐ 문장에서는 주어로, Ⓑ 문장에서는 목적어로 했다. 주어보다는 목적어가 더 어울린다. 다만 사건의 전개 과정에 따라 목적어를 강조하기 위해 주어로 만들거나 피동형으로 해야 할 경우도 있다. 여기서 말하는 것은 능동형을 사용해도 무방한데도 피동형으로 문장을 꾸미지 말라는 뜻이다.

6) 가정 화법은 되도록 피하라

문장의 화법은 서사의 신뢰도에 영향을 미친다. '그랬던 것 같아요.'와 같은 표현은 피하라. '그랬다' '그러지 않았다'로 명쾌하게 서술해야 한다. "먹어본 것 같아요."와 같은 어정쩡한 표현을 사용하면 행위에 관한 신뢰가 없어진다.

7) 문장에 리듬을 부여하라

서사 전개는 하나의 리듬 위에 이어져야 한다. 리듬은 문장의 등장 순서와도 밀접한 관련이 있다. 서사는 사건이 일어난 순서와 무관하게, 사건의 의미를 전달하기 위해 사건이 발생한 순서를 적당히 뒤집어 리듬을 타고 연결하는 게 좋다.

3. 소설 문장의 예시

(1) 비교 예시 작품

*** 예시 상황**

위장 결혼하여 한국에 온 조선족 출신 여주인공은 치매를 앓는 부유한 할머니 북화를 돌보며 한국 국적을 취득하기를 기다린다. 이 여주인공의 최종 목적지는 독일이다. 독일로 가기 위해 한국 국적을 취득하려고 하는 것이다. 중국에서 곧바로 독일로 가기가 거의 불가능하여 이 방법을 선택했다. 이 여인에게 '한국'이란 조국, 또는 한민족이라는 개념이 없다. 오직 독일로 가는 길목에서 잠시 신분을 세탁하기 위해 머무는 땅이다. 위장 결혼한 남자와 살을 섞으며 지내는 것도 신분을 보장받기 위한 도구다. 그녀는 이 남자와 정기적으로 사랑을 나눈다(윤순례 단편소설 「북화의 백한 번째 생일을 위하여」 작품 줄거리 일부).

이 여인의 내면을 '작가의 시선'으로 들여다보자.

① 선물 하나를 선뜻 받지 못하는 남자와 몸을 섞으며 세월을 쌓을지 몰 랐다. 뜨거운 치즈덩어리를 통째로 삼킨 듯 온몸이 불타면서 절로 눈을 감 아버렸던 순간이 없지 않았다. 남자의 몸으로 픽, 자주 쾌감을 맛보았다. 그러나 사랑하니 함께 살자고, 빈말로라도 속삭인 적 없는 몸뚱이들의 결 합을 풀고 나면 미지근한 물을 부어 마신 믹스커피처럼 개운치가 않았다. 몸속 어딘가에 채 풀리지 않은 프림 가루가 눌러붙어 있는 듯했다.

(단편소설 「복화의 백한 번째 생일을 위하여」 중에서)
－윤순례 소설집 『공중 그늘 집』, 은행나무, 2016 pp.98~99

마음에 없는 남자와 어쩔 수 없이 몸을 섞으며 지내는 한 여성의 내적 갈 등이 잘 나타난 ①번 문장을 예로 들어보자. 주인공 북화가 귀화 신분을 만 들기 위해 위장 결혼하고, 그 남자와 간간이 만나 살을 섞는다. 정신은 무 미건조한데, 몸은 욕망으로 움직인다. 정신 따로 몸 따로다. 이런 심정을 묘사하기가 쉽지 않다. 작가 윤순례는 이런 상황을 ①번 문장으로 구성했 다. ①번 문장에서 밑줄 친 에피소드를 삽입함으로써 전하고자 하는 의미 를 더욱 명쾌하게 만든다. 문학적 문장은 바로 이와 같다. 직설적으로 이러 이러한 남자라고 설명하기보다, 에피소드를 통해 상황을 묘사하여 효과를 높인다. 치즈를 통째 삼켜 보지 못한 사람도, 미지근한 물에 믹스커피를 타 마셔 보지 못한 사람도, 치즈를 먹어 봤거나 믹스커피를 마셔 본 사람은 이 문장의 감정을 감지한다. 체험과 상황을 잘 연결한 묘사다.

(2) 소설 첫 문장 예시

소설의 첫 문장은 매우 중요하다. 대부분 경험하는 일이지만, 새로운 작 품을 시작할 때 첫 문장에서 많은 고민을 한다. 흰 종이, 또는 빈 화면이 공포로 느껴질 정도로 불안하기도 하다. 첫 문장을 쓰고 나면 느낌이 온다. 이 작품이 순조롭게 잘 나갈지, 아니면 무거운 걸음일지가 첫 문장에 느껴진다. 그만큼 첫 문장이 작품에 미치는 영향이 크다.

1982년 노벨문학상을 수상한 콜롬비아 작가 가브리엘 가르시아 마르케스도 예외는 아니다. 그는 『파리 리뷰』지와의 인터뷰에서 다음과 같이 말했다.

> 첫 문단이 광장히 어렵습니다. 저는 첫 문단을 쓰는 데 몇 달이 걸리는데, 일단 첫 문단이 생기면 나머지는 아주 쉽게 나옵니다. 첫 문단에서 저는 책에서 다룰 문제 대부분을 해결합니다. 주제와 문체, 분위기가 정해지지요. 적어도 제 경우에, 첫 문단은 책의 나머지 부분이 어떻게 될 것인지 보여주는 일종의 표본입니다. 그런 까닭에 장편소설을 쓰는 것보다 단편소설 선집을 쓰는 것이 훨씬 어렵습니다. 단편을 하나 쓸 때마다 모든 과정을 다시 시작해야 하니까요.
>
> (−가브리엘 가르시아 마르케스)
> − 파리리뷰, 김율희 옮김, 『작가라서』, 도서출판 다른, 2019, p.131

앞서 문장 강의를 하면서 작품의 첫 문장은 '관문'과 같다고 말했다. 낯선 나라나 도시를 여행할 때 첫발을 내딛는 순간의 느낌에서 전 일정 여행 결과가 느껴진다. 사람과 사람의 만남에서도 마찬가지다. 첫인상은 매우 중요하다. 여러 갈래의 길 앞에서 어디로 갈 것인지 고민할 때. 일단 하나의 길을 선택하고 여정을 잇는다. 그러고 나면 좋든 나쁘든 그 길만이 가진 특성에 맞추어 여정을 시작하면, 그게 여행이 된다. 소설의 첫 문단도 그와 같다.

마르케스의 경우는, 수많은 시간을 고민하여 첫 문단을 만들면 작품 전체 서사가 해결된다고 한다. 작가마다 다르다. 첫 문단을 몇 달 걸려 완성기도 하지만, 모든 작품을 그렇게 쓸 수는 없다. 작가마다, 작품마다 상황이 다르다. 정답이 없다. 중요한 건 첫 문장, 첫 문단이 작품 전체를 이끄는 힘이 된다는 것이다. 소설 속 주인공이 사건을 만들고, 화자가 서사를 이끄는 특성에서 보면 처음 길을 트는 일이 매우 중요하다.

우리에게 잘 알려진 여러 작품의 첫 문장을 한번 살펴보자. 이 첫 문장에서 작품이 만들어지기 시작한다고 상상하면, 이 첫 문장은 보석같이 빛날 것이다.

버려진 섬마다 꽃이 피었다. 꽃 피는 숲에 저녁노을이 비치어, 구름처럼 부풀어오른 섬들은 바다에 결박된 사슬을 풀고 어두워지는 수평선 너머로 흘러가는 듯 싶었다.

− 김훈『칼의 노래』, 문학동네, 2012.

김훈의「칼의 노래」의 첫 문장이다. 참 문장이 아름답다. 아름다울 뿐만 아니라 섬 하나하나가 가지고 있는 독립된 땅의 의미까지 부여하고 있다. '버려진 섬마다 꽃이 피었다.' '……섬들은 바다에 결박된 사슬을 풀고'에서 독자들은 '섬'이 살아 있음을 느낀다. 그 어떤 설명보다 더 진하게 감동을 주는 문장이다.

서른일곱 살이던 그때, 나는 보잉 747기 좌석에 앉아 있었다. 그 거대한 비행기는 두터운 비구름을 뚫고 내려와, 함부르크 공항에 착륙을 시도하고 있었다.

−무라카미 하루키, 양억관 옮김『노르웨이 숲』, 민음사, 2017.

무라카미 하루키의『노르웨이 숲』의 첫 문장이다. 와타나베라는 젊은이의 시선을 통해 단절과 소통, 고독과 사랑, 과거와 기억, 삶과 죽음에 대해 생생하게 묘사하고 있다.

이 소설은 '서른일곱 살이던 그때, 나는 보잉 747기 좌석에 앉아 있었다.'라고 첫 문장을 시작한다. 거대한 보잉 747, 이 비행기를 타고 오는 동안 함께 기내에 있는 수백 명 승객들과 주인공의 관계는 무엇일까. 그 많은 사람과 한 공간에 같이 있으면서 주인공은 외로운 '섬'이 될 수밖에 없다. 아니, 그 항공기에 탄 모든 승객은 그렇게 모두 '섬'이 되었다. 거대한 항공기는 그 작은 섬들을 싣고 '두터운 비구름을 뚫고 내려와, 함부르크 공항에 착륙을 시도하고 있었다.' 소설 속 주인공과 그들이 살아갈 새로운 세상, 그 누구든 그렇게 살아가야 할 공간을 암시하고 있다.

4. 문장의 구조

(1) 허구를 사실로 믿게 한다

앞서 소설이 무엇인지 일반 글쓰기와 어떻게 다른지 설명했다. 일반 글쓰기는 글 쓰는 이의 감정, 또는 생각과 의견을 상대방에게 정확하게 전달하기 위한 것이다. 이런 글쓰기는 진실 또는 사실적인 상황을 담아야 한다. 논리적으로 표현하되 문법에 맞추어 정확한 문장을 만들어야 한다. 어느 정도 아름다운 문장으로 다듬는 것은 좋으나 지나친 수식어를 사용하여 전달할 내용을 흐리게 하거나 난삽한 문장이 되면, 읽는 사람이 무슨 내용인지 이해하지 못한다. 멋진 문장을 만든다고 없는 사실을 임의로 지어내어서도 안 된다.

소설 쓰기 역시 정확한 문장으로 표현해야 하는 것은 일반 글쓰기와 다르지 않다. 다만 소설은 실제 사건을 글로 옮기는 게 아니라, 작가가 지어낸 이야기이기 때문에 정말로 존재하는 사건이라고 믿게 하는 장치가 필요하다. 이 장치는 '지문'과 '대화'로 구성된다.

(2) 소설 문장을 형성하는 표현 방법

소설을 창작하기 위해 사용하는 표현 방법은 크게 대화와 지문으로 이루어진다. 대화는 주인공이 상대방과 나누는 말로써 구어체로 표현한다. 지문은 대화로 표현할 수 없는 인물의 성격이나 생각, 또는 사건이 일어나는 장소의 풍경, 작가의 체험과 철학 등 이야기의 배경을 나타내기 위해 사용된다. 대화와 지문이 소설에서 어떻게 이용되는지 살펴보자.

1) 대화

대화는 소설 속 인물들이 주고받는 말이다. 가로쓰기 문장에서는 쌍따옴표(" ")로 표시하고, 상대와 주고받는 말을 구별할 때는 행을 바꾸어 계속 진행하면 된다. 이러한 대화를 통해 인물의 성격이나 사건의 전개 과정이 드러나게 된다. 따라서 대화에 사용하는 문장은 반드시 인물의 성격에 맞도록 표현해야 하며, 그렇지 않으면 인물의 성격이 일관성을 잃는다.

인물의 성격, 사건의 동기를 드러내려면 대화가 필요하다. 대화는 독자를 사건 속으로 흡입하는 강한 힘을 가지고 있다. 지문으로만 된 긴 이야기보다 짧은 대화가 독자의 시선을 끄는 데 더 효과적이다. 따라서 지문과 대화를 적절히 배치함으로써 보다 효과적으로 서사를 진행할 수가 있다(대화

없이 지문만으로 소설이 이루어지기도 한다).

일상생활에서도 상대방의 성격 또는 인격을 파악하는 데 대화가 중요한 구실을 한다. 말하는 태도만으로 그 사람의 성격을 어느 정도 파악할 수 있다. 소설 속에 등장하는 인물도 이와 같다. 대화가 단순히 내용 전달에 그치는 게 아니라, 인물의 성격을 형성한다. 따라서 대화는 '단어 선택이 정확'해야 하며, 작가가 형성한 캐릭터(인물의 성격)에서 벗어나면 안 된다. 여기에서 단어 선택이 정확해야 한다는 말은 반드시 표준어를 사용해야 한다는 의미가 아니라, 주인공의 직업과 성격에 맞는 단어를 사용하라는 뜻이다.

지문과 달리 대화에서는 문장이 정확하지 않거나(인물의 성격에 맞추기 위해), 사투리, 토속어, 틀린 말 등 일상에서 흔히 사용하는 단어가 등장해도 괜찮다. 인물에 따라 거친 말을 하거나 두서없이 하기도 한다. 오히려 그렇게 해야 주인공의 성격이 형성되고 사실감이 살아난다. 실제 현실에서 그러한 인물이 할 수 있는 보편적인 대화체로 문장을 만들어야 한다.

대화의 길이에 따라 이야기의 진행 속도가 달라진다. 대화가 길면 속도가 느려지고, 대화가 짧으면 진행 속도가 빨라진다. 소설의 주제와 인물의 성격에 잘 맞추어 대화를 진행해야 한다. 대화의 방향, 상대방과의 호흡 등을 이용하여 갈등을 심화시키고, 이야기의 방향도 결정한다.

전달하고자 하는 주제를 대화에서 나타내기도 한다. 몇 마디의 대화만으로 주제를 전달하는 게 아니라, 소설 속에 등장하는 주인공의 움직임 곳곳에 분산하여 일관된 주제를 담아야 한다.

대화가 이야기를 형성하는 데 중요하기는 하지만, 사건을 대화로만 형성하면 주제를 심화시킬 수 없다. 대화는 행동과 성격을 묘사하는 데는 적절하나 인물의 내면세계를 섬세하게 표현하기에는 적절치 않다. 또 대화가 많아지면 인물의 성격이 가벼워질 수도 있다. 따라서 지문과 함께 대화를 적절히 배치하여 소설의 균형을 이루는 게 좋다.

2) 지문

지문은 이야기 속 사건이 전개되는 과정 및 사건 전개에 따른 인물의 변화를 시간의 흐름에 맞추어 서술(이야기)하는 것이다. 지문에 시간의 흐름은 순차적일 수도 있고, 역행하여 과거로 돌아가기도 하고, 현재 상황에 액자처럼 삽입되기도 한다. 이러한 서사의 전개는 문장, 문단 나누기, 행 건너뛰기 등으로 구분한다.

서사의 흐름은 장소, 시간, 상황 등에 맞추어 하나의 문단을 이루며, 이러한 흐름을 나타내는 장치로 '문단 나누기'와 '행 건너뛰기' '사이 부호 넣기' 등으로 처리한다. 시간을 역행하여 과거의 사건을 현재 상황으로 가지고 올 때 앞 문단에 미리 암시하는 내용을 삽입하여 처리할 수도 있다.

3) 대화와 지문의 묘사

묘사는 서사를 보다 입체적으로 문학적으로 표현하는 역할을 한다. 인물의 내면세계나 상상, 인물의 성격, 사건의 배경 등을 보다 구체적으로 표현할 때 이용된다. 단순히 의사 전달을 위한 대화 문장이거나 상황 설명을 위한 문장이 되면 문학성이 떨어진다. 상황과 인물의 갈등을 전달하기 위해서 문장의 순서, 단어 배열의 변화 등 다양한 방법으로 묘사하여 문학성을 높이고 주제를 서사에 심화시킨다.

(3) 문단 나누기

지문과 대화로 이루어진 소설은 낱낱의 문장으로 이어져 있다. 이 문장을 끝없이 이어가기만 하면 매우 혼란스럽다. 중간에 단락을 지어 사건의 흐름을 구분 지어야 독자가 시간·배경·인물 교체 등 사건의 변화를 감지할 수 있다.

단락은 아무 데서나 나누는 게 아니다. 진행하는 이야기가 시차(時差)가 생기거나, 장소가 바뀌거나, 상황이 전환될 때 문단을 나누어야 한다. 문단을 나누어야 할 때 나누지 않아도 서사 진행에 방해받는다. 시차가 길다거나, 상황이 완전히 다른 이야기로 바꿀 때는 한 줄 비우거나, 숫자 또는 * 표를 넣어 구분하기도 한다.

소설에서의 문단 나누기는 영화에서 씬(scene)과 같은 역할을 한다. 영화를 촬영할 때 상황과 배경(장소), 인물의 등장, 시간의 흐름에 따라 카메라가 이동한다. 이렇게 카메라를 설치하고 한 번에 촬영할 수 있는 부분을 씬이라고 하며, '#', 'S', 'S#' 같은 기호에 번호를 붙여 구분한다. 소설에서 스토리를 단락 짓는 것도 이와 같다.

5. 사건을 설명으로 전개하지 마라

(1) 상황으로 사건을 묘사한다

대화와 지문을 통해 서사를 전개할 때 사건을 설명하면 안 된다. 사건을 하나하나 설명하면 독자가 개입할 틈이 없어진다. 소설이 재미있고 독자에게 감동을 전하는 건 독자가 소설에 직접 개입함으로써 만들어진다. 그래서 사건을 일일이 설명하지 말고, 하나의 상황을 만들어 표현해야 한다.

① 아무도 보아주지 않는 산모롱이에 아름다운 들꽃 한 송이가 바람에 흔들리며 외롭게 피어 있다.
② 산모롱이에 들꽃 한 송이가 피어 있다.

위의 ①번과 ②번 문장을 비교해 보자. ①번 문장은 상황을 모자람 없이 친절하게 잘 표현하고 있다. ②번 문장은 뭔가 생략된 듯 간결해 보인다. 일반 글쓰기 문장으로는 ①번이 좋으나 소설 표현으로는 ②번 문장이어야 한다. ①번 문장은 읽는 사람이 개입하지 않아도 이미 모든 걸 다 알게 된다. 하지만 ②번 문장은 읽는 사람이 개입해야 상황이 뚜렷해진다.

①번 문장에서 '아무도 보아주지 않는' '아름다운' '외롭게'라는 표현은 작가 또는 화자의 감정이지 읽는 이의 감정이 아니다. 작가 또는 화자의 마음을 독자에게 전달하는 문장은 될 수 있지만, 읽는 독자의 감정에까지는 미치지 못한다. 독자가 개입해야 하는 소설 문장으로서는 적절치 않다. ①번 문장은 이러한 상황을 본 사람들이 모두 '아름답다'거나 '외롭다'고 인지한다는 것을 전제하고 설명했다. 화자나 작가가 문장에 직접 개입한 것이다.

②번 문장은 독자가 문장에 개입하고, 문장에서 말하고자 하는 '그 무엇'을 직접 찾아서 감동으로 환치한다. 산모롱이에 혼자 외롭게 피어 있는 들꽃을 바라보는 사람들은 그때그때 자신의 체험, 또는 감정에 따라 여러 가지 느낌으로 변한다. '외롭다'라고 생각할 수도 있고, '고고하다'라고 느낄 수도 있다. 이러한 보편적 감정을 작가는 체험으로 인지하고, 독자가 그러

한 감정을 느끼도록 서술해야 한다.

불특정다수인 독자의 마음은 아름다운 꽃일 수도 아닐 수도, 외로운 모습일지 고고한 모습일지 알 수가 없다. 독자가 그때그때 감정에 따라 느낌의 색채를 결정하도록 문장에 여백을 만들어 두어야 한다. 작가나 화자가 결론을 만드는 게 아니라, 상황을 있는 그대로 사실적으로 묘사만 해야 한다. 전달할 '그 무엇'이 있다면 대화나 지문 속에 우회적으로 묘사한다.

(2) 독자를 문장에 초대하라

독자가 작품에 개입함으로써 소설은 감동을 증폭하며, 그 감동을 오래 기억하게 된다.

TV드라마는 시청자가 개입할 틈이 없다. 배경, 상황, 배우의 연기 등을 통해 친절하게 모든 걸 보여준다. 시청자는 TV에서 전개하는 스토리에 개입할 필요 없이 스토리를 따라가기만 하면 된다. 전국에서 그 드라마를 시청한 사람들에게 드라마의 한 장면을 선택하여 물으면 모두 똑같은 대답을 한다. 시청자가 개입하지 않고 일방적으로 스토리가 전달되기 때문이다.

라디오 드라마는 청취자가 개입해야 완성된다. 파도가 철썩이는 바닷가에 두 남녀가 걸어가며 사랑을 속삭이는 장면을 들려준다고 가정하자. 이 장면을 들은 청취자는 저마다 그 바닷가 모습을 상상하게 된다. 어떤 사람은 모래톱이라고 상상하고, 어떤 사람들은 바위가 여기저기 산재해 있는 바닷가로 상상하기도 할 것이다. 이 라디오 드라마를 청취한 사람들을 모아놓고 이 장면을 그리라고 하면 모두 다른 그림을 그린다. 청취자가 직접 드라마에 개입했기 때문에 자신이 간접 체험한 내용을 그린다.

소설은 라디오 드라마에서 한 걸음 더 나아가 독자가 적극 개입을 해야 한다. TV드라마나 라디오 드라마는 보기 싫어도 듣기 싫어도 참여해야 하는 경우가 있다. 버스에서 흘러나오는 라디오 드라마를 듣는다든지, 가족이 보는 TV 화면을 무의식적으로라도 볼 수가 있다. 하지만 소설은 독자가 스스로 책을 찾아 들고 펴서 읽지 않으면 전달력이 없다. 그리고 이야기 전개에서 제삼자(TV드라마의 탤런트나 라디오 드라마의 성우처럼)가 어떤 형태로든 서사에 개입하지 않는다. 오로지 독자 스스로 이야기의 흐름을 좇아 상황에 개입해야 한다. 이렇게 독자를 끌어들이는 힘은 독자가 이야기에 개입하도록 하는 장치에서 비롯된다. 소설에서 작가가 개입하거나 화자가 상황을 설명하게 되면 이 장치가 무너진다.

6. 문장도 유행을 탄다

(1) 소설 문장의 특징

소설은 문장으로 되어 있다. 문장이 이어져 문단을 이루고, 이 문단이 모여서 한 편의 소설이 완성된다. 문장은 마치 우리 몸의 핏줄과 같다. 크고 작은 핏줄이 우리 몸의 건강을 지탱해 주듯이, 문장이 그물처럼 촘촘하게 이어져 소설에 생명을 불어넣고 있다. 그러므로 문장 하나가 잘못되면 소설 전체의 균형이 무너진다. 소설에서 문장은 그만큼 중요하다.

소설 문장은 대화와 지문으로 나뉜다. 대화는 등장인물끼리 주고받는 말이나 독백을 표현하고, 지문은 사건과 배경 및 인물의 성격을 형성하기 위해 서술하거나 묘사하는 데 이용된다. 대화든 지문이든 소설 속 문장은 모두 사건 전개와 주인공의 성격, 주제를 형성하기 위해 존재한다. 따라서 이야기의 흐름과 관련 없는 내용이 들어가면 서사의 흐름을 방해하게 된다.

소설 문장의 가장 큰 특징은 '독자의 시선을 끌어들여' 소설 속 이야기에 동참하게 하는 것이다. 이러한 흡입력이 있어야 독자는 긴 시간을 할애하여 작품을 읽게 된다. 문장이 난삽하거나 전체 흐름의 맥을 끊어버리면 독자는 책을 덮는다.

소설의 근간인 이야기는 하나하나의 문장을 통해 만들어진다. 전체 흐름의 비중을 유효적절하게 나누어 분산해야 한다. 어느 한 곳에 집중하여 소설의 핵심 내용이 몰린다거나 너무 가볍게 처리하게 되면 긴장도가 줄어든다. 마치 아름다운 음악처럼 리듬을 이용하여 높낮이를 조절하면서 이야기의 흐름을 적정하게 안배하여야 한다.

소설 문장은 간결할수록 좋다. 추상적인 관념어를 남발한 수식어 대신 구체적 상황을 묘사하는 간략한 문장이어야 한다. 문장을 꾸민다고 수식어를 남발하면 정작 전해야 할 의미를 놓치게 된다. 완성된 문장에서 수식어를 빼보고 뜻이 통하면 과감하게 삭제하라. 긴 복문으로 구성해야 할 경우도 있다. 단문일 때도 마찬가지지만, 특히 복문은 문장이 정확하지 않으면 복잡하게 얽혀서 의미 전달이 안 된다.

말하고자 하는 내용을 직설적으로 표현하기보다 문장 속에 감추거나, 에피소드 등을 이용하여 우회적으로 표현하면 좋다. 독자는 이런 문장에서 그 의미를 찾아내는 재미를 요구한다. 이러한 문장은 감동과 함께 소설을 읽는 재미에 빠지게 한다.

(2) 학습된 고정관념에서 벗어나라

아리스토텔레스가 "인간은 사회적 동물이다"라고 말한 것처럼, 개인은 사회가 없으면 존재할 수가 없다. 그래서 여럿이 어울려 살 수 있는 사회를 구성하고, 그 사회를 유지하기 위해 다양한 약속을 만든다. 그 약속 안에서 우리는 평화와 평등을 누리며 살아간다.

이렇게 우리는 학습된 틀 안에서 논리와 정의, 철학을 구현하고 있다. 그런데 아이러니하게도 훌륭한 사회인으로 정의되면 될수록 인간은 '자유로운 본능'에서 멀어질 수밖에 없다. 자유롭게 사고하고 행동하려는 인간의 본능은 학습된 사회 룰에 의해 억압되고 통제되는 것이다.

문학은 이러한 학습된 고정관념에서 벗어나 사고를 확산해야 한다. 본래 인간이 가지고 있는 그 '자유로운 본능'을 회복시켜 평소에는 보지 못한 내면에 잠재된 사상, 또는 철학을 끌어내는 것이다. 인류가 문명과 문화를 발전해 온 것 역시 아이러니하게 학습된 사고의 틀에서 벗어났기에 가능했다. 세상을 비틀어보려는 소수에 의해 과거에서 벗어나 현재를 형성했고, 또 언젠가는 '절대적'이라 믿고 사는 현재도 삐딱하게 틀어서 세상을 바라보는 누군가에 의해 미래가 만들어질 것이다. 예술은 그렇게 틀 밖의 세상을 틀 안으로 가지고 오는 행위다. 틀 안의 사람들이 알고 있을 틀 밖의 세상을 간접체험을 통해 보여준다. 이것이 '공감'을 가져다 준다. 감동은 준비된 사람만이 느낄 수 있다. 잠자는 독자의 감각을 깨워서 공감할 준비를 하도록 소설 속 문장을 통해 만들어 주어야 한다.

(3) 소설 문장은 살아서 움직인다

소설을 읽는 대상은 작가가 아니라 독자다. 처음 소설 창작에 입문한 분들 가운데 간혹 작가가 읽을 것처럼, 작가의 소유물처럼 작품을 쓰는 경우가 있다. 이렇게 되면 작품 속에 작가의 모습이 드러나게 된다. 작품 속에 작가가 보이면, 작품은 독자적인 생명을 가지기 힘들다. 소설 속 이야기는 스스로 생명을 가지고 움직인다. 독자와 함께 대화하고 생각하고 감정까지 교감한다. 그래서 소설은 읽는 사람에 의해 재탄생하며, 세월이 흘러도 읽는 사람이 바뀌어도 여전히 생명을 가지고 활동을 한다.

소설 『처녀들, 자살하다』(이화연 옮김, 민음사, 2007)로 잘 알려진, 2003년 퓰리처상을 수상한 미국 작가 제프리 유제니디스 (Jeffrey Eugenides, 1960~)는 작품을 쓸 때 늘 독자를 생각한다고 한다. 미국 문학잡지 『파리 리뷰』와의 인터뷰 때 그가 언급했던 말을 소개한다.

저는 그 독자에 대해 생각합니다. 그 독자를 신경 씁니다. '청중'이 아닙니다. '독자층'도 아닙니다. 그저 그 독자입니다. 방에 혼자 있는 그 독자, 저는 그 독자에게 시간을 내달라고 하는 중입니다. 제 책이 그 독자의 시간을 가져갈 가치가 있기를 바라고, 그런 까닭에 제가 쓴 글 중에서 이 기준을 충족하지 않는 책은 출간하지 않고 준비가 될 때까지는 내보내지 않습니다. 제가 사랑하는 소설은 제가 살아갈 이유가 되는 소설들입니다.
　　　　　　　　　－ 파리 리뷰, 김율희 옮김, 『작가라서』, 도서출판 다른, 2019. p.165

작가는 작품을 집필할 때 작품과의 거리 두기가 필요하다. 이 거리는 독자가 작품에 다가서는 거리에 반비례한다. 작가와 작품과의 거리가 가까울수록 독자와 작품과의 거리는 멀어지고, 작가와 작품과의 거리가 멀수록 독자와 작품과의 거리는 가까워진다.

소설 작품의 독자는 정해져 있지 않다. 언제 누가 읽을지 모른다. 제프리 유제니디스가 "'청중'이 아닙니다. '독자층'도 아닙니다. 그저 그 독자입니다"라고 한 것은 불특정다수의 독자를 지칭하는 말이다. 독자가 특정되지 않았다고 하는 건, 언제 누구라도 그 작품을 읽고 공감을 할 수 있도록 해야 한다는 말과 같다. 작가가 작품과의 거리 두기에서 이 시선을 놓치면 안 된다. 소설 독자는 누구인지 모른다. 세상과 등지고 산속에 들어가 사는 사람일 수도 있고, 젊은 사람일 수도 있고, 나이가 많은 사람일 수도 있다. 어디에다 눈높이를 맞출 수 없다. 그래서 누구든 이해하고 수긍할 수 있는 보편의 눈높이를 만들어야 한다. 그래야 오래, 다양한 독자들을 찾아 함께 움직이며 생명을 유지한다.

세월이 변하면 독자의 나이도 취향도 달라진다. 또는 번역되어 낯선 나라의 독자가 읽을 수도 있다. 그렇더라도 소설은 언제 어느 곳에서든 독립된 창작물로 살아서 움직여야 한다. 그러한 힘은 소설의 문장에서 나온다.

작가의 지식이나 체험에 함몰하면 좋은 문장이 만들어지지 않는다. 독자의 시선, 독자의 눈높이에서 문장을 만들면 무난하다.

(4) 소설 문장이 소설 전체다

문장은 사건의 한 부분을 이야기하거나 하고 싶은 말 한마디 하는 게 아니다. 소설 전체를 구성하기 위해 존재한다. 집을 짓기 위해 하나하나 쌓아 올리는 벽돌과 같다. 문장 하나가 잘못되면 소설 전체가 허물어진다. 소설 문장은 전체를 형성하는 중요한 역할을 하면서 동시에 '지금, 이 순간의 사건'을 정확하게 묘사해야 한다. 소설 문장은 이 두 가지 목적을 완벽하게 수행해야 한다. 벽돌 한 장이 제 위치에서 자기 구실을 잘해야 든든한 집이 세워진다.

문단을 만들 때도 '소설 구성'에서처럼 발단·전개·갈등·결말 네 단계로 나누어 구성하는 게 좋다. 문단은 협의(狹義)의 구성이다. 소설 문장을 만들 때 이 원칙을 대입하면 조직적으로 완성할 수 있다. 소설 문장 하나를 소설 전체라고 생각해야 서사의 흐름을 유연하게 가져갈 수가 있다.

발단은 주인공이 겪는 사건을 제일 먼저 드러내는 부분이다. 현대소설 창작은 여기에서 시작한다.

전개는 발단에 이어 주인공이 겪는 사건 안으로 들어가 이야기를 확장한다. 주인공이 겪게 될 사건이 일어난 배경, 주인공이 사건을 헤쳐나가는 데 방해하는 조연 등장, 이 조연으로 인해 주인공의 사건 갈등이 깊어지게 되면서 다른 갈래로 사건이 흩어지기도 하고 모이기도 한다. 이러한 이야기가 전체 사건을 형성하기 위해 유기적으로 움직인다.

갈등은 소설의 핵심이다. 갈등이 없으면 이야기 형성 자체가 무의미해진다. 소설의 주제는 이 갈등을 통해 윤곽을 드러내며, 소설에서의 감동을 심화시킨다. 구성 단계에서 이 갈등요소에 대한 고민과 사유를 통해 이야기의 전개 방향을 결정해야 한다. 이 갈등은 작가의 내면세계, 바꾸어 말하면 작가가 체험한 인간의 본질 또는 본능을 표출하는 통로기도 하다. 체험의 폭이 좁으면 갈등의 폭 또한 좁아지게 된다. '작가 몸만들기'의 주된 목적이 이 갈등을 심화할 때 효과적으로 발휘된다. 작가의 내면세계가 과감하게 표현되는 순간이기도 하다. 작가가 직접 서사에 개입하는 것과는 의미가 다르다. 작가의 체험은 화자를 통해 지문, 또는 대화 속에 스며들게 한다. 작가의 내면에 웅크리고 있는 '악마' '통제되지 않은 본능' 등 현실 세계에서 감추고 피해야 하는 모든 것들이 걸림 없이 튀어나오는 순간이기도 하다. 소설 속 이야기를 통해 드러내는 것임에도 불구하고 독자는 마치 작가가 그러한 경험을 한 것으로 오해할 수 있도록 갈등구조를 심화시켜야 한다. 서툰 작가는 독자의 이러한 오해를 두려워하여 작가가 자신의 체험, 또는 본능을 적당히 가리면서 갈등을 표출한다. 그러나 노련한 작가는 과감하게 자신의 내면을 드러낸다.

결말은 전개를 거쳐온 사건이 결론을 맺는다. 결론을 어떻게 맺느냐에 따라 소설의 완성도가 달라진다. 소설 속 사건이 완결되었느냐 미결이냐와는 상관없다. 소설의 결론은 이야기의 성공과 실패가 아니다. 따라서 사건의 결과를 굳이 만들려고 노력할 필요가 없다. 전개를 통해 일어난 갈등구조가 주는 결과를 여운을 남기며 끝을 맺어야 한다. 사건의 결과를 만드는 게 아니라, 독자가 그 결과를 유추하거나 상상할 수 있도록 함으로써 소설에서 얻은 감동을 보다 극명하게 만든다.

문장은 소설 속 사건을 전개하는 장치다. 사건은 설명으로 전하는 게 아니라 '사건의 장면'을 문장으로 '보여주는 것'이다. 문자로 씌어 있지만, 영상을 보듯 사건을 보게 해야 한다. 희곡을 연상하자. 희곡은 문자로 이루어져 있지만, 읽는 독자에게는 무대가 설치되어 있다. 독자는 작품을 읽는 게 아니라, 등장인물들의 연기를 보고 있다. 소설에서도 마찬가지다. 소설의 사건은 글로 써서 읽게 하는 게 아니라, 그래서 보여주어야 한다. 과거 회상이나 에피소드를 삽입할 때도 설명이 아닌 '보여주기' 묘사로 구성해야 한다. 소설은 설명이 아니라 주인공의 '행동'을 묘사하는 것이다. 이 묘사를 통해 주인공의 성격이 형성되며, 주인공이 일으키는 행동으로 사건이 전개된다. 이 행동을 연출하는 문장에 갈등구조를 장치시켜 독자를 작품 속으로 불러들여야 한다.

사건을 이끈 주인공은 전지전능하면 안 된다. 사건 하나하나에 주인공이 힘든 과정을 거치게 하거나 복잡한 고민을 거듭하며 통과하게 하여야 한다. 주인공이 하는 일마다 척척 해결하면 긴장감이 풀어져 이야기는 재미없다.

소설의 갈등구조를 형성하기 위해서는 최소한 두 사람 이상의 등장인물이 필요하다. '갈등'을 형성하기 위해서 인물의 성격은 상반되게 등장시키는 게 좋다. 이 갈등을 사건으로 표면에 떠올리기도 하지만, 묘사 없이 암시로 나타낼 수도 있다. 어느 쪽이 소설 완성도에 필요한지 살펴 전체 서사와 균형을 이루게 한다.

소설 속 주인공은 말 그대로 주인이다. 처음부터 끝까지 독자의 시선을 놓치지 않고 붙잡아야 하는 인물이다. 갈등을 일으키는 인물은 이와 반대로 주인공과 함께 존재할 수 없는 대상(조연)이어야 한다. 이 조연에게 더 큰 비중을 두게 되면 이야기가 복잡해지고 자칫 난삽해질 수가 있다. 조연은 조연일 뿐이다.

문장은 직설로 표현하기보다 우회하거나 절제함으로써 완성도를 더 높일 수 있다. 자세하게 문장을 꾸미면 자칫 설명으로 흐를 수도 있다. 앞서 소개한 예문을 한 번 더 인용한다.

① "아무도 보아주지 않는 산모롱이에 아름다운 들꽃 한 송이가 바람에 흔들리며 외롭게 피어 있다."
② "산모롱이에 들꽃 한 송이가 피어 있다."

이 두 문장을 비교해 보자. ①번 문장은 상황과 현상 설명에 모자람 없이 친절하게 잘 표현하고 있다. ②번 문장은 뭔가 생략된 듯 간결해 보인다. 일반 글쓰기 문장으로는 ①번이 좋으나 소설 표현으로는 ②번 문장이어야 한다. ①번 문장은 읽는 사람이 개입하지 않아도 내용을 다 안다. 하지만 ②번 문장은 읽는 사람의 감정이 개입해야 상황이 뚜렷해진다.

①번 문장에서 밑줄 친 '아무도 보아주지 않는' '아름다운' '바람에 흔들리며' '외롭게'라는 표현은 문장을 쓴 화자의 감정이지 읽는 이의 감정이 아니다. '아무도 보아주지 않는 게' 아니라, 자연이 보고 있다는 미학적 개념을 가질 수도 있고, '아름다운' 들꽃이 아니라 슬픈 들꽃이라 볼 수도 있고, '바람에 흔들리며' 서 있는 게 아니라 춤추고 있을 수도 있고, '외롭게' 있는 게 아니라 사색을 즐기고 있을 수도 있다. 이렇듯 사물을 보는 감정은 보는 이의 위치에 따라 개념 정리가 된다. ①번 문장은 작가 또는 화자의 마음을 읽는 이에게 전달하는 문장은 될 수 있지만, 읽는 이의 감정과는 다를 수가 있다. 그래서 독자가 개입해야 하는 소설 문장으로서는 적절치 않은 것이다. ①번 문장은 이러한 상황을 본 사람들이 모두 '아름답다'거나 '외롭다'고 인지한다는 것을 전재하고 설명했다. 화자나 작가가 문장에 개입한 것이다.

불특정다수인 독자의 마음은 아름다운 꽃일 수도 아닐 수도, 외로운 모습일지 고고한 모습일지는 알 수가 없다. 독자가 그때그때 감정에 따라 현상을 결정하도록 문장에 여백을 만들어 두어야 한다. 작가나 화자가 결론을 만들어 주는 것이 아니라, 작가나 화자는 상황을 있는 그대로 사실적으로 묘사만 해야 한다. 작가나 화자가 꼭 전달해야 할 내용이 있다면 이를 대화나 지문 속에 묘사하는 상황에 적절하게 배치하여 전달하여야 한다. 이것이 알레고리이며, 작가나 화자가 임의로 설정했다는 것을 독자가 인지할 수 없도록 장치해야 한다.

이렇듯 소설은 독자가 작품에 개입함으로써 작품에 감동하게 되며, 오래 기억하게 된다. 아래 예문으로 제시한 문장 3개를 비교해 보자

① 나는 학교에 간다.

② 나는 학교에 공부하러 간다.

③ 나는 집에 일이 있어서 닷새 만에 학교에 가는데, 참 서먹서먹하다.

①번 문장으로는 충분한 의미 전달이 안 된다. 학교에 수업하러 가는지, 놀러 가는지, 심부름 가는지 알 수가 없다.

②번 문장은 ①번 문장에 비해 목적어가 들어갔으나, 이 역시 충분한 의미 전달이 안 된다. 학교에 공부하러 가는 것이 정규 등교인지, 방과 후 혼자 공부하러 가는지 분명하지 않다.

①번 문장에 ③번 문장을 덧붙여 ④번 문장을 만들어 보자.

④ 나는 학교에 간다. (나는)<u>집에 일이 있어서</u> 닷새 만에 학교에 가는데, ⓒ
참 서먹서먹하다.

④번 문장으로 만든 게 한결 의미가 명확해진다. 그러나 이 경우 ③번 문장이 순접(順接) 복문인데, 간결해 보이나 좀 무겁게 느껴진다. 그뿐만 아니라 독자가 개입할 틈도 없이 모두 설명해 버렸다. 독자는 이 문장 속으로 따라오지 않아도 되는 그런 문장이다.

③번 문장을 아래와 같이 Ⓐ와 Ⓑ문장으로 바꾸어 ⑤번 문장으로 변화시켜 보자.

⑤ 나는 학교에 간다. <u>Ⓐ참 서먹서먹하다.</u> <u>Ⓑ겨우 닷새 만인데도 마치 오래된 것처럼 발걸음이 무겁다.</u>

③번의 복문보다 단문으로 나눈 것이 훨씬 더 가벼워 보인다. 또 '집에 일이 있어서'라는 ⓒ문장이 빠짐으로써 뭔가 의미가 모자란 듯 보이지만, 오히려 궁금증을 유발한다. 이 궁금증이 독자를 소설 속으로 끌어들인다.

7. 첫 문장과 첫 문단이 중요하다

(1) 첫 문장이 독자의 시선을 끈다

소설의 첫 문장은 매우 중요하다. 특히 신인 등용문을 위해 공모하는 신춘문예나 문학잡지 신인상에 응모하는 작품은 첫 문장에서 당락이 좌우되기도 한다.

소설의 첫 문장은 이야기의 주제 또는 전개 과정을 꼭 함축해야 할 필요는 없지만, 주제나 스토리와 전혀 관계없는 '생뚱맞은 문장'으로 시작하면 안 된다. 핵심 갈등, 스토리의 흐름(규칙), 결말을 예고하는 문장이 좋다. 설명이 아니라, '의문' '호기심' '충격' '감동' 등을 안개 속에 숨겨 놓고 짧고 강력한 메시지로 독자의 시선을 끌어들여야 한다. 마치 독자가 궁금해하는 내용을 질문하는 것처럼 뒤흔드는 것도 좋다. 독자는 이러한 의문을 품고 그 작품 속으로 빨려들어 간다.

이러한 흐름으로 하나의 문단을 이루되 지루하게 배경을 설명하는 건 피한다. 첫 문장은 마치 리듬을 타고 경쾌하게 흘러가는 물처럼 생동감 있게 장치해야 한다. 첫 문장과 첫 문단이 지루하고 무거우면 그 뒤 이야기가 아무리 재미있고 훌륭하다 해도 이미 독자의 시선이 떠난 뒤다.

첫 문장을 너무 상징적이거나 수식어가 많으면 안 된다. 첫 문장은 간결하고 확실한 내용을 전달하는 명사나 강렬한 동사 중심의 구체적인 문장이 좋다. 소설의 첫 문장과 마지막 문장은 독자의 가슴에 오래 남는다. 소설 속 문장 모두가 마찬가지지만, 특히 첫 문장은 상투적인 단어보다 독자가 쉬 이해할 수 있으면서 특별한 발견을 하는 듯한 기쁨을 주는 독창적인 문장이면 더 좋다.

(2) 명작의 첫 문장들

영국 일간지 〈텔레그래프〉에서 『오만과 편견』 출간 200주년 기념으로 '세계문학에서 가장 빛나는 첫문장30'을 선정했다. 문학 작품의 첫 문장은 그만큼 독자들의 호기심을 끌고, 오래 기억한다는 걸 보여준다. 1위는 『오만과 편견』, 2위는 『안나 카레니나』였다.

〈텔레그래프〉에서 선정한 등위 순이 아닌, 필자가 선택한 그 외 여러 작품의 첫 문장을 한번 살펴보자.

1) 재산깨나 있는 독신남은 아내를 필요로 할 것이라는 것은 누구나 인정하는 보편적인 진리다.

─제인 오스틴 『오만과 편견』

2) 행복한 가정은 모두 고만고만하지만 무릇 불행한 가정은 나름나름 불행하다.

─레프 톨스토이 『안나 카레니나』

3) 최고의 시절이었고, 최악의 시절이었다

— 찰스 디킨스 『두 도시 이야기』

4) 버려진 섬마다 꽃이 피었다.

— 김훈 『칼의 노래』

5) 박제가 되어버린 천재를 아시오?

— 이상 『날개』

6) 오늘 엄마가 죽었다. 아니, 어쩌면 어제.

— 알베르 카뮈 『이방인』

7) 국경의 긴 터널을 지나자 설국이었다.

— 가와바타 야스나리 『설국』

8) 뻐스가 산모퉁이를 돌아갈 때 나는 〈무진Mujin 10km〉이라는 이정비를 보았다.

— 김승옥 「무진기행」

9) 어머니의 칼끝에는 평생 누군가를 거둬 먹인 사람의 무심함이 서려 있다.

— 김애란 「칼자국」

10) 차들은 밤에만 와서 섰다. 자디잔 자갈이 깔린 그 주차장으로 차들은 밤이면 쥐처럼 모여들었다.

— 한수산 「타인의 얼굴」(1991년 현대문학상 수상작)

11) 그는 매일 이야기를 한 개씩 그린다.

12) 오늘도 또 우리 수탉이 막 쫓기었다.

8. 문장 만들기에서 주의할 점

(1) 소설은 작가의 공간이 아니다

소설 문장에 작가의 주관적 생각을 표출하면 안 된다. 소설 속 문장, 즉 서사를 이끄는 인물은 화자(話者)며, 사건을 유발하고 갈등구조를 만드는 건 등장인물이다. 화자는 주인공의 성격에 맞게 사건을 따라가며 서사를 이끈다. 따라서 소설의 첫 문장을 쓰는 순간 작가는 그 소설에서 한 걸음 물러나 있어야 한다. 소설 속으로 들어가면 안 된다. 소설 속에는 주인공과 조연들 등 등장인물들만 활동하는 공간이며, 이들의 행동을 묘사하는 건 화자다. 소설이 진행되는 동안 작가는 소설 속으로 들어가면 안 된다. 소설은 작가가 창조한 소설 속 인물들이 만드는 세상이다.

작가가 꼭 들어가야 할 일이 발생하면 소설 구성을 수정해야 한다. 이때는 서사의 흐름이 흐트러짐으로 반드시 그 개연성을 형성할 수 있는 인과관계를 구축해야 한다. 가능하면 이러한 구성은 피하는 게 좋다. 성공률이 높지 않다.

소설에서 주인공의 행동을 묘사할 때는 사실적이고 보편적이어야 한다. 주인공의 성격이 특별나다고 해서 보편성을 벗어나 일반 독자가 이해할 수 없는 행동, 또는 사건을 표출하게 하면 소설의 완성도에 영향을 미치게 된다. 추상적인 것보다 구체적인 표현이 좋다.

(2) 같은 패턴의 단어로 통일하라

1) 한 문장 안에 같은 패턴의 단어를 중복하여 사용하지 않는다. 특히 숫자의 경우 한글로 표현하든 아라비아 숫자로 표현하든 어느 쪽으로 통일해야 한다. '두 살', '2살', '3세', '그 뒤' '그후', '그외' '그 밖' 등을 섞어 사용하면 문장이 난삽해진다.

2) 호칭, 명칭을 통일한다. 아버지, 아빠를 혼용하거나 김용태, 용태 등을 섞어 쓰지 말아야 한다.

(3) 작가의 주관적 생각을 옮겨 놓지 마라

1) 시점(時點)을 구체화하지 않는다

소설 속 시점(時點)은 구체화하지 않는 게 좋다. 결정해야 할 특별한 이유나 인과관계가 없으면 때를 나타내는 정도로만 표현한다. 1919년 5월 또는 5월 20일 오후 3시라고 구체적으로 날짜와 시간을 밝히게 되면, 반드시 '왜 그 시점이어야 하는지' 그 인과관계에 대한 에피소드가 있어야 한다. 어느 때로 하든 상관없으면 굳이 날짜와 시간을 정확하게 밝힐 필요가 없다. '어느 날' 이라든지 '어느 날 오전'이라고 표현하면 무난하다. 구체적으로 밝힐 필요가 없는 사건을 구체적으로 표현하면 독자는 쓸데없이 긴장하게 되고, 그 사건을 추적하느라 생긴 긴장이 이야기의 흐름을 방해하게 된다. 시간과 날짜를 바꾸어본 뒤, 그래도 문장의 의미가 다르지 않다면 굳이 시간과 날짜를 구체적으로 표현할 필요가 없다.

2) 장소를 구체화하지 않는다

장소도 마찬가지다. 특별한 이유가 없으면 탑골공원, 북한산, 학동로 22길 12, 등이라고 구체적으로 밝힐 필요가 없다. 장소를 바꾸어도 상관없는 문장에서는 '어느 공원', '그 동네' '골목' 쯤으로 두루뭉술하게 표현하는 게 어울린다. 구체적 장소를 표현했는데, 정작 그 지명에 대한 이유가 나타나지 않으면 독자에게는 이 지명이 생경하게 들린다. 이 생경함으로 서사 전개가 방해를 받는다.

그 남자는 늘 창가 쪽 같은 자리에 앉아 커피를 마신다. 차도 사람도 다 문다문 오가는 변두리 동네 왕복 2차선 대로변 모퉁이에 있는 커피하우스에서 혼자 커피를 마시는 남자, 나는 매일 아침 그 남자와 만난다. 그 남자를 잘 볼 수 있는 곳은 건너편 구멍가게에 있는 커피 자판기 앞이다. 내가 그 남자를 처음 본 것도 이 자판기에서 커피를 한 잔 빼들고 막 마시려던 때였다. 달콤하고 쌉쌀한, 적당히 데워진 자판기 커피를 맛있게 한 입 마시려고 하는데 길 건너편 커피하우스에서 편안한 자세로 앉아 커피를 마시는 그 남자의 모습이 내 눈에 들어왔다.

－김호운 단편소설 「커피열매, 그리고 커피」,
『스웨덴 숲속에서 온 달라헤스트』, 도서출판 도화, 2017, pp.168~169

김호운 단편소설 「커피열매, 그리고 커피」의 도입부다. 밑줄 친 '변두리 동네 왕복 2차선 대로변 모퉁이'라고 표현하지 않고, '무슨무슨 동'이라고 장소를 밝혔으면 이 작품은 사실성이 약해진다. 그 이유는 이 소설 어디에도 동네 이름이나 특정 장소와 관련된 언급이 없다. 그날 그 장소에서 일어난 사건이라는 내용이 전혀 없다. 이 작품은 '일어난 사건'에 초점이 맞추어져 있으며, 이러한 사건이 어느 장소에서 일어나건 그 장소는 중요하지 않다. 그러함에도 장소를 특정 짓게 되면 그 사건이 일어난 것과 그 장소가 서로 연관성을 가지는 인과관계를 보여주어야 한다. 굳이 그렇게 하여 장소를 중요시할 필요가 없다. 이렇게 묘사하게 되면 그 장소에 대한 이야기 때문에 사건의 밀도가 약해진다. 이럴 경우에는 그냥 두루뭉술하게 '변두리 동네'라고만 표현하여 사건을 더 부각시키는 게 좋다. 여기에 '왕복 2차선'이라는 표현은 중요하다. '변두리 동네'라고 했기 때문에 '왕복 8차선' 이상이 되는 도심이 아니라는 점을 강조한다. 이러한 표현은 독자로 하여금 이곳에서 어떤 일이 일어날지에 대해 막연하지만 하나의 단서를 찾도록 한다. 이것이 소설을 재미있게 전개하는 장치 가운데 하나다. 특정 장소에서 특정 시각에 일어나야만 하는 사건이 아니라면, 굳이 장소와 시각을 나타낼 필요가 없다. 장소와 시각을 바꾸어도 문장의 의미가 달라지지 않는다면, 변두리 동네 왕복 2차선 대로변 모퉁이'처럼 막연하게 표현하는 게 사건을 보다 밀도 있게 만든다.

(4) 필요 없이 복문을 만들지 마라

문장은 되도록 단문으로 간결하게 만드는 게 좋다. 단문으로만 이어져서 호흡이 빨라 보일 때는 복문으로 속도를 조절하면 효과적일 수 있다. 이때 주의할 점은 복문으로 묶어지지 않는 문장끼리 묶으면 안 된다. 쉼표(,)를 찍는다고 다 복문이 되는 건 아니다. 복문은 반드시 순접(順接)과 역접(逆接)으로 의미가 연결되어야 한다. 그렇지 않을 때는 단문으로 나누어야 한다.

9. 에피소드와 텍스트 인용을 활용하라

소설에서 서사를 전개하는 방법은 크게 지문과 대화로 나뉜다. 지문은 사건과 배경 인물의 성격 등을 서술 형식으로 묘사하고, 대화는 등장인물의 행동을 상황으로 묘사한다. 지문이든 대화든 모두 사건의 배경, 인물의 성격, 주제 심화 등 작품 전반을 구성하는 데 중요한 역할을 한다.

처음 소설을 공부하는 분들은 설정한 이야기 자체에만 초점을 두고 상황을 이어가려고 하는 경우가 많다. 그렇게 하면 주제를 심화시키는 데 어려움이 있다. 이럴 때 이야기와 무관한 제3의 에피소드를 삽입하여 주제를 우회적으로 드러나게 하면 매우 효과적이다. 이때 삽입한 에피소드는 이야기의 본줄기에 자연스럽게 스며들 수 있게 인과관계를 잘 설정해야 한다.

아침에 눈을 뜨면 나는 '달마[月馬]'부터 찾아 손에 쥔다. Ⓐ엄마가 그랬 던 것처럼 나도 잠에서 깨면 습관처럼 달마부터 찾는다. Ⓑ'그분'의 체온을 느끼는 엄마와 달리 나는 달마를 만지면 달빛 따라 흘러가 버린 엄마의 시 간을 만난다. 28년, 참 긴 시간이다. 그 긴 시간 동안 엄마는 늘 그랬다.

"달마에게서 에린의 냄새가 난다."

Ⓒ냄새, 엄마가 느낀다는 그 신기루 같은 냄새는 도대체 어떤 것일까. Ⓓ그 냄새를 나는 한 번도 만나지 못했다. 그렇게 귀에 못이 박히듯 들었 는데도 엄마가 말하는 '에린'이라는 이름도 내겐 무척 낯설다.

— 김호운, 『스웨덴 숲속에서 온 달라헤스트』, 도서출판 도화, 2017, pp.12~13

ⓐ문장은 주인공 '나'가 엄마의 에피소드를 통해 한 번도 보지 못한 아버지에 대한 그리움을 간접 표현하고 있다. ⓑ문장에서 ⓐ문장과 이어지는 결론을 도출한다. 엄마가 생각하는 '그분'과 딸인 민혜가 생각하는 '그분'의 의미가 다름을 보여줌으로써 비록 모녀 사이지만, 정체성이 다름을 간접 표현하고 있다. 이러한 서술을 직접적인 설명이나 상황으로 가기보다, 에피소드를 통해 문장 속에 담아 독자가 그 의미를 찾도록 하면 소설의 재미를 배가시킬 수 있다. 말하자면 ⓐ문장과 ⓑ 문장 속에 퍼즐처럼 화자가 말하고자 하는 심정을 담았다.

ⓒ에서 '냄새'는 다음에 진행될 서사의 핵심을 '미리보기'로 제시함으로써 문장의 긴장감을 높이는 효과를 얻을 수 있다. 문장을 한꺼번에 순차적으로 진행하기보다, 이런 장치로 틀면 문장 속에 전하고자 하는 핵심 의미를 보다 강렬하게 느낄 수 있다. 여기서 '냄새'는 '그리움'이다. 그냥 '냄새'라고 하면 독자는 그리움으로 연결하지 못한다. 또는 직접 '그립다'라고 묘사하면 독자가 느껴야 할 감정을 뺏게 된다. 이럴 땐 주인공이 느끼는 심정을 직접 묘사하기보다 엄마가 느끼는 그 '냄새'를 강조함으로써 그것이 '강렬한 그리움'이라는 걸 독자는 우회적으로 알게 된다. 소설 문장은 이처럼 '에두른 표현' 또는 '텍스트 차용'과 같은 방법으로 재구성하면 효과적이다.

ⓓ에서 "그 냄새를 나는 한 번도 만나지 못했다."로 문장을 구성했다. 냄새를 '맡지 못했다'가 아니라, '만나지 못했다'로 문장을 틀음으로써 '냄새'가 '그리움'이라는 걸 심화시킨다. '그리움+만나다'가 아니라 '냄새+만나다'가 됨으로써 '냄새'는 그리움의 절정임을 간접 표현하고 있다. 문법 구조로 보면 어색한 문장구성이지만, 이 어색한 문장이 정확한 문장보다 오히려 더 아름다운 문학 표현을 만든다.

Ⓐ "이 목마가 널 태우고 이 먼 곳까지 왔어."

엄마가 한 이 말의 의미를 안 것은 초등학교에 입학하고 얼마 안 되었을 때다. 처음에는 엄마가 한 이 말의 의미를 몰랐다. 동화 속에 나오는 이야기의 한 구절을 들려주는 줄 알았다. 내가 흰색에 더 가까운 노랑머리에 파란 눈을 하고 있다는 이유로 아이들에게 시달림을 받을 때 그분이 외국인일 거라는 막연한 생각을 했다. 하지만, Ⓑ엄마에게 물어보지 않았다. 아니, 물어보지 못했다. 담임선생님이 가정통신문으로 엄마에게 아빠가 누군지 이름과 국적을 적어달라고 했을 때 엄마는 곧장 학교로 달려가 거칠게 항의를 했다. 나는 그렇게 무섭게 화를 내는 엄마의 모습을 처음 보았다.

"아이가 학교에 다니는 데 아이 아빠의 정보가 왜 필요해요? 내가 제출한 서류로 입학이 허락되었으면 그것으로 됐지, 왜 이런 내용이 필요하죠?"

엄마의 몇 마디에 담임선생님은 몹시 당황하며 이러저러한 해명을 하다가 곧바로 엄마에게 사과했다. 그날 그 광경을 지켜본 나는 엄마 앞에서 '아빠'라는 말을 입에 올리면 큰일이 나는 줄 알았다. 그 이후부터 내게서 아빠라는 말이 사라졌다.

엄마가 말하는 '그분의 냄새'가 나라는 사실을 안 것도 바로 이 무렵이다. 내가 미술학원 가는 걸 싫어하자 엄마는 내게 Ⓒ"너는 그림으로 만들어진 아이야!" 하고 다그치며 소리를 쳤다. 그때까지만 해도 미술 공부를 접은 엄마가 나를 자신의 아바타로 키우며 대리만족하려 한다고 생각했다. 그런데 그게 아니었다. 엄마는 달마를 만질 때면 꼭 나를 쳐다보며 "에린의 냄새가 난다." 하고 혼잣말처럼 중얼거린다. 엄마는 내게서 그분의 냄새를 찾았으며, 그분 역할 또한 달마가 대신하고 있다는 걸 알았다.

－김호운, 『스웨덴 숲속에서 온 달라헤스트』, 도서출판 도화, 2017, pp.15~17

"이 목마가 널 태우고 이 먼 곳까지 왔어."라는 Ⓐ문장은, 이 작품의 주제를 심화하는 핵심이다. 이 작품의 주제가 이 한 문장에 담겨 있다. 이 짧은 문장이 500여 매의 경장편 분량의 사건으로 확대된다. 주인공 민혜가 이 말을 이해하는 건 바로 엄마의 스토리를 이해하는 것이고, 동시에 자신의 정체성을 구축하는 일이기도 하다. ⓑ문장에서 민혜가 엄마에게 아버지에 관해 묻지 못하는 건 이미 '사건의 실체'를 파악하고 있기 때문이다. 그러함에도 '물어보지 못한 사건'을 삽입한 것은 이미 알고 있는 일임에도 그 파장이 엄청날 것이라는 걸 예고하기 위해서다. "……나는 엄마 앞에서 '아빠'라는 말을 입에 올리면 큰일이 나는 줄 알았다."라고 한 것은 정말 그런 말을 하면 큰일 나는 줄 알았다는 게 아니다. 자신의 아버지가 보통의 아버지와 다르다는 걸 인지하고, 내색하기 싫은 속마음을 엄마의 에피소드에서 차용하여 우회적으로 그런 내면을 드러내고 있다.

엄마가 꿈꾸듯 말하는 "이 목마가 널 태우고 이 먼 곳까지 왔어."를 아름답게 서사에 묻기 위해서는 이러한 장치가 필요하다. 그 장치의 마무리는 ⓒ문장 "너는 그림으로 만들어진 아이야!"다. 주인공이 한 번도 만난 적 없는 외국인 아버지와 어머니의 사랑을 그림으로 마무리했다. 막연히 '그림'으로 표현한 게 아니라, 이 작품 전반을 이루는 서사가 그림이다. 그렇지 않으면 ⓒ문장은 어색하다. 그림을 에피소드로 서사를 이루게 된 건 바로 주제를 심화시키는 이런 장치를 인과관계로 연결하기 위해서다. 구성 단계에서 이런 흐름을 미리 준비해야 한다.

제6강

소설의 시점視點

1. 시점이란 무엇인가

(1) 시점의 이해

시점(視點)은 화자(話者; 이야기를 이끄는 서술자)가 인물의 행위나 배경, 사건을 관찰하는 시선(視線)이다. 화자의 시선이 어디에 있느냐에 따라 시점(視點)이 결정된다. 사건을 바라보는 화자의 시선이 일관되게 유지되어야 질서 있게 이야기를 전개할 수 있다.

현대소설에서 시점이 등장한 건 오래되지 않았으며, 이 시점이 정리됨으로써 현대소설의 틀이 만들어졌다. 시점을 정리한 가장 큰 이유는 작품의 독립성 유지를 위해서다. 시점이 만들어지면 작가가 사건에 개입하는 것을 막고, 화자(話者) 중심으로 서사를 일관되게 연결하게 된다. 작가의 개입을 막음으로써 독자가 개입할 공간은 그만큼 넓어진다. 시점이 잘 정리되면 작품 스스로 생명력을 가지고 사건을 움직인다.

화자가 사건 안에 머무는지 바깥에 머무는지, 화자가 서사에 개입하고 있는지 서사 밖에서 관찰하고 있는지에 따라 시점이 달라진다. 화자의 위치에 따라 다양하게 시점을 결정한다. 시점은 정확하게 지켜야 하지만, 너무 함몰되면 오히려 자유롭게 서사를 전개하는 데 방해받게 된다. 때로는 시점에 혼란을 가져올 수 있는 묘사도 가능하다. 예를 들면 3인칭에서 인물의 외부 묘사와 더불어 내부 심리를 묘사하며 교묘하게 드나들 수가 있다. 이 경우 시점이 흔들리는 게 아니라, 외부의 행위를 보다 사실적으로 묘사하기 위한 장치로 내면의 흐름을 묘사할 수 있다.

숱한 사람을 울리는 범죄를 저지르면서도 그는 조금도 양심의 가책을 느끼지 않았다. 뉴스에 가끔 나오는 흉악범들이 늘 그렇게 말했듯이, 그도

자기 가족에게만 불평등한 사회에 응징한다고 생각했다. 소년 시절, 좌익
활동을 하던 아버지가 우익 청년들에게 자신과 어머니가 보는 앞에서 무참
하게 살육당하던 그 현장이 평생 그의 가슴에서 떠나지 않았다.

　교직생활을 하던 아내를 만난 것도 솔직히 말하면 그런 사회에 대한 반
항이었다. 아버지의 좌익 활동으로 변변한 직장을 가지지도 못했던 그는
교육공무원이던 아내를 성폭행한 뒤 협박과 회유를 하면서 강제로 부부의
인연을 맺었다. 그러면서 그는 속으로 사회로부터 철저히 외면당하던 자기
처지를 아내를 통하여 간접적으로 복수한다는 생각을 했다.

─김호운 단편소설 「나는 너무 멀리 걸어왔다」 중에서

김호운 단편소설 「나는 너무 멀리 걸어왔다」의 한 장면이다. 이 소설의
화자는 주인공 '나'다. '나'가 여행 중 간월도에서 만난 한 노인과 하룻밤 묵
으면서 그의 과거 속으로 들어가는 장면이다. 노인은 조직폭력배로 수없
이 교도소를 드나들다가 늘그막에 가족과 헤어져 외톨이가 되어 어머니와
의 추억이 있는 간월도로 왔다. '1인칭 주인공 시점'으로 진행되는 이 작품
에서 '나'는 노인의 과거 속으로 들어간다. 시점이 바뀔 수는 없지만, 노인
의 심리를 최대한 끌어내기 위해 마치 노인의 시점에서 서술하듯 묘사했
다. 이렇게 묘사하려면, 앞서 두 사람의 대화에서 이러한 노인의 과거를 유
추할 수 있도록 인과관계를 미리 조성해야 한다. 그리고 나서 1인칭으로서
서술할 수 없는 상황을 최대한 가까이 끌어내는 것이다. 이런 상황을 묘사
하기 전에 인과관계가 형성되지 않으면 작가가 개입한 설명이 될 수도 있
다. 인칭을 확대하여 전개할 때는 충분한 인과관계를 설정해야 한다. 시점
을 어디까지 확장할 수 있을지를 이해하고 나면 서술의 폭도 그만큼 넓게
된다.

2. 시점(視點)의 종류와 역할

(1) 시점의 종류

소설에서 서사는 작가가 설정한 서술자, 즉 화자(話者)가 전개한다. 작가가 직접 사건에 개입하지 않고 화자가 이야기를 이끄는데, 이 화자가 누구냐에 따라 시점이 바뀐다.

서술자가 사건 속에 등장하면 1인칭, 사건 밖에 있으면 3인칭이다. 1인칭 가운데도 사건 속 주인공 '나'가 화자면 '1인칭 주인공 시점', 사건 속에 함께 있으나 주인공이 아닌 제삼의 인물이 주인공을 비롯한 등장인물의 행위를 관찰 서술하면 '1인칭 관찰자 시점'이 된다. 서술자가 사건 밖에서 소설 속 인물을 3인칭 관점에서 관찰하면서 서사를 이끌면 '3인칭 관찰자 시점', 관찰에 그치지 않고 인물들의 내면을 드나들며 전지적으로 관찰하거나, 화자의 철학이나 지적 체험까지 서사의 배경에 참여하면 '전지적 작가 시점'이 된다.

소설의 주제를 심화하고, 등장인물의 성격과 사건을 보다 효과적으로 표현하기 위해 어떤 시점이 유리할지를 살핀 뒤 시점을 결정한다.

1) 1인칭 주인공 시점

'나'라는 주인공이 자신의 이야기를 한다. 자기 자신의 이야기이기 때문에 자신의 내적 심리변화를 세밀하게 표현할 수 있다. 이러한 장치는 독자에게 큰 신뢰를 주며, 독자는 마치 작가가 직접 겪은 이야기로 오해하며 이야기에 깊이 빠져든다. 반면 다른 인물의 내면을 들여다볼 수 없다. 다른 인물의 내면을 그리려면 그러한 심리변화를 추정할 수 있는 상황으로 묘사해야 한다. 이때 '당연히 그러한 행동'이 나올 수밖에 없는, 사실성과 보편성을 유지해야 한다.

'1인칭 주인공 시점'에서는 서술하는 화자의 눈에 보이지 않는 곳에서 일어나는 상황을 본 듯이 묘사할 수 없다. 카메라의 앵글을 연상하면 이해가 쉽다. 방 안에서 촬영하는 카메라가 방 밖에서 일어나는 상황을 촬영할 수 없는 것과 마찬가지다. 바깥의 상황을 알려면 카메라(화자)가 밖으로 나가는 수밖에 없다. 아니면 제삼의 인물, 또는 바깥 상황을 방 안에서 알 수 있는 에피소드를 만들어야 한다.

'나'라는 주인공이 자신의 이야기를 한다. 자기 자신의 이야기이기 때문에 자신의 내적 심리변화를 세밀하게 표현할 수 있다. 이러한 장치는 독자에게 신뢰를 주는 데 크게 영향을 주며, 독자는 마치 작가가 직접 겪은 이야기로 오해하며 이야기에 깊이 빠져든다. 반면 다른 인물의 내면을 들여다볼 수 없다. 다른 인물의 내면을 그리려면 그러한 심리변화를 추정할 수 있는 상황으로 묘사해야 한다. 이때 '당연히 그러한 행동'이 나올 수밖에 없는, 사실성과 보편성을 유지해야 한다.

'1인칭 주인공 시점'에서는 서술하는 화자의 눈에 보이지 않는 곳에서 일어나는 상황을 본 듯이 묘사할 수 없다. 카메라의 앵글을 연상하면 이해가 쉽다. 방 안에서 촬영하는 카메라가 방 밖에서 일어나는 상황을 촬영할 수 없는 것과 마찬가지다. 바깥의 상황을 알려면 카메라(화자)가 밖으로 나가는 수밖에 없다. 아니면 제삼의 인물, 또는 바깥 상황을 방 안에서 알 수 있는 에피소드를 만들어야 한다.

달포 전쯤 남편이 퇴근길에 분꽃 화분 하나를 사 들고 들어왔다. 화분에는 이제 막 꽃봉오리를 소담스럽게 내미는 분꽃이 여러 포기 심어져 있었다. 그런 남편의 모습을 보고 나는 놀란 표정을 지었다. 지금까지 나는 한 번도 집 안에 화분을 들여놓고 키워 본 적이 없다. 꽃을 싫어하는 건 아니지만, 빠듯한 살림살이에 아이 셋을 키우느라 정신없이 살다 보니 그런 일까지도 호사라 생각했는지 집 안에 화분 하나 놓아두는 여유조차 즐기지 못했다. 부부는 닮는다고 했던가. 남편 역시 여태 꽃 한 송이 사 들고 들어온 적이 없다. 내 마음이 그래서인지, 그런 남편을 한 번도 이상하다고 생각해 보지 않았다. 오히려 가족을 위해 근검절약하는 모습처럼 보여 고맙게 여기며 지금까지 살았다. 그러던 남편이 뜬금없이 어울리지 않게 분꽃 화분을 사 들고 들어왔다. 나는 <u>남편의 그런 모습이 쉬 이해가 되지 않았다.</u>

－김호운 단편소설 「분꽃 향기」,
『그림 속에서 튀어나온 청소부』, 인간과문학사, 2016, p.55

김호운 단편소설 「분꽃 향기」에서 묘사된 장면이다. 서술자는 주인공 '나'로 '1인칭 주인공 시점'이다. 작품 속 주인공인 '나(아내)'의 입장, 즉 주인공이 남편이 사가지고 온 분꽃 화분을 보면서 자신의 내면과 남편의 입장을 서술하고 있다. 1인칭 주인공 시점이기 때문에 남편이 왜 분꽃 화분을 사 왔는지, 남편의 마음을 직접 서술할 수가 없다. 그래서 밑줄 친 '<u>남편의 그런 모습이 쉬 이해가 되지 않았다.</u>'라고 묘사함으로써 독자에게 '남편의 내면'을 대신 추측하게 만든다. 이 서술은 사건에 독자를 끌어들이는 장치이기도 하다.

한국전쟁 직후의 농촌 생활은 그야말로 가난과의 전쟁이었다. 대부분 소작농으로 근근이 끼니를 이어 갔지만, 그마저도 농사지을 땅이 없는 사람들은 고향을 버리고 도시로 흘러들어 막노동을 하며 생계를 꾸려야 했다. 심지어 거지가 되어 빌어먹는 사람들도 상당히 많았다. 다행히 당시 초등학생이었던 남편의 집은 조상 대대로 물려받은 천수답 몇 마지기가 있어 가난하지만 부모와 삼형제가 끼니 걱정은 하지 않았다. 배를 굶지 않았다 뿐이지 허기를 참고 견뎌야 하는 건 마찬가지였다. 당시 웬만한 농촌 사람들은 하루 두 끼로 연명했다. 그래서 밤이 짧고 낮이 긴 여름이 되면 허리띠를 졸라매면서 종일 배고픔을 참느라 힘들어 했다. 해가 중천을 넘어갈 무렵부터 형제들은 저녁밥을 눈이 빠지게 기다렸다. 가장 나이 어린 막내였던 남편이 배고픔을 못 참고 먼저 어머니의 치맛자락을 잡아당기며 빨리 저녁을 달라고 졸랐다. 그럴 때마다 어머니는 "분꽃이 피면 밥 줄게."하며 어린 자식의 채근을 물리쳤다. 시계가 없던 그 시절에는 분꽃이 피는 걸 보고 때를 맞추어 저녁을 짓기 시작했다. 어머니에게 이 말을 들은 이후부터 남편은 오후가 되면 마당 한쪽 담 밑에서 자라고 있는 분꽃 앞에 쪼그리고 앉아 어서 빨리 꽃이 피기를 기도했다고 한다.

"분꽃은 내게 허기진 배를 채워 주는 희망의 시계였어."

…… 중략 ……

그렇게 까마득히 잊고 있던 그 어머니를 남편이 분꽃 화분과 함께 내 앞에 모셔 왔다. 나는 입으로 가져가던 밥숟가락을 떨어뜨리듯 내동댕이치며 남편의 손을 꼭 잡았다. 다 안다고 생각했는데 남편에게 이런 깊은 사연이 또 숨겨져 있을 줄은 몰랐다. 아이들에게만은 배고픈 기억을 물려주지 않으려고 남편은 혼자 묵묵히 자신의 삶을 검댕이가 되도록 태우고 있었다. 아이 셋 낳아 키운 게 무슨 큰 벼슬이라고, 입버릇처럼 내뱉으며 그런 남편을 윽박지른 일들이 미안했다. 따지고 보면 그 자식들을 나 혼자서 키운 것도 아니지 않은가. 노년의 문턱을 넘어가는 나이에 들어섰지만, 나는 아직도 저녁밥을 분꽃 향기에 말아 먹던 그 철없던 아이 적 생각에서 벗어나지 못하고 있었다.

······ 중략 ······

그 날 이후, 나는 남편이 사 가지고 온 분꽃 화분을 시어머니와 어머니의 분신인 듯 여기며 정성들여 가꾸고 있다. 뿌리를 튼실하게 내려 내년에도, 또 그 다음해에도 곱게 꽃을 피울 수 있기를 간절히 바라고 있다. 나는 내 아이를 키울 때처럼 분꽃 화분에 그렇게 정성을 쏟고 있다. 그리고 해가 서산에 기울 무렵이면 분꽃 화분 앞에 앉아 꽃이 피기를 기다린다. 어릴 때의 그 철없던 계집아이로 되돌아가 나는 분꽃이 피기를 기다린다.

– 김호운 단편소설 「분꽃 향기」,
『그림 속에서 튀어나온 청소부』, 인간과문학사, 2016, pp.65~68

앞서 설명한 김호운의 단편소설 「분꽃 향기」에서 '1인칭 주인공 시점'의 화자(주인공 '나')가 자신의 내면세계를 서술했는데, 위 문장은 화자가 다른 '사람들의' 생각과 상황까지도 묘사한다. 그러나 제삼의 인물이 자신의 내면을 묘사하는 게 아니라, 화자가 그러한 내면을 알 수 있도록 배경 상황을 통해(당연히 그러한 것처럼 보편성에 의한 사실적 묘사) 서술하고 있다. 여기에는 '남편의 그런 모습이 쉬 이해가 되지 않았다'라는 묘사에 대해 독자가 추측하며 서사에 개입한 것에 대한 결과이기도 한다. 이는 사건을 설명하는 게 아니라, 상황을 제시하여 남편의 내면을 내보인 것이다. 분꽃이 미국에서는 '포 어클락(Four o'clock)'이라고 한다는 것을 전시(前視)한 뒤, 가난을 상징하는 '시계' 역할을 한 에피소드를 차용하여 남편의 마음을 묘사한 것이다. 1인칭 주인공 시점이라고 하더라도 다른 주인공의 내면을 묘사할 수 없는 게 아니라, 이런 에피소드나 텍스트 인용 등을 통해 묘사하면 된다.

    에린이 커피와 함께 계란 프라이를 만들어왔다. 나는 커피만 홀짝이며 마셨다. 그렇게 시간을 끌며 꽤 오랜 시간 커피를 마셨다. 그런 내 모습을 바라보는 그의 표정 또한 무겁다. 이럴 땐 무슨 말을 해야 하나. 그렇게 수다를 잘 떨던 나도 갑자기 말문이 막혀 버렸다. 어제 술집에서 "너 나랑 사귈래?"라는 말만 하지 않았어도 이런 고민을 하지 않았을 것이다. 남자와 한 번 원나잇을 한 게 무슨 큰 사고라고 이 나이에 청승맞게 고민을 하고 있다. 그렇다고 수심에 찬 이 남자에게 "걱정하지 마. 널 붙들지 않을게." 하는 것도 이상하다.

―김호운, 『스웨덴 숲속에서 온 달라헤스트』, 도서출판 도화, 2017, pp.42~43

    주인공 '나'의 입장에서 일방적으로 상황이 연출되고 있다. '에린'이라는 등장인물의 내면세계가 어떠한지 어떠할지는 상관없이 오직 '나'의 내면세계만을 묘사하고 있음에도 마치 '에린'도 '나'와 같은 입장일 거라는 내면심리를 보편성으로 끌어낸다. 이것은 '…남자와 한 번 원나잇을 한 게 무슨 큰 사고라고 이 나이에 청승맞게 고민을 하고 있다. 그렇다고 수심에 찬 이 남자에게 "걱정하지 마. 널 붙들지 않을게." 하는 것도 이상하다.'라고 서술하여 주인공 '나'의 성격(캐릭터)을 드러냄으로써 상황을 사실적으로 받아들이게 한다.

2) 1인칭 관찰자 시점

    화자가 이야기 안에 등장한다는 점에서는 '1인칭 주인공 시점'과 같다. '1인칭 주인공 시점'은 주인공 자신이 화자가 되어 서사를 이끌지만, 1인칭 관찰자 시점의 화자는 주인공이 아니다. 이야기 속에 등장하는 인물이긴 하지만, 주동 인물이 아니면서 이야기 밖에서 주인공과 등장인물들을 관찰하며 서사를 이끈다.

독자는 주인공을 중심으로 전개되는 사건을 좇게 되지만, 사건 밖에서 사건을 관찰하며 이야기를 이끄는 화자를 눈치채지 못한다. 화자가 사건 안에서 같이 움직이는 줄 아는 것이다. '1인칭 관찰자 시점'은 '1인칭 주인공 시점'에서처럼 주인공의 내면 심리변화를 그대로 전달하지 못한다. 주인공의 행동을 통하여 유추하여 이야기를 이끌 수밖에 없다. 대신 주인공뿐만 아니라 타인까지도 행동을 통해 유추하여 심리를 묘사할 수는 장점이 있다. 주요섭의 「사랑손님과 어머니」가 '1인칭 관찰자 시점'이며, 딸 옥희의 시선을 통해 주인공인 어머니와 사랑방 손님과의 미묘한 애정을 그리고 있다. 이 책에서는 김호운의 단편소설 「율도국으로 날아간 따오기」를 텍스트로 '1인칭 관찰자 시점'을 설명한다. 이 작품은 화자(수술자)인 사진작가 '나'가 주인공인 '따오기 할배'를 관찰하며 '따오기'를 소재로 서사를 전개한다. '1인칭 주인공 시점'에서는 주인공이 자신의 내면을 자유로이 서술했으나, '1인칭 관찰자 시점'에서는 그러한 주인공의 내면을 눈에 보이는 '행동'으로만 묘사해야 한다. 주인공이 생각하는 것처럼 묘사하면 안 된다. 서술자인 관찰자의 '눈에 보이는 모습'만 묘사할 수 있다는 점에서 '1인칭 주인공 시점'과 달리 주인공의 내면세계를 서술하는 데 한계가 있다.

할아버지는 피리를 불기 시작했다. 다시 「따오기」의 애잔한 가락이 한 줄기 바람처럼 대청마루를 휘감아 돌았다. 나는 눈을 지그시 감고 피리소리를 감상했다. 피리소리는 마치 마술을 부리는 듯 너울너울 춤추며 내 가슴 속으로 파고들었다. 바람에 날리는 깃털처럼 몸이 가벼워지는가 싶었는데 어느 새 나는 동화의 한 장면 속으로 빠져들었다. <u>피리를 부는 할아버지도 어느 새 5살짜리 어린아이가 되어 있었다.</u> 바로 그 순간 피리소리가 뚝

끊어졌다. 분위기에 어울리지 않게 혼자 너무 깊게 감상에 빠졌다가 내동 댕이쳐진 기분이었다. 원래 4소절로 된 짧은 노래다. 4절까지 가사가 바뀌면서 같은 곡이 반복되는데, 연주로만 들으면 금세 끝난다. 어색한 기분을 지우기 위해 남은 커피를 훌쩍 다 마셨다.

"이 노래를 좋아하시나 봐요?"

"따오기?"

"아까도 이 노래를 부시는 것 같았는데…?"

"어릴 때는 이 일대가 온통 갈대밭이었어요. 이 피리도 그놈들 가운데 하나를 잘라 만든 것이지. 우리 아버지가 이 피리를 내게 주면서 맨 처음 가르쳐 준 노래가 따오기요."

—김호운 단편소설 「율도국으로 날아간 따오기」,
『그림 속에서 튀어나온 청소부』, 인간과문학사, 2016, p.84

김호운의 「율도국으로 날아간 따오기」는 '1인칭 관찰자 시점'으로 진행하는 작품이다. 이 작품의 주인공은 '따오기 할배'지만, 서술자(화자)는 사진작가로 등장하는 '나'다. 1인칭 소설이지만 서술자가 주인공 '따오기 할배'가 아니라, '나'이기 때문에 '1인칭 주인공 시점'으로 오해할 수도 있으나, 이 작품은 '1인칭 관찰자 시점'이다. 사진작가인 '나'가 주인공 '따오기 할배'의 삶을 서술하기 때문에 주인공의 내면세계를 주인공 입장에서 서술하지 못하며, '피리를 부는 할아버지도 어느 새 5살짜리 어린아이가 되어 있었다.' 처럼, '따오기 할배'의 심정을 관찰자 입장에서 서술해야 한다. 이 밑줄 친 내용으로 주인공의 내면 심리를 보다 심도 있게 표현하기 위해 한정동 선생의 동요 「따오기」를 에피소드로 차용하여 인과관계를 형성했다. 이처럼 '1인칭 관찰자 시점'에서는 주인공의 내면세계를 서술하기 위해 서술자가 관찰할 수 있는 상황을 만들어야 하고, 이 작품을 읽는 독자에게는 주인공의 내면이 노출되는 것처럼 장치해야 한다.

3) 3인칭 관찰자 시점

3인칭 관찰자 시점은 '작가 관찰자 시점'이라기도 한다. 화자가 3인칭으로 불리는 작품 속 인물을 타자(他者)로 보면서 사건 밖에서 관찰 서술하는 것이다. 따라서 주인공뿐만 아니라 등장인물 모두를 조망하기 때문에 서술 초점이 수시로 바뀐다. 이 경우 인물들의 외부 행위만 서술할 수 있으며, 내부 심리묘사에는 관여할 수 없다. 심리를 묘사하려면 그러한 심리가 드러나는 외부 행위로 표현해야 한다.

3인칭 관찰자 시점의 서술자는 작품 속이 아닌 작품 밖에 있는 가공의 화자(話者)다. 화자가 관찰하는 내용만을 서술한다. 캐릭터의 모양·행동·사건이 일어나는 상황을 제삼자로서 객관적으로 서술하는 것이다. 3인칭 서술자는 '1인칭 작가 시점'이나 '1인칭 관찰자 시점'의 화자처럼 주인공 또는 등장인물의 내면세계를 서술할 수 없다. 만약 '3인칭 관찰자 시점'에서 등장인물의 내면세계를 묘사하려면 그러한 내면세계를 드러낼 수 있는 상황, 독자가 등장인물의 내면세계를 이해할 수 있는 이야기를 만들어(이 경우 그러한 상황이 발생한 인과관계를 치밀하게 설정해야 한다) 이를 관찰자의 객관적 시선으로 서술해야 한다. 화자의 주관적 생각을 서술해서는 안 된다.

진혁(林鎭赫)은 어머니가 내미는 전보 용지를 들고 들여다 보았다. 그의 어머니도 긴장된 모습으로 진혁을 바라보았다. 마치, 진혁의 얼굴에 일어나는 미세한 표정의 변화도 놓치지 않으려는 듯한 모습이었다.

"무슨 전보냐?"

진혁이 전보 용지에서 눈을 떼자, 그의 어머니는 기다렸다는 듯이 물었다.

"여름에 탁본하러 여주에 갔을 때 만났던 노인에게서 온 것입니다."

"그 사람이 왜 널 보자고 전보까지 치냐."

노인이라는 말에 진혁의 어머니는 아까보다 표정이 다소 누그러졌다.

"좋은 자료라도 발견한 모양이죠."

진혁은 어머니를 죄고 있는 의심의 그림자를 빨리 걷어 내야겠다는 생각으로 그렇게 적당히 얼버무렸다. 진혁도 탁 노인이 전보를 친 사실이 궁금했다.

"그 분은 탁본을 많이 가지고 계세요. 아마, 그 속에서 귀중한 자료라도 나온 모양입니다. 그런 게 있으면 연락을 달라고 부탁했더랬어요."

<u>진혁은 좀처럼 의심의 끈을 늦추지 않고 있는 어머니에게 친절하게 거짓말까지 했다.</u>

　　　　　　　－김호운 단편소설 「拓本序說(탁본서설)」(월간 『문학정신』, 1987.6월호)

　　1987년 월간『문학정신』 6월호에 발표된 김호운의 단편소설 「拓本序說(탁본서설)」의 한 장면이다. 이 장면에 보면 서술자는 주인공 '진혁'이가 아닌 제삼의 가공인물인 화자다. 이 화자는 작품 속에 등장하지 않고 작품 밖에서 등장인물과 상황을 서술하고 있다. 예문에서 주인공 '진혁'과 '그의 어머니'가 아직 실체가 드러나지 않은 '한 사건'을 두고 대화하는 장면을 묘사하면서, 사건의 실체를 향해 조금씩 다가간다. 이 장면을 보면, 두 주인공의 내면을 모두 표면에 일어난 상황만 관찰하여 서술했다. 첫 문장을 '근일 상면 요망, 탁' 이라는 전보 문안을 보여줌으로써 무슨 급박한 상황이 진행되고 있음을 간접 시사한다. 이 문장이 발화가 되어 '그의 어머니'는 '진혁'에게 무슨 일인지 묻는다. 이 묘사에서 직접 드러내지는 않았지만, '그의 어머니'가 몹시 걱정하고 있는 내면을 간접 묘사하고 있다. '<u>진혁은 좀처럼 의심의 끈을 늦추지 않고 있는 어머니에게 친절하게 거짓말까지 했다.</u>'라고 함으로써 '진혁'의 감추어진 불안함을 간접 묘사한다. '1인칭 주인공 시점'처럼 주인공 스스로 자신의 내면을 묘사할 수 없지만, 이처럼 상황을 관찰 묘사하면서 주인공의 내면을 그릴 수 있다. 이렇듯 '3인칭 관찰자 시점'은 작품 밖의 가공인물인 화자가 작품 속에 등장하는 인물들 모두 관찰하며 서술한다.

그밖에 3인칭 관찰자 시점으로 1953년『신문학』5월호에 발표한 황순원의 단편소설「소나기」가 있다. 이 작품의 화자 역시 작품 밖에서 작품 속 주인공을 관찰하고 서술한다.

4) 전지적 작가 시점

'3인칭 관찰자 시점'과 마찬가지로 이야기에 직접 등장하지 않고 사건 밖에서 서사를 이끈다. '3인칭 관찰자 시점'과 다르게 '전지적 작가 시점'에서는 등장인물들이 보고 듣고 느끼는 행위를 모두 묘사할 수가 있다. 그렇다고 1인칭 주인공 시점처럼 등장인물 스스로 자신의 심리를 고백하듯 묘사할 수는 없다. 등장인물이 만드는 사건을 통해 그러한 심리를 묘사해야 한다. 전지적 작가 시점에서는 이야기의 흐름과 관계없는, 작가의 체험이나 사회 풍속 등을 묘사할 수도 있다. 이 경우 자칫 작가 자신의 지식이나 철학 등이 나열되어 전체 구성이 무너질 우려가 있다. 작품의 흐름과 무관한 내용이라 하더라도 등장인물의 성격 형성, 발생한 사건과의 인과관계와 치밀하게 연결해야 한다. 이러한 특징으로 전지적 작가 시점을 '작가 관찰자 시점'이라고도 한다.

전지적 작가 시점은 작가가 소설 속 이야기에 직접 개입할 우려가 있어 작품과 작가 사이의 거리 유지가 매우 중요하다. 자칫 작가가 소설에 들어가 직접 개입하게 되면 사실성과 보편성이 무너져 이야기가 매우 난삽해진다. 작가가 사건에 개입한 작품이 있는데 현대 해학소설로 손꼽히는 채만식의 장편소설 「탁류」가 그렇다.

금강(錦江)……

이 강은 지도를 펴놓고 앉아 가만히 들여다보노라면, 물줄기가 중동께
서 Ⓐ남북으로 납작하니 째져 가지고는－한강(漢江)이나 영산강(榮山江)
도 그렇기는 하지만－그것이 Ⓑ아주 재미있게 벌어져 있음을 알 수 있다.
Ⓒ한번 비행기라도 타고 강줄기를 따라가면서 내려다보면 또한 그럼직할
것이다.

－채만식, 『탁류』(전자책)상권, 유니페이퍼, 2015.

채만식 장편소설 『탁류』는 이렇게 시작한다. 서술자(話者)가 주인공을
통해 일어나는 사건을 따라가는 것에 그치지 않고, 서술자 자신의 생각이
나 의견이 서사에 삽입된다. 밑줄 친 Ⓐ Ⓑ Ⓒ 문장이 그렇다. Ⓐ에서 '남
북으로 납작하니 째져 가지고는'하는 어투와 Ⓑ에서 '아주 재미있게'라는
수식은 주인공이 아닌 서술자의 입을 빌린 작가의 느낌이다. 작가가 서사
에 개입하지 않아야 한다고 했는데, '전지적 작가 시점'에서는 이처럼 알
게 모르게 서술자를 통하여 작가의 철학이나 개성을 틈입시키며 참여한다.
Ⓒ에서 '한번 비행기라도 타고' '내려다보면 또한 그럼직할 것이다'라는 건
누가 이런 희망과 결과를 짐작하고 있을까. '1인칭'이 아닌데 주인공이 자
신의 속내를 서술할 수는 없다. 이 문장 역시 서술자 또는 작가의 생각이다.

'전지적 작가 시점'의 이러한 특징은 자칫 작가가 서사에 개입할 수 있는
틈이 생기게 된다. 그러므로 독자의 시선이 흔들리지 않도록 매우 조심해
야 한다. 시점을 정리한 이유가 작가의 개입을 막고, 소설 속 인물들이 사
건을 만들어가도록 하기 위해서다. 그런데 작가가 서사에 개입하게 되면
이러한 흐름이 흔들린다. 어쩔 수 없이 작가가 개입해야 할 경우 있는 듯

만 듯 독자가 눈치채지 못하게 장치해야 한다. 「탁류」의 경우는 전체 서사의 흐름에 해학적 요소를 가미함으로써 작가가 만담(漫談)하듯 슬쩍 참여하여 그런 틈을 가려주고 있다.

> "으응, 또 대답이 없네, 정말 죽었나 버이."
> 이러다가 누운 이의 흰창이 검은창을 덮은, 위로 치뜬 눈을 알아보자마자,
> "이 눈깔! 이 눈깔! 왜 나를 바라보지 못하고 천장만 보느냐, 응."
> 하는 말끝엔 목이 메이었다. 그러자 산 사람의 눈에서 떨어진 닭의 똥 같은 눈물이 죽은 이의 뻣뻣한 얼굴을 어룽어룽 적신다. 문득 김첨지는 미친 듯이 제 얼굴을 죽은 이의 얼굴에 한데 비비대며 중얼거렸다.
> "설렁탕을 사다 놓았는데 왜 먹지를 못하니, 왜 먹지를 못하니? …… 괴상하게 오늘은 운수가 좋더니만 …….."
>
> (현진건의 「운수좋은 날」 중에서)
> ─황순원 외, 『소나기─한국인이 사랑하는 단편소설21선』(전자책),
> 새움출판사, 2017, pp.564~565

현진건의 「운수좋은 날」은 '전지적 작가 시점'의 대표작품이다. '3인칭 관찰자 시점'과 마찬가지로 이 작품의 서술자도 등장인물이 아닌 작품 밖에 있는 가상 인물이다. 여기에서는 '3인칭 관찰자 시점'과 달리 서술자는 마치 등장인물 김첨지가 스스로 생각하고 말하고 행동하는 것처럼 서술한다. 작품 밖에서 화자가 서술하지만, 마치 작품 속에 들어와 있는 듯 묘사한다. 작품 바깥에서 작가가 전지적 능력으로 서술하고 있기 때문이다. 그런데 작가는 작품 속에서 드러나지 않는다. 여전히 서술자는 작품 밖에 있는 화자다. 만약 '작가'가 화자인 듯 개입하는 모습이 드러나면 소설의 사실성을 상실하여 작품의 완성도가 무너진다. '전지적 작가 시점'에서는 이

점을 특히 주의해야 한다.

　경성 학교 영어 교사 이형식은 오후 두 시 사 년급 영어 시간을 마치고 내리쪼이는 유월 볕에 땀을 흘리면서 안동 김 장로의 집으로 간다.
　김 장로의 딸 선형이가 명년에 미국 유학을 가기 위하여 영어를 준비할 차로 이형식을 매일 한 시간씩 가정교사로 초빙하여 오늘 오후 세 시부터 수업을 시작하게 되었음이다.
　이형식은 아직 독신이라 남의 여자와 가까이 교제하여 본 적이 없고, Ⓐ 이렇게 순결한 청년이 흔히 그러한 모양으로 젊은 여자를 대하면 자연 수줍은 생각이 나서 얼굴이 확확 달며 고개가 저절로 숙여진다.
　남자로 생겨나서 이러함이 못생겼다면 못생겼다고 하려니와, Ⓑ여자를 보면 아무러한 핑계를 얻어서라도 가까이 가려 하고, 말 한 마디라도 하여 보려 하는 잘난 사람들보다는 나으리라. 형식은 여러 가지 생각을 한다.
　　　　　　　　　−이광수, 『무정』(전자책) 상권, 해성전자북, 2018.

　우리나라 최초의 현대소설 이광수의 장편소설 『무정』은 이렇게 시작한다. 이 장면을 보면 서술자가 작품 밖에서 등장인물과 사건을 관찰 서술하고 있다. 작품 속 주인공인 경성학교 영어 교사 이형식이 김 장로의 딸 가정교사로 취직하여 가는 장면인데, 화자는 이 배경을 서술하면서 주인공 이형식과 함께 있는 듯 그의 심정, 생각을 마치 이형식을 가까이에서 잘 알고 있는 사람처럼 서술하고 있다. 밑줄 친 Ⓐ와 Ⓑ 문장을 보자. Ⓐ에서 '이렇게 순결한 청년이'라는 표현은 다분히 주관적이다. 주인공 이형식의 성격을 결정 지어 버린다. 이형식이 이러한 성격이라는 걸 나타내는 행동을 묘사하고, 독자가 그러한 성격임을 알아차려야 하는데, 미리 설명한다. 이러한 묘사는 작가가 서술자를 통해 개입한 것이다. Ⓑ도 마찬가지다. 이렇듯 '3인칭 관찰자 시점'처럼 작품 밖에서 작품 속 등장인물을 서술하고 있지만, '전지적 작가 시점'은 서술자의 주관적인 관점으로 등장인물의 성격 형성에도 관여하고 있다. ⑧에서처럼 '여자를 보면 아무러한 핑계를 얻어서라도 가까이 가려 하고, 말 한 마디라도 하여 보려 하는 잘난 사람들보다는 나으리라.' 이런 생각은 주인공 이형식의 생각이 아니라 서술자 또는 작가의 생각이다. 그러함에도 마치 등장인물이 그러한 것처럼 서술한다. 이러한 서술방식이 '전지적 작가 시점'이다.

(2) 복수(複數)의 시점

한 작품에 한 개 이상의 시점이 등장할 수 있다(이중 시점). 이 경우 전지적 작가 시점에서와 마찬가지로 작가와 작품 사이의 거리 두기가 매우 중요하다. 그렇지 않으면 독자 시선에 혼란을 주어 전체 서사 흐름을 방해한다. 시점이 바뀌는 장면, 또는 그러한 예고를 함으로써 독자가 시선을 바꿔 작품을 읽을 준비를 하게 해야 한다.

김호운의 단편소설 「노을이 고와서」는 액자소설로 모두 3개의 시점으로 구성했다. 각기 다른 소재인 3개의 이야기로 서사를 이루면서 '복수의 시점'으로 구성했는데도 서사 전개가 전혀 어색하지 않다.

아이

그 계집아이는 혼자서 야트막한 산길을 내려오고 있었다. 책을 둘둘 말아 싼 보자기를 허리에 질끈 동여맨 채 혼자 걷고 있었다. 별로 무섬을 타는 모습도 아니었다. 학교가 산등성이 너머에 있기 때문에 아이는 늘 그렇게 산길을 지나다니고 있었다.

······ 하략 ······

꽃

상미는 학교에 가려고 책가방을 메고 막 가게를 나오다가 말고 걸음을 멈춰 섰다. 처음 보는 예쁜 꽃을 발견했던 것이다. 그것은 파란 도자기 화분에서 자라고 있었다. 잘 익은 감처럼, 감색 꽃송이들이 탐스럽게 피어 화분 전체를 둥그렇게 덮고 있었다.

······ 하략 ······

영혼

도시에서의 가을은 피부 끝에서부터 찾아온다는, 누군가의 말이 생각났다. 건조한 바람 때문에 피부가 거칠어진다는 뜻만이 아닐 것이다. 꼭 집어서 말할 수는 없지만, 낯익은 감정들이 가을과 함께 사람들의 피부 끝에 묻어 오기 때문일 것이다,

나는 별달리 기억할 만한 추억 같은 것도 없으면서, 가을이 되면 이상하게도 그런 감정에 젖어들곤 한다.

강의가 끝난 지 한참이나 되어서 그런지 캠퍼스에는 학생들이 별로 눈에 띄지 않았다. 몇몇 학생들이 나무 아래의 긴 의자에 드문드문 앉아 있을 뿐이었다.

나는 교수님을 도와드리기 위하여 연구실에 남아 있다가 오후 늦게서야 캠퍼스를 가로질러 걸어 나오고 있었다. 그러다 나는 한 모습을 발견하고는 걸음을 멈추었다. 불어오는 바람결에 낙엽들이 어지럽게 흩어지고 있는 나무 아래의 긴 의자에 잿빛 승복을 입은 비구니 스님이 혼자 앉아 있었다.

······ 하략 ······

−김호운 단편소설 「노을이 고와서」,
『무지개가 아름다웠기 때문이다』, 동아출판사, 1991 pp.33~50

위에 인용한 작품은 김호운 단편소설 「노을이 고와서」는 필자가 등단 초기에 발표했던, '아이' '꽃' '영혼' 등 세 편의 독립된 이야기를 하나로 묶은 옴니버스 단편소설이다. '아이'편은 주인공이 '그 계집아이'이고 서술자는 작품 밖에서 서사를 이끄는 '3인칭 관찰자 시점'이다. '꽃'편은 '상미'가 주인공인 '3인칭 관찰자 시점'이다. '영혼'편은 주인공 '나'가 서술자인 '1인칭 주인공 시점'이다. 이처럼 한 작품에 두 개의 시점이 등장하는 '복수 시점'을 이용하여 작품을 구성할 수도 있다. 이 작품은 40년 뒤에 발표하는 김호운의 장편소설 『스웨덴 숲속에서 온 달라헤스트』를 탄생시킨 '씨앗 소재'이기도 한다. 당시 잡지사 기자로 취해했던 비구니 스님 정혜영 시인을 모티브로 집필한 단편소설이다. 이 작품이 '복수 시점'으로 구성한 영향 때문인지, 장편소설 『스웨덴 숲속에서 온 달라헤스트』도 3개의 시점으로 구성했다. 넘나들며 자신이 겪은 이야기를 전개한다. 3장부터 7장까지는 다시 딸 민혜가 '1인칭 주인공 시점'으로 서사를 이끌고 있다.

김호운의 장편소설 『스웨덴 숲속에서 온 달라헤스트』(동명의 장편소설집, 도서출판 도화, 2017)에는 3개의 시점이 등장한다. 딸과 어머니가 주인공으로 등장하여 '1인칭 관찰자 시점'과 '1인칭 주인공 시점'으로 번갈아 가며 서술한다. 이 작품은 모두 7개 장으로 나누어 진행하는데, 1장에서는 딸 민혜가 '1인칭 관찰자 시점'을 「사랑손님과 어머니」처럼 어머니를 관찰하며 '프롤로그'형식의 이야기를 끌고 간다. 2장에서는 어머니가 '1인칭 주인공 시점'으로 과거와 현재를 넘나들며 자신이 겪은 이야기를 전개한다.

3장부터 7장까지는 다시 딸 민혜가 '1인칭 주인공 시점'으로 서사를 이끌고 있다.

장편소설인 이 작품은 김승옥 단편소설 「역사(力士)」처럼 액자소설로 구성하기보다 이렇게 여러 개 시점을 이용하여 장(章)을 나누어 서사를 전개함으로써 주제를 심화하는 효과를 가져온다. 3개의 시점이 한 작품에 등장하지만, 장으로 나누어 독자들에게 자연스럽게 하나의 이야기로 합류한다.

제7강

소설의 등장인물

1. 인물의 성격

(1) 소설 속 인물의 특징

소설은 인간과 자연을 탐구하는 예술 장르다. 그래서 당연히 소설 속에는 여러 인물이 등장한다. 소설 속에는 가상의 배경과 그 배경 속에 사건이 전개되고, 이 사건을 이끄는 인물이 있다.

소설을 읽는 독자는 소설 속에 우리가 사는 세상을 설정하고 인물을 등장시켰기 때문에 소설 속 인물이 당연히 우리가 사는 세상의 인물과 같을 거라 여긴다. 아니다. 소설 속에 등장하는 인물은 우리가 사는 세상에서 보는 인물과 다르다. 어떻게 다를까? '어떻게 다른지' 발견하는 것이 소설 속 인물의 성격, 즉 캐릭터를 완성하는 요소다.

'소설의 3요소'는 주제(theme), 구성(plot), 문체(style)다. 이 가운데 '구성'은 다시 인물·사건·배경으로 나뉘며, 이것이 '구성의 3요소'다. 그만큼 구성은 소설 전반의 근간이 되는 뼈대로 중요하다. 소설의 3요소 중 나머지 두 요소인 주제와 문체는 구성(인물·사건·배경)이 완성되면서 그 위에 나타나게 된다. 주제는 사건의 전개 과정 및 인물의 성격 형성에 따라 드러나게 되며, 문체는 작가의 개성과 특색에 의해 서사 문장에서 '그 작품의 인상'을 만들게 된다. 그러므로 소설을 전개하기 위해서 가장 중요한 게 '구성'이다. 구성에서 인물·사건·배경이 창조되며, 이로써 소설의 뼈대가 형성되기 때문이다. 이 구성 속에서 주제가 드러나고, 문체가 형성된다.

소설의 구성에서 가장 중요한 부분이 '인물'이다. 소설 속 인물의 성격에 따라 배경이 형성되고, 사건이 전개되기 때문이다. "소설은 작가가 쓰는 게 아니라, 작품 속 인물이 만든다"라고 하는 말은 그만큼 '인물'의 역할이 크다는 의미도 된다. 구성의 3요소로 '인물·배경·사건'을 들지만, 결과로 볼 때 소설은 인물과 배경으로 이루어진다. 인물과 사건은 한 묶음으로 이루어지기 때문이다. 소설 속 사건은 인물이 만든다. 인물의 성격이 형성되면 사건도 따라서 만들어지게 된다. 그래서 소설의 구성은 인물과 배경으로 이루어진다고 말할 수 있다. 그래서 "소설은 작가가 쓰는 게 아니라, 작품 속 인물이 만든다."라는 말이 성립하는 것이다.

사건은 반드시 인물에 의해 일어난다. 인물이 가만히 방 안에 앉아 아무 일도 하지 않으면 사건은 일어나지 않으며, 동시에 소설의 서사도 진행되지 않는다. 인물이 움직여야 사건이 만들어지고, 사건이 만들어져야 소설이 진행된다. 그러므로 소설 속 인물의 성격을 얼마나 치밀하게 형성하느냐에 따라 소설의 완성도가 결정된다.

이제 '소설 속 인물'과 '세상 속에 사는 실제 인물'이 왜 다른지 그 답을 말할 차례다. 소설 속 인물은 우리가 사는 세상 속의 실제 인물과 달리, 소설의 서사를 이끌고 갈 수 있는 능력을 작가가 인위적으로 부여한 인물이다. 즉 작가에 의해 창조된 인물이다. 세상 속에서 만나는 실제 인물은 스스로 자신이 살아갈 길을 만들고 찾아서 행동한다. 그러나 소설 속 인물은 사전에 치밀하게 계산하여 성격을 부여했기 때문에 그 성격대로만 'AI 인간'처럼 행동해야 한다. 이 규칙을 어기면 소설 구조가 무너진다.

소설 속 인물의 성격을 창조하고 나면 아무리 작가라고 해도 마음대로 소설 속 사건에 개입할 수가 없다. 반드시 창조된 인물의 성격에 의해서만 배경과 사건이 전개되어야 한다. 이제 왜 "소설은 작가가 쓰는 게 아니라, 작품 속 인물이 만든다."라고 말하는지 그 이유를 알았을 것이다.

(2) 인물이 작품 속에 존재하는 이유

소설 속 인물을 캐릭터(character)라고도 하는데, 캐릭터는 사람, 사물 등에 친근감을 불러일으키도록 한 것을 말한다. '개성'이라는 의미로도 쓰인다. 만화 주인공에게서 받은 친근감을 이용하여 상품을 개발하는 원재료가 캐릭터다. 소설, 또는 연극이나 영화 속 주인공의 성격을 캐릭터라고 하는 건, 그 인물이 '작품 속에 존재해야 하는 이유'를 지니고 있기 때문이다.

등장인물이 '작품 속에 존재해야 하는 이유'는 무엇일까. 그건 등장인물이 소설 속 사건을 만들고, 이야기를 이어가는 가장 핵심 인물이라는 의미다. 소설은 작가가 구성하고 준비하지만, 사건을 만드는 건 등장인물이며, 사건을 이야기로 이어가는 건 화자다.

인물이 사건을 만들기에 그 사건을 만들만한 성격을 가진 인물이 등장해야 한다. 물론 현실에서는 지킬과 하이드 같은 사람이 있을 수 있지만, 특별한 인과관계 설정 없이 소설에서는 느닷없이 성격이 바뀔 수가 없다. 인물의 성격은 일관성이 있어야 하며(평면적 인물), 서사 진행 중 성격이 바뀌게 되면(입체적 인물) 미리 그러한 일이 일어날 수 있는 인과관계를 반드시 설정해야 한다. 인물의 성격에 질서가 있어야 서사 흐름이 자연스럽다.

등장인물과 사건과의 상관관계는 주객(主客)이지만, 사건이 인물의 성격을 형성하는 역할로 보면 반객위주(反客爲主 ; 객이 주인이 되다)가 된다. 여기서 소설이 보통이야기와 다른 해답이 있다. 현실에서는 개인이 성장 체험 및 학습에 따라 스스로 성격을 형성하지만, 소설에서 설정된 인물은 스스로 자신의 성격을 형성하지 못한다. 작가가 부여할 수밖에 없다. 그런데 작가는 작품에 개입할 수 없어 그 성격을 독자에게 전달하는 방법이 없다. 그래서 미리 작가가 형성한 인물의 성격에 따라 사건(이야기)을 만들게 되고, 독자는 그 사건을 통해 인물의 성격을 알게 된다. 사건이 인물의 성격을 좇지 못하면 인물의 성격이 충분히 전달되지 않는다. 그래서 사건이 인물의 성격을 만든다고 말할 수 있다. 사실은 인물이 사건을 만들고 있지만, 결과는 사건이 인물의 성격을 만들고 있는 모습이 된다. 이 상관관계 또는 역학관계를 잘 이해해야 한다. "소설 쓰기가 힘들다"라고 하는 건 인물과 사건과의 관계를 제대로 형성하지 못했기 때문이다.

등장인물과 사건과의 상관관계가 미약하면 작가가 직접 사건에 개입하게 된다. 그래서 사건이 상황으로 묘사되지 않고 설명으로 이루어지는 경우가 발생한다. 등장인물의 성격은 독자가 서사구조를 통해 발견하고 체득하게 해야 한다. 우리가 살아가면서 만나거나 관계를 유지하는 사람들의 성격을 알기 위해서는 그 사람의 행동, 말투, 그 사람이 이어가는 삶의 형태에 의해 스스로 발견하고 이해하게 된다. 소설 속 인물의 성격을 아는 것도 이와 같다. 소설 속 인물의 성격은 설정된 사건에 맞추어 미리 작가가 설정한 뒤, 화자(話者)에 의해 그러한 성격에 맞도록 서사를 이어 가게 해야 한다. 작가가 서사에 개입하여 관여하게 되면 사전에 설정된 인물의 성격이 무너진다. 이런 경우 소설 속 화자가 서사를 이끄는 게 아니라 소설 밖에 있는 작가가 서사를 이끌게 되어 소설은 실패한다.

(3) 인물 등장은 반드시 이유가 있어야 한다

소설에는 인물이 등장한다. 등장인물의 숫자는 사건 전개에 따라 달라진다. 등장인물의 역할에 따라 분류하면 '주동 인물'과 '반동 인물' '보조 인물'이 있다. 주동 인물은 주인공이며, 반동 인물은 주인공의 역할에 반대되는 성격의 인물이다. 사건의 갈등을 심화시키기 위해 주동 인물과 반동 인물은 꼭 필요하다. 보조 인물은 주동 인물과 반동 인물의 활동을 보조하는 조연, 주동과 반동과 관련 없이 서사의 배경을 효과적으로 나타내는 데 필요한 인물로도 등장한다. 이렇듯 소설에는 여러 성격의 인물이 등장한다. 꼭 등장인물이 여러 명 필요한 건 아니다. 한 명이 등장할 수도 있고, 두 명으로 진행할 수도 있다.

분명한 것은 등장인물은 반드시 등장하는 이유가 있어야 한다. 소설 속에 등장하는 인물은 어떤 역할을 하든 성격(캐릭터)이 부여되어야 한다. 이 성격은 사건을 이루는 데 꼭 필요하고, 그로 인해 형성되는 사건은 이 등장인물의 성격을 형성하는 것이어야 한다. 따라서 소설에 인물이 등장하면 반드시 사건이 만들어져야 하고, 그 사건은 등장인물의 성격을 형성하는 내용이어야 한다. 그리고 그 사건은 주동, 또는 반동 인물의 성격 형성에 밀접하게 관련이 있어야 한다. 사건 변화도 없는데 뜬금없이 주인공의 친구라며 등장하면 서사를 혼란스럽게 만든다.

주동 인물과 반동 인물은 성격이 확실하고, 사건 전개에 따라 어떤 성격의 인물로 설정하느냐가 명쾌하게 결정된다. 문제는 보조 인물이다. 주동과 반동의 역할을 돕기 위해 꼭 필요한 인물은 무난하나, 없어도 괜찮을 인물을 등장시키는 경우가 종종 있다. 소설을 읽는 독자를 어리둥절하게 하는 경우, 이런 인물이 등장했을 때다. 주인공 혼자 가도 될 일을 옆에 친구 두서너 명을 끼워 가게 한다. 사건 진행 내내 그 친구들이 그저 자기 보전만 한다면 아무런 의미가 없다. 그런 인물이 등장함으로써 오히려 주인공에게 집중되어야 할 시선만 혼란스럽게 만든다.

특히 주의해야 할 인물은 배경을 효과적으로 하기 위해 등장시키는 인물이다. 우연히 들른 시장이나 가게 주인과 같은 인물이다. 이렇게 우연히 등장하는 인물이라 하더라도 인물의 성격을 부여해야 한다. 전체 서사 흐름과 주인공의 성격을 형성하는 데 어떤 형태로든 일조해야 하기 때문이다. 그런 의미 부여도 없이 시장이니까, 가게니까 인물을 등장시켜야 한다고 생각하면 서사의 흐름을 방해하는 인물이 된다. 예를 들면, 주인공이 낙지 젓갈을 좋아하는데, 우연히 시장에서 젓갈 가게를 발견했다. '그 젓갈이 어렸을 때 먹었던 추억을 상기시키도록 한다.' 이렇게 설정을 하면 보조 인물로서 등장할 가치가 있다.

이처럼 소설에 등장하는 인물은 사건을 위해서만 등장시켜서는 안 된다. 반드시 주동과 반동 인물을 보조하고, 서사 흐름을 효과적으로 만들 수 있을 때만 등장시켜야 한다.

(4) 소설 속 인물의 외모와 특징

소설에서의 인물은 단순히 외형적 특징 그 자체만을 말하는 게 아니다. 소설 속 인물이라 함은 인물의 성격, 즉 그 인물이 상징하는 의미까지 포함하고 있다. 보통 캐릭터(character)라고도 하는데, 성격이 창조된 가상의 인물이다.

캐릭터는 인물뿐만 아니라, 사물에도 적용된다. 새로이 창조하거나 개발한 사물의 특징을 형성하여 '그것(창조된 캐릭터)'을 보거나 이용하는 사람에게 친근감을 주도록 이미지를 형성하는 요소다. 모든 산업은 생산물에 부여한 이 캐릭터가 얼마나 소비자에게 친근하게 접근하느냐에 따라 기업의 성공 여부가 달렸다. 오늘날 '캐릭터 산업'이 등장한 건 바로 이러한 '성격 창조'를 산업화한 것이다.

소설 속에 창조된 인물은 이처럼 성격, 이미지, 앞으로 일어날 사건의 실마리를 모두 지닌 고도로 지혜로운 'AI 인간'이다.

(5) 현실 속 인물과 소설 속 인물

작가가 창조한 소설 속 인물은 우리가 사는 현실 속 인물과 다르다. 소설 속 인물은 프로그램(부여된 성격)에 의해 사건을 연출하고, 형성된 사건에 의해 인물의 성격이 드러난다. 독자는 인물의 성격을 보는 게 아니라, 인물이 만든 사건에 빠져든다. 사건을 따라가는 동안 은연 중 인물의 성격을 감지하고, 이 세상 어딘가에 있을 법한 일 또는 인물로 받아들이며 간접 체험을 한다.

그렇다면 소설 속 인물은 현실 속 어딘가에 있을 법해야 한다. 당연히 그렇게 믿고 이야기 속으로 빠져든다. 하지만 소설 속 인물은 작가가 사전에 일정한 조건을 부여하여 그 조건 속에서만 행동하고 움직이도록 장치되어 있다. 그래서 우리가 사는 세상 사람들처럼 돌발적인 사건이나 상황이 절대로 일어나지 않는다. 때론 소설 속에서 돌발적인 사건이 일어나기도 한다. 그것은 미리 소설 속 인물에게 그러한 사건이 전개되도록 성격과 배경을 설정했기 때문에 발생하는 것이다. 우연히, 소설 속 인물이 마치 세상에 사는 인물처럼 스스로 엉뚱한 사건을 만들지 못한다. 그런 점에서 소설 속 인물은 실제 현실 속 인물과는 다르다.

작품을 구성할 때 작품 속 사건을 예단하여 미리 이에 부합하는 인물의 성격을 창조해야 한다.

2. 인물의 성격 형성하기

(1) 소설 속 인물 만들기

소설 속 인물은 독특한 개성을 지녀야 하며, 누구나 쉽게 다가가게 하는 보편성을 지닌 캐릭터를 부여해야 한다. 평생 한 번도 마주치지 않을 인물을 창조하게 되면 독자로부터 외면당한다. 물론 외형적으로는 한 번도 마주치지 않은 독특한 인물로 창조할 수 있다. 그러나 이렇게 창조된 인물일지라도 성격 창조는 우리가 늘 가까이에서 마주칠 수 있는 캐릭터의 근본 요소인 '친근감'을 부여해야 한다.

소설 속 인물을 창조하는 데 있어 크게 세 가지 방법이 있다. 하나는 '대화'를 이용한 인물 형성, '지문'을 이용한 인물 형성, '사건'을 이용한 인물 형성이다. 대화를 통해 형성한 인물은 인물 스스로 성격을 드러내는 것이며, 지문을 이용한 인물 형성은 서술자(화자)가 간접적으로 소설의 사건 및 상황으로 인물의 성격을 드러내고, 사건을 이용한 인물 형성은 서술자(화자)로 하여금 인물의 성격을 드러내는 것이다.

1) '대화'를 이용한 인물 형성

주인공이 하는 말을 통해 어떤 성격을 지닌 사람인지를 알게 하는 방법이다. 등장인물 스스로 자신의 성격을 드러낸다. 일상생활에서도 대개 말투를 통해 상대방의 성격이 어느 정도 드러난다. 이러한 방법은 인물의 성격을 내밀하게 관찰하고 분석하여 밀도 있게 성격을 형성할 수 있는 장점이 있다. 반면 인물의 성격이 늦게 드러나게 됨으로써 서사의 흐름을 방해할 수 있다.

2) '지문'을 이용한 인물 형성

서술자(화자)가 소설 속 인물의 특징, 성격 등을 지문을 이용하여 설명한다. 이 방법은 인물의 성격을 미리 설정하여 독자에게 빨리 전달하는 장점이 있다. 반면 자칫 작가가 작품에 깊이 개입하여 작가의 의도를 지나치게 강조함으로써 서사의 흐름을 방해하는 단점이 있다.

3) '사건'을 이용한 인물 형성

사건 전개를 통해 인물의 말투, 행동 속에 인물의 성격을 드러내는 방법이다. '1)'과 '2)'처럼 직접 성격 형성에 개입하지 않고, 간접으로 인물의 성격을 드러내어 알레고리를 감춤으로써 서사를 사실성 높게 이끌어 갈 수 있다. 보물찾기처럼 독자가 서사 속에 심화시킨 인물의 성격을 인지하게 하는 방법으로 소설의 재미를 배가시킨다.

4) 인물의 성격이 서사 전개에 미치는 영향

소설 속 사건은 소설 속 인물이 이끌고 간다. 따라서 소설 속 인물의 성격이 소설의 완성도에 미치는 영향이 매우 크다. 어떤 의미에서 '인물의 성격 형성'이 소설의 '전부'라 할 수도 있다. 왜냐하면, 이 소설 속 인물이 배경과 사건을 만들고, 소설의 주제까지 형성하기 때문이다. 배경과 사건, 그리고 주제는 인물의 성격이 어떤 모양을 하고 있는지에 따라 변한다. 말하자면 인물의 성격에 따라 다양한 배경과 사건이 등장하고, 또 다른 등장인물을 이야기 속으로 끌어낸다. 이 사건의 흐름 속에 주제를 드러내게 된다.

소설 속 등장인물이 소설의 사건과 배경을 만들면서 서사를 이끌어 간다. 동시에 사건과 배경을 만드는 힘은 '등장인물의 성격'이다. 따라서 소설에서 '인물의 성격'은 매우 중요하다.

3. 인물의 유형

(1) 인물의 분류

인물의 유형은 서사 전개에 기여 하는 중요도에 따라 달라진다. 주인공으로서 이야기의 핵심이 되는 '주동 인물(주인공)'이 있다. 반동 인물(주인공)은 주동 인물의 반대편에서 갈등구조를 심화시키는 인물이다. 소설 속 주인공은 한 명일 수도, 여러 명일 수도 있다. 주인공인 주동 인물 및 반동 인물과 함께 서사를 이어가는 '주요 인물(조연)'과 주인공의 성격 형성 및 사건 전개에 도움을 주는 '주변 인물(조역)'이 있다.

1) 주동 인물(주인공)

작가가 작품을 통해 나타내고자 하는 주제, 사건을 직접 이끌어가는 인물이다. 사건을 유발하고, 그 사건을 해결하고, 그 사건을 통해 전하고자 하는 주제를 심화시킨다. 반동 인물(주인공)을 비롯하여 주요 인물, 주변 인물과 갈등구조를 심화시킬 수 있는 성격을 지녀야 한다.

주동 인물은 매우 역동적으로 움직이며 그 움직임에 따라 인물의 성격이 형성된다. 이 성격이 작품을 이끌고, 사건을 형성하게 된다. 이 주동 인물의 행동과 말, 또는 이 주동 인물이 만드는 사건으로 소설을 완성한다.

2) 반동 인물(주인공)

주동 인물과 마찬가지로 주제, 사건을 직접 이끌어가는 인물이다. 사건을 유발하고, 그 사건을 해결하고, 그 사건을 통해 전하고자 하는 주제를 심화시키는 점은 주동 인물과 같다. 다만 반동 인물은 주동 인물의 성격을 부각하거나 심화하기 위한 수단으로, 주동 인물이 이끌고 가는 서사에 갈등구조를 유발하게 된다. 주동 인물과 같은 주인공이긴 하지만 주동 인물이 형성하고 이끄는 서사를 방해하거나 밀도를 떨어뜨려서는 안 된다.

3)주변 인물(조연)

서사의 흐름을 돕는 인물로 주동 인물 반동 인물과 같은 위치에서 사건을 이끌어 가는 데 도움을 주는 인물이다. 주동 인물과 반동 인물이 이끄는 서사를 맛깔스럽게 한다. 주동 인물과 반동 인물이 형성할 수 없는 사건을 대신 이끌게 되며, 이 경우 주동 인물과 반동 인물이 형성하는 사건에 충분한 인과관계를 제시해야 한다.

사건의 흐름을 자연스럽게 이어주기 위해 등장한다. 단독으로 사건을 만들거나 성격을 형성해서는 안 된다. 오로지 주동 인물과 반동 인물의 성격 창조와 사건의 흐름을 위해서만 활약하게 된다.

제8강

작가 몸만들기

1. 소설 쓰기는 어렵지 않다

(1) 길을 찾으면 쉽다

1) 작가가 되는 길

처음 소설창작을 공부하는 분들 대부분 "소설 쓰기가 어렵다"라고 말한다. 알고 보면 소설 쓰기만 어려운 게 아니다. 이 세상 그 어떤 일도 처음 해 보는 사람에게는 모두 어렵다. 쉬운 일이 어디 있겠는가. '어렵다'라는 말은 '할 수 있다' '할 수 없다'라는 말과 개념이 다르다. 무엇이든 배우려는 사람은 '어렵다'보다 '할 수 있다'라고 생각하며 시작해야 한다. 세상에는 쉬운 일도 없지만, 할 수 없는 일도 없다.

소설 쓰기가 어려운 건 안 해봤던 일이어서 그렇고, 소설이 무엇인지 모르기 때문이기도 하다. 따라서 소설이 무엇인지 이해하고 나면 소설 쓰기가 쉬워진다. "이것을 알면 작가가 된다"라고 한 말의 '이것'은 바로 소설을 이해하는 일이다.

소설 쓰기를 배우고자 하는 분들은 '소설을 써서 작가가 되겠다.'라는 생각 대신 '작가가 되어 소설을 쓰겠다.'라고 생각을 바꾸어야 한다. 소설을 쓰기 위해 소설 쓰는 공부를 하는 게 아니라, 작가가 되는 공부를 해야 한다. 작가가 되려면 소설을 이해해야 하며, 소설을 이해하고 나면 우리가 사는 세상과 사람을 이해하게 된다. 그래야 소설을 쓸 수 있다.

평생교육원 등 사회교육 기관에서 개설한 문학 창작반 수강생 분포를 보면 시 창작반, 수필 창작반 등에 비해 소설창작반 수강생이 월등히 적다. 소설 쓰기가 어렵다고 생각하는 분들이 의외로 많기 때문이 아닌가 싶다. 소설이 시나 수필보다 작품 분량이 훨씬 많은 것도 한몫 차지할 듯하다. 시나 수필은 길어봐야 보통 200자 원고지 20장을 넘지 않는다. 소설은 단편의 경우 200자 원고지 80매 내외 분량이다(중편소설은 200~500매, 장편은 1,000매 이상). 이 긴 분량의 소설을 완벽하게 완성해야 하는 터라, 지레 겁을 먹는다.

문학은 분량이 많고 적음에 따라 쉽고 어려운 건 아니다. 시인들을 만나면 시 쓰기가 어렵다고 말한다. 소설은 다른 장르 문학 작품보다 창작 작업 노동력이 더 많이 필요한 건 사실이다. 오죽하면 "엉덩이로 소설을 쓴다." 라는 우스갯말을 하겠는가. 소설 한 편을 쓰자면 엉덩이에 땀띠가 나도록 진득하게 앉아 작업해야 한다. 이러한 작업 특성이 초보자에게는 소설 쓰기가 큰 산으로 보일 수도 있다.

소설이 무엇인지 이해하고 나면 소설창작은 어렵지 않다. 소설창작 방법이나 이론을 공부하여 소설을 쓰려고 하면 어렵다. 소설은 이론이나 방법으로 쓰는 게 아니다. 소설이 무엇인지 알고 나서 '자기만의 이론과 방법'을 만들어 소설을 쓴다. 소설을 이해하기 전에 방법과 이론을 공부하여 작품을 쓰면, 어찌어찌 한 편을 완성하여 작가가 될 수 있을지는 모른다. 하지만, 이렇게 하여 작가가 되면 이후 작품 활동을 하는 데 어려움을 겪는다. 소설 한 편은 썼지만, 작가로 완성되지 않았기 때문이다. '자기만의 이론과 방법'이 완성되지 않았다. 마치 붕어빵 틀을 만들어 빵을 만들어내듯이 엇비슷한 소설을 쓸 수밖에 없다.

소설은 작가의 자유로운 사유에 의해 생산된 창작물이다. 소설이 '예술'이 될 수 있는 것은 이 때문이다. 같은 틀에서 찍어낸 붕어빵은 예술이 될 수가 없다. 등단작품이 마지막 작품이 되어서는 안 된다.

2) 독자 역할 이해하기

이제 길이 조금 보일 것이다. 소설을 쓰기 위해서는 소설을 이해하는 공부를 먼저 해야 한다. 소설이 무엇인지 아는 일이 먼저다. 작가가 되어야 소설을 쓴다는 의미도 깨달았을 것이다.

지금쯤 궁금해하는 분이 있을 듯하다. 소설이 무엇인지 모르는 사람이 어디 있느냐고 반문하는 분도 있을 것이다. 지금까지 많은 소설을 읽었고, 교육을 통해 소설이 무엇인지를 배웠다. 더구나 작가가 되겠다고 하는 사람에게 새삼 '소설이 무엇인가'를 알아야 한다고 하니 잘 이해가 되지 않을 것이다.

그 이유는 이렇다. 소설은 두 얼굴을 가지고 있다. 작가가 집필하여 완성한 소설과 독자가 읽어서 완성하는 소설이 그것이다. 같은 작품인데, 쓰는 사람과 읽는 사람에 따라 다른 얼굴이 된다. 작가의 시선과 독자의 시선이 다르다. 독자의 시선은 '학습된 사고'에서 비롯되지만, 작가의 시선은 학습된 사고를 탈출한 '자유로운 사고'에서 형성된다.

독자가 알고 있는 소설은 '독자의 시선'에서 본 소설이다. 소설을 창작하는 사람은 '독자'가 아니라 '작가'다. 따라서 소설을 창작하려면 '작가의 시선'을 이해해야 한다. 소설을 많이 읽었지만, '독자의 시선'으로 읽은 터라 한 번도 경험해 보지 않은 '작가의 시선'이 낯설 수밖에 없다. 소설은 이렇게 작가가 눈에 보이지 않은, 누군지도 모르는 독자와 함께 완성해 간다. 소설 쓰기가 어렵다고 하는 것도 이 때문이다.

소설의 '얼굴'을 모르고 소설을 쓰면, 독자로서 알고 있는 소설이 된다. 작가의 시선에서 독자의 시선을 이해하며 작품을 써야 한다. 작가의 '자유로운 사고' 속으로 들어가야 비로소 소설 공부를 시작하는 첫발을 딛는다. '작가가 되어야 소설을 쓸 수 있다.'라는 말은 이런 의미다. 소설을 이해하게 되면, 소설을 쓴 작가와 그 소설을 읽는 독자의 시선을 동시에 알게 된다.

작가가 창작한 소설을 읽는 이는 작가가 아니라 독자다. 그래서 두 개의 시선을 동시에 이해해야 제대로 된 소설을 쓴다. 이것이 소설 이해하기다. 중국 작가 위화(余華)의 장편소설 『인생』의 서문에 나오는 다음 말 속에 그 해답이 있다.

"천 명이 읽으면 천 개의 작품이 된다. 만 명이 읽으면 만 개의 작품이 되고, 백만 명 혹은 그 이상이 읽는다면 백만 개 혹은 그 이상의 작품이 된다."

('한국어판 개정판 서문' 중에서)
—위화, 백원담 옮김, 「인생」(전자책), 도서출판 푸른숲, pp.5~6

이것이 소설이다. 독자의 시선으로 읽었을 때 그 작품은 작가가 쓴 한 편의 작품으로 이해한다('학습된 사고'로 고정된 시선). 하지만, 작가는 그 한 편을 완성했으나, 읽는 독자에 따라 수많은 작품으로 변신할 수 있는 여백을 장치한다. 읽는 이에 따라 달라지는, 살아 움직이는 작품이 되어야 하기 때문이다(학습된 사고에서 벗어난 '자유로운 시선'). 소설 쓰기를 공부하는 사람은 작가의 이 시선을 좇아야 한다. 소설은 살아서 움직인다. 중국 작가 위화는 작가 자신도 작품을 읽을 때마다 다른 느낌을 받는다고 했다.

나는, 작가로서, 동일한 내 작품이라도 읽을 때마다 다른 느낌을 받는다. 생활이 변했고, 감정도 변했기 때문이다. 그래서 나는 작가가 자기 작품의 서문에 쓰는 내용은 사실 한 사람의 독자로서 느낀 바라고 말하고 싶다.

('한국어판 개정판 서문' 중에서)
—위화, 백원담 옮김, 「인생」(전자책), 도서출판 푸른숲, p.5

필자는 작가가 되는 이 과정을 앞으로 **'작가 몸만들기'**라는 용어로 설명한다. 어떤 일이든 그 일에 숙련되려면 먼저 '그 일을 할 수 있는 몸'을 만들어야 한다. 운동선수든, 음악가든, 전문직업에 종사하는 분이든, 그 어떤 일에서도 하는 일에 알맞은 몸(육체와 정신)이 완성되어야 한다. 소설 이해하기는 '작가 몸만들기'에서 완성된다.

2. 왜 작가가 되려고 하는가

(1) 작가가 되는 첫 관문

작가가 되려고 하는 사람은 먼저 자신에게 "나는 왜 작가가 되려고 하는가?"라는 질문을 미리 한번 해 보고 올바른 답을 얻는 게 좋다. 이런 질문에 정답이 있을까 싶지만, 올바른 답이 있다. 사람마다 가치관이 다르고 철학이 다르고 작가가 되고자 하는 이유와 목적 또한 다를 수 있다. 그래서 '정답'이란 말 대신 '올바른 답'이라고 했다. 소설을 배우는 학습자가 어떤 자세로 접근해야 목적에 이를 수 있는가에 대한 각오이기도 하다. 바른 답을 얻어 내지 못하면 소설 공부하는 걸 다시 생각해 보는 게 좋다. 공부하는 과정이 힘들 뿐만 아니라, 어찌어찌 노력하여 작가로 등단하더라도 창작 활동을 하는 데 어려움을 겪는다. 자칫 '개점휴업' 작가가 될 수도 있다. 작가로 등단하고도 작품을 쓰지 않는(혹은 쓰지 못하는) 작가도 많다. 그럴바에 왜 힘들이며 작가가 되려고 하는가. 그런 노력을, 자기가 좋아하고 즐기는 다른 분야에 쏟으면 더 좋은 삶을 살 수 있다. 작가가 되려고 하는 분은 그 일에 시간과 정열을 바칠만한 이유가 있어야 한다.

(2) 조지 오웰의 '나는 왜 쓰는가'

『동물농장』을 쓴 아일랜드 작가 조지 오웰은 1946년 여름에 '나는 왜 쓰는가'라는 제목으로 에세이를 발표했다. 왜 작품을 쓰는지에 대해, 작가로서 그 이유를 에세이로 발표한 것이다. 이 작품이 수록된 그의 에세이집 『Why I Write』가 2003년 팽귄(Penguin)출판사에서 출간되었고, 국내에 『나는 왜 쓰는가』(조지 오웰, 이한중 옮김. 한겨레출판, 2010.)로 번역 출간되었다. 이 책 289쪽에 실려 있는 조지 오웰의 에세이 「나는 왜 쓰는가」에서 그 이유를 '순전한 이기심' '미학적 열정' '역사적 충동' '정치적 목적' 이렇게 4가지로 답하고 있다. 조지 오웰의 작품을 읽어 본 경험이 있는 분들은 이 글에 대해 대부분 고개를 끄덕일 것이다. 조지 오웰이 말한 이 4가지 이유에 대해 필자가 분석하여 의미를 정리해 보았다.

* 순전한 이기심

'자신이 훌륭하다는 걸 사람들에게 알리기 위해서'라고 한다. 매우 솔직한 대답이다. 사람들은 누구나 유명해지고 싶어 한다. 일부러 내색하지 않지만, 속으로는 그런 욕심을 가지고 있다. 조지 오웰이 속마음을 감추지 않고 보여주는 건 '자신감'과 '솔직함' 때문이다. 하지만, 이기심으로 소설을 쓰는 건 아니다. 소설이 가지는 사회적 기능과 상충하기 때문이다. 조지 오웰이 이 말을 한 1946년은 국제정세가 매우 혼란할 때였다. 이러한 당시 사회의 분위기가 반영된 말로 보인다.

* 미학적 열정

복잡한 의미가 함축된 말이다. 독일 철학자 A. G. 바움가르텐이 『미학』(1750)

에서 말한 에스테티카(Aesthetica), 즉 완전한 감성 인식을 실현하려는 열정을 말한다. 자신만이 인식한 사물의 감성, 자신만이 인식한 사회현상, 또는 철학을 작품으로 형상하여 보여주는 열정이 필요하다.

* 역사적 충동

여기서 말하는 역사는 광의(廣義)의 의미다. 한 국가의 역사뿐만 아니라, 사회 특정 분야나 개인 삶까지도 역사로 본다. 그런 기록과 체험을 올바로 인식하고 비판하며, 비전을 이야기로 형성하여 제시하는 기능이 소설에 있다. 소설의 목적성과는 다른 의미다. 어찌 보면 '미학적 열정'과도 관련이 있다. 그런 인식을 선험적(先驗的) 감성에서 경험적(經驗的) 인식으로 형상하는 일이기도 하기 때문이다. 작가에게 경험과 체험의 중요성을 강조하는 말이다.

* 정치적 목적

소설이 정치적 합목적성을 띠느냐 안 띠느냐의 문제는 논쟁이 필요하다. 우리 문학사에서도 이런 논쟁이 치열한 때가 있었다. 조지 오웰다운 제시가 아닌가 생각한다. 조지 오웰의 삶은 지극히 정치적 목적을 띠고 있다. 어린 시절 영국 통치하의 인도에서 태어나 성장했으며, 버마에서 인도 제국경찰로 복무하다 식민지의 부조리에 대한 반발로 사표를 던진 뒤 혹독한 홈 리스 생활도 경험했다. 파시즘에 반발하여 스페인 통일노동자당에 가입하여 민병대로 스페인 내전에도 참전했으며, 러시아 혁명 방법과 변절한 스탈린을 비판하기 위해 『동물농장』을 발표하기도 했다.

조지 오웰이 '정치적 목적'이라고 해서 선입관을 가질 필요는 없다. 조지 오웰의 삶이 그러했지만, 그는 이 삶의 체험을 소설 미학으로 녹였다. 그의 소설이 정치 색채를 띤다고 해서 정치적 합목적성으로만 해석되는 건 아니다. 오히려 그의 소설을 목적에 이용한 사회가 비판받아야 한다. 고리키의 장편소설 『어머니』도 프롤레타리아 리얼리즘 소설로 분류되면서 한때 우리나라에서 금서(禁書)가 된 적이 있지만, 지금은 『동물농장』과 함께 세계 명작 소설 반열에 올라 있다.

 '역사적 충동'과 마찬가지로 여기서 정치는 광의로 해석할 필요가 있다. 조지 오웰의 작품에서도 그렇지만, 그의 글을 올바로 인식하는 데는 남다른 공력이 필요하다. 그래서 어떤 분들은 난해하다고 말하기도 한다. 문장 속에 많은 생각을 하도록 하는 장치가 숨겨져 있다. '정치'가 무엇인가. '나라를 다스리는 일. 국가의 권력을 획득하고 유지하며 행사하는 활동으로, 국민이 인간다운 삶을 영위하게 하고 상호 간의 이해를 조정하며, 사회 질서를 바로잡는 따위의 역할을 한다.'(『표준국어대사전』) 국어사전에는 이렇게 설명하고 있다. 따지고 보면, 소설도 그런 역할을 한다. 직접 나라를 다스리거나 국가 권력을 행사하는 건 아니지만, 소설에 담긴 작가의 체험이 그런 세상을 만든다. 소설에는 우리에게 인간다운 삶을 영위하게 하고, 서로 이해하며 질서 있게 살아가게 하는 기능이 있다. 조지 오웰은 『동물농장』에서 그런 세상을 창조하려고 했다. 그가 말한 '정치적 목적'은 이런 역사 성취를 이르는 말이다.

 '왜 작가가 되려고 하는가'라는 물음에 대한 답을 조지 오웰을 예로 살펴보았다. 물론 이것이 모든 사람에게 똑같이 적용되는 건 아니다. 작가마다 다양한 목소리가 있다. 그래서 소설이 예술이 될 수가 있는 것이다. 작가들이 각자의 체험을 소설 미학으로 완성하기에 다양한 소설이 탄생한다.

(3) 왜 소설을 쓰려고 하는가

미리 준비하지 않은 분들은 이 질문에 대답하기가 쉽지는 않을 것이다. 다양하게 생각하며 고민할 듯하여, 우선 올바른 대답에 접근할 수 있도록 예상 답을 만들어 보았다.

① 명함에 '작가'라는 명칭을 찍기 위해서.
② 베스트셀러 작가가 되어 돈을 벌기 위해서.
③ 내 이름을 널리 알리기 위해서.
④ 나만의 창조적 삶을 살아가기 위해서.

①②③④번 가운데 몇 번을 선택했는가? 작가가 되고 나면 ①②③④번 모두를 가진다. 그렇다면 어느 것이든 다 올바른 답이 될 수 있다고 생각할 것이다. 아니다. 아직 작가가 되기 전, 소설창작을 공부하는 신분이기 때문에 이 가운데 하나만이 올바른 답이다.

①②③번을 택한 분은 작가가 되는 길이 험난하다. 물론 조지 오웰이 '순전한 이기심'이라고 말한 것처럼, 누구든 이기적 욕망을 가지지 않을 수 없다. 겉으로 드러내지 않는 것보다 조지 오웰처럼 솔직하게 말하는 게 더 옳다. 그러나 앞서 설명한 바와 같이, 조지 오웰은 작가가 된 뒤 그러한 소회를 밝혔다. 여기서는 그와 달리 소설을 배우고자 하는 각오에 대한 질문이며 대답이다. 욕망이 앞서면 마음이 조급해진다. 소설창작 공부에는 조급함이 최대 적이다.

이제 답이 밝혀졌다. 왜 ④번일까. 작가가 되는 목적이 돈을 벌거나 이름을 알리기 위해서라면 가는 길이 힘들다. 욕망이 목적을 앞질러 가기 때문에 마음이 급해진다. 실력이 따라가지 못하는데, 마음은 이미 작가가 되어 있으니 좋은 소설을 쓰기 어렵다.

작가가 되려면 먼저 소설 쓰는 일을 즐겨야 하고, 즐기려면 자신의 삶과 나란히 함께 가야 한다. 그렇게 가다가 보면 언젠가 그 목적을 이룬다. 살아가는 일을 조급해하는 사람은 없다. 따라서 소설 쓰는 일을 삶과 같은 반열에 두면 마음이 조급해지지 않는다. '목적'보다 '즐기는 일'을 선행해야 작가가 될 확률이 높다. 소설창작을 공부하든, 소설을 읽든 소설을 좋아하고 이해하고 즐기는 일에 익숙해져야 한다. 그렇게 즐기는 가운데 작가가 되는 것이다. 즐기지 않으면 공부하는 과정을 이겨내기 어렵다. 소설 공부하다가 도중에 그만두는 분들 대부분 "나는 작가가 될 소질이 없다"라고 말하지만, 사실은 작가가 되는 일에 자신의 삶을 담보하지 않은 게 문제였다.

소설 쓰기는 일상생활에서 의사소통을 위해 쓰는 일반 글쓰기와 다르다. 소설창작은 하루에 세 끼 식사하듯 그렇게 꼭 써야 하는 일도 아니다. 쓰지 않는다고 딱히 달라질 일도 없다. 그래서 즐기는 마음이 없으면 인내심을 가지고 목적을 달성하기가 쉽지 않다. 소설 쓰기는 우리가 살아가면서 직업을 가지듯, 그런 각오와 목표를 가지고 성취해야 한다. 직업을 함부로 선택하면 안 되는 것처럼 '한번 해보고, 안 되면 말지 뭐'하는 생각으로 시작하면 안 된다. 직장에 다니는 사람은 몸이 조금 피곤하다고 해서 결근하지 않는다. 소설 쓰기 공부도 그런 자세로 해야 한다.

시진핑 중국 국가주석이 즐겨 인용하는, 중국인들이 좋아하는 말 가운데 '不怕慢, 只怕站(bú pà màn, zhǐ pà zhàn; 부파만, 즈파짠)'이 있다. '느린 것은 두렵지 않으나, 멈추는 게 두렵다'라는 뜻이다. 어떤 일을 한번 시작했으면 언젠가 반드시 이루고야 말리라는 굳은 의지로 멈추지 말고 가라는 의미를 담고 있다.

"왜 작가가 되고자 하는가?"라는 질문을 자신에게 하는 이유는 바로 여기에 있다. "나는 작가로 살아가겠다"라는 답을 얻어 낸 뒤에 소설 공부를 시작해야만 성공할 수 있다. 작가는 **누구나** 될 수 있지만, **아무나** 될 수가 없다. 준비된 사람이 끝까지 목적지에 도달하겠다는 굳은 의지로 노력할 때에만 비로소 등단의 기회가 온다.

3. 작가는 '독자'라는 무대에 '소설'을 올리는 연출가다

(1) 손으로 쓰는 게 아니라, 가슴으로 그린다

좋은 실을 얻기 위해서는 건강한 누에를 길러야 하고, 건강한 누에를 기르기 위해서는 깨끗한 뽕나무를 심고 길러야 한다. 좋은 소설을 창작하기 위해서는 좋은 작가가 있어야 하고, 좋은 작가가 되기 위해서는 자연과 사물의 본질을 바라보는 올바른 시선을 가져야 한다. 양질의 누에고치에서 명품 실을 뽑아내듯, 완벽한 '작가의 몸'을 갖춘 작가에게서 훌륭한 소설이 탄생한다.

스페인 'FC 바르셀로나' 팀에서 활약하고 있는 아르헨티나 출신 리오넬 메시(Lionel Andres Messi)는 세계에서 1, 2위를 다투는 훌륭한 축구선수다. 그가 이러한 명성을 얻은 것은 축구 기술이 뛰어나서만 아니다. 축구를 잘 이해하기 때문에 세계적인 선수가 되었다. 공은 둥글다. 넓은 축구장에서 22명의 선수가 90분간 뛰면서 발로 차고, 머리로 받으며 튀어 오른 공은 그 궤적이 모두 다르다. 22명 선수의 움직임도 시시각각으로 바뀐다. 이렇게 매 순간 그림이 바뀌는 축구장의 움직임을 메시는 날카로운 매의 눈으로 보고 가슴으로 판단한 뒤, 공을 낚아채어 골대 안으로 차 넣는다. 그의 몸은 마치 신들린 듯 움직이며, 공이 자석에 붙듯 그의 발에 붙어 다닌다. 드리블하는 그의 모습을 보면 쓸데없는 움직임이 없다. 지칠 줄 모르고 그라운드를 종횡무진 뛰는 그런 선수와 다르다. 필요한 순간에 필요한 몸동작만 한다. 마치 춤을 추듯 가볍게, 그리고 민첩하게 움직인다. 이러한 움직임은 단순히 기술에 의해 만들어지지 않는다. 연출가가 되어 축구장 안의 움직임을 이해하고 연출하지 않으면 나타날 수 없는 몸동작이다. 선수가 서서 움직여야 할 곳은 딱 한 군데다. 미리 그 자리를 예상하는 선수만이 공을 잡을 수 있고, 골대 안으로 공을 차넣을 수 있다.

작가도 이처럼 훌륭한 소설을 쓸 수 있는 '몸'을 만들어야 한다. 소설을 이해하고, 소설이라는 무대 위에서 등장인물들이 제 위치에서 꼭 해야 할 행동을 할 수 있도록 하는 연출가가 되어야 한다. 소설은 손끝에서 만들어지는 게 아니라 작가의 가슴에서 만들어진다. 필자는 이것을 '작가 몸만들기'라고 부른다. 작가 몸만들기는 운동선수들처럼 신체를 단련하는 게 아니라, 사건과 사물의 본질을 파악하고 가슴으로 이해하는 시선을 만드는 일이다.

(2) 작가(Writer)의 정의

단어의 뜻만을 놓고 보면, 예술과 취미 등 다양한 분야에서 창작 활동을 하는 사람을 작가라고 부른다. 여기서 말하는 '창작 활동'은 문학 작품에만 국한한 게 아니라, 다양한 분야에서 새로움을 창출하는 모든 일을 지칭한다. 이렇게 창작 활동을 하는 사람들에게 특정 이름이 생기면서 이젠 이들을 굳이 작가라고 부르지 않으나, 넓은 의미로 보면 모두 작가다. 화가 · 작곡가 · 영화감독 · 연극연출자 모두 작가의 범주에 든다.

영어권에서는 작가(小說家)를 novelist, storywriter, fictionist, a fiction writer, 등으로 부른다. 이런 현상을 보면 작가(writer)는 꼭 소설가만을 가리키는 말이 아니라 어떤 분야이든 책을 쓴 사람을 말한다. 그런데 우리나라에서는 좀 다르다. 문학의 경우를 보면, 시인 · 아동문학가 · 시조 시인 · 평론문학가 · 수필가들도 저서를 출간하지만, 작가라고 부르지 않는다. 소설가만 작가라고 한다. 시인이나 수필가를 보고 '작가'라고 부르면 별로 좋아하지 않는다.

4. 독자와 작가의 시선(視線)

(1) 작가는 독자를 만든다

작가는 자신의 체험과 생각, 그리고 이 세상에서 일어나는 모든 사건의 본질을 분석하여 소설이라는 허구(fiction)의 이야기를 창작한다. 다양한 에피소드들을 모아 하나의 정리된 소설 작품을, 예술 세계를 창작해내는 사람이 작가다.

롤랑 바르트(Roland Barthes)는 에세이집 『저자의 죽음』에서 "작가의 죽음의 대가로 우리가 얻는 것은 독자의 탄생이어야 한다"라고 했다. '작가의 죽음'이 무엇인지 애매하기는 하나, 그만큼 작가는 자신이 창작하는 작품을 위해 희생(?)할 만큼 진지해야 한다는 의미일 것이다. 이렇게 작품을 창작하는 궁극적 목표는 작품을 독자에게 전달하는 것이다.

필자가 등단할 무렵이던 1970년대에는 작가는 고고해야 하고 순수해야 하고 예술을 숭고하게 생각해야 했다. 지금은 그렇게 생각하지 않는다는 뜻이 아니다. 당연히 예술은 숭고하고, 예술가들은 순수하며 고고해야 한다. 달라진 게 있다면 독자의 위치다. 예전에는 작가가 독자를 의식하면서 작품을 쓴다고 하면 힐난을 받았다. 상업주의에 물들었다는 의미다. 독자가 적든 많든, 극단적으로 독자가 한 사람도 없다고 하더라도 작가는 그저 묵묵히 작품을 쓰는 게 덕목이었다. 이 때문만은 아니지만, 작가들의 이런 태도가 오늘날 독자가 문학을 외면하는 이유 가운데 하나가 되었다. 연극 무대와 음악 발표회에 관객이 없다면 과연 작품을 무대에 올릴 수 있을까. 이건 경제 논리와는 다른 의미다. 연극에서 관객은 단순히 연극을 관람하는 기능만 하는 게 아니다. 관객도 무대 위의 배우처럼, 연극에 합류하는 또 하나의 등장인물이다. 마찬가지로 소설에서 독자는 작가와 함께 소설을 최종 완성하는 또 하나의 등장인물이 된다.

이러한 관점은 소설을 창작하는 방법에도 영향을 미친다. 독자를 의식하지 않으면 작가가 독자의 기능까지 해야 하며, 작가는 독자가 생각하고 발견해 내야 할 내용까지 모두 작품에 쏟아붓게 된다. 그렇게 되면 소설 속 인물 대신 작가가 사건을 이끌어야 하며, 소설은 독립된 생명체로 존재할 수가 없다.

(2) 작가의 시선(視線)

작가의 시선(視線)은 철학 개념으로 이해하는 관점(觀點)과 같은 의미다. '올바른 시선을 가지다'라고 하는 말은 사물 및 상황을 바르게 보고 본질을 유추하여 분석할 수 있는 능력이 있다는 의미다. 사물이나 상황의 본질은 하나다. 그러나 이를 바라보는 사람에 따라, 관점에 따라 다양한 모양으로 변화한다. 이 때문에 의견충돌이 일어나는 일도 생긴다. 하지만 다수의 의견을 따르는 현대 민주주의 사회에서는 본질에서 벗어나더라도 다수가 인정하면 그대로 진리로 믿게 된다. 작가의 관점은 이 혼돈 속에서 모두가 '그렇다'라고 인정할 수 있는 본질에 접근해야 한다. 소설이 그 본질에서 구성되기 때문이다. 소설이 많은 사람에게 공감받는 것은 이 때문이다.

상담학에서 '관점치료(觀點治療, perspective therapy)'라는 말이 있다. 인간의 삶은 복잡하다. 이 복잡한 삶을 이해하지 못하면 인간의 고민을 해결할 수 없다. 이때 관점을 변형하고 상담자의 심리에 접근하여 치료하는 방법이다. 이 역시 작가의 시선이 머무는 방향과 같다(김춘경 공저,『상담학 사전』, 학지사, 2016, 참조).

그럼 작가의 시선이란 무엇일까. 문학에서 작가의 시선은 매우 중요하다. 작가의 시선은 문학 장르 전반에서 공통으로 적용된다. 앞서 강의를 통해 여러 차례 언급한 '작가 몸만들기'와 같은 맥락을 가진다. 작가가 되기 위해서는 '인간과 사물(또는 사건)에 대한 관찰력과 호기심'을 가지고 있어야 하며, 여기에서 발견한 이데아(본질 또는 본능)를 문장으로 잘 표현할 수 있는 능력을 갖추어야 한다. 이것이 작가의 시선이다.

똑같은 사물과 사람을 바라보더라도 보는 이의 시선에 따라 각각 다른 의미와 감동을 전달받게 된다. 학습된 시선에 의해 각자 자기가 본 현상이 옳다고 믿는다. 작가는 사람들의 이런 시선을 모두 파악할 수 있어야 한다. 어떤 이는 이런 생각을 하고, 어떤 이는 저런 생각을 하는 걸 '한 시선 속'에 집약할 수 있어야 한다. 이것이 '작가의 시선'이다. 작가가 '이런 생각을 하는 사람, 저런 생각을 하는 사람' 들과 같은 시선을 가지고 있다면, '작가의 시선'이 될 수가 없다. '작가 몸만들기'는 이처럼 모든 사람의 시선을 파악할 수 있도록 단련되어야 한다. 그리고 이 총화된 시선 속에서 이데아를 발견해 내야 한다. 이렇게 발견된 작가의 생각을 글로 표현했을 때, 이전까지 이렇게 저렇게 생각했던 사람들이 모두 똑같이 "아 이런 게 이 안에 감추어져 있었구나!"하고 받아들이게 된다.

올바른 시선 유지하기, 즉 작가 몸만들기에서 가장 경계해야 할 문제는 '고정관념' 타파다. 고정관념은 '학습(學習)'에 의해 고착되기 때문에 쉬 바뀌지 않는다. 역설적으로 이렇게 쉬 바뀌지 않기 때문에 문학이 존재한다. 쉽게 바꾸고, 자유자재로 시선 변경을 할 수 있으면 문학이 갖는 사회적 기능이 사라질 수도 있다. 이렇게 변화하기 어려운 '학습된 사고'로 살아가는 사람에게 진보될 미래(미지) 인간의 사고를 미리 주입하는 게 문학의 목적이고, 문학이 예술(재생산)이 될 수 있는 가치를 부여받는다.

> 서른일곱 살이던 그때, 나는 보잉 747기 좌석에 앉아 있었다. 그 거대한 비행기는 두터운 비구름을 뚫고 내려와, 함부르크 공항에 착륙을 시도하고 있었다.
> —무라카미 하루키, 양억관 옮김, 『노르웨이 숲』, 민음사, 2017.

무라카미 하루키의 장편소설 『노르웨이 숲』은 와타나베라는 젊은이의 시선을 통해 단절과 소통, 고독과 사랑, 과거의 기억, 삶과 죽음에 대해 생생하게 묘사하고 있다. 이 소설은 '서른일곱 살이던 그때, 나는 보잉 747기 좌석에 앉아 있었다.'라고 첫 문장을 시작한다. 거대한 보잉 747, 이 비행기를 타고 오는 동안 함께 기내에 있는 수백 명 승객과 주인공의 관계는 무엇일까. 그 많은 사람과 한 공간에 같이 있으면서 주인공은 외로운 '섬'이 될 수밖에 없다. 아니, 그 항공기에 탄 모든 승객은 그렇게 모두 '섬'이 되었다. 거대한 항공기는 그 작은 섬들을 한 공간에 싣고 '두터운 비구름을 뚫고 내려와, 함부르크 공항에 착륙을 시도하고 있었다.' 소설 속 주인공과 그들 승객이 살아갈 새로운 세상, 그 누구든 그렇게 살아가야 할 공간임을 암시하고 있다.

제9강

소설의 역할과 기능

1. 소설은 예술이다

(1) 예술은 재생산된다

문학은 예술(藝術)이다. 예술은 아름다움을 창조하고 표현하는 인간의 활동, 또는 그로 인해 생산된 작품을 말한다. 어원으로 보면 물건을 제작하는 '기술(技術)'에서 예술이란 말이 나왔다. 라틴어에서 파생된 이 '예술'은 서양은 물론 동양에서도 기술이란 의미로 출발한다. 중국의 『후한서(後漢書)』에 등장하는 '백가예술(百家藝術)'은 인간이 생산하는 기술, 또는 재주를 가리킨다. 그리스어 테크네(technē), 라틴어 아르스(ars), 영어 아트(art), 독일어 쿤스트(Kunst), 프랑스어 아르(art)는 모두 숙련된 기술을 의미했다. 이러한 어원에서 출발했지만, 오늘날 '예술'은 단순한 기술이나 재주를 가리키는 게 아니라 예술가의 창조적 사고에서 생산된 창작물을 일컫는 말이 되었다.

여기에서 우리는 약간의 혼돈이 생긴다. 예술가가 창작한 작품과 일반 기능인들이 생산해낸 물품은 무엇이 다른가 하는 점이다.

'예술이란 무엇인가?'라는 질문에 제대로 설명하자면 몇 권의 책이 필요할 만큼 그 의미는 매우 넓고 깊다. 예술이라는 글자를 풀어보면, 예(藝)는 '심는다(식물, 나무 등)', 술(術)은 '길[道]'을 뜻한다. 이를 좀 추상적으로 해석하자면 '예술은 스스로 새로움을 창조하며 자기 길을 만들어가는 생명이 있다.'라는 의미를 끌어낼 수 있다. 예술은 그 작품을 보고 듣고 읽는 사람들이 사유와 감성을 재생산할 수 있어야 한다. 보고 듣는 사람이 모두 똑같은 생각 똑같은 감동을 얻는다면 그건 예술이 아니다. 마치 빵틀에서 구워내는 빵과 같다.

예술은 같은 사람이라도 볼 때마다 들을 때마다 다른 감동으로 다가온다. 슬플 때와 기쁠 때 그 느낌이 다르다. 물과 같다. 물은 모양이 없다. 담는 그릇에 따라 모양이 만들어진다. 네모 그릇에 담으면 네모가 되고, 세모 그릇에 담으면 세모가 된다. 같은 모양의 그릇이라도 크기에 따라 모양이 또 달라진다. 이처럼 예술을 향유하는 사람의 감정에 따라 감동의 모양이 달라지는 것이다.

소설은 읽는 독자에 따라 여러 가지 감동이 만들어진다. 마치 한 그루 나무처럼, 매일매일 스스로 새로운 모양을 만든다. 나무가 인간을 이롭게 하듯이, 소설도 그렇게 생명을 가지고 인간을 이롭게 한다. 소설의 생명은 독자가 만든다. 그래서 소설은 독자가 개입하여 완성한다는 말을 한다. 그래서 소설은 새로이 태어나는 예술이다.

(2) 소설(小說)과 대설(大說)

대설(大說)이라고 하지 왜 소설(小說)이라고 했을까. 이런 질문을 받은 적 있다. 명칭은 짓기 나름이다. 처음부터 '대설'이라고 했으면 자연스럽게 그렇게 불렀을 것이다. 그런데 소설이 생긴 줄기를 살펴보면 대설보다는 소설이 어울린다는 생각을 하게 된다.

문헌으로는 '소설'이라는 말이 등장하는 건 『장자(莊子)』 외물편(外物篇)과 『한서(漢書)』 예문지(藝文志)에서다. 학문으로서가 아니라 가담항어(街談巷語), 즉 실제 있었던 사건 또는 지어낸 이야기에 보태고 다듬어져서 길거리에 떠도는 이야기라는 뜻이다. 이러한 떠도는 이야기를 조립하여 이 사람 저 사람에게 전하는 걸 소설이라고 했다.

시간이 지나면서 통치자가 서민 생활을 살피기 위해 사람을 내보내 알아보게 했는데, 이 역할을 한 사람이 패관(稗官)이다. 패관은 보고 들은 사실을 그대로 보고해야 하지만, 때론 꾸미기도 하고 듣기 좋게 다듬기도 해서 전했다. 이것이 일반 대중에게 문화로 전이되면서 패관문학(稗官文學)이라고 했다. 이렇게 사람과 사람에게 전해진 패관문학은 소식이 아니라 즐기면서 낯선 삶을 간접체험하는 일이 되었다. 이것이 자신이 살아가는데 알게 모르게 도움이 되었다. 오늘날 소설이 이와 같은 기능과 역할을 한다.

소설이 독자와 사회에 어떤 영향을 미치는지 살펴봄으로써 소설 이해에 한 걸음 다가설 수 있다. 이는 '왜 소설을 쓰는가?' 혹은 '왜 소설을 읽는가?'라는 질문에 대한 해답이기도 하며, 작품을 구상할 때 어떤 시각으로 접근해야 하는지를 이해할 수 있는 중심축이 되기도 한다.

2. 소설은 인간과 자연을 탐구한다

(1) 학습된 사고에서 탈출

소설의 궁극 목표는 자연과 인간을 탐구하는 데 있다. 이러한 기능은 소설의 주제로 심화하며, 소설 속 인물의 성격과 사건에서 드러나게 된다. 따라서 소설 속 인물의 성격 창조가 소설의 생명력을 만드는 에너지다. 소설의 성공 여부도 작중 인물의 성격 형성에 달렸다고 해도 틀린 말이 아니다.

우리는 사회생활을 통해 자신의 존재 가치를 형성한다. 원시 인간에서 진보하여 오늘날 우리의 모습으로 진화했다. 가장 큰 성과는 사회를 이루고, 국가를 형성한 것이다. 이 성과 속에서 인간의 존엄과 행복 추구권이 생성되었다. 이러한 과정에는 항상 순기능과 역기능이 존재한다. 수많은 사람을 하나의 질서 위에서 통제하고, 평등하게 행복을 분배하기 위해서는 일정한 룰이 필요하기 때문이다. 이러한 룰은 인간 본질에서 만들어지는 욕구를 어느 정도 통제하게 된다. 이 통제에 우상 같은 권위와 권력이 그 힘을 발휘한다. 이런 통제가 학습되고, 그것이 정당한 규칙이 된다.

소설은 이와 같은 사회 구조에서 살아가는 사람들이 상실한 인간성 회복에 그 목적을 두고 있다. 잃어버린, 혹은 변형된 인간의 본성과 본질을 소설 속 인물을 통해 보여주고, 간접체험을 통해 이를 회복하게 한다. 이것이 소설이 존재하는 이유이자 기능이다.

(2) 익숙함과 낯섦의 경계

우리는 익숙함과 낯섦의 경계에서 살고 있다. 익숙함은 편안한 공간이자 안전한 공간이다. 낯섦은 불편하며 불안전한 공간이다. 그래서 우리는 익숙함에 학습되어 쉽게 경계 너머에 있는 낯섦에 들어가지 않으려 한다. 잘못된 학습 효과다. 익숙한 공간에서는 안전한 대신 흥미가 없고 발전이 없다. 반대로 낯선 공간은 불안전하지만 재미있고 발전이 있다. 인류 문화와 문명을 발전시킨 주체도 익숙한 공간에서가 아니라 낯선 공간에 선 사람들이다.

익숙함에서 낯섦에 들어가는 일은 '호기심'이다. 이 호기심이 자신을 새롭게 발전시킨다. 물론 아픔도 있을 수 있고, 상처도 생긴다. 그러나 아픔과 상처를 통해 우리는 발전한다. 이 아픔과 상처를 두려워하는 사람은 자기 발전을 할 수가 없다.

소설은 우리에게 낯선 공간을 여행하게 한다. 아픔과 상처를 두려워하는 사람에게 그 낯선 공간을 간접 체험하게 한다. 그래서 소설을 많이 읽은 사람과 읽지 않은 사람은 생각의 깊이가 다르다.

(3) 독서는 '관계(關係)'를 만드는 길이다

우리가 행복하게 살아가려면 필수적으로 가져야 하는 것들이 있다. 종류를 나열할 수 없을 만큼, 필요한 것들이 많다. 사람에 따라 또 다를 것이다. 같은 사람이라 하더라도 순간순간 바뀔 수도 있다. 꼭 필요했다가 아니라고 마음이 바뀌기도 한다. 때론 꼭 필요한 것이 아니라 욕망인 경우도 있다. 어쩌면 이러한 종류를 알고자 하는 행위가 부질없는 것일 수도 있다.

부질없는 논제를 올린 것은, 키워드 하나를 추출하기 위해서다. 살아가는 데 필요한 것이든, 부질없는 욕망이든, 목적이 있든 없든, 우리가 살아가는 데 꼭 필요한 건 '관계(關係)'다. 우리가 세상에 태어난 동기도 어머니와 아버지가 만난 '관계'에서 출발한다. 제일 먼저 부모와의 관계, 형제자매 관계, 친구 관계, 사랑 관계, 스승과 제자 관계, 직장동료 관계, 비즈니스 관계 등등, 이 수많은 '관계'가 우리의 삶을 풍요롭게 만들어 주는 필수불가결(必須不可缺, prerequisite essential)의 체험으로 연결된다. 사람과의 관계 외에 사물과의 관계도 그렇다.

이 수많은 관계가 모두 순기능으로 유익하게 작용하는 건 아니다. 때론 역기능으로 불행을 불러오기도 한다. 순기능일지 역기능일지 미리 헤아리고 판단하는 건 순전히 자신의 몫이다. 누가 가르쳐 줄 수도 없다. 순기능과 많이 만나려면 체험으로 지혜를 축적할 수밖에 없다.

'체험'이 그래서 중요하다. 경험과 체험은 다르다. 서로 겹치는 의미가 있기는 하지만, 둘은 다른 개념이다. 경험은 객관적인 개념으로 어떤 행위를 실제 겪어보는 일이다. 체험은 주관적 개념으로 경험에서 일어난 '행위(사물일 경우 인식)의 존재 의미로서 대상(본질)'과 직접 접촉한 걸 의미한다. 경험했다고 해서 모든 사람이 '행위의 존재 의미로서 대상'과 접촉하는건 아니다. 경험은 객관적 행위로 이루어지고, 체험은 주관적 인식에서 이루어지기 때문이다. 따라서 대상(본질)과 접촉하려는 주관적인 인식이 없으면 체험을 가져오지 못한다.

우리가 살아가는 데 있어서 경험보다 체험이 더 중요하다. 경험은 같은일을 반복할 때는 중요한 기능으로 작용하지만, 성격이 다른 일을 할 때는그 기능이 큰 의미가 되지 못한다. 반대로 체험은 어떤 일을 하더라도 새로운 기능을 창출하는 데 지혜로 작용한다. 어떤 일이든 그 대상(본질)과 접촉하려는 주관적 인식 훈련이 되어 있기 때문이다. 그래서 체험이 중요하다. 경험은 실제 겪어야 얻어지지만, 체험은 경험 없어도 얻을 수 있다. 이것을 간접체험이라고 한다.

앞서 '관계'에 대해 설명했다. 이 관계는 우리가 살아가는 데 있어서 필요한 체험을 얻게 해준다. 많은 사람을 사귄 사람과 그러하지 않은 사람과는 세상 살아가는 지혜의 폭이 다르다. 그런데 사람은 각자 사는 방식이 달라 사람을 만나는 일에는 한계가 있다. 이 한계를 메꾸어주는 게 '독서'다. 특히 소설 속에는 한 번도 겪어보지 못한 다양한 성격의 인물이 나온다. 또우리가 경험해 보지 못한 사건들을 만난다. 소설 작품을 통해 우리는 수많은 사람과 사건을 실제 세상에서 경험하는 것처럼 만날 수 있다. 그래서 책읽는 일을 '간접체험'한다고 말한다.

이렇게 책을 통해 얻은 '간접체험'은 우리가 행복하게 살아갈 길로 가는이정표가 된다.

제10강
작품 분석으로 살펴본 소설 쓰기

1. 장편소설 『스웨덴 숲속에서 온 달라헤스트』- 김호운

(도서출판 도화, 2017)

(1) 작가의 체험이 작품에 끼친 영향

소설 작품에는 어떤 형태로든 작가의 체험과 철학이 작용한다. 작품 소재를 얻는 데 있어서도 마찬가지다. 미켈란젤로의 「다비드」 상을 조각한 돌에 얽힌 일화가 유명하다. 피렌체 두오모 성당 돔 위에 설치할 '다비드' 상 제작 주문을 받고 미켈란젤로는 작품을 조각할 대리석을 구하기 위해 노력했으나 마땅한 돌을 찾지 못했다. 그러다가 버려져 있는 대리석 덩어리를 발견했다. 그 돌은 레오나르도 다빈치를 비롯한 여러 조각가들이 탐냈으나 쓸모없어 버린 돌이었다. 미켈란젤로는 이 대리석으로 명작 「다비드」를 탄생시켰다.

이처럼 작품 소재(素材)는 어디에고 있다. 이 소재에 들어있는 작품성을 발견하고 제재(題材)로 만드는 일이 중요하다. 작가의 체험과 철학이 이때 작용한다.

이 작품 『스웨덴 숲속에서 온 달라헤스트』의 소재를 얻은 동기부터 소개한다. 40여 년 전, 필자가 막 등단하여 잡지사 기자로 근무할 때 시인 정혜영 스님과 인터뷰한 적 있다. 스님의 시집 『산, 물, 가락』에서 자연의 아름다움을 생명의 근원으로 바라보는 시에 감동했다. 당시 스님은 서울 성북구 삼선교에서 꽃꽂이 학원을 운영하고 있었다. 스님과 꽃꽂이 학원, 뭔가 어울리지 않은 이질감으로 잠시 당혹했다. 필자의 질문에 스님이 "꽃꽂이의 소재는 죽은 꽃입니다. 이 꽃들에 다시 생명을 주는 일이지요. 이 작품들은 바싹 마른 뒤에도 그대로 아름다움을 유지해요."하고 말했다. 이때 나는 불현듯 한 생각이 떠올랐다. 환생(幻生)이다. 다시 태어나는 환생(還

生)이 아니라 새로운 생명이 깃든 물질로 몸을 바꾸어 나는 환생(幻生)을 떠올렸다. 문학도 그런 환생(幻生) 능력이 있다. 독자의 손에 전해지면, 작품은 독자에 따라 각기 다른 몸으로 환생(幻生)한다. 이런 소재로 소설을 써 봐야겠다고 생각했다.

소재가 너무 무거워서였을까. 제재로 연결이 되지 않고, 주제도 선명하게 떠오르지 않았다. 아마도 당시 내 젊음이 아직 그런 소재를 다룰 만큼 숙성되지 못했는지도 모른다. 그렇게 40여 년이 흘렀다. 유럽 여행 중에 스웨덴에서 목마(木馬) '달라헤스트'를 보고, 잊고 있던 그 일이 떠올랐다. 이 목마가 생긴 유래는, 먼 옛날 벌목공이 깊은 숲속에 들어가 나무를 베다가 한가한 시간에 등걸로 작은 목마를 만들었다. 손칼로 만들어 눈코도 없이 그냥 투박한 말 형상만 이룬 목마다. 몇 개월 뒤 집으로 돌아온 벌목공은 아이에게 이 목마를 장난감으로 주었다. 그러면서 몸에 지니면 행운을 가져다줄 거라고 말했다. 아이는 이 목마를 가지고 놀며 자라서 어른이 된 뒤, 아버지가 그랬던 것처럼 자기 아이에게 물려주고, 그렇게 후손에게 전달되어 마치 행운을 주는 부적처럼 여겨졌다. 이게 오늘날 스웨덴을 상징하는 랜드마크가 되어 관광상품으로 팔리고 있다. 이 달라헤스트는 살아 있는 나무를 베어내고 난 등걸로 만든 것이다. 꽃꽂이처럼 죽은 나무의 환생(幻生)이다. 40년의 시차를 두고 '꽃꽂이와 달라헤스트', 이 두 소재가 만나면서 비로소 소설 제재로 발전한 셈이다. 동시에 생명의 소중함이 주제가 되어 장편소설이 탄생했다.

소재에서 얻은 제재로 작품을 창작할 때 갈등하는 일이 있다. 소재를 제공한 사건, 또는 이야기가 소설보다 더 재미가 있는 경우다. 그래서 논픽션을 조금 가공하여 작품을 만들고 싶은 욕심이 생기는 것이다. 이 욕심을 버려야 한다. 소설은 픽션이다. 작가의 창의력에 의해 꾸며내는 이야기다. 소설이 문학 작품이 되는 이유다. 이 틀을 깨고 소재에서 얻은 논픽션을 가공하면 소설이 될 수 없다. 아무리 소설처럼 가공했다고 하더라도 그물처럼 구성한 작품 곳곳에 허점이 보이게 된다. 소재를 선택할 때 이런 욕심에서 벗어나야 좋은 작품을 얻을 수 있다.

이 작품은 벌목공의 이야기가 아닌, 그림을 좋아하는 남자와 여자의 아름답지만, 가슴 시린 사랑 이야기로 그렸다.

(2) 구성으로 살펴본 작품의 특징

1) 스토리 구성

'생명의 환생(幻生)'이라는 작품 주제가 담긴 이야기를 먼저 구상했다. 두 개의 이야기가 떠올랐다. 하나는 앞서 필자가 체험한 시인 정혜영 스님의 '꽃꽂이'를 소재로 스님의 출가와 수행에 얽힌 픽션으로 꾸민다. 또 하나는 스웨덴 여행에서 얻은 '달라헤스트' 소재를 중심으로 이야기를 만든다. 스웨덴 바이킹 후예 가문에서 정착 생활을 하는 한 벌목공을 주인공으로 이야기를 만드는 것이다. 이 두 이야기를 두고 고민하다가 결국 둘 다 포기하고 아예 새로운 이야기를 만들기로 했다. 모두 픽션으로 꾸미는 이야기이긴 하지만, 둘 다 소재로 선택한 아이디어에서 크게 벗어나지 않아 갈등구조를 형성하는 데 문제가 있을 듯하여 썩 내키지 않았다. 이런 경우 대개 밋밋한 작품이 될 수가 있다.

이 이야기는 아름다워야 한다. '꽃꽂이'와 '달라헤스트'가 죽은 생명에서 아름다움으로 환생했기 때문에 이러한 배경을 살릴 수 있는 스토리를 만들어야 한다.

원점으로 돌아가 다시 스토리를 구상한 끝에 갈등구조를 극명하게 표현할 수 있는 아름다운 사랑 이야기를 만들기로 했다. 그림을 좋아하는 한국 여성과 역시 그림을 공부하는 스웨덴 남성이 스웨덴에서 만나 하룻밤 풋사랑을 나누게 하고, 그 사랑의 정점에 '달라헤스트'를 접목시켜 주제를 부각하기로 했다. 달라헤스트는 벌목한 나무에서 새로운 생명으로 탄생한 것이기에 환생(幻生)의 이미지를 가지고 있다. 또 하룻밤 풋사랑으로 끝난 두 남녀의 사랑에서 아이가 태어난다. 이 또한 사랑은 이미 소멸했지만, 아이로 인해 사랑은 환생 이미지로 다시 등장한다. 이 두 에피소드를 '환생'이라는 하나의 주제로 모이게 한다.

대강의 이야기가 구상되었다. 스웨덴을 여행하던 우리나라 여성이 스웨덴 스톡홀름에서 우연히 만난 한 남성과 하룻밤 풋사랑을 나눈다. 헤어지면서, 마치 징표처럼 그 남자는 할아버지에게서 전해 받은 달라헤스트(木馬)를 여자에게 선물로 준다. 여행에서 돌아온 뒤 임신 사실을 알게 된다. '에린'이라는 이름과 고향이 스웨덴 중부 지방 달라나며, 미술학도라는 것밖에 모르는 남자의 아이를 어떻게 할지 고민한다. 남자에게서 받은 달라헤스트가 마치 살아있는 말처럼 그녀를 향해 달려온다. 여자는 그 달라헤스트가 남자 가문의 생명을 태우고 온 듯한 예감을 받고 아이를 낳아 키우기로 한다.

2) 작품 분석

장편소설 『스웨덴 숲속에서 온 달라헤스트』는 3개의 시점(視點)으로 구성되었다. 서사를 매우 복잡하게 구성했다는 의미도 된다. 다양한 에피소드가 그물처럼 이어진다. 모두 3장(章)으로 나누었는데, 제1장은 '1인칭 관찰자 시점'으로 서술자 딸 '민혜'가 서사를 이끈다. 제2장은 '1인칭 주인공 시점'으로 엄마가 '나'로 서술자가 되어 자신의 과거를 서사로 전개한다.

제3장은 '1인칭 주인공 시점'으로 다시 딸 민혜가 서사를 이끈다. 복잡한 서사구조로 진행되지만, 하나의 주제로 통일시킨다. 이렇게 복잡한 서사구조로 전개되기 때문에 단편소설로는 주제를 수용하기가 힘들어 장편으로 집필했다. 단편소설, 중편소설, 장편소설은 이렇듯 소재를 선택하여 작품으로 구성할 때 어떤 이야기를 만들 것인가에 따라 결정한다.

> 아침에 눈을 뜨면 나는 '달마[月馬]'부터 찾아 손에 쥔다. 엄마가 그랬던 것처럼 나도 잠에서 깨면 습관처럼 달마부터 찾는다. '그분'의 체온을 느끼는 엄마와 달리 나는 달마를 만지면 달빛 따라 흘러가 버린 엄마의 시간을 만난다. 28년, 참 긴 시간이다. 그 긴 시간 동안 엄마는 늘 그랬다.
>
> ─김호운, 『스웨덴 숲속에서 온 달라헤스트』, 도서출판 도화, 2017, p.12

이 첫 문단이 앞으로 전개될 이 작품의 이야기들을 암시하고 있다. 눈을 뜨면 엄마가 물려 준 달마를, 엄마가 그랬던 것처럼 습관이 되어 찾는다. 이 '달마'는 생명이며 한 번도 보지 못한 '아버지'를 상징한다. 달빛 따라 흘러가 버린 엄마의 시간 28년은 딸 민혜의 나이며, 엄마가 지난 과거를 붙들며 살아온 고뇌의 공간이기도 하다. 이 두 주인공의 공간에 독자들을 초대한다.

> 이튿날 눈을 떴을 때 나는 에린의 아파트에서 그와 함께 같은 침대에 누워 있었다. 옷을 벗은 채로. 놀랄 일은 아니지만 낭패스러워 표정 관리가 잘 되지 않았다. 어색하게 그를 돌아다보는데 당황해서 어쩔 줄 모른다. 그 모습이 귀여워 나도 모르게 웃었다. 나보다 우선 그를 이 위기에서 해방시켜 주고 싶었다. 나는 그의 등을 한번 툭 치면서 말했다.
>
> "나 커피 마시고 싶어."
>
> 에린은 도망치듯 일어나 주방으로 달려갔다. 팬티만 입고 커피를 내리

는 그의 뒷모습을 나는 한참동안 지켜보았다. 얼마 전까지만 해도 내게 익숙하던 풍경이다.

잠시 그러고 있는데 쓴 커피를 한입 문 것처럼 마음이 혼탁해졌다. 온몸에 소름이 돋을 정도로 싸늘한 기운이 몰려와 몸을 움츠렸다. 이 방을 나갈 일이 걱정이었다. 그를 해방시켜 줄 생각만 했지 정작 내가 벗어날 궁리는 하지 못했다. 그냥 무심히 나가자니 멋쩍고, 그렇다고 미련을 남겨두고 나가자니 치사하다. 어떤 분위기로 이 방에서 빠져나가야 할까. 아무리 궁리를 해도 마땅한 생각이 떠오르지 않았다.

에린이 커피와 함께 계란 프라이를 만들어왔다. 나는 커피만 홀짝이며 마셨다. 그렇게 시간을 끌며 꽤 오랜 시간 커피를 마셨다. 그런 내 모습을 바라보는 그의 표정 또한 무겁다. 이럴 땐 무슨 말을 해야 하나. 그렇게 수다를 잘 떨던 나도 갑자기 말문이 막혀 버렸다. 어제 술집에서 "너 나랑 사귈래?"라는 말만 하지 않았어도 이런 고민은 하지 않았을 것이다. 남자와 한 번 원나잇 한 게 무슨 큰 사고라고 이 나이에 청승맞게 고민을 하고 있다. 그렇다고 수심에 찬 이 남자에게 "걱정하지 마. 널 붙들지 않을게." 하는 것도 이상하다.

우린 그렇게 아무 말 없이 커피를 마시고 헤어졌다. 방을 나오면서 그래도 눈도장은 한 번 찍어 둬야겠다는 마음으로 뒤돌아보았다. 어색하게 "바이!" 하는데 에린이 후다닥 뒤쫓아 나오더니 그렇게 신주(神主)처럼 지니고 다니던 자기 달마를 내 손에 쥐어주는 게 아닌가. 달마를 받아들고 나는 '이게 뭐지?' 하며 잠시 머뭇거렸다. 선물로 줄 수 없다던 그 달마를 내 손에 쥐어주는 이유가 궁금했다. 할아버지와 아버지를 거쳐 그에게 전해진 귀한 물건을 그는 내게 주었다.

잠시 얼어붙은 듯 그대로 서 있다가 나는 에린에게 가볍게 한번 미소 지어 보이고는 그 방을 나왔다.

　　　　-김호운, 『스웨덴 숲속에서 온 달라헤스트』, 도서출판 도화, 2017, pp.41-44

주인공이 스톡홀름에서 스웨덴 남자와 만나 사랑한 장면이다. 이 소설에서 사랑 이야기는 이게 모두다. 이 작품에서 서사를 이끄는 주제는 '환생(幻生)의 아름다움'이다. 흥미를 유발하기 위하여 이 두 사람의 사랑을 중심으로 서사를 이끌면 이 작품은 망친다. 하룻밤 풋사랑도 사랑에서 서사가 발화되지만, 그렇다고 이 발화를 끝까지 끌고 가면 이야기는 오히려 재미없어진다. 그래서 3장으로 서사를 나누어 복합 구성을 선택했다. 짧고 간결하게 임팩트(충격, 자극)를 줄 수 있는 문장으로 구성하고, 많은 이야기를 스며들게 했다.

모든 소설 작품이 다 그래야 하지만, 특히 이 작품에서는 주인공의 성격 형성이 매우 중요하다. 남자는 잠깐 만난 외국인이고, 이 외국인과의 사이에서 태어난 딸을 혼자서 키워야 하는 한국 여성이기에 두 사람의 성격, 삶에 대한 철학이 매우 중요하다. 그래서 스웨덴 남자의 이름을 '에린(Erin)'이라고 지었다. Erin은 아일랜드의 옛 이름이며, 아이리쉬(Irish)와 같은 의미로 사용된다. 이 남자의 조상이 스페인계 아일랜드인으로 스웨덴에 이주한 것으로 설정했다. 아일랜드 후손으로 한 건 스웨덴을 여행한 한국인이나 스웨덴 국적을 가진 애린이나 모두 이방인이라는 의미를 부각하여 사랑하는 과정을 자연스럽게 매치하기 위해서다. 물론 주인공들은 이러한 사실에 전혀 개입하지 않는다. 독자들이 이런 퍼즐을 발견하도록 구성한 것이다. 또 스웨덴을 무대로 한 건 스웨덴은 이름을 특이하게 짓는다. 아버지의 성(姓)과 어머니의 성, 그리고 가문을 상징하는 성을 함께 넣어 이름을 짓는다. 스페인도 그렇다. 그래서 애린의 가문을 스페인계 아일랜드인 이민자로 설정했다. 이 작품에서 스페인 화가 피카소를 미술사학을 공부한 여주인공의 성격 형성에 알레고리로 접목한 이유도 그렇다. 우리가 알고 있는 파블로 피카소(Pablo Picasso)의 본래 이름은 파블로 루이스 피카소(Pablo Ruiz y Picasso)다. 이보다 더 긴 정식 이름이 있는데, 무지 길어서 사용할 수도 없기에 '파블로 루이스 피카소'로만 부른다. 이 이름에서 루이스(Ruiz)는 아버지의 성이고, 피카소(Picasso)는 어머니의 성이다. 피카소는 나중에 아버지의 성을 버리고, 어머니의 성만 가졌다. 파블로 피카소(Pablo Picasso)다. 우리가 '피카소'라고 부르는 건 그의 어머니 성이다. 어릴 때부터 피카소는 어머니의 영향을 많이 받았고, 그의 미술 재능을 발견한 것도 어머니다. 피카소는 사석에서도 어머니에 관한 이야기를 많이 했다. 이 작품 『스웨덴 숲속에서 온 달라헤스트』의 여주인공도 딸을 그렇게 키우고 자신의 성을 물려주어 딸 이름이 '박민혜'로 지었다. 이 작품에서 피카소의 그림을 에피소드로 삽입하여 알레고리를 형성한 것은 이러한 피카소의 삶을 여주인공의 삶에 매치했기 때문이다. 그러므로 남자 주인공의 이름을 스페인식으로 만들어서 서사와 연결하는 스토리를 생성시켰다.

이렇듯 작품에 등장하는 인물의 성격을 형성하는 데 이름도 매우 중요하다. 이름 하나 작명하기 위해 이같이 인문학적 자료를 뒤져 성격을 형성하는 데 연결했다. 이러한 사실성을 부여함으로써 새로운 이야기를 생성하기도 한다.

커피숍에서 나는 청년에게 아까 말한 이름을 메모지에 써 달라고 부탁했다. 그러자 그는 자신은 Erin Serrano Rodriguez Perez(에린 세라노 로드리게스 페레스)이고, Erin Freddy Rodriguez Hjerpe(에린 프레디 로드리게스 에르페)의 아들이라고 했다. 말을 이해하긴 했으나 여전히 머릿속이 복잡하고 혼란스럽다. 내가 아는 이름은 오직 '에린'뿐이다. 엄마도 마찬가지다. 엄마는 이렇게 긴 이름을 내게 말한 적이 없다. 그분의 풀 네임을 듣지 못했던 것일까. 설마 엉뚱한 사람이 나타난 건 아니겠지.

······ 중략 ······

우리는 마치 DNA 대조를 하듯, 이 집안의 긴 이름에 대한 해명부터 시작했다. '에린(Erin)'은 아일랜드의 옛 이름이며, 아이리쉬(Irish)와 같은 의미로도 쓰인다. 조상이 아일랜드에서 왔기 때문에 가족 이름 첫머리에 모두 '에린'을 넣는다고 한다. 그리고 옛 조상이 스페인계 아일랜드인이어서 성(姓)을 두 개 사용한다. 아버지의 첫 번째 성과 어머니의 첫 번째 성을 따서 자녀 이름을 만든다. 그래서 자신의 이름 중 에린(Erin)은 가족 공동 이름, 세라노(Serrano)는 자신을 표현하는 중간 이름, 로드리게스(Rodriguez)는 조상으로부터 이어져 온 아버지의 첫 번째 성, 페레스(Perez)는 어머니의 첫 번째 성이라고 설명했다. 따라서 아버지가 바뀌지 않으면 로드리게스(Rodriguez)는 자손 대대로 이어가는 성이지만, 대(代)가 바뀌면 어머니가 달라지기 때문에 맨 끝의 성이 달라진다. 그래서 이름을 보면 가족인지 아닌지, 대(代)가 같은지 다른지, 어머니가 같은지 다른지를 구별할 수 있다고 했다.

그 말을 듣고 나는 문득 내 이름을 조립해 보았다. 이 집안의 족보대로 한다면 내 이름은 '에린 민혜 로드리게스 박(Erin Minhea Rodriguez Park)'이다. 엄마의 성을 따라 '박민혜'라고 대한민국 호적에 올렸던 내 이름 대신 '아일랜드에서 온 스페인계 스웨덴인 로드리게스 집안과 박씨 성을 가진 한국인 사이에 태어난 민혜'라는 의미를 담은 이 긴 이름, 이것으로 나는 즉석에서 내 족보를 찾았다.

상대방이 이미 나를 알고 찾아왔고, 나 역시도 상대방을 확인할 필요가 없어졌다. 다만 현재의 상황이 궁금했다.

"그분⋯⋯."

이럴 땐 영어가 참 편리하고 고맙다. 우리 말 같으면, 아무리 정이 붙지 않았다 할지라도 아버지를 '그분'이나 '그 사람'으로 부르기는 참 껄끄럽다. 영어는 그냥 고민할 필요 없이 'He' 하면 된다. 아무런 감정을 넣지 않아도 이렇게 통하는 말이 된다는 게 내겐 얼마나 다행인지 모른다.

"그분⋯⋯ 살아 계신가요?"

―김호운,『스웨덴 숲속에서 온 달라헤스트』, 도서출판 도화, 2017, pp.113~116

화가가 된 딸이 스웨덴에서 초대전시회를 열고, 에린의 아들이 그녀를 전시장으로 찾아왔다. 이복(異腹) 남매가 만난 것이다. 에린으로만 알고 있던 아버지의 풀네임을 처음 들은 딸이 메모지에 이름을 써달라고 하는 장면이다. 지금까지 어머니는 '에린'으로만 알고 있었고, 딸은 '그분'으로만 불렀다. 처음 만난 같은 혈륙 앞에서 '그분'이라고 말한 뒤 어색해하는 장면은 이 작품에서 딸이 가진 정체성에 대한 아이콘이다. 영어로만 대화할 수밖에 없어 'He'라고 하면서 안도하는 주인공에게서 섬세하게 흔들리는 정체성을 암시한다. 소설에서 이러한 장치는 의외로 작품성을 높이는 데 매우 좋은 효과를 가져온다. 지나치지만 않게 적절하게 잘 이용할 수 있도록 감각 속에 스며들게 해야 한다.

비구니 정혜영 시인의 시에서 느꼈던 것처럼, 서사를 아름답게 전개해야 환생의 아름다움을 담을 수 있다. 그래서 그림을 바탕으로 서사의 줄기를 만들었고, 특히 피카소의 그림이 중심으로 등장한다. 주제를 심화시키기 위해서 이 작품에서는 그림을 배경으로 하는 게 적격이기 때문이다.

이렇듯 소재 선택에서 제재와 주제를 형성하고, 그 주제에 어울리는 스토리를 구상한 뒤, 작품 효과를 높일 수 있도록 구성하여야 한다. 이 작품은 소재로 선택한 '꽃꽂이'와 '달라헤스트'에서 생성된 논픽션 스토리가 강한 이미지를 가지고 있어서, 본래의 이야기를 가공하여 소설로 창작하고 싶은 충동이 생긴다. 앞서 설명했지만, 이럴 경우에는 아까워도 과감하게 소재의 스토리를 버리고 픽션으로 새로운 스토리를 구성해야 작품으로서의 완성도가 높아진다.

2. 중편소설 「이반 일리치의 죽음」 —톨스토이— 이순영 옮김, 『이반 일리치의 죽음』(전자책), 문예출판사, 2018.

(1) 작가의 체험이 작품에 끼친 영향

19세기 러시아를 대표하는 작가이자 사상가였던 톨스토이(Lev Nikolayevich Tolstoy1828~1910)는 생애 자체가 소설이다. 러시아 남부에 있는 가문의 영지(領地) 야스나야 폴랴나에서 태어났다. 아버지 니콜라이 일리치 톨스토이는 백작이었으며, 어머니는 아버지보다 더 유명한 귀족의 외동딸이었다. 태생적으로 귀족 집안 출신인 톨스토이의 인생은 집안 환경만큼 순탄하지는 않았다. 두 살 때 어머니가 여동생을 낳다가 사망하고, 아홉 살 때 아버지마저 세상을 떠나 고아가 되었다. 후견인인 친척 집에서 성장한 톨스토이는 스무 살에 대학에 들어갔으나, 이후 3년간 술과 도박, 여자에 빠져.방탕한 생활을 한다. 이때 형이 복무하던 포병대에 입대하였으며, 이 무렵 작품을 쓰기 시작하여 『유년시대』를 발표했다. 28살에 제대하여 유럽을 여행한 뒤, 부모가 남긴 영지에서 농사를 지으면서 집필 활동한다.

톨스토이를 사상가로 부르는 건 당시 차르 제정 아래 행복을 누리는 귀족들의 생활과 달리 노동자 농민들의 생활은 비참하기 이를데 없었다. 이를 본 톨스토이는 인본주의를 몸소 실천하며 『초등독본』『신은 진리를 놓치지 않으신다』 등의 저술 활동으로 계몽운동을 한 데서 비롯한다. 농민 자녀들의 교육을 위해 농장에 학교를 세우고, 기근이 일어난 지역에 가서 구휼활동을 하는 등 사회운동의 선봉에 선다. 또 두호보르(Dukhobor) 교도들이 종교문제로 징병 기피 운동을 일으키자, 이들을 돕다가 지도자로 지목되어 박해받는다. 1901년에 그리스 정교회에서 파문을 당하면서까지 그는 직접 병역 거부 운동에 찬성하는 논문을 국외에 발표하기도 한다. 명작『부활』은 두호보르 교도들을 캐나다와 키프로스로 탈출시키기 위한 자금 마련을 위해 완성한 작품이다. 제목 '부활'이 시사하는 의미를 다시 한 번 새겨볼 필요가 있다.

1910년 10월 28일 새벽, 톨스토이는 아내에게 유언장을 남기고 딸 알렉산드리아와 주치의를 데리고 가출한다. 가출 중에 사형에 관한 논문「유효한 수단」을 썼다. 며칠 뒤인 10월 31일, 병이 생겨 아스타포보 간이역에 내려 마지막 감상 일기를 쓰다가 11월 20일 역 관사에서 세상을 떠났다.

톨스토이는『안나 카레니나』『전쟁과 평화』『고백록』등 훌륭한 작품을 많이 남겼다. 톨스토이와 도스토예프스키의 전기를 쓴 얀코 라브린이 "우리는 톨스토이에 관한 책들만으로도 도서관 하나를 꽉 채울 수 있을 것이다"라고 말했을 정도로 많은 작품을 발표했다.

유년기에 부모를 잃고, 의지하던 형마저 세상을 떠나면서 톨스토이는 '삶과 죽음'이라는 명제를 깊이 천착했으며, 이를 여러 작품에 반영하기도 했다. 톨스토이가 바라보는 죽음은 '소멸'이나 '끝'이 아니라, 삶의 질을 결정 짓는 경계였다. 1886년에 발표한 중편소설「이반 일리치의 죽음(Smert Ivana Ilyitsha)」은 '죽음'을 소재로 한 중편소설로 톨스토이의 중, 단편소설 가운데 수작으로 꼽히는 작품이다. 인간존중 사상이 한껏 꽃피울 무렵인 58세에 인간의 삶과 죽음의 진정한 의미가 무엇인지를 천착하고, 죽음 직전까지 마치 자로 잰 듯 그 의미를 하나하나 놓치지 않고 그리고 있다.

어떻게 보면 일생 발표한 그의 모든 작품이 「이반 일리치의 죽음」에 귀착했다고 할 수 있을 정도로, 그가 추구해 오던 인본주의 사상이 잘 결집된 작품이다.

(2) 구성으로 살펴본 작품의 특징

1) 전지적 작가 시점

「이반 일리치의 죽음」은 '전지적 작가 시점'으로 진행된다. 주인공 이반 일리치 외에 주변 인물들의 내면을 객관적으로 묘사하려면 서술자의 시선(視線)이 매우 중요하다. 만약 '1인칭 주인공 시점'으로 진행한다면 이반 일리치의 관점에서 보는 삶을 그려야 한다. 이 작품에서 톨스토이가 보여주고 싶은 것은 이반 일리치의 삶이 아니라, 우리 모두의 삶이다. 이 삶의 가치를 '죽음'이란 명제로 보여주려고 했다. 그러자면 '전지적 작가 시점'이 가장 적합하다. 이 작품은 주인공 이반 일리치의 가장 가까운 가족에서부터 직장 동료들까지 등장인물 모두의 내면을 통해 우리가 사는 세상의 속살을 보여주고 있다.

'죽음'은 끝이 아니라, 비록 짧은 순간이지만 삶의 가치를 진단하고 되돌아보는 새로운 출발이다. 내생(來生)을 믿든 믿지 않든 누구든 한 번은 이러한 순간을 맞는다. 「이반 일리치의 죽음」은 우리에게 이러한 메시지를 전한다. 어쩌면 사람은 태어나는 순간부터 죽음을 씨앗처럼 품고 살아야 하는지도 모른다. 그 씨앗을 싹틔우는 일이 우리의 삶이다.

"행복한 가정은 모두 고만고만하지만, 무릇 불행한 가정은 나름나름 불행하다."

『안나 카레니나』의 첫 문장이다. 행복은 누구든 스스로 원해서 찾지만,

불행은 자기 의지와 달리 찾아온다. 행복이 비슷비슷하다는 건 힘들여 살아온 과정이 특색 없이 무미건조하다는 의미도 된다. 반대로 불행은 고통을 수반하지만, 이 고통은 자신이 견디고 해결해야 할 삶의 진정한 모습이다. 톨스토이는 이 '진정한 삶의 모습'을 죽음에서 찾으려고 했다. 『안나 카레니나』의 주인공 레빈은 어쩌면 톨스토이의 자화상인지도 모른다. 레빈은 자신에게 주어진 명제를 극복하지 못했지만, 「이반 일리치의 죽음」에서 이반 일리치는 삶의 가치 충돌로 인한 아픔을 '죽음'에서 그 해결책을 찾는다.

2) 작품 내용 분석

프라스코비야 표도로브나 콜로비나는 깊은 애도의 마음을 담아 이반 일리치 골로빈의 친지 여러분께 알립니다. 사랑하는 남편이자 항소법원 판사였던 이반 일리치 골로빈이 1882년 2월 4일 세상을 떠났습니다. 발인은 금요일 오후 한 시입니다.

−톨스토이, 이순영 옮김,
『이반 일리치의 죽음』(전자책), 문예출판사, 2016, pp.6~7.

이 작품은 항소법원 판사로 앞길이 창창하던 주인공 이반 일리치가 45살에 병으로 세상을 떠났다는 걸 알리는 신문 부고(訃告)가 항소법원 동료들에게 전달되는 장면으로 시작한다. 이미 주인공은 사망했다.

이런 내용은 우리 주변에서 흔히 마주치는 장면이다. 그러나 「이반 일리치의 죽음」에서의 부고는 좀 색다르다. 보통 가까이 지내던 친지의 부고를 접하면 마음속으로 애도를 표하며 안타까워하는 게 인지상정이다. 그런데 이반 일리치 주변 인물들은 그가 없음으로써 생기게 될 자신의 이익을 먼저 생각한다. 매우 몰인정한 모습이다. 이 작품이 보여주고자 하는 게 바로 이런 모습이다. 죽음 앞에서 이런 태도를 보이는 이들이 정말 몰인정한 것인가. 그렇다고 생각하면서도 우리는 문득 '나의 모습'을 되돌아보게 된다. 이런 복잡한 고민을 독자들에게 안겨주고 있다.

이 작품 속에 나오는 '몰인정해 보이는' 사람들의 모습은 어찌 보면 순수하고 진실하다. 친지의 부고를 접하고 '애도를 표하고 안타까워하는' 현실 속 사람들이 오히려 그렇지 못하다는 의미도 된다. 평소에 얼마나 망인(亡人)에게 관심을 가졌는지를 되돌아보면 해답이 나온다. 이 작품은 이반 일리치라는 인물의 죽음을 통해 '삶의 진정한 가치'를 보여주고 있다. 하필이면 왜 '죽음'인가 라고 반문할 수도 있다. 삶이 진행형일 때는 자신을 바라보기가 쉽지 않다. 비록 타인의 죽음이지만, 죽음이 끝이라고 생각하는 순간 비로소 삶의 모습이 보이기 때문이다.

> 이반 일리치는 그 방에 모여 있는 사람들의 동료였으며, 그들 모두 이반 일리치를 좋아했다. 벌써 몇 주 전부터 병석에 누워 있었는데 가망 없다는 소문이 돌았다. 그의 자리는 아직 공석으로 남아 있었지만, 그가 사망할 경우 알렉세예프가 그 자리에 앉고 알렉세예프 자리에는 빈니코프나 시타벨이 올 거라는 얘기가 들렸다. 그런 이유로, 방에 모인 사람들이 이반 일리치의 사망 소식을 듣고 가장 먼저 떠올린 생각은 이 죽음이 가져올 자신과 지인들의 자리 이동이나 승진에 관한 거였다.
>
> —톨스토이, 이순영 옮김,
> 『이반 일리치의 죽음』(전자책), 문예출판사, 2016, p.7

표도르 바실리예비치는 한 수 더 뜬다. '시타벨이나 빈니코프 자리는 분명 내 차지가 되겠지. 오래전에 약속받았으니까. 이번에 승진하면 개인 집

무실이 생기는 데다 연봉도 8백 루블이나 오를 텐데 말이야.' 하고 꿈에 부푼다. 표드르 이바노비치는 '칼루가에 있는 처남이 이곳으로 올 수 있게 부탁해봐야겠군. 아내가 꽤나 좋아하겠지. 내가 처가에 해준 게 아무것도 없다는 소리는 두 번 다시 못할 거야.' 한다.

누구나 다 그런 건 아니다. 소설 창작에 있어서 '보편성'은 '세상에 있는 그대로'를 그리라는 게 아니라, '누구든 그럴 수 있을 것이다'라는 전제로 진실을 보여주는 일이다. 이는 소설의 '사실성'과도 연결된다. 이러한 '본질'을 서사에 묘사함으로써 허구의 이야기가 생명을 얻는 것이다.

위에 인용한 내용에 나오는 인물들이 참 몰인정해 보인다. 얼마 전까지만 해도 웃으며 함께 일했던 동료의 죽음 앞에서 자신이 얻을 이익을 먼저 저울질하는 게 현실에서는 보기 드문 장면이다. 정말 그럴까. 속으로는 그런 생각을 하면서 겉으로 표현하지 않고 감추는 사람은 없을까. 이 작품은 여기에까지 미친다. 톨스토이는 이러한 고민거리를 가감 없이 이 작품에 쏟아부었다. 그래서 몰인정해 보이는 작품 속 등장인물이 진실해 보이고, 이를 감추려는 현실 속 인물들이 오히려 거짓 삶을 사는 것 같다. 작가는 이것을 보여주고 있다.

조문을 가는 문제로 나누는 대화를 살펴보자. 이반 일리치의 집이 꽤 먼 곳에 있다. 표드르 이바노비치가 "한번 가보긴 해야 할 텐데요. 그런데 그 집이 이만저만 멀어야 말이지요." 하자, 셰베크가 "당신 집에서 먼 것이겠죠. 그 집에서야 어디 안 먼 곳이 있나요."하고 직설적으로 말한다. 두 사람이 나누는 이 짧은 대화에 긴 이야기가 녹아 있다. 톨스토이가 왜 대문호라는 칭호를 얻게 되었는지 발견하는 대목이기도 하다. 문학 문장은 바로 이런 것이다. 특히 밑줄 친 '당신 집에서 먼 것이겠죠. 그 집에서야 어디 안 먼 곳이 있나요.'라고 한 셰베크의 말에서 산 자와 죽은 자의 달라진 표리

부동한 인간성을 담으면서, 동시에 사망한 이반 일리치의 생존 당시 삶의 모습까지 보여주고 있다. '당신 집에서 먼 것이겠죠'에는 평소에 이반 일리치를 가까이하지 않은 표드르 이바노비치의 위선을 폭로하고, '그 집에서야 어디 안 먼 곳이 있나요.'에는 이반 일리치가 평소 사람들과 가까이 지내지 못했다는 점을 강조한다. 이는 이반 일리치의 성품과도 관련 있지만, 다른 사람들이 그를 그만큼 경계했다는 걸 강조한다. 그러한 마음을 설명하는 게 아니라, 이 문장 속에 그러한 의미를 담았다. 특히 밑줄 친 '그 집에서야'는 매우 의도된 구문이다. 톨스토이가 대문호가 된 대목을 발견할 수 있다는 게 바로 이 부분이다. 말하는 이의 관점이 아닌 이반 일리치의 관점에서 말하고 있다. 이반 일리치가 볼 때 우리가 어떠했는지를 되돌아보게 한다. 이것이 문학 문장이다.

만약 이 장면을 이렇게 바꾸면 어떻게 달라질까.

"한번 가보긴 해야 할 텐데요. 그런데 그 집이 이만저만 멀어야 말이지요."
"맞아요. 너무 멀어요. 우리가 보기 싫어서 먼 곳에 사는 걸까요?"
어쩌면 이반 일리치는 우리가 자신을 멀리하고 있다고 생각했을지도 모른다.

물론 톨스토이가 이렇게 할 리는 없지만, 비교하기 위해 예문으로 제시했다. 위에 설명한 문장과 비교하면 전혀 다른 작품이 되어 버린다. 이런 설명조로 서사를 만들면 독자는 외면한다. 독자가 읽고 느끼고 가져가야 할 소중한 감동을 작가가 미리 제시해 버리는 잘못된 문장이다.

'내가 없어지면 그 자리엔 뭐가 남는 거지? 아무것도 없는 건가? 내가 없어진다면, 그렇다면 난 어디에 있는 걸까? 정말 내가 죽는 걸까? 아니, 난

죽고 싶지 않아.'

―톨스토이, 이순영 옮김,
『이반 일리치의 죽음』(전자책), 문예출판사, 2016, pp.57~58

이반 일리치가 불치의 병에 걸려 살지 못한다는 걸 안 뒤 독백하는 장면이다. 놀라 벌떡 일어나 촛불을 켜려다가 초와 촛대를 바닥에 넘어뜨린다. 그는 촛불을 켜려던 생각을 버리고 침대에 벌렁 드러눕는다. '불을 켜서 뭐하게? 그렇다고 달라지는 건 없어.' 어둠, 산 자에게 어둠은 촛불로 밝힐 수 있지만, 죽은 자에게 어둠은 그 무엇으로도 밝힐 수 없다. 이반 일리치가 촛불을 켜려다 포기하고 어둠 속에 벌렁 드러눕는 건, 마지막 생명이 가늘게 붙어 있지만, 이미 죽음의 길 위에 서 있다는 걸 상징한다. 마치 솜털을 움직이지 않게 가지런하게 줄지어 놓은 듯한 섬세한 문장이다. 항소심 법원 판사로, 사회 지도층으로 존경받던 이반 일리치가 '내가 없어지면 그 자리엔 뭐가 남는 거지?'하고 독백한다. 삶의 본질을 '죽음' 위에서 되돌아보며 발견하는 장면이다. 죽음을 부정하는 사람에게는 절대로 찾아오지 않는 지혜의 문을 주인공이 본 것이다. 후회일 수도 있고, 인정하는 마음이기도 하다. 촛불 켜는 걸 포기하고 어둠 속에 누운 것은 이미 삶을 초월했다는 의미다. 그래서 밖에서 와자지껄 들리는 웃음소리, 노래와 반주 소리를 냉소적으로 듣는다. 언젠가 죽을 건데 아무것도 모르고 허공 속에 놀고 있는 사람들에게 '저 짐승들!'이라고 한다.

이 작품에서 유독 눈에 띄는 인물이 있다. 이반 일리치를 시중드는 농부 게라심이다. '긴 병에 효자 없다는 말처럼, 그의 아내를 비롯한 가족들조차 그를 외면한다. 시도 때도 없이 불러대며 이것저것 시키는 걸 귀찮아한다. 대소변을 받아내야 하는 일도 역겹다. 심지어는 그가 듣지 못하는 줄 알고, 아내는 남편이 죽고 난 뒤 받게 될 연금과 보험 등을 챙기기에 바쁘다. 이미 죽은 사람 취급하는 가운데 게라심만이 그를 성심성의껏 돌본다. 대소변을 받아 치우고, 변기를 청소한다. 그가 필요하다면 어깨도 내주고 발을 뻗게 한다. 조금도 싫어하거나 귀찮아하지 않는다. 아무리 봐도 게라심은 현실 속 인물 같지 않다. 간호를 받는 이반 일리치 조차 믿을 수 없어한다. "우리 모두 언젠가는 죽습니다. 그러니 수고 좀 못할 이유도 없지요?" 그제야 이반 일리치는 이해한다. 게라심은 다른 사람들과 다르게 죽음을 알고 있다. 그래서 진실을 실천에 옮길 수 있는 것이다.

> "그래, 바로 그거야!" 갑자기 그가 큰소리로 외쳤다. "이렇게 기쁠 수가!"
> 이 모든 일은 한순간에 일어났으며, 이 한순간의 의미는 이제 변하지 않았다. 곁에서 지켜보는 사람들이 보기에는 이반 일리치의 고통이 그러고도 두 시간이나 더 계속되었다. 그의 가슴에서 뭔가가 끓어올랐다. 쇠약해진 그의 몸이 경련을 일으키며 부르르 떨렸다. 그러더니 가슴이 끓어오르는 소리와 숨을 쌕쌕 몰아쉬는 소리가 차츰 잦아들었다.
> "다 끝났습니다!" 누군가 그를 내려다보며 말했다.
> 이반 일리치는 이 말을 듣고 마음속으로 되뇌었다. 그리고 중얼거렸다. '끝난 건 죽음이야. 이제 죽음은 존재하지 않아.'
> 이반 일리치는 숨을 훅 들이마시다가 그대로 멈추더니 몸을 축 늘어뜨리며 숨을 거두었다.

-톨스토이, 이순영 옮김,
『이반 일리치의 죽음』(전자책), 문예출판사, 2016, p.99

작품의 마지막 장면이다. 이반 일리치가 숨을 거두면서 이 작품은 끝난다. 숨이 끊어지기 직전까지 그에게 남아 있던 의식의 끝을 서술자는 붙들고 있다. 톨스토이가 '전지적 작가 시점'으로 이 작품을 구성한 이유가 여기에 있다. 그 어떤 자도, 전지전능한 창조주가 아니면 이 장면을 그릴 수가 없다. 소설이 픽션이긴 하지만, 이 숭고한 장면을 종이배 하나 접듯이 묘사할 수가 없다. 아무도 본 사람이 없고, 아무도 경험한 사람이 없는(이미 그들은 죽음을 맞았기 때문에) 이 죽음의 끝을 톨스토이가 창조했다. 이는 숱한 창작 활동과 사회 활동으로 체득한 체험이 집약된 결과다.

3. 단편소설 「동백꽃」 −김유정− 황순원 외, 『소나기−한국인이 사랑하는 단편소설21선』(전자책), 새움, 2017

(1) 작가의 체험이 작품에 끼친 영향

1936년 5월 『조광(朝光)』지에 발표한 작품이다. '1인칭 주인공 시점'으로 1930년대 강원도 산골 마을이 배경이다. 산골 마을에 사는 소작농 아들과 마름의 딸 사이에 일어나는 사랑이 주제다. 이 작품에서 등장인물 두 남녀의 성격이 극명하게 갈린다. 마름의 딸은 매우 활달하고 감정표현이 적극적이며, 소작농의 아들은 주어진 현실에 안주하려는 소극적인 성격이다. 이는 사건의 갈등구조를 심화하기 위한 장치다.

김유정(金裕貞)은 강원도 춘천 실레마을에서 태어났으며, 1935년 소설 「소낙비」로 조선일보 신춘문예에 당선되어 등단했다. 「동백꽃」을 발표한 한 달 뒤인 1937년 봄에 세상을 떠났다. 공교롭게도 친구였던 작가이자 시인인 이상도 18일 뒤 세상을 떠난다. 김유정의 작품 활동은 이 2년간이다. 1938년, 그의 사후 발행된 『동백꽃』에 표제작 「동백꽃」을 비롯하여 「봄

봄」「만무방」「금 따는 콩밭」 등이 실려 있다.

김유정은 비록 짧게 삶을 마감했지만, 그 당시 인물로는 보기 드물게 파란만장한 체험을 한다. 대지주 집안에서 자라 휘문고보와 연세전문을 다녔을 정도로 풍족함을 누렸다. 연희전문을 다닐 때 목욕을 하고 나오다가 우연히 그 목욕탕 앞에 서 있던 명창 박녹주를 보고 첫눈에 반해 일방적인 짝사랑을 한 일화는 유명하다. 당시 박녹주는 원산 출신 한 부자 남자와 동거중이었다. 그러거나 말거나 학업을 작파하고 박녹주를 만나러 다녔으나 그녀의 사랑을 얻지 못했다. 이때부터 술을 마시기 시작했고, 결국 학업을 중단하고 고향 실레마을로 돌아와 가난과 병마와 싸웠다. 맏형의 방탕으로집안이 몰락하여 끼니를 걱정할 지경이었다.

그의 처지를 걱정하던 휘문고보 동창 작가 안회남의 권유로 1934년 구인회에 가입하여 소설을 쓰기 시작했는데, 이듬해 「소낙비」가 조선일보 신춘문예에 당선했다. 이로부터 세상을 떠날 때까지 2년간 작품 활동을 한다.

김유정 문학의 특징 중 하나인 해학 문체는 박녹주를 짝사랑하면서 접한 판소리 사설에 영향을 받았다. 그녀가 부르는 판소리를 달달 외울 정도였다. 김유정이 살던 방 벽에는 세상을 떠나던 그날까지 '녹주, 너를 연모한다'라는 혈서가 붙어 있었다. 그 영향에서인지 그의 작품에는 실존 인물이 많이 등장한다. 현실에서 이루지 못하는 일들을 소설 속에서 재창조하려는 의도가 아닐까 싶다.

작품 무대는 대부분 그가 살던 실레마을처럼 농촌이다. 사전을 따로 두고 읽어야 할 정도로 구수한 사투리와 순우리말 단어를 즐겨 사용했다.

작가 이상과는 절친이었으며, 이상이 김유정을 주인공으로 「김유정」이라는 소설을 썼을 정도다. 둘은 삶도 쌍둥이처럼 비슷하다. 여인을 사랑하는 것도, 폐결핵을 앓으며 가난한 삶을 살다 세상을 떠난 모습도 닮았다.

두 사람은 가난과 병마에 시달리자 동반 자살을 약속했다고 한다. 이 계획은 김유정의 반대로 무산되었으나, 김유정이 3월 29일에, 이상이 4월 17일에, 같은 해 봄에 18일 간격으로 나란히 세상을 떠난 것은 예사로운 우정이 아니다.

짧지만 진하게 살다 세상을 떠난 김유정의 체험은 그의 작품이 잘 녹아 있다. 특히 「동백꽃」에서 마름의 딸 점순과 소작농 아들 '나'와의 사랑은 마치 이루지 못한 박녹주를 떠올리게 한다. 김유정의 애타는 사랑을 매몰차게 물려버린 박녹주의 그 도도함이 '동백꽃'의 점순이에게 옮아 있다. 점순이가 '나'에게 "이 바보 녀석아!" "얘! 너 배냇병신이지?" "얘! 너 느 아버지가 고자라지?"하고 내뱉는 말에 문득 박녹주가 떠오른다.

(2) 구성으로 살펴본 작품의 특징

1) 간결한 문장과 알레고리

김유정 작품이 대부분 그렇지만 「동백꽃」 역시 대화가 매우 간결하고, 알레고리가 강하다. 이러한 문체는 서사의 흐름을 빠르게 진행하여 긴장감을 높이게 된다. 구성은 시간 흐름을 역순으로 교차하면서 '현재—과거—현재' 형식으로 하고 있다. '점순'이가 싫지 않으면서도 소작농의 아들이라 잘못하다간 농토를 잃고 쫓겨날까 봐 속내를 숨기는데 '1인칭 주인공 시점'이 어울린다.

작품 제목의 '동백꽃'에 주목하자. 제목에 여러 가지 의미를 내포하고 있다. 이 동백꽃은 우리가 흔히 알고 있는 겨울에 피는 붉은색의 그 동백꽃이 아니라, 봄에 피는 생강나무 꽃이다. 강원도 지방에서는 생강나무를 동백 또는 동박이라고 부른다. 노랗게 핀 아름다운 이 동백꽃을 알싸한 생강과 대비시킴으로써 점순이와 '나'와의 순탄치 않은 사랑을 예고한다.

먼저 작품 구성 얼개를 살펴보자.

발단은 주인공 '나'의 닭이 점순이네 수탉에게 수난을 당하는 장면으로 시작한다.

오늘도 또 우리 수탉이 막 쪼키었다. 내가 점심을 먹고 나무를 하러 갈 양으로 나올 때였다. 산으로 올라서려니까 등 뒤에서 푸드득 푸드득 하고 닭의 횃소리가 야단이다. 깜짝 놀라서 고개를 돌려보니 아니나 다르랴 두 놈이 또 얼리었다.

점순네 수탉(대강이가 크고 똑 오소리같이 실팍하게 생긴놈)이 덩저리 작은 우리 수탉을 함부로 해내는 것이다. 그것도 그냥 해내는 것이 아니라 푸드득, 하고 면두를 쪼고 물러섰다가 좀 사이를 두고 푸드득, 하고 모가지를 쪼았다. 이렇게 멋을 부려가며 여지없이 닦아 놓는다. 그러면 이 못생긴 것은 쪼일 적마다 주둥이로 땅을 받으며 그 비명이 킥, 킥, 할 뿐이다. 물론 미처 아물지도 않은 면두를 또 쪼이며 붉은 선혈은 뚝뚝 떨어진다.

(김유정 「동백꽃」 중에서)
―황순원 외, 『소나기―한국인이 사랑하는 단편소설21선』(전자책),
새움출판사, 2017, pp.36~37

점순네 수탉이 '나'의 수탉을 공격하는 장면으로 이야기를 시작한다. '닭싸움'은 이 작품의 첫 번째 키워드다. 이 장면을 목격한 '나'의 심정은 분노로 뒤틀어진다. 맞싸움이 아니라 일방으로 공격당하며, '나'의 닭은 '못생긴 것은 쪼일 적마다 주둥이로 땅을 받으며 그 비명이 킥, 킥, 할 뿐이다.'라고 표현할 정도로 수치스럽기까지 하다.

이 장면에서 점순네 닭과 '나'의 닭싸움은, 점순이와 '나'와의 관계를 암시하고 있다. 마름의 딸과 소작농의 아들이라는 불균형의 신분을 닭싸움으로 보여준다. 이처럼 김유정 「동백꽃」은 해학과 알레고리가 작품성을 높여주고 있다.

전개는 점순이가 '나'에게 감자를 주다가 무안을 당한다. 이 장면은 과거 회상으로 삽입되었다.

고놈의 계집애가 요새로 들어서 왜 나를 못 먹겠다고 고렇게 아르릉거리는지 모른다.

나흘 전 감자 쪼간만 하더라도 나는 저에게 조금도 잘못한 것은 없다.

계집애가 나물을 캐러 가면 갔지 남 울타리 엮는 데 쌩이질을 하는 것은 다 뭐냐. 그것도 발소리를 죽여 가지고 등뒤로 살며시 와서,

"얘! 너 혼자만 일하니?"

하고 긴치 않은 수작을 하는 것이다.

어제까지도 저와 나는 이야기도 잘 않고 서로 만나도 본체만척하고 이렇게 점잖게 지내던 터이련만 오늘로 갑작스레 대견해졌음은 웬일인가. 항차 망아지만 한 계집애가 남 일하는 놈 보구…

…… 중략 ……

잔소리를 두루 늘어놓다가 남이 들을까 봐 손으로 입을 틀어막고는 그 속에서 깔깔댄다. 별로 우스울 것도 없는데 날씨가 풀리더니 이놈의 계집애가 미쳤나 하고 의심하였다. 게다가 집께를 할금할금 돌아보더니 행주치마의 속으로 꼈던 바른손을 뽑아서 나의 턱밑으로 불쑥 내미는 것이다. 언제 구웠는지 더운 김이 홱 끼치는 굵은 감자 세 개가 손에 뿌듯이 쥐었다.

"느 집엔 이거 없지?"

하고 생색 있는 큰소리를 하고는 제가 준 것을 남이 알면은 큰일 날 테니 여기서 얼른 먹어 버리란다. 그리고 또 하는 소리가,

"너 봄감자가 맛있단다."

"난 감자 안 먹는다. 너나 먹어라."

나는 고개도 돌리지 않고 일하던 손으로 그 감자를 도로 어깨 너머로 쑥 밀어 버렸다.

(김유정「동백꽃」중에서)
─황순원 외, 『소나기─한국인이 사랑하는 단편소설21선』(전자책),
새움출판사, 2017, pp.37~39

점순이가 '나'를 찾아가 감자를 건넨다. 그것도 '집께를 할금할금 돌아보더니 행주치마의 속으로 꼈던 바른손을 뽑아서 나의 턱밑으로 불쑥' 내민다. 누가 볼세라 몰래 감자 세 개를 건네는 것이다. '나'는 "난 감자 안 먹는다. 너나 먹어라"라고 고개도 안 돌리고 그 감자를 도로 어깨너머로 쑥 밀어버린다.

비록 첫 프로포즈는 실패했지만, 이 대목은 점순이와 '나'의 사랑이 본격적으로 시작됨을 예고한다.

이러한 의미를 설명이 아닌 상황으로 묘사했다. 여기서 '감자'는 이 작품의 두 번째 키워드다. 특히 강원도의 특산품인 감자는 지금은 흔히 먹을 수 있지만, 그 당시는 매우 귀한 양식이다. 마름 딸인 점순이가 소작농인 '나'에게는 감자를 건넨 건 엄청나게 큰 선물이다. 그것도 남몰래 행주치마 속에 감추어서 왔다. 그런데 그걸 '나'는 밀쳐 버린다. '나'의 자존심이기도 하지만, 점순이의 속마음을 눈치채지 못했다. 어쨌거나 내민 손을 거두어들여야 하는 점순이로서는 자존심이 상하는 순간이다. 하지만, 그러는 '나'를 겉으로는 미워하지만, 속마음은 아직 포기하지 못한다.

위기는 '나'가 닭싸움에서 점순네 수탉을 이기기 위해 자기 닭에게 고추장을 먹이는 장면이다. 조금 코미디 같은 장면이지만, 이 작품의 해학성을 엿볼 수 있는 장면이기도 하다. 이런 묘사에서 '나'의 순진한 성격이 드러난다. 매우 의도된 에피소드다.

> 이렇게 되면 나도 다른 배차를 차리지 않을 수 없다. 하루는 우리 수탉을 붙들어 가지고 넌지시 장독께로 갔다. 쌈닭에게 고추장을 먹이면 병든 황소가 살모사를 먹고 용을 쓰는 것처럼 기운이 뻗친다 한다. 장독에서 고추장 한 접시를 떠서 닭 주둥아리께로 들여 밀고 먹여 보았다. 닭도 고추장에 맛을 들였는지 거스르지 않고 거진 반 접시 턱이나 곧잘 먹는다. 그리고 먹고 금시는 용을 못쓸 터이므로 얼마쯤 기운이 돌도록 홰속에다 가두었다.
>
> (김유정 「동백꽃」 중에서)
> ─황순원 외, 『소나기─한국인이 사랑하는 단편소설21선』(전자책),
> 새움출판사, 2017, pp.44

매번 점순네 수탉에게 공격당하는 자기 수탉이 못 얻어먹어서 힘을 못 쓴다고 생각하고, '나'는 자기 수탉에게 고추장을 먹인다. 비방인 줄 알아서가 아니라, 매운 고추를 먹으면 힘을 쓸까해서다. 이 묘사에는 두 가지 의미를 내포한다. 하나는 점순네는 닭도 잘 먹여 힘이 세고, 자기네 닭은 못 얻어먹어서 골골한다고 여기는 것이다. 빈부의 격차를 극복하고자 하는 '나'의 염원이 고추장처럼 강렬하게 배어 있다. 또 하나는 좋아하는 마음을 내비치는 점순이와 달리 닭에게 고추장을 먹일 정도로 순진한 '나'는 점순이의 마음을 눈치채지 못하고, 마름의 딸이어서 자기를 괴롭힌다고 생각하는 것이다. 빈부의 차이와 가진 자와 가지지 못한 자의 대립 구조를 이 장면에 담았다.

절정은 몇 번이나 계속해서 고추장을 먹였음에도(먹을 게 부족한 '나'로서는 더 이상 강한 처방도 없다) 계속 무참하게 자기네 닭이 당하자 화가

난 '나'가 점순네 닭을 때려죽인다. 점순이와 '나'의 줄다리기의 갈등구조가 가장 극명하게 드러나는 장면이다.

가까이 와 보니 과연 나의 짐작대로 우리 수탉이 피를 흘리고 거의 빈사 지경에 이르렀다. 닭도 닭이려니와 그러함에도 불구하고 눈 하나 깜짝 없이 고대로 앉아서 호드기만 부는 그 꼴에 더욱 치가 떨린다. 동네에서도 소문이 났거니와 나도 한때는 걱실걱실 일 잘하고 얼굴 예쁜 계집애인 줄 알았더니 시방 보니까 그 눈깔이 꼭 여우새끼 같다.

나는 대뜸 달려들어서 나도 모르는 사이에 큰 수탉을 단매로 때려엎었다. 닭은 푹 엎어진 채 다리 하나 꼼짝 못 하고 그대로 죽어 버렸다. 그리고 나는 멍하니 섰다가 점순이가 매섭게 눈을 흡뜨고 닥치는 바람에 뒤로 벌렁 나자빠졌다.

(김유정 「동백꽃」 중에서)

─황순원 외, 『소나기─한국인이 사랑하는 단편소설21선』(전자책),
새움출판사, 2017, pp.48

산에 가서 나무를 해오다가 '나'는 동백꽃 향기가 알싸한 나무숲에서 자기네 닭이 또 점순네 닭에게 공격당하는 장면을 목격한다. 더 화가 나는 것은 그 닭싸움을 신나게 구경하는 점순이의 모습이다. 화가 머리끝까지 치받은 '나'는 앞뒤 잴 사이 없이 막대기로 점순네 수탉을 내리쳤다. 처음부터 죽이고자 한 건 아니나, 닭이 그대로 죽어버리자 놀라 멍하니 서 있다. 그런 '나'를 점순이가 덮친다.

결말은 절정에서 곧바로 이어진다. 점순이가 놀라 서 있는 '나'를 덮치면서 '나'와 점순이는 알싸한 향기가 나는 동백꽃 무더기 위로 쓰러진다. 처음에는 잘못한 죄로 꼼짝 못 했으나, 점순이의 태도가 그리 악에 받친 것

260

같지 않자 슬그머니 일어난다. 그러고 나서 점순이의 태도가 돌변한다. 처음에 '나'를 밀칠 때와는 사뭇 다른 행동이다.

"닭 죽은 건 염려 마라, 내 안 이를 테니."
그리고 뭣에 떠다밀렸는지 나의 어깨를 짚은 채 그대로 퍽 쓰러진다. 그 바람에 나의 몸뚱이도 겹쳐서 쓰러지며, 한창 피어 퍼드러진 노란 동백꽃 속으로 폭 파묻혀 버렸다.
알싸한, 그리고 향긋한 그 냄새에 나는 땅이 꺼지는 듯이 온 정신이 고만 아찔하였다.
"너 말 마라!"
"그래!"

(김유정 「동백꽃」 중에서)
─황순원 외, 『소나기─한국인이 사랑하는 단편소설21선』(전자책),
새움출판사, 2017, pp.49~50

점순이가 "닭 죽은 건 염려 마라, 내 안 이를 테니"라고 한 건 협박이 아니다. 닭이 죽은 건 엄청난 사건인데, 점순이는 이를 함구하겠다고 한다. 그보다 더 귀중한 걸 얻었기 때문이다. 두 사람은 노란 동백꽃 속으로 푹 파묻혔다. 얼마 전 실레마을 김유정문학촌을 방문했을 때, 마침 소설 「동백꽃」을 주제로 학생들에게 그림 공모하여 입상한 작품을 전시하고 있었다. 닭싸움과 퍼드러진 노란 동백꽃 속으로 파묻힌 점순이와 '나'를 그린 작품들이 대부분이었다. '나'가 밑에 깔려 있고, 그 위에 점순이가 올라타 누르는 형국이다. 그 장면에 '알싸한 동백꽃 향기'가 퍼진다.

(3) 주제를 심화시키는 알레고리 - 닭싸움, 감자, 동백꽃

닭싸움 - 점순이는 '나'를 짝사랑하는데 '나'에게 관심을 받지 못하자 이에 대한 감정 표출로 자기네 닭과 '나'의 닭을 싸움시킨다. 이 닭싸움에서 매번 점순네 닭이 '나'의 닭을 이긴다. 이 장면은 마름의 딸인 점순이가 소작농의 아들 '나'보다 우월하다는 것을 간접적으로 나타내고 있다. 동시에 점순이가 '나'보다 감정 표현이 적극적이며 소극적인 '나'로부터 관심을 끌어내기 위한 장치이기도 하다.

닭싸움을 붙이면서 점순이가 '나'에게 말하는 장면에서 두 사람의 토닥이는 사랑놀이가 극명하게 나타난다.

> 사람들이 없으면 틈틈이 제집 수탉을 몰고 와서 우리 수탉과 쌈을 붙여 놓는다. 제집 수탉은 썩 험상궂게 생기고 쌈이라면 홰를 치는 고로 으레 이길 것을 알기 때문이다. 그래서 툭하면 우리 수탉이 면두며 눈깔이 피로 흐드르하게 되도록 해 놓는다. 어떤 때에는 우리 수탉이 나오지를 않으니까 요놈의 계집애가 모이를 쥐고 와서 꾀어내다가 쌈을 붙인다.
>
> (김유정 「동백꽃」 중에서)
> — 황순원 외, 『소나기 - 한국인이 사랑하는 단편소설21선』(전자책),
> 새움출판사, 2017, pp.44

감자 - 점순이가 '나'를 좋아하는 마음을 표현하고 중요한 소품이다. 점순이가 '나'에게 감자를 줌으로써 '나는 너를 좋아하고 있다'라는 마음을 표현한다. 이를 서사나 대화로 전하기보다 '감자'를 주는 행동으로 묘사함으로써 한층 수준 높은 소설로 끌어올리고 있다. 이 작품에서 '감자'는 매우 상징적인 제재(題材, Subject matter)다. 감자는 농촌(강원도)에서 매우 중요한 식품이고, 더구나 소작농의 아들로 살아가는 '나'에게는 무시로 먹을 수 없는 귀한 음식이다. 점순이가 이런 감자를 '나'에게 줌으로써 애정을 표현한 것이고, 반대로 이를 거부하는 '나'의 행동은 비록 소작농의 아들이지만 그런 귀한 감자를 거부함으로써 자존심을 지키는 것이다. 감자를 받지 않는 '나'의 심정은 다음 장면에서 잘 나타나고 있다.

> 설혹 주는 감자를 안 받아먹는 것이 실례라 하면, 주면 그냥 주었지 "느집엔 이거 없지."는 다 뭐냐. 그렇잖아도 저희는 마름이고 우리는 그 손에서 배재를 얻어 땅을 부치므로 일상 굽실거린다. 우리가 이 마을에 처음 들어와 집이 없어서 곤란으로 지낼 제 집터를 빌리고 그 위에 집을 또 짓도록 마련해 준 것도 점순 네의 호의였다. 그리고 우리 어머니 아버지도 농사 때 양식이 딸리면 점순이네한테 가서 부지런히 꾸어다 먹으면서 인품 그런 집은 다시 없으리라고 침이 마르도록 칭찬하곤 하는 것이다. 그러면서도 열일곱씩이나 된 것들이 수군수군하고 붙어다니면 동네의 소문이 사납다고 주의를 시켜 준 것도 또 어머니였다. 왜냐하면 내가 점순이 하고 일을 저질렀다가는 점순네가 노할 것이고, 그러면 우리는 땅도 떨어지고 집도 내쫓기고 하지 않으면 안되는 까닭이었다.
>
> (김유정 「동백꽃」 중에서)
－황순원 외, 『소나기－한국인이 사랑하는 단편소설21선』(전자책),
새움출판사, 2017, pp.40~41

'나'도 점순이가 싫은 건 아니다. 마름의 딸을 잘못 건드렸다간 땅도 빼앗기고 마을에서 쫓겨날지도 모르기 때문에 '나'는 점순이의 호의를 일부러 거칠게 뿌리칠 수밖에 없다. 이 작품의 갈등구조가 잘 나타나는 장면이다.

동백꽃－이 작품에 등장하는 동백꽃은 우리가 흔히 알고 있는 그 동백꽃이 아니라 강원도에서는 생강꽃을 일컫는다. 알싸한 꽃향기를 풍기는 동백꽃은 두 주인공의 밀고 당기는 사랑놀이를 가장 극명하게 대비시키고 있다. 마지막 장면에서 두 사람이 이 동백꽃 향기 속으로 쓰러짐으로써 사랑의 결실을 암시하고 있다.

이러한 구성에서 살펴보면, 점순이와 '나'의 밀고 당기는 사랑놀이를 작가는 설명이나 대화로 처리하지 않고, 닭싸움, 감자, 동백꽃을 제재로 끌어와 서사로 구성하고 있다. 「동백꽃」이 뛰어난 문학적 성과를 얻는 것은 바로 이것이다. 우리가 사는 세상에 이러한 '사랑'은 수없이 존재한다. 그러나 작가는 현실에서 보아오던 그런 사랑 이야기를 옮긴 것이 아니라, 닭싸움, 감자, 동백꽃이라는 제재를 등장시켜 새로운 이야기를 만들어낸 것이다. 독자는 두 사람의 짝사랑을 먼저 떠올리는 게 아니라, 작가가 픽션으로 창작한 이야기의 재미에 빠져 서사를 따라가다가 은연중에 두 사람의 사랑을 감지하게 된다.

이 작품에서 시작(발단)을 닭싸움으로 한 것도 눈여겨보아야 한다. 처음 소설을 쓰는 분들이 힘들어하는 건 바로 첫 문장이다. 백지를 두고 첫 글자를 쓰는 일이야말로 긴 이야기를 어떻게 끌고 갈 것인가를 고민하는 순간이기 때문이다.

작품을 시작할 때 우선 전체 구성을 떠올리고, 이 이야기의 핵심 주제가 무엇인지를 정리한다. 그러면 그 장면의 상징적 묘사가 만들어질 것이고, 이를 첫 문장으로 끌어내면 대개 무난하게 서사를 이끌고 갈 수가 있다.

「동백꽃」에서 주제는 점순이와 '나'의 사랑이다. 이 사랑이 순탄하게 성립하는 게 아니라, 성격이 다르고 신분이 다른 두 인물이 티격태격 밀고 당긴다. 이 상황을 작가는 '닭싸움'으로 비정했다. 그러면 소설의 시작은 당연히 이 닭싸움을 끌어내야 효과적이다. 닭싸움으로 시작했으니, 이 닭싸움을 치열하게 할수록 두 사람의 사랑 다툼은 더 극명하게 표현하게 된다.

발단은 작품의 주제를 간접적으로 제시하고, 앞으로 어떤 이야기가 전개될 것인지를 암시함으로써 독자의 시선을 끌게 된다. 발단은 서사를 무난하게 전개할 수 있도록 하는 구성의 핵심이 되기도 한다.

4. 장편소설 『어머니』-막심 고리키-최윤락 옮김, 『어머니』(전자책), 열린책들, 2016.

(1) 작가의 체험이 작품에 끼친 영향

문학이 인간과 사회를 탐구하는 예술이라는 정의를 가장 잘 실천한 작가 가운데 한 사람이 고리키(Maxim Gorky, 1868-1936)다. 1890년 그는 러시아 전역을 도보 여행하면서 차르 제정시대의 러시아 사회의 실상을 누구보다 먼저 이해했다. 이 여행에서 모순된 사회 현상을 깊이 통찰하고 혁명 의지와 작품에 대한 방향을 결정한다. 넓고 아름다운 러시아 영토에 감탄하면서도 한편으로는 그곳에 사는 사람들이 무지와 가난으로 고통받는 모습도 발견한다. 이 여행 중이던 1892년, 24살에 그는 민간 전설을 주제로 쓴 단편소설 「마카르 추드라」(『카프카즈』 지에 게재)를 발표하여 작가로 등단했다. 이때 본명인 알렉세이 막시모비치 페쉬코프 대신 막심 고리키라는 필명을 처음으로 사용했다. 막심 고리키는 '최대의 고통자'라는 뜻이다. 스스로를 고통의 한복판으로 내몬 것이다. 민중의 고통을 작품으로 승화시키겠다는 다짐이 아니었을까 싶다.

막심 고리키는 1868년에 현재 고리키 시가 된 볼가강 연안의 니즈니노브고로드에서 태어났다. 아버지는 목수였으며, 어머니는 염색공장 집 딸이었다. 이러한 환경으로 그는 노동자의 애환을 누구보다 절실하게 이해할 수 있었다. 톨스토이와 동시대에 살았지만, 두 사람의 환경은 달랐다. 한 사람은 대농장을 가진 귀족의 아들로 태어났고, 또 한 사람은 가난한 노동자의 아들로 태어났다. 그러나 두 사람에게는 문학으로 향하는 공통된 원소를 가지고 있었다. 인간을 생각하고, 인간이 평화를 이루는 사회를 이루고자 한 열망이다.

아버지의 사망으로 어머니와 함께 고향으로 돌아왔으나 생활이 여의치 못하여 고리키는 10살 때 소학교를 중퇴하고 돈을 벌기 위해 사회로 진출한다. 이때부터 구둣방과 심부름꾼 등 허드렛일을 하면서 볼가강 연안의 부랑자들과 섞여 지낸다. 12살 때 배 식당에서 접시닦이로 일하다가 요리사 스믈리를 만나면서 인생의 전환점을 맞는다. '소믈리'라는 이름을 자신의 연역에 기록할 정도로, 그는 작가 고리키를 만든 최초의 스승이었다. 그의 영향으로 책을 읽으며 문학에 대한 꿈을 기른다. 독학으로 문학과 사회사상에 대해 점차 눈을 뜨게 되고, 마르크스주의자들과 교유하며 의식 성장을 하게 된다. 그러나 대학 출신 혁명가들의 행동에 이질감을 경험하고 이들과 결별하며 유서까지 남겼다. 이 유서를 보면 당시 그의 정신세계가 얼마나 혼란스러웠는지를 알 수 있다. 실제로 그는 자살을 시도하기도 했다.

고리키는 뒷날 이 사건을 무척 수치스럽고 우둔한 짓이었다고 후회했다. 자살이 종교 교리에 위반되어 당시 추기경회의에 소환되었으나 그는 두 차례나 불응하여 교회로부터 중벌을 받을 처지에 놓였다. 성 테오도르 수도원 출두하여 해명하라는 요구도 거부하여, 그는 7년간 파문 선고를 받았다.

이후 노동자와 농민 중심의 혁명을 꿈꾸며 농촌 계몽운동을 하다가 당국의 탄압을 받게 되고, 이를 피해 카스피해 연안으로 떠난다. 그가 가장 실망한 건 혁명가를 자청하는 지식인의 오만과 거짓 행동이다. 고통받는 노동자와 농민을 위한 행동이 결국에는 명분에 불과하고, 자신들의 신분 상승을 위한 권위를 형성하는 도구로 이용하고 있는 것에 실망한 것이다.

1891년, 고리키는 모든 걸 내려놓고 러시아 전국을 도는 도보 여행을 떠난다. 이 여행 중에 쓴 단편소설 「마카르 추드라」를 『카프카즈』지에 발표하면서 작가로 등단했다. 이때부터 1905년 제1차 러시아 혁명이 일어날 때까지 소설과 희곡을 발표하는 한편, 차르 제정 아래 고통받는 노동자와 농민을 위한 계몽사상 전파와 차르 타도를 위한 혁명운동에도 활발하게 활동한다. 이 때문에 그는 몇 차례 연금되기도 했고, 감옥에서 폐결핵이 재발하여 요양소 생활을 하기도 한다. 제1차 러시아 혁명으로 시위에 가담한 노동자들이 제정 군대에 의해 살상당하는 '피의 일요일'을 목격하고, 차르 제정을 비판하는 성명을 발표했다가 반국가 활동 혐의로 체포되어 요새에 감금당한다. 이때 감옥에서 희곡 『태양의 아이들』을 집필했다. 당시 그는 이미 국내뿐만 아니라 해외에도 널리 알려진 유명 작가가 되어 있었다. 세계 여론에 밀려 차르 제정은 그를 석방한다. 이 무렵 그는 러시아 사회 민주노동당 위원회에 참석하여 레닌을 만난다. 이때부터 두 사람은 깊은 우정을 나누는 사이가 된다.

혁명 이듬해인 1906년 고리키는 혁명 기금을 모으는 한편 차르 제정을 돕지 말라는 외교 활동을 위해 미국과 유럽으로 외유를 나선다. 이 외유길에 들른 이탈리아 남부 카프리섬에 정착하여 요양 겸 집필 활동을 한다. 장편소설 『어머니』는 이 카프리섬에서 집필을 시작했다. 이 작품은 러시아가 아닌 해외에서 먼저 출간되었다.

농촌 집단화 정책이 시행하면서 대숙청이 시작되고, 사실상 가택연금 상태에 있던 고리키는 1936년 6월 18일 갑자기 세상을 떠났다. 그는 마지막 장편소설 『클린 삼킨의 생애』를 집필 중이었다. 장례식이 열리던 붉은 광장에서 스탈린, 칼리닌, 몰로토프 등 거물 정치인들이 그의 관을 운구하여 그를 혁명 열사로 예우했다.

(2) 구성으로 살펴본 작품의 특징

장편소설 『어머니』는 최초의 프롤레타리아 리얼리즘 소설로 기록될 정도로 사실주의 문학의 지평을 연 작품이다. 이 작품은 제목처럼 어머니의 '모성(母性)'을 그린 소설이 아니라, 혁명에 가담한 아들을 둔 어머니가 그 아들을 돕다가 의식이 변화하여 혁명가가 되는 이야기며, 이 '의식 변화'가 주제이기도 하다. 1902년 고리키의 고향인 노보고로드 부근에 있는 소르모보 공장에서 실제 발생했던 '표트르 자로모프 모자 체포 사건'을 소재로 쓴 작품이다.

친구들과 모여 혁명 모의를 하고 실천하는 아들을 볼 때 대부분 어머니는 걱정하고 만류하는 게 일반적 현상이다. 이 작품에서는 이를 파괴한다. 글을 모르던 어머니는 아들을 돕기 위해 글을 배우고, 직접 전단지를 만들어 배포하기도 한다. 이것 때문에 사실주의 작품에서 사실성이 무너뜨렸다고 한때 혹평받은 적도 있으나, 전태일 노동운동가 어머니 이소선 여사가 아들의 영향으로 노동운동가가 된 사례가 있어 이 부분을 극복했다.

이 작품은 볼셰비키 혁명의 이념을 확산시키는 사실주의 대표작품으로 레닌과 스탈린이 극찬하기도 했으며, 실제로 혁명 정부의 안정을 얻는 데도 일조했다. 문학성과는 상관없이 이런 과정으로 인하여 우리나라에서는 한때 금서(禁書)로 분류되기도 했다.

고리키의 『어머니』도 톨스토이의 「이반 일리치의 죽음」처럼 '전지적 작가 시점'으로 구성했다. 이 작품은 차르 제정 시기의 러시아에서 고통받던 가난한 노동자들의 의식 개혁과 사회 혁명을 다룬 작품으로, 등장인물들의 내면 묘사가 서사의 중요한 흐름이다. 시점을 결정 짓는 중요 요인은 주제다. 주제가 결정되면, 이 주제를 담을 사건이 구상되고, 이 사건에 등장하는 인물의 성격을 결정 짓게 된다. 이러한 얼개를 바탕으로 서사를 구성하는데, 어떤 서술자가 가장 효과적으로 서사를 이끌어 갈지가 결정된다. 서술자가 드러나면 바로 '시점'이 결정된다.

이 작품 『어머니』는 프롤레타리아 리얼리즘 소설의 대표작으로 평가받고 있다. 서사를 따라가다 보면 마치 그 현장에 서 있는 듯한 착각이 들 정도로 스토리가 사실적이다. 서사를 이루는 문체 하나하나가 자로 잰 듯, 사진을 찍듯 현장을 묘사한다.

매일같이 ⓐ마을로부터 떨어져 있는 노동자촌의, 열기와 기름 냄새로 절어 있는 대기 속에서 공장 사이렌이 떨리는 듯한 소리로 울려 퍼지면 그 소리를 따라 ⓑ회색빛 작은 집들로부터 아직 잠에서 덜 깬 몸으로 제대로 휴식도 취하지 못한 채 침울한 얼굴을 한 사람들이 ⓒ마치 질겁한 곤충처럼 거리로 뛰쳐나온다. 차디찬 어둠 속에서 그들은 ⓓ병든 거리를 따라 높다랗게 솟아 있는 공장의 돌담으로 나아갔고, 그러면 ⓔ돌담은 수십 개의 기름기 흐르는 정방형 눈으로 진창길을 환히 비추어 주면서 냉혹한 시선으로 그들이 오기만을 기다렸다. ⓕ진창은 사람들이 발걸음을 옮겨 놓을 때마다 괴상한 소리를 냈다. 또 거친 욕설로 새벽 공기를 맹렬히 가르며 잠이 덜 깨어 목이 잠긴 듯한 외침이 울려 퍼졌다. 그런가 하면 사람들을 향해서 또 다른 소리가 날아들었는데, 그것은 ⑧기계의 지독한 소란스러움과 수증기의 으르렁거림이었다. 굵다란 막대기처럼 ⑥노동자촌 위로 우뚝 솟아 있는 검은 굴뚝들이 멀리 우울하면서도 험상궂게 보였다.

—막심 고리키, 최윤락 옮김『어머니』(전자책), 열린책들, 2018년, p.7.

고리키의 장편소설『어머니』의 도입부 첫 문단이다. 마치 흑백 사진 한 컷을 보는 듯하다. 자세히 보아야 한다. 정면에서, 왼편과 오른편에서, 위에서, 아래에서, 그리고 마지막엔 가슴으로 보아야 하는 그런 흑백 사진이다. 평면으로 보는 시선으로는 이 사진을 이해할 수 없다. 가슴에서 입체감이 살아나게 재조립해야만 제대로 된 모습이 나온다. 리얼리즘 소설의 전범(典範)을 보는 듯하다.

공장에서 힘든 노동을 하고, 제대로 휴식을 취하지도 못한 채 이튿날 어둠이 채 가시기도 전인 여명에 일어나, 잠이 덜 깬 눈을 비비며 공장으로 향하는 노동자들의 고단한 삶의 모습을 이 도입부 문단에 담았다. 그냥 담은 게 아니라, 질곡을 거친 사유를 자로 잰 듯 문장 속에 담았다.

밑줄 친 문장 ⓐ를 살펴보자. '마을로부터 떨어져 있는 노동자촌', 노동자촌이기에 '마을'로부터 떨어져 있어야 하는 현실이 슬프다. 공장이 마을로부터 떨어져 있는 것은 이해된다. 하지만 공장에서 일하는 노동자들의 삶터까지 마을로부터 떨어져 있어야 한다는 건 '격리'의 수준이다. 노동자들이 사는 이곳은 '마을'에서 떨어진, 마을이 아닌 '노동자촌'이다. 마을 축에 끼지도 못한다. 이 짧은 문장에 이 같은 슬픈 스토리 하나를 담았다.

ⓑ문장을 살펴보자. 노동자들이 사는 노동자촌은 '회색빛 작은 집들'로 이루어져 있다. '회색'과 '작은집'이 강조된 문장이다. 회색은 무채색인 흰색과 검은색을 섞어서 나오는 색깔이다. 회색은 색 중에 유일하게 보색(補色)이 없다. 있는 듯 없는 듯하다고 해서 '없음'을 의미하기도 한다. 무채색

가운데 채도가 가장 낮아서 먼 거리에서 눈에 잘 띄지 않는다. 그래서 군함이나 전투기의 위장 색으로 많이 이용된다. 밝은색도 아니고 어두운색도 아니어서 이념이나 논쟁에서 이쪽도 저쪽도 아닌 경계에 선 사람을 부정적으로 이르기도 한다. 이곳 공장 노동자들은 완벽하게 자기주장을 할 수도 없는, 그런 회색이다.

ⓒ문장 '마치 질겁한 곤충처럼 거리로 뛰쳐나온다.'는 잔혹하기까지 하다. 조금이라도 더 자려고 자리에서 뭉그적거리다가 출근시각이 임박해서야 지각할까 봐 허둥지둥 잠이 덜 깬 눈으로 집을 뛰쳐나온 모습을 이렇게 묘사하고 있다.

ⓓ문장 '병든 거리를 따라 높다랗게 솟아 있는 공장의 돌담'은 공장을 운영하는 자본주와 노동자를 극명하게 대비하고 있다. 노동자가 출퇴근하기 위해 다니는 길을 '병든 거리'로, 그 길을 따라 '높다랗게 솟아 있는 공장의 돌담'은 노동자들이 넘을 수도 차지할 수도 없는 불가항력(不可抗力) 공간이다.

ⓔ문장 '돌담은 수십 개의 기름기 흐르는 정방형 눈으로 진창길을 환히 비추어 주면서 냉혹한 시선으로 그들이 오기만을 기다렸다.'는 불가항력의 공간으로도 모자라 거기에 '기름기 흐르는 정방형 눈'을 달았다. 그 눈으로 '진창길'을 환하게 비추면서, 그 길을 걸어올 노동자들을 기다리고 있다.

ⓕ문장 '진창은 사람들이 발걸음을 옮겨 놓을 때마다 괴상한 소리를 냈다.'에서는 마지막 남은 노동자의 안식마저 빼앗아가버렸다. 비록 매끈하게 닦은 아스팔트 길은 아니더라도, 깨끗한 흙길이었으면 더 좋았을 걸, '발걸음을 옮겨 놓을 때마다 괴상한 소리'를 내는 '진창'으로 내버려 두었다.

이 진창길을 걸어 노동자들은 공장으로 향한다. 그들은 날마다 날마다 이 길로 출근하고, 일하며, 임금을 받아 가족의 생계를 책임지고 있다. 직업이 없는 사람들에 비하면 그나마 행복한 직장이 있다. 그런데 그 직장으로 향하는 발걸음이 가볍지 않다. ⑧문장을 살펴보자. '기계의 지독한 소란스러움과 수증기의 으르렁거림'을 들어야 한다. 이게 이들이 날마다 일하며 생활하는 공장의 풍경이다. 아름다운 음악 소리는 아니더라도 그다지 혐오스럽거나 무서운 곳은 아니어야 한다. 그런데 '으르렁거림'으로 들린다.

마지막 ⑨문장에서 문단을 종결한다. '노동자촌 위로 우뚝 솟아 있는 검은 굴뚝들이 멀리 우울하면서도 험상궂게 보였다.' 공장의 검은 굴뚝이 회색빛 노동자촌 위에서 내려다보고 있다. 멀리할 수도 피할 수도 없는 '검은 굴뚝'이다. 회색과 달리 '검은색'은 권위의 상징이다. 노동을 제공하고, 임금을 받아야 살아갈 수 있는 노동자들이다. '우울하면서도 험상궂게' 보이는 그 검은 굴뚝이 있는 공장으로 오늘도 잠이 덜 깬 눈으로 노동자들은 그곳으로 향한다.

이 첫 문단을 퍼즐 맞추기를 하듯 하나하나 해체하여 재조립하며 살펴보았다. 이렇게 해체하여 설명하기 전에는 그냥 한 폭의 흑백 사진과 같은 풍경이다. 전혀 작가의 의도가 지나칠 정도로 알레고리로 작용하지 않는다. 강렬한 사실주의 문장이지만, 서정성 짙은 풍경 하나를 만들고 있다. 이 풍경 속에 이와 같은 노동자의 고난과 아픔을 담았다. 이것이 고리키의 프롤레타리아 리얼리즘이다. 이 작품 『어머니』가 사실주의 대표작품으로 평가되는 이유이기도 하다.

작품 줄거리는 이렇다. 이 노동자촌에서 가장 힘세고 누구에게나 행패를 부리는 열쇠공 미하일 블라소프, 그는 매일같이 술을 마시고 누구에게나 욕설하며 행패를 부린다. 그 바람에 힘들여 일하고 임금도 제대로 받아오지 못한다. 걸핏하면 아내에게 폭력을 행사하고, 어린 아들에게까지 행패를 부리기도 한다.

그러다 그가 죽자 그의 아내 펠라게야가 가난한 짐을 이어받아 아들 파벨과 함께 힘겹게 살아간다. 아들 파벨은 자라면서 아버지에게서 배운 대로 술을 마시고 방탕한 생활을 한다. 천성이 착하고, 남편에게 순종만 해왔던 어머니는 이런 아들에게조차 순종하며 나무라지 않는다. 그러나 마음속으로 혼자 아들의 장래를 염려한다. 그러던 어느 날 아들 파벨이 변했다. 술을 줄이고 책을 읽기 시작한다. 갑자기 변한 아들의 모습에 어머니는 기쁘기보다 불안해한다. 가난한 노동자들에게서 익숙하지 않은 모습이기 때문이다. 공장에 다니는 청년들을 닮지 않은 아들의 모습을 보고 어머니는 성모상 앞에 무릎을 꿇고 기도한다.

파벨은 점점 달라져 간다. 행패를 부리던 어머니에게 꼬박꼬박 존칭을 사용하며 '어머니'라고 한다. 아들의 책상에 낯선 책들이 하나둘 쌓여간다. 그러던 어느 날, 어머니는 아들이 읽고 있는 책을 가까이 가서 본다. 글을 모르는 어머니는 그게 무슨 책인지 알지 못하지만, 아들 파벨이 엉겁결에 알려준다. "전 금서들을 읽고 있어요. 그것들은 우리 노동자들의 삶에 관해 얘기하고 있다고 해서 금지된 책들이에요……. 그것들을 조심조심 몰래 인쇄된 것이어서 만약에 제가 갖고 있다는 게 발각되면 전 감옥에 가게 돼요. 제가 진실을 알고 싶어 한다는 이유로 감옥에 간단 말입니다. 이해하시겠어요?" 어머니는 아들이 낯선 사람으로 느껴진다. 그래서 더 두려웠다. 다른 노동자 청년들처럼 살아가지 않으려는 아들이 걱정되고 측은하여 묻는다. "왜 그런 짓을 하는 거냐, 파샤?" 그러자 아들이 대답한다. "사실을 알고 싶어섭니다." 그제야 아들이 노동 혁명운동에 가담하고 있음을 알고 두려움에 눈물을 보인다. "생각해 보세요. 우리가 도대체 어떤 삶을 살아왔던가요? 어머닌 벌써 마흔이에요. 그런데 과연 어머닌 살아 있었다고 할 수 있겠어요? 아버지는 어머니를 때리기만 했어요. 지금 생각해 보면 아버진 비참한 삶에 대한 분풀이를 어머니 옆구리에 해댄 거예요. 자기의 비참한 삶에 대한 분풀이를 말입니다. 비참한 삶이 자기를 짓누르고 있는데도 아버진 그게 무엇 때문인지를 몰랐던 거예요. 아버진 공장이 건물 두 개로 있을 때부터 시작해서 30년 동안 일했어요. 그런데 지금은 건물이 일곱 개나 되지 않느냐고요!"

놀랍고 두려웠던 어머니는 아들을 좇아 노동자 혁명운동을 하는 아들을 이해하고 공감하게 된다. 오히려 더 적극적으로 여성 혁명가로 의식이 변모해 간다. 엄격하게 말하자면, 의식의 변화 속도보다 사실은 아들을 걱정하며, 자기 아들의 생각이 무조건 옳다고 생각하는 '어머니'의 가슴을 더 빨리 열었다는 표현이 옳다.

노동자 혁명운동은 사회주의 혁명으로 진보하고, 파벨이 노동절에 맞추어 시위를 주도하다가 붙잡혀 감옥에 갇힌다. 재판정에서 아들이 당당하게 자신을 변론하는 모습을 어머니는 자랑스럽게 생각한다. 어머니는 아들의 이 변론문을 인쇄하여 사람들에게 뿌리다가 체포된다.

> 헌병이 그녀의 목을 잡고 누르기 시작했다.
> 그녀는 쉰 목소리를 냈다. "불쌍한 것들 ……."
> 그녀에게 대답하기라도 하듯 군중 속에서 누군가가 흐느끼는 소리가 새어 나왔다.
> —막심 고리키, 최윤락 옮김 『어머니』(전자책), 열린책들, 2018년, p.666

기차역에서 전단지를 뿌리다 어머니가 헌병에게 체포되는 마지막 장면이다. 어머니는 이제 순종만 하는 나약한 여인이 아니다. 자신을 체포하는

274

헌병들에게 악다구니하며 저항하는 폭력을 행사하지 않는다. 물리적인 저항이 소용없다는 것도 안다. 조용히, 어머니는 그들에게 진리를 깨닫는 날이 오길 염원한다.

고리키는 이 작품 제목을 왜 '어머니'로 하였을까. 물론 실제 있었던 사건에서 모티프를 가져와서였겠지만, 그는 의식 변화의 정점을 모성(母性)에 두려고 했다. 이 작품이 일반적으로 받아들일 수 있는 그런 '어머니의 이야기'가 아니다. 단순히 혁명가의 길을 가는 아들을 보고 불현듯 의식의 변화를 일으킨 어머니라면, 앞서 설명한 대로 사실성과 보편성을 일탈하게 된다. 이 작품에서 '어머니'는 평범한 어머니가 혁명투사로 발전하는 의식의 변화를 상징하는 것이라기보다, 아들을 걱정하는 보통의 어머니가 아들을 보호하기 위해 마음이 변하고, 결국 그게 의식 변화에 이르게 하였다고 보는 게 더 옳다. 그게 그것이라고 할지 모르나, 이 두 명제는 다르다. 위험한 일을 하는 아들을 멀리서 걱정하며 지켜보기보다 차라리 함께 뛰어들어 아들을 가슴에 가두어놓아야 마음이 놓이는 그런 어머니가 되고 싶었던 것이다.

5. 단편소설 「광인일기(狂人日記)」 −루쉰(魯迅)−정석원 옮김, 『아Q정전·광인일기』(전자책), 문예출판사, 2013.

(1) 작가의 체험이 작품에 끼친 영향

1) 작품의 배경

「광인일기」는 1918년 5월『신청년(新靑年)』에 발표한 루쉰(魯迅)의 첫 소설 작품이자 최초 중국 현대소설이기도 하다. 1835년에 발표된 소련 작가 고골리의『광인일기』영향을 받은 듯 보인다. 중국이 소련 사회주의 영향을 받았고, 루쉰이 일본 유학 시절 세계문학을 접했으며, 제목이 같다는 점이 그런 추측을 하게 한다. 고골리의『광인일기』도 에스파냐 국왕이라고 공상하는 하급관리를 주인공으로 등장시켜 일기체 형식으로 쓴 소설이다.

「광인일기」가 중국의 구체제 모순을 비판하는 점은 「아Q정전」과 닮았으나, 「광인일기」에서는 중국의 낡고 모순된 가족제도와 위선적인 유교 체제가 여전히 사회를 지배하는 것을 비판한다는 점에서 약간의 차이를 보인다. 「광인일기」는 인간 본능에 따른 자유로운 사고와 행동을 억압받는 구체제를 피해망상증 환자의 일기에 옮겨 우화(寓話) 형식으로 비판하는 작품이다.

이 작품은 사람들이 자기를 잡아먹으려 한다는 강박관념에 빠져 세상과 충돌하는 한 광인(狂人)의 일기를 액자소설 형식으로 서사를 진행한다. 중국의 낡은 가족제도와 사회제도가 유교를 바탕으로 한 위선 때문이라는 걸 광인의 시선을 통해 폭로한다. 심지어 사람을 잡아먹는 에피소드를 차용, 없애버려야 할 구시대 낡은 체제를 매우 강렬하게 묘사하고 있다.

「아Q정전」과 함께 이 작품은 많은 독자에게 공감을 불러일으켜, 때마침 중국 사회에 불어닥친 변화의 혁명(신해혁명, 5.4운동)과 함께 사회 변혁을 위한 문화 이데올로기로 작용한다. 이러한 공로로 루쉰은 문학계뿐만 아니라, 사회지도자 반열에 오른다. 윤봉길 의사가 일본군에 폭탄 투척을 했던 상하이의 홍커우공원이 그의 이름을 따 '루쉰공원'으로 바뀐 것도 이러한 그의 공로를 중국 사회가 인정하기 때문이다. 이 루쉰공원 안에 그의 묘가 있다. 묘비에 황금빛으로 쓴 '魯迅先生之墓'는 마오쩌둥의 글씨다. 그만큼 이 작품은 사회와 인간의 정신 개조를 위한 루쉰의 목적성이 잠재된 작품이다.

2) 작가의 체험

루쉰의 본명은 저우수런(周樹人)이다. 1881년 중국 저장성(浙江省) 사오싱(紹興)에서 출생하였다. 유복한 지주 집안에서 태어났으나, 할아버지가 부정부패로 투옥되고, 아버지가 세상을 떠나면서 가세가 기울었다. 투병 중인 아버지를 치료하려고 약을 구하러 다니던 일화가 유명하다.

나는 한때 4년이 넘도록 거의 매일 전당포와 약방을 드나들었던 적이 있었다. 몇 살 때였는지는 기억나지 않지만 어쨌든 약방의 계산대 높이는 내 키와 같았고 전당포의 그것은 내 키의 두 배였다. 나는 내 두 배인 전당포의 계산대 앞에 서서 옷가지나 금붙이 따위를 올려주고는 모욕감을 느끼면서 돈을 받다가 이번에는 숙환으로 고생하는 아버지의 약을 사기 위해 내 키만한 한약방의 계산대로 달려갔다.

그렇게 해서 집으로 돌아오면 이제는 다른 일로 바삐 움직여야 했다. 약방문을 써주는 의사는 무척이나 유명한 사람이었다. 그래서인지 약에 쓰이는 재료도 까다롭기 그지없었다. 이를테면 겨울의 갈대 뿌리라든지 3년이나 서리를 맞은 사탕수수, 귀뚜라미 한 쌍(그것도 본래의 짝이어야 했다), 열매 달린 평지목(平地木) 등등 모두가 쉽게 구할 수 없는 것뿐이었다. 그럼에도 불구하고 아버님의 병환은 날로 심해져만 갔고 마침내는 돌아가시고 말았다.

(「서문」 중에서)
─루쉰, 정석원 옮김, 『아Q정전 · 광인일기』(전자책), 문예출판사, 2013, p.7

아버지의 약을 사기 위해 집안에 있는 물건을 전당포에 잡히고 돈을 구해 한의원에 가면 터무니없는 처방을 써주었다. 도저히 구할 수 없는 약재(藥材)여서 돈만 날리고는 했다. 이에 분개하며 루쉰은 사람의 병을 고치는 의사가 되겠다고 다짐한다.

1898년, 루쉰은 난징에 있는 강남수사학당(江南水師學堂)에서 공부했고, 곧이어 광무철로학당(礦務鐵路學堂)에 입학하여 계몽사상을 접하고 신학문에 눈을 뜬다. 마침내 꿈꾸던 의사가 되기 위해 1904년 국비유학생으로 일본에 가 센다이의학전문학교(仙臺醫學專門學校)에 입학하였다. 여기서 그는 수업 시간에 무기력하게 처형당하는 중국인들의 모습을 담은 슬라이드를 보고 격분했다. 중국인을 처형하는 일본군을 증오하면서, 한편으로는 무기력하게 처형당하는 중국인들에게도 분노가 치밀었다. 신체의 병을 고치는 일보다 중국인들의 정신을 치유하는 일이 더 시급하다고 느낀 그는 학교를 자퇴하고 문학 공부를 시작한다. 문학운동도 여의치 않아 방황하던 중 친구의 권고로 소설을 썼다.

중국인의 정신세계를 치유할 수 있는 수단으로 루쉰은 문학을 선택했다. 동경에 머물며 그는 외국 소설을 중국어로 번역하는 한편 문학회에 가담하여 본격적인 문학 활동을 했다. 예술가가 되기 위해 문학을 선택했다기보다 중국인의 정신을 개조하는 데 문학을 활용하려 한 것으로 보인다. 그가 남긴 작품 수에서도 이런 의도가 드러난다. 그 자신도 작가로 자부하지 않았다. '소설 나부랭이'라는 말을 사용할 정도로 작가로 입지를 굳히려는 의지가 없었다. 그는 소설보다 주로 수필과 칼럼을 신문과 잡지에 많이 발표했다.

1922년 12월 3일, 소설집 『눌함(吶喊)』 자서(自序)에 그는 「광인일기」

를 쓰게 된 동기와 자신의 문학관에 대해서 밝히고 있다.

　　결국 나는 그의 제의를 받아들여 글을 썼는데, 그것이 바로 나의 처녀작인 광인일기였다. 이때부터 줄곧 작품을 발표하게 되었는데, 소설 나부랭이 같은 글을 쓰면서 늘 친구의 부탁이니 뭐니 하고 빗대어 써온 것이 10여 편이나 모이게 되었다.

　　　　　…… 중략 ……

　　……여러분들은 나의 소설이 예술과 얼마나 동떨어져 있는지를 잘 알 것이다. 그럼에도 불구하고 오늘날까지 소설이란 이름으로 불릴 수 있었고, 더더욱 이렇게 단행본(눌함)으로 출판될 기회마저 얻게 되니 어쨌든 요행한 일이 아닐 수 없다.

(「서문」 중에서)

－루쉰, 정석원, 『아Q정전 · 광인일기』(전자책),

문예출판사, 2013,. pp13~14

　　「광인일기」와 「아Q정전」이 워낙 강한 흡입력을 가지는 바람에 작가로 널리 알려졌지만, 사실 루쉰은 소설보다 다른 활동에 더 큰 비중을 두고 있었다. 실제 발표한 소설 작품도 그리 많지 않다. 그는 소설보다 주로 수필과 칼럼을 많이 썼다. 그가 문필가로 활동한 것은 문학가가 되기 위해서이기보다 당시 중국이 안고 있는 암울한 사회현상을 개조하는 방편으로 선택했다고 보는 게 옳다. 그의 소설 작품 대부분 그러한 목적성 위에 탄생한 것이다.

　　루쉰의 작품에서 일관되게 관통하는 것은 인간이 인간답게 사는 땅이 어떤 것인가를 혁명가의 시선으로 바라보고 있는 점이다. 민중과의 관계를 배경으로, 이 관계 속에 몰락하거나 희생당하는 인물, 또는 좌절하거나 보수로 돌아서는 인물을 등장시켜 서사를 구성한다.

특이한 점은 루쉰은 목적에 도달하는 데 희망을 거는 게 아니라, 이를 탐구하고 실천하는 행동이 필요하다는 점을 역설한다. 희망이란 하나의 그릇에 담긴 게 아니라 담았다 쏟았다 하는 과정일지도 모른다는 걸 이야기하고 있다. 어쩌면 우리 인간이 만든 '희망이란 그릇'을 두고 그렇게 다른 곳에서 희망을 갈구하고 있는지도 모른다.

……희망은 본디 있다고 할 것도 아니고 또 없다고도 할 것도 아니라는 사실을, 그것은 마치 땅 위의 길과 같다. 원래는 존재하지도 않았던 것이 많은 사람들이 다니면서 저절로 생겨난 것처럼.

(「고향(故鄕)」 중에서)
－루쉰, 정석원,『아Q정전·광인일기』(전자책), 문예출판사, 2013. p.203

그러함에도 불구하고 그의 소설이 중국 현대문학과 세계문학에 영향을 끼친 이유는 크게 두 가지로 나눌 수 있다. 하나는 백화문(白話文)으로 발표된 중국 최초의 현대소설이며, 사회 변혁(사회주의 국가 건설)을 위한 정신적 지주로서 그의 소설이 큰 역할을 했다는 점이다. 마오쩌뚱도 루쉰을 "그는 단지 위대한 문학인일 뿐 아니라, 또한 위대한 사상가이자 혁명가였다."라며, '중국 문학혁명의 주장(主將)'으로 높여 불렀다.

3) 「광인일기」의 문학 및 사회적 의미

중국 문학에서는 「광인일기」를 현대문학의 출발로 삼는다. 형식은 물론 표현 문장 또한 이전의 중국 문학에서는 볼 수 없는 백화문(白話文)이라는 구어체(口語體) 문장을 루쉰이 처음으로 현대문학 작품에 사용했다. 후스(胡適, 사상가, 베이징대학교 교수)가 주창한 백화문 사용을 위한 문학혁명의 경계에 이 작품이 등장했다. 백화문은 당나라 때 시작하여 송·원·

명·청 시대를 거치면서 자리 잡은 중국 구어체 문장으로, 주로 대중들에게 통용되었다. 『수호지』『금병매』『홍루몽』『유림이사』 등이 백화문으로 된 소설이다.

1911년 신해혁명 이후 문학혁명이 일어난다. 1917년 1월 후스가 『신청년』에 「문학개량추의'(文學改良芻議)」를 발표하면서 어렵고 복잡한 문어체(文語體) 문학을 배격하고 대신 구어체 '백화문학'을 제창하였다. 이어 『신청년』 2월호에는 천두슈(陳獨秀)가 「문학혁명론(文學革命論)」을 발표하여 후스의 제창을 실천 행동으로 이어갔다. 이를 중국 역사에서 '문학혁명'이라 불린다. 1919년 5월 4일 북경에서 청년대학생들이 중심이 된 '5·4운동'에 불을 붙이기도 했다.

(2) 구성으로 살펴본 작품의 특징

1) 독창적인 구성

「광인일기」는 시점이 좀 모호하다. 시점이 2개 등장하는 액자소설이다. 바깥 이야기(外話)는 '1인칭 관찰자 시점,' 안쪽 이야기(內話)는 '1인칭 주인공 시점'이다. 따라서 '나'라는 주인공이 2명 나온다. 액자소설이긴 하나, 일반적으로 이해하는 그런 액자소설과는 좀 다른 형식을 취한다. 액자소설인 김승옥 단편소설 「역사(力士)」에서는 외화의 '나'가 프롤로그 형식으로 '1인칭 관찰자 시점'으로 서술하고, 이어서 내화의 '나'가 '1인칭 주인공 시점'으로 서사를 진행한다. 그리고 다시 외화의 '나'가 등장하여 이야기를 마무리 짓는다. 그런데 「광인일기」는 외화의 '나'가 주된 서술자(話者)로 서사를 이끌면서 내화의 '나(일기를 쓴 광인)'가 중간중간에 나와 서술하는 형식이다. 말하자면, 내화를 한곳에 모아 서술하는 게 아니라, 외화의 '나'

가 진행하는 서사의 중간중간에 삽입하는 형식이다. 이렇게 구성할 수밖에 없는 이유는 내화의 주인공이 광인(狂人)이고 그가 횡설수설 기록해 놓은 어지러운 이야기라, 이를 이해하기 위해 외화의 '나가' 개입해야 하기 때문이다. 마치 1인칭과 3인칭 시점의 중간쯤 되는 그런 시점인데, 서술자가 모두 '나'라는 점에서 이 소설은 '1인칭 시점'이다.

어쩌면 루쉰은 소설의 '시점'이라는 현대소설의 구성 자체를 인식하지 못했을지도 모른다. 「광인일기」는 시점이 정리되기 훨씬 이전에 발표되었다. 하지만 시점이 정리되지 않았을 뿐, 소설이 서술자에 의해 진행되는 점에서 보면, 루쉰은 이 '서술자'라는 의미를 의식하지 않았을 수도 있다. 이렇게 이해하는 이유는 루쉰 자신이 작가가 되겠다는 열망보다 중국인의 무지를 하루빨리 개안(開眼)시키는 게 목적이었고, 소설은 그러한 계몽의 수단으로 썼기 때문이다.

아무튼 이 작품에서 주 서술자인 외화의 화자는 소설의 첫머리에 잠깐 등장하고, 이후에는 일기 속의 주인공 '나'가 서사를 이끌고 간다. 짧은 분량의 이 작품 대부분이 일기를 쓴 내화의 주인공 '나'의 이야기다. 일반적인 소설 형식과 달라 약간의 혼란을 주지만, 「광인일기」는 이런 점에서 새로운 현대소설 양식으로 본다. 소설 첫머리에 등장한 외화 화자인 '나'는 일기 속의 '나'가 이끄는 서사에 중간중간 나타나 몇 마디 하고는 사라진다. 말하자면, 주 서술자가 있으면서 실제로는 일기 속의 주인공 '나'가 대부분 서사를 진행한다.

이것이 「광인일기」 구성의 특징이다. 이런 구성의 장점은 이야기를 객관화하는 데 유리하다. 김동리의 「등신불」에서처럼 화자인 '나'가 마치 자기가 직접 겪은 것처럼 설명한 뒤에 이야기를 시작한다. 독자는 마치 작가가, 또는 화자가 이러한 일을 직접 겪은 것이라 착각하며 서사에 몰입하게 된다. 강렬한 사실성을 부여하는 것이다.

「광인일기」는 외화의 화자인 '나'가 어느 날 중학교에 다닐 때 절친했던 친구 형제 중 한 명이 큰 병에 걸렸다는 소식을 듣는다. 고향으로 돌아가는 길에 찾아보았는데, 둘 중 동생이 병에 걸렸다가 이제는 완치하여 어느 지방에서 직장생활을 한다는 말을 듣는다. 그 동생이 병을 앓던 중에 일기를 썼는데, 그 2권 일기를 친구가 '나'에게 읽어보라며 준다. 일기를 훑어보고 '나'는 그가 피해망상증 비슷한 병을 앓았다는 걸 발견한다. 말하자면, 잠시 광인(狂人)이었던 셈이다. 그 일기는 대부분 황당무계한 말들이었으며, 날짜도 없고, 먹 색깔도 글씨체도 엉망이다.

루쉰은 「광인일기」에서 매우 지혜롭게 문장을 구성하고 있다. 앞서 언급했듯이 루쉰은 소설을 창작하기 위한 특별한 공부를 하지 않았는지도 모른다. 의학 공부를 하려고 일본에 유학 갔다가 열강에 의해 억압받는 중국인들을 보고, 민족을 위해 무엇이든 행동으로 실천하고 싶어 문학으로 전공을 바꾸었다. 그러나 문학운동도 여의치 않아 방황하던 중 친구의 권고로 소설을 쓰게 된다. 일본 유학 시절 명작 소설을 많이 읽은 경험은 있었겠지만, 소설창작이론에 대해서 따로 공부했다는 기록은 발견하지 못했다.

이런 자신의 핸디캡을 교묘하게 문장과 구성으로 극복한다. 만약 예상대로 의도적이었다면 루쉰은 매우 지혜로운 작가다. 모자라는 소설창작 실력을 마치 소설 속 주인공의 흠으로 미뤄버리는 것이다.

그럭저럭 문맥이 닿는 부분도 있어 여기 몇 편 추려 의학도들의 연구 자료로 제공하고자 한다. ⓐ내용 중에 틀린 글자는 하나도 고치지 않았지만 인명은─모두가 마을 사람들로서 별로 알려지지 않은 사람들이라 별 문제가 되지는 않겠지만 그래도 혹시 모르는 일이므로─모두 바꾸었다. 그러나 제목은 그가 쾌유되고 난 뒤에 붙인 것인 만큼 고치지 않았다.

(「광인일기」 중에서)

-루쉰, 정석원, 『아Q정전 · 광인일기』(전자책), 문예출판사, 2013 p.93

위 소설 문장 중 밑줄 친 ⓐ '내용 중에 틀린 글자는 하나도 고치지 않았지만'하고 미리 언급한다. 광인이 쓴 글이라 질서가 있을 리 없으며, 문장이 정확할 리 없다. 이런 문장을 '쓴 이'의 의도를 존중(?)하여 고치지 않는다고 한다. 매우 영리한 문장이다. 이 「광인일기」를 읽은 그 누구도 문장 오류를 보고 "루쉰의 문장력이 형편없다."라고 할 수 없도록 사전에 봉쇄해 버린 것이다. 그리고 광인일기의 사실성도 획득할 수가 있다. 이 사실성은 뒤이은 문장 '-모두가 마을 사람들로서 별로 알려지지 않은 사람들이라 별문제가 되지는 않겠지만 그래도 혹시 모르는 일이므로-모두 바꾸었다.'라고 한다. 마을 사람들의 이야기이니 마을 사람 실명이 일기에 등장할 것이고, 그래서 이 이름만은 바꾼다는 것이다. '고치지 않겠다.'라는 앞 문장과 '고칠 수밖에 없다.'라는 뒤 문장의 인과관계를 명쾌하게 설정한다. 이처럼 「광인일기」는 중국의 첫 현대소설로 자리매김할 정도로 소설 구성에 있어 획기적인 전환을 가져온다.

이병주의 「소설 알렉산드리아」도 이와 비슷하다. 중편소설인 이 작품의 3분의 2 정도가 형무소에 갇혀 있는 주인공의 형이 보낸 편지로 채워져 있다. 주인공이 하고 싶은 이야기와 사회를 바라보는 사상과 철학을 형의 편지로 대체하고 있다. 다소 문장이 틀리고 구성이 틀리고 사상이 잘못되었다고 하더라도 그건 형무소에 갇혀서 동생에게 편지를 쓴 형의 탓이지 작가(또는 화자)가 잘못하는 건 아니다. 「광인일기」를 쓴 루쉰처럼, 이병주도 이 작품이 첫 소설이며 등단작품이다.

이 소설의 시점이 좀 애매모호 하다고 말했다. 작가가 의도했는지, 아니면 소설 구성에 대해 오류를 범한 건지 알 수 없지만, 서사 전개는 문제없이 자연스럽게 진행되고 있다. 누가 보아도 의도적이라 볼 정도로 새로운 구성을 탄생시키고 있다.

앞서 설명했듯이 루쉰은 스스로 훌륭한 작가가 되고자 하지 않았다. 소설이든 수필이든 그가 원하는 사회, 즉 자신의 철학과 사상을 전하는 수단으로 문학을 차용했다. 그런데 결과적으로 이 작품을 통해 새로운 구성 형식 하나가 탄생하게 된 셈이다.

「아Q정전」에서도 마찬가지지만, 작가는 서사를 전개하면서 늘 화자 뒤에 숨는다. 그리고 서사도 누군가가 만들어놓은 것을 보고 전한다는 사실을 꼭 전시하고 있다. 이런 창작 기법은 때로 소설 속의 진행이 어설프거나 오류가 있더라도 작가의 책임을 면할 수 있다. 남의 일기를 그대로 옮겨서 보여주기 때문에 오류가 발생하더라도 일기를 그렇게 쓴 사람 잘못이다.

마지막 챕터13에서 이렇게 작품을 마무리한다.

아직도 사람 고기를 먹어본 어린이가 있을까.
아이들을 구하라…….

(「광인일기」 중에서)
—루쉰, 정석원, 『아Q정전·광인일기』(전자책), 문예출판사, 2013 p.112

이 마지막 문장은 소설의 주제를 강력하게 나타내고 싶었던 것으로 보이는데, 차라리 이 문장이 없었으면 더 좋았을 거라는 아쉬움을 남긴다. 루쉰이 민중을 계몽할 목적에서 이 작품을 썼다고 하더라도, 「광인일기」는 어디까지나 소설이기 때문에 소설로서의 모양을 잘 갖추어야 한다. 이 문장으로 '논설문'처럼 되어 버렸다. 사람 고기를 먹어보지 않은 아이는 아직 희망을 걸만한 가치가 남아 있는 중국인이고, '아이들을 구하라'라고 하는 건 이런 중국인들에게 희망을 걸겠다는 메시지다. 알레고리가 너무 강해 앞서 진행된 서사를 오히려 약하게 만들어 버렸다.

2) 「광인일기」를 통해서 본 소설쓰기 기법

「광인일기」는 소설창작 기법을 본격적으로 공부하지 않은 루쉰, 아니 저우수런(周樹人)의 첫 소설이다. 이 소설에서 그는 본명 저우수런 대신 처음으로 루쉰이란 필명을 사용했다. 말하자면 '루쉰'이란 작가가 「광인일기」를 통해 탄생한 것이다. 그렇다면 이 작품 「광인일기」가 소설 형식으로 볼 때 완벽하지 않을 수도 있지 않을까 하는 의문을 품어 볼 수도 있다. 공모전을 통해 심사를 받은 것도 아니고, 누구의 추천을 받는 것도 아니고, 무명작가가 처음 쓴 작품을 그대로 잡지에 발표하여 작가로 등장했다. 요즘 말하는 어떤 검증을 거친 등단 절차가 없다. 물론 '등단 절차'라는 게 그렇게 중요한 건 아니다. 그런 절차는 어느 정도 작품을 검증하는 구실을 할 뿐, 검증을 거치지 않았다고 해서 훌륭한 작가가 되지 못하라는 법도 없다. 그러함에도 이 작품이 중국문학과 나아가 세계문학에 끼친 영향은 매우 크다. 그 이유는 앞서 설명한 것처럼, 중국의 역사와 문화 변혁기와 맞물리는 경계에서 이 작품의 가치가 빛나기 때문이다.

그럼 루쉰은 소설을 많이 써보지도 않았는데, 어떻게 이러한 작품을 쓸 수 있었을까. 소설창작기법은 공부하지 않았지만, 많은 독서를 통해 소설을 이해하고 있었기 때문이다. 소설을 쓰는 데는 이론을 알기보다 소설을 이해하는 일이 그만큼 더 중요하다.

이 작품을 구상하고 작품을 완성한 루쉰의 입장에서 이 소설을 쓰는 과정을 한번 재현해 보자. 이 글을 읽는 독자께서 직접 루쉰이 되는 것이다. 이런 역할 바꾸기가 소설 쓰기 공부에 도움이 된다.

루쉰은 일본 유학 중에 중국인이 일본군에게 처형당하는 장면의 기록물을 보고 몸의 병을 고치는 일보다 더 시급한 게 정신을 올바르게 개조하는 일이라고 생각했고, 그 방편으로 문학을 선택했다.

「광인일기」의 모티프나 에피소드는 일제에 강점되고, 열강에 잠식당하는 중국의 현상에서 가져왔다. 당시 루쉰이 보기에 중국은 유교의 도덕주의가 위선으로 변질하면서 인민 대중을 착취하는 데 이용되었다고 여겼다. 이를 소설로 옮긴다. 그럼 그러한 현실에서 나타난 이야기를 그대로 옮겨 쓰면 더 사실적이고 효과적일 텐데 왜 과대망상증에 걸린 사람의 일기를 픽션으로 이야기를 만들었을까.

바로 여기에 루쉰이 소설을 이해하고 있었다는 사실이 드러난다. 소설은 이론으로 쓰는 게 아니며, 소설을 이해한 뒤 '쓰는' 게 아닌 '지어야' 한다는 걸 알았다. 사진을 찍듯이 현실에서 얻은 에피소드를 이야기 형식으로 옮기면 그건 소설이 아니라 그냥 '이야기'일 뿐이다. 루쉰은 바로 이 점을 이해하고 있었다.

■ 실제 이야기(사실, 논픽션) ≠ 소설 → ● 가상 이야기(허구, 픽션) = 소설

실제 일어난 사건을 그대로 소설로 만들면 소설이 아니라 그냥 보통이야기(수기)가 된다. 반대로 실제 일어난 사건(이야기)에 담긴 주제를 이용하여 가상 이야기(虛構 허구)를 만들어 그 안에 담으면 소설이 된다.

우리가 사람을 만날 때 '발가벗은' 사람과 마주하는 게 아니다. 옷을 입고 치장한 사람과 만난다. 사람을 만나면 제일 먼저 눈에 들어오는 건 그 사람의 본래 모습이 아니라 옷을 입은 겉모습이다. 우리는 그 겉모습을 보고 그 사람의 성격과 지향하는 가치관을 미루어 짐작한다. 그렇다면 본래

모습을 알리려면 입는 옷이 매우 중요하다. 본래 모습(진실된 인성)을 잘 나타내는 옷을 입어야 한다. 그런 옷은 누가 만들어 줄 수가 없다. 스스로 자신에게 맞는 옷을 직접 만들거나 가장 비슷하게 만든 옷을 찾아 입어야 한다. 참모습(주제)에 걸맞은 옷(이야기)을 지어 입을 경우(창작)와 비슷한 옷(현실에서 발생한 사건 스토리)을 시중 옷가게에서 사 와서 입는(논픽션) 경우를 비교해 보자. 어떤 쪽이 그 사람의 본 모습을 파악하기 쉬울까. 소설과 보통이야기는 이런 점에서 다르다. 그래서 소설은 이야기를 '쓰는' 게 아니라, 이야기를 '지어야' 한다.

왜 편하게 현실에서 발생한 이야기를 그대로 담지 않고, 그 이야기를 버리고 주제만 가지고 와서 가상의 이야기를 만드는 수고를 할까 싶지만, 그게 소설이기 때문이다. 소설은 이 가상의 이야기에 인과관계와 사실성을 부여하고, 인물의 성격과 배경을 조화롭게 구성하여 기승전결에 맞는 서사로 이어지게 한다. 이러한 장치로 독자는 가상의 이야기에 빠져들면서, 작품에서 말하고자 하는 주제를 은연중에 파악하게 된다. 이게 소설을 읽는 재미며, 소설을 통해 간접체험을 하는 것이다. 현실 이야기만으로 만들어진 논픽션에서는 이런 요소가 없다.

6. 장편소설 『노트르담 드 파리』 —빅토르 위고— 박아르마, 이찬규 편역 『노트르담 드 파리』(전자책), 구름서재, 2014.

(1) 작가의 체험이 작품에 끼친 영향

1) 프랑스 낭만주의 소설의 등장

1831년에 발표한 장편소설 『노트르담 드 파리』는 낭만주의 소설의 시작을 알리는 작품이다. 고전주의에서 이어지는 낭만주의는 루소(Rousseau, Jean Jacques, 1712~1778)의 자연주의 인본사상에서 시작된다. 『고백록』 『사회계약론』 『에밀』 등의 저술을 통해 루소는 '자연은 선하고 사회는 악하다'라고 말했을 정도로 인간과 자연 중심의 사회를 꿈꾸었다. 루소의 자연민권사상은 그가 세상을 떠난 지 10여 년 뒤에 프랑스 혁명에 불을 붙이는 단초가 되었다. 『노트르담 드 파리』는 이러한 사회 변혁기에 탄생한 작품이며, 빅토르 위고(Victor Hugo)는 콰지모도라는 주인공을 통해 인간의 가치에 관해 당시 사회에 한 줄기 빛을 던졌다.

2) 빅토르 위고의 생애

빅토르 위고(Victor-Marie Hugo, 1802~1885)는 1802년 브장송에서 태어났다. 나폴레옹 휘하 장군이었던 아버지를 따라 프랑스, 이탈리아, 스페인 등지로 이사를 다녔다. 대학에 들어가서 법학을 공부했으나, 그는 문학을 꿈꾸며 시를 썼다. 1822년 소꿉친구였던 아델 푸세와 결혼하던 해 첫 시집 『오드』를 펴냈으며, 곧이어 희곡 『크롬웰』, 시집 『동방시집』을 발표하여 문단의 주목을 받았다. 특히 희곡 『크롬웰』은 고전주의 전통을 벗어난 파격적인 형식이어서 당시에는 무대에 올릴 수 없었지만, 선풍적인 인기를 얻어 낭만주의 운동 지도자로 떠올랐다. 29살이던 1831년에 장편소설 『노트르담 드 파리』를 발표하여 소설가로서 지위를 확고하게 만들었다. 1841년 아카데미 프랑세즈 회원으로 선출되었으나, 1843년 가을 딸 레오폴딘의 익사 사건으로 충격을 받아 우울증에 시달리며 작품 활동을 일시 중단했다. 이 무렵에 정치에 입문, 1845년에 자작 작위을 받았다. 그해 여름 여배우 레오니 당트와 간통협의로 체포되어 수감되기도 했다. 이 밖에도 빅토르 위고의 염문은 소문이 나 있었다. 이후 첩거하며 장편소설 『레 미제라블』 집필을 시작한다.

1848년 2월혁명이 일어나면서 보궐선거로 국회의원에 당선된다. 대통령 선거에서 그는 나폴레옹을 지지했으나, 그의 반동 정치에 불만을 품고 나폴레옹 정부를 비판한다. 1851년 나폴레옹이 쿠데타로 제정을 선언하자 그는 벨기에로 피신한다. 망명 중에도 프랑스 정부를 비판하는 글을 계속 쓰다가 벨기에에서 추방당하여 영국령 건지섬으로 갔다. 이때 그는 아내와 자녀, 그리고 애인 쥘리에트까지 함께 망명 생활을 했다. 나폴레옹이 사면령(1859년)을 내렸으나 그는 거부하고 망명 생활을 계속한다. 이 망명 중에 『레 미제라블』을 완성한다.

1870년 프로이센과의 전쟁으로 나폴레옹의 제2제정이 무너지면서 위고는 국민에게 대대적인 환영을 받으며 파리로 돌아왔다. 다시 국회의원에 당선되었지만, 혼탁한 정치 현장에 실망하여 곧 의원직을 버린다. 이처럼 전후 프랑스는 급격하게 변했으며, 곧이어 코뮌이 수립되었다. 이 무렵에 큰아들이 갑자기 사망하는 비운을 겪는다.

이 혼란을 피해 잠시 벨기에에 머물던 위고는 코뮌을 지지하지는 않았지만, 가담자를 가혹하게 처벌하는 것에는 반대했다. 이 때문에 본의 아니게 코뮌 지지 세력으로 몰려 벨기에에서 또다시 추방당하여 파리로 돌아온다. 파리에서 이전처럼 크게 환영받지 못하자 망명 생활을 했던 영국령 건지섬으로 다시 가서 1년여 동안 머물렀다.

1876년 상원의원으로 당선되었으나, 2년 뒤 뇌출혈로 쓰러져 정계에서 은퇴한다.

1881년 2월 26일, 위고가 80세 생일을 맞자 프랑스 정부는 이날을 임시

공휴일로 지정했을 만큼 그는 대중들로부터 큰 지지를 받았다. 1885년 위고는 폐렴으로 세상을 떠났다. 국장으로 치러진 그의 장례에는 200만 명이 넘는 인파가 그의 마지막 길을 따랐다. 그의 유해는 파리 팡테옹에 안장되었다.

위고는 아버지가 나폴레옹 휘하의 장군이었고, 정치가로 국회의원으로 활동했지만, 그는 민중 편에서 인본주의를 실천하며 위정자들과 끊임없는 마찰로 망명 생활까지 한다. 이러한 그의 사상은 앞서 설명한 루소의 인본주의 사상에서 비롯되며, 프랑스 혁명의 도화선이 된 계몽주의 사상에서 인간의 가치를 추구하려 노력했다. 『노트르담 드 파리』와 『레 미제라블』에 나타난 낭만주의는 이러한 그의 실천사상에서 비롯된다. 그가 남긴 유언에서도 이러한 그의 인본주의 사상이 담겨 있다.

"가난한 사람들에게 5만 프랑을 전한다. 이 돈은 그들의 관 만드는 값으로 사용되길 바란다. 교회의 추도식을 거부하며, 영혼으로부터의 기도를 원한다. 신을 믿는다."

(2) 구성으로 살펴본 작품의 특징

1) 편역본과 완역본

『레 미제라블』과 함께 『노트르담 드 파리』는 빅토르 위고의 대표작이며 전 세계 독자들에게 많은 사랑을 받고 있다. 『노트르담 드 파리』는 국내에도 여러 출판사에서 다양한 형태로 출간되어 있다. 필자도 이전에 몇 번이나 읽은 작품이지만, 소설 창작 수업에 도움이 되게 국내에 출간된 여러 권의 판본을 살펴본 결과 '구름서재 출판사' 판 『노트르담 드 파리』(박아르마, 이찬규 편역, 2014.) 전자책을 텍스트로 선택했다. 이 책 편역자의 머리

말을 읽고 완역판을 선택하려던 마음을 바꾸었다. '줄거리로 요약하거나 개작한 게 아니라, 서사 전개에 방해되는 부분들을 생략하고 발췌 번역하여 소설 원작 문장은 훼손 없이 살렸다'고 한다. 이 작품의 원서는 600여 쪽에 달하는 방대한 분량이다. 『레 미제라블』에서도 그렇지만, 빅토르 위고의 작품에는 상황 묘사, 서사 줄기와 무관해 보이는 내용까지 장황하게 서술하는 경우가 많다. 우선 이 책에서는 학습에 중점을 두고 원문을 발췌 소개할 것이기 때문에 이 텍스트를 선택했다. 국내에 완역판도 있으니, 나중에 독서 자료로 선택해 읽을 때는 이 점 참고하기 바란다.

2) 작품 줄거리

아름다운 집시 여인 에스메랄다는 아기염소를 데리고 다니며 재주를 보여주고 춤을 추며 공연하여 돈을 번다. 그녀의 미모에 반한 파리 사람들에게 큰 인기를 끈다. 그의 공연을 본 음유시인 그랭그와르가 그녀의 미모에 반해 따라다닌다. 노트르담 성당 부주교인 프롤로 신부도 그녀에게 반해 사랑을 느끼나, 그는 그녀의 사랑을 얻기에 앞서 자신에게 이런 마음을 만든 그녀에게 분노를 가진다.

에스메랄다를 따라다니던 그랭그와르가 부랑자들에게 잡혀 죽임을 당할 위기에 빠지자 그녀가 나서서 그와 결혼한다고 위장하여 그를 구해준다. 한편 프롤로 신부는 노트르담 성당 종지기인 콰지모도에게 그녀를 납치하게 한다. 그랭그와르가 이를 목격하고 막으려 하지만, 힘이 센 콰지모도에게 밀려 기절한다. 이때 이 장면을 목격한 근위대장 페뷔스가 그녀를 구한다. 이를 계기로 그녀는 위기에서 구해준 페뷔스에게 반하게 된다.

에스메랄다를 납치하려다 실패한 콰지모도는 수레에 묶여 태형을 받는다. 고통으로 괴성을 지르는 그에게 사람들은 조롱의 눈길을 보낸다. 이 장면을 본 에스메랄다만이 그에게 다가가 물을 주고 다정하게 땀을 닦아준다. 이때 콰지모도는 난생처음으로 사람에게서 따뜻한 사랑을 느낀다.

콰지모도는 부모가 누구인지도 모르는 꼽추에 한쪽 눈마저 보이지 않는 절름발이고, 거의 괴물에 가까운 인물이다. 누군가 어린 콰지모도를 노트르담 성당 앞에 버렸고, 프롤로 신부가 거두어 양아들로 삼아 성당 종지기로 키운다. 너무나 험악하게 생겨 종탑에서 절대 나오지 못하게 하여, 콰지모도는 괴물 형상의 성당 물받이를 유일한 대화 상대로 지내고 있다.

근위대장 페뷔스는 자신에게 호감을 보인 에스메랄다를 유혹하기로 하고, 몰래 으슥한 곳에서 그녀를 만난다. 페뷔스는 거짓으로 사랑을 고백하고, 그녀는 이런 그에게 마음을 빼앗긴다. 몰래 이 광경을 지켜보던 프롤로 신부는 크게 질투를 느끼고 페뷔스를 칼로 찔러 죽인다. 그러고는 에스메랄다에게 살인 누명을 씌워 재판을 받게 한다.

에스메랄다는 사랑하는 사람을 잃었다는 죄책감으로 자기가 살인을 했다고 자백하고 만다. 사실 페뷔스는 죽지 않았다. 그녀가 처형당할 때 현장에 나타난다. 그와 눈이 마주치자 그녀는 페뷔스의 이름을 불렀지만, 그는 그녀를 외면하고 돌아선다.

사형당하기 직전에 콰지모도가 나타나 에스메랄다를 구하고, 그녀를 노트르담 성당으로 데리고 가 숨겨준다. 성당은 치외법권 지역이라 경찰이 잡으러 들어가지 못한다. 프롤로 신부가 이 광경을 몰래 지켜보고, 음유시인 그랭그와르를 꼬드겨 부랑자를 동원하여 성당을 습격하게 한다. 콰지모도가 부랑자들과 싸우는 틈을 이용하여 프롤로 신부가 몰래 에스메랄다를 빼내 간다. 프롤로 신부는 에스메랄다에게 자기 여자가 될 것인지 사형당할 것인지를 결정하라고 강요한다. 에스메랄다는 신부의 요구를 거절한다. 프롤로 신부는 그녀를 집시를 증오하는 귀틸에게 맡기고 감시하게 한다.

귀틸은 집시에게 자신의 아이를 빼앗긴 뒤, 수녀가 된 실성한 여인이다. 이때 귀틸은 에스메랄다의 목걸이를 보고 잃어버린 자신의 딸임을 안다. 프롤로 신부가 끌고 온 근위병으로부터 에스메랄다를 숨겨주려 하던 퀴틸은 근위병에게 살해당하고, 에스메랄다는 페뷔스의 목소리를 듣고 뛰쳐 나왔다가 체포된다.

에스메랄다는 교수형에 처해진다. 종탑 지붕에서 이 광경을 지켜보는 프롤로 신부를 콰지모도가 뒤에서 밀어 그를 추락시켜 죽인다.

이날부터 노트르담 성당 종탑에서 콰지모도가 사라진다. 나중에 에스메랄다의 시체를 끌어안고 죽은 해골로 발견된다.

3) 작품 내용 분석

『노트르담 드 파리』는 구성이 특이하다. 현대소설에서 중요시하는 시점(視點)이 정리되지 않았던 19세기 초에 발표된 작품이기 때문에 현대소설 이론에 맞추어 개작 번역할 수도 없고, 당시 내용을 그대로 번역하면 현대소설 구조에 익숙한 독자들은 이해하기가 어렵다. 그만큼 빅토르 위고는 이 작품만이 갖는 특이한 구성과 서술방법을 선택하고 있다. 사실 소설 문학이 인문학적 이론에 구속받을 이유는 없다. 이러한 이론이 정립되는 건, 작가와 독자 사이에 약속된 질서를 만들기 위해서다. 개성을 가진 작품이라고 해서 아무도 알아들을 수 없는 이상한 문장을 사용한다든가, 서사의 흐름을 뒤죽박죽 뒤섞어 놓는다면, 그 작품을 쓴 작가 외에는 알아볼 수 없을 것이다. 그래서 하나의 질서 속에 작품을 형성하는 것이다.

더구나 빅토르 위고의 창작 방법은 다른 작가들과 다른 특징이 있다. 지나치게 배경을 설명하는 장면들이다. 수도원에서 사건이 일어난다고 하면, 이 수도원의 건립과 건물 구조 심지어는 수도원장의 인생까지 한 장(章)을 이룰 정도로 길게 설명한다. 이 작품에서도 모두 29장으로 구성한 이야기 가운데, 주인공 콰지모도가 등장하여 본격적으로 서사가 진행되는 건 7장부터다. 1장부터 6장까지는 시테섬의 풍경과 주변 분위기, 그리고 당시의 사회상(정치, 문화 등)을 상세하게 설명한다. 사실 이러한 설명을 제거하여도 스토리 전개에는 전혀 영향을 주지 않는다. 이런 내용이 들어있다고 해서 그렇게 쓸모없는 건 또 아니다. 작품을 읽으면서 그 시대 역사나 철학을 덤으로 공부하는 기회가 된다. 그러나 이러한 구성에 익숙하지 않은 독자들은 매우 지루해한다. 이 때문에 완독하지 못하는 독자들도 생긴다. 이 『노트르담 드 파리』도 600여 쪽에 이르는 방대한 분량이며, 도입부부터 주석(註釋)이 없으면 이해할 수도 없는 15세기에나 쓰이는 용어들이 튀어나오고, 배경과 주변 설명이 길게 이어진다. 이 또한 빅토르 위고 작품의 특징이기도 하다.

이 작품을 이해하기 위해서 우선 두 가지 시선이 필요하다. 하나는 작품의 줄기를 이루는 스토리다. 편하게 스토리 자체의 흥미를 좇아 읽어도 이 작품이 주는 성과를 얻는다. 다른 하나는 이 작품의 스토리를 구성하고 있는 등장인물과 이 인물들 사이에 연결된 역학관계 틀을 이해하는 일이다. 이 작품의 주제를, 낭만주의 소설의 태두가 되는 이 작품의 진면목을 찾으려면 이 두 축을 동시에 이해해야 한다. 반대로 이 두 축으로 이 작품을 완성한 스토리 과정을 역순으로 좇으면 장편소설을 구성하는 소설 쓰기 공부가 될 것이다.

노트르담 대성당이 있는 시테(Cité)섬을 배경으로 성당과 등장인물들의 운명에 얽힌 이야기를 당시 사회상을 바탕으로 그려진다. 시테섬은 센 강에 있으며 9개의 다리로 강 양안(兩岸)과 생루이 섬과 연결된다. 시테섬은 파리의 중심이며 프랑스가 시작된 곳이다. 이곳이 프랑스의 종교, 법률, 정치의 중심지였다. 최고법원이 있고, 왕궁이 있었으며, 노트르담 대성당과 예수 수난과 관련된 성물을 모신 상트 샤펠 성당이 있다. 파리 시경도 이 시테섬에 있다. 빅토르 위고가 인본주의의 지평을 여는 장편소설『노트르담 드 파리』의 배경을 시테섬으로 한 이유가 여기에 있다.

시테 섬은 파리(프랑스)의 발상지다. 센 강에는 3개 섬이 있는데, 생루이 섬과 시테섬은 자연섬이고, 시뉴섬은 인공 섬이다. 카이사르가 쓴『갈리아 전기』에 기원전 1세기에 시테섬에 파리시 족이 살고 있었다는 기록이 있다. 이것이 '파리'의 기원이다.

주인공 콰지모도(Quasimodo)라는 이름에서 이 작품의 주제를 발견할 수 있다. '콰지모도'에는 두 가지 의미가 있다. 하나는 '부활절 다음 첫 일요일'이며, 또 하나는 '대충 생기다'라는 뜻이다. 성스러운 것과 하찮은 것을 동시에 가진 인물이다. 우리 인간에게 이런 양면성이 있으며, 어느 한 단면으로 인간을 구별하여 무시하고, 억압해서는 안 된다는 경고를 알린다. 성스러운 인물이 하찮은 인물로 전락할 수 있으며, 하찮은 인물도 성스러운 인물로 변할 수 있다. 인간은 그렇게 자신에 의해 변화한다.

이 작품은 본문을 시작하기 전에 '서문'이 있다. 작가인 빅토르 위고가 언젠가 노트르담 대성당을 방문하여 탑 어두운 구석 벽에 씌어진 'ΑΝΑΓ KH'라는 글을 발견한다. 이 글에서 장편소설『노트르담 드 파리』가 탄생했다.

'ΑΝΑΓΚΗ'

오랜 세월로 검게 그을린 석벽 위에 깊숙이 파여 있는 이 그리스어 대문자들에서는, 중세 사람이 썼다는 것을 알려주는 듯한 고딕체 특유의 그 어떤 기색이 풍겨 나오고 있었다. 또한 그 문자들 속에 서려 있는 비통하고 불길한 뜻이 작가의 가슴 속에 깊게 울려 퍼졌다.

　　낡은 성당의 앞쪽에 이런 죄악 혹은 불행의 자취를 남기지 않고는 이 세상을 떠날 수 없었을 만큼 괴로웠던 영혼은 도대체 누구였을까? 작가는 자문했고, 그 영혼을 가늠해보려고 애썼다.

　　이 이야기는 석벽에 아로새겨진 그 단어로부터 비롯된다.

1831년 3월

－빅토르 위고, 박아르마·이찬규 공동편역,

『노트르담 드 파리』(전자책), 구름서재, 2014, pp.16~17

　　작품 서두에 이러한 '서문'을 명기하는 것은 작품 내용에 사실성을 높이기 위한 장치다. 마치 빅토르 위고가 이 장면을 직접 본 듯 서술하고 있다. 사실 당시 노트르담 대성당은 허물어지기 일보 직전의 초라한 모습이었다. 음침하고 허물어져 가는 신성한 성당 벽에 이런 모습이 숨겨져 있다는 걸 강조함으로써 뭔가 신비로운 이야기가 감추어져 있을 거라는 기대를 하게 한다. 'ANAΓKH(숙명)'에 관한 이야기는 7장 4번째 챕터에 나온다. 클로드 프롤로 신부가 동생 장이 보는 앞에서 미친 듯이 컴퍼스로 벽을 긁어 글씨를 썼다. 그의 동생 장은 형이 미쳤다고 속으로 말한다. 클로드 프롤로 신부가 비정상임을 이 장면으로 인과관계를 형성한다.

　　나폴레옹도 이곳에서 대관식을 거행했을 정도로 고딕 양식의 노트르담 대성당은 프랑스에서 가장 신성한 장소로 여긴다. 대통령의 장례식 등이 이곳에서 열린다. 1830년대에 이르러 개보수를 하지 않아 대성당은 많이 훼손되었으며, 식량 창고로 사용되기도 했다. 나폴레옹이 이곳에서 대관식을 올릴 당시에도 상태가 나쁜 곳은 장막으로 가리고 대관식을 했다고 한다.

노트르담 대성당이 헐릴 위기에 처하자, 이 문화 유산을 살리기 위한 경각심을 높이기 위해 빅토르 위고는 『노트르담 드 파리』를 썼다. 이 작품이 발표되자 성당을 살리자는 캠페인이 일어나고, 마침내 1845년에 복원작업이 시작되었다. 그런데 2019년 4월 15일, 대화재로 노트르담 대성당이 또다시 허물어졌다.

1482년 1월 6일, 시테섬과 대학가, 그리고 시내에 있는 모든 종이 요란하게 울려 퍼지는 소리에 파리 시민들은 잠에서 깨어났다. 이날은 아득한 옛날부터 파리 시민들을 달뜨게 만들어온 예수공헌절과 광대제가 겹치는 축제일이었다. 그레브 광장에서는 불꽃놀이가, 브라크 성당 앞에서는 5월을 위한 식목제가, 재판소 앞에서는 성사극(聖史劇) 공연이 예정되어 있었다.
— 빅토르 위고, 박아르마·이찬규 공동편역,
『노트르담 드 파리』(전자책), 구름서재, 2014, pp.18~19

이렇게 시작하는 이야기는, 시테섬에서 이날 일어나는 일들과 분위기에 대한 설명이 6장까지 이어진다. 전체 서사 흐름에 그다지 중요하지 않을 법도 한 이야기를 이렇게 길게 이야기하는 데는 우리가 쉬 알지 못하는 의도된 장치가 깔려 있다. 그것은 '파리의 위선'이다. 이 파리의 위선을 보여주기 위해 빅토르 위고는 독자들에게 부담을 주면서까지 이렇게 길게 설명을 이어간다. 그것은 파리 시민, 아니 이 세상 그 누구도 관심을 주지 않는 괴물 같은 주인공 '콰지모도'에게 화려한 왕관을 씌워주는 데 있어서 그 누구도 반론을 제기할 수 없도록 하기 위해서다. 강압적으로 입을 막는 게 아니라, 그것이 진리임을 알게 하여 스스로 항변할 수 없도록 만든 것이다.

소설의 첫 문단이 연도로 시작하는 건 작가의 의도가 배어 있다. 빅토르 위고는 1830년 7월 25일에 이 소설을 시작했다는 걸 암암리에 독자에게 알리고 있다.

플로리앙 판사는 귀머거리였다. 그럼에도 불구하고 그는 대부분 적절한 판결을 내렸기 때문에, 직업상으로 큰 문제가 되지는 않았다. 확실히 판사란 듣는 시늉만 하고 있으면 충분한 것인데, 그는 한눈팔지 않고 그 역할을 잘 해내고 있었던 것이다.

―빅토르 위고, 박아르마·이찬규 공동편역,
『노트르담 드 파리』(전자책), 구름서재, 2014, p.73

〈9장 귀머거리의 재판〉의 한 장면이다. 파리의 축제가 끝나면 온갖 사건 사고가 줄을 잇는다. 축제 다음 날 샤를레 왕립재판소 재판관이자 파리 시장의 보좌관인 플로리앙 바르브디엔느는 기분이 별로 좋지 않다. 밀린 사건 사고에 대한 재판을 열어야 하기 때문이다. 그런데 재판관 플로리앙은 귀머거리다. 귀머거리가 재판을 하는 판사다. 사건을 들어야 하고, 논리적으로 분석하고 법률에 의해 판결해야 하는 판사가 귀머거리라는 건 재판 자체가 무의미한 행위다. 더구나 재판장은 행정 책임자인 파리 시장이고, 재판관은 시장의 보좌관이다. 공정한 재판은 기대할 수도 없다. 이미 사전에 판결을 결정하고, 절차만 갖춘 재판정에서 판결만 내리는 재판이라는 의미를 담았다. 또 잘 들을 수 있는 판사라 하더라도 더 높은 권력 아래에서는 귀머거리가 되어야 한다는 의미도 있다. 당시 사회의 부조리함을 보여주는 대목이다.

플로리앙 영감은 우선 콰지모도에 대한 소송 문서를 주의 깊게 살펴보았다. 이런 신중한 태도 덕분에 그는 피고인의 신분과 범죄를 알게 되고, 또 자신이 던질 질문과 그에 대한 대답을 예상함으로써 자신이 귀머거리임을 들키지 않은 채 판결을 내릴 수 있는 것이었다. 간혹 그가 상황에 맞지

않는 뚱딴지같은 말을 하는 경우도 있었지만, ⓐ사람들은 그것을 대충 심
오함이거니 여기고서 고개를 끄덕이곤 했다. 그래서 ⓑ영감 자신도 재판
중에는 자신의 귀에 약간의 장애가 있는 것뿐이라고 착각할 정도였다.

—빅토르 위고, 박아르마·이찬규 공동편역,
『노트르담 드 파리』(전자책), 구름서재, 2014, p.73

밑줄친 ⓐ문장 '사람들은 그것을 대충 심오함이거니 여기고서 고개를
끄덕이곤 했다.'는 귀머거리 판사가 재판을 하든말든 방청객은 크게 의미
를 두지 않고, '사건'을 구경하는 재미에만 빠져있다는 걸 보여준다. 타인
의 삶에 대해서는 별로 관심이 없다. ⓑ문장 '영감 자신도 재판 중에는 자
신의 귀에 약간의 장애가 있는 것뿐이라고 착각할 정도였다.'는 그런 엉터
리 재판을 하다 보니 자기도 모르게 그게 정상이라고 착각한다. '학습'에
의해 길들여진 것이다. 평화로운 사회 건설을 위해 사회 계약으로 구성된
사회가 '인간의 본질'을 억누른 것이다. 루소가 '자연은 선이고, 사회는 악
이다'라고 한 건 바로 이를 두고 하는 말이다. 이 작품이 루소의 인본주의
사상에서 비롯된 낭만주의 소설이라는 것도 이처럼 당시 혼돈으로 치닫던
사회 현상을 배경으로 인간의 본질을 그렸기 때문이다.

순수한 사랑에 눈뜬 가련한 에스메랄다는 가슴을 뒤흔드는 환희를 느꼈
지만, 그 기쁨은 그녀의 바람에도 불구하고 무심한 페뷔스가 아니라 노트
르담 성당의 비천한 종지기의 가슴속에서 싹텄다. 콰지모도는 애꾸눈에 귀
머거리였고 안짱다리의 절름발이로 인간의 본래 모습과는 거리가 멀었다.
그런 그가 에스메랄다를 사랑했다. 그녀가 페뷔스를 사랑했듯이 말이다.
그 누구도 생각해 보지 못한 그러한 사랑의 비밀은 노트르담 성당의 종소
리를 바꾸어놓았다.

—빅토르 위고, 박아르마·이찬규 공동편역,

『노트르담 드 파리』(전자책), 구름서재, 2014, pp.102~103

〈14장 종소리〉의 한 부분이다. 콰지모도가 '사랑'으로 인해 어두운 종탑에서 밝은 세상으로 나왔다. 그가 세상으로 나옴으로써 노트르담 성당의 종소리가 달라졌다. 예전에는 신을 경배하기 위해서 울리는 새벽 종소리에서부터 미사가 시작되고 끝날 때까지 울리는 종소리, 축배를 들 때의 종소리 등등, 노트르담 성당의 종소리는 파리 시민의 축복이고 생명이었다. 그러나 콰지모도가 세상으로 나옴으로써 노트르담 성당은 음울해졌고, 종소리도 단조롭고 무기력해졌다.

이게 정상이다. 루소가 말한 '사회 악'의 모습은 이런 것이다. 옳은 모습이 아니라, 있는 그대로를 보여주는 사회의 모습이다. 그동안 파리는 이를 감추고 허상으로 위선으로 고고한 척 존재했다. 빅토르 위고는 이 허상 속의 인간들을 제치고 '애꾸눈에 귀머거리였고 안짱다리의 절름발이, 여기에다 사생아인' 가장 혐상궂게 생긴 인물에게 에스메랄다의 사랑을 안겨준다. 그만이 그 사랑을 가질 자격이 있음을 보여준 것이다. 노트르담 성당의 신부도, 음유시인도, 근위대장도 이루지 못한 사랑을 콰지모도가 차지한다. 인간을 구별하고 업신여기고 억압하는 위선적인 사회에 한 줄기 진실을 보여주고 있다.

마침내 신부가 말했다. 그에게서는 기이한 냉정함이 배어나왔다.

"곧 모든 것을 알게 될 것이다. 나는 지금까지 나 자신에게도 감히 말하지 못한 것들을 네게 말하겠다. 나는 너무 어두워서 신도 우리를 보지 못하는 깊은 밤 시간에 내 양심에 남몰래 묻곤 했다. 젊은 너를 보기 전에 나는 행복했다."

신부는 결심한 듯이 에스메랄다에게 자신의 지나온 삶과 심경을 고백

했다. 그의 과거 삶은 오직 학문적 열정으로만 가득차 있었고 일시적인 정
념에 사로잡혔을 때에도 학문의 힘으로 어렵지 않게 그것을 이겨낼 수 있
었다. 하지만 성당 앞 광장에서 춤을 추고 있는 이집트 여자를 본 순간부터
모든 것이 달라졌다. 그는 그녀의 매력에 사로잡혔고, 난생처음 겪는 환희
에 가슴 설레기도 했다.

─빅토르 위고, 박아르마·이찬규 공동편역,

『노트르담 드 파리』(전자책), 구름서재, 2014, p.134

〈18장 지하 감옥에서〉의 한 장면이다. 프롤로 신부가 사형 집행을 앞
두고 지하 감옥에 갇혀있는 에스메랄드를 찾아와 자신의 마음을 고백한
다. 사실 신부라는 직분을 버리고 에스메랄다를 사랑한 그 마음이 '진실'이
다. 지금까지 학문을 닦고 종교에 귀의하여 성직자 생활을 한 것을 진실이
라 여겼는데(에스메랄다를 보기 전까지), 그녀를 본 뒤부터 '사랑'이 싹트
고(스스로 원죄라 여긴다), 이로 인해 날마다 지옥 같은 갈등을 느낀다.(본
질과 허상 사이의 갈등). 결국 그는 허상을 잡고 본질을 버렸다. 그 죄를 에
스메랄다에게 뒤집어씌우고 그녀를 사형에 처하게 한다. 그녀가 살아 있을
때, 이 고백을 하지 않으면 살아갈 수 없을 듯하여 그녀를 찾아온 것이다.
수많은 신도가 자신에게 고해성사하듯, 그는 그녀에게 고해성사를 하고 싶
었다.

콰지모도는 다시 눈을 들어 교수대에 매달려 있는 이집트 여자를 보았
다. 흰옷을 입은 그녀의 몸은 단말마의 고통 속에서 경련을 일으키며 부들
부들 떨고 있었다. 그는 다시 눈길을 아래로 돌려 탑 아래에 누워 있는 부
주교를 보았다. 부주교는 더 이상 사람의 형체를 지니고 있지 않았다. 콰지
모도는 감정이 복받쳐 올라 흐느끼며 말했다.

"아, 저 모든 것을 나는 사랑했었는데!"

－빅토르 위고, 박아르마·이찬규 공동편역,
『노트르담 드 파리』(전자책), 구름서재, 2014, p.134

〈28장 프롤로의 죽음〉 마지막 부분이다. 종탑 위에서 교수형을 당하는 에스메랄다의 마지막 모습을 내려다보는 양아버지 프롤로 부주교를 콰지모도가 밀어뜨려 버렸다. '진실'을 사망시킨 그 '위선과 허위'를 죽인 것이다. "아, 저 모든 것을 나는 사랑했었는데!"라고 절규하는 콰지모도의 말이 의미심장하다. 이상과 현실마저 구별하지 않는, 그 경계에서 숨어 살던 콰지모도가 비로소 세상(이루어지지는 않지만, 가슴에 담을 수 있는 진실된 세상)을 바라본다.

프롤로 부주교는 성지에 묻히지 못했다. 교수형을 당한 에스메랄다의 시신은 관례대로 몽포콩의 지하실에 가져다 방치했다. 그곳에는 교수대에서 처형된 수많은 사람의 유골을 매장도 하지 않은 채 버려두는 곳이다. 그날 이후 콰지모도도 사라졌다. 아무도 그의 행방을 아는 사람이 없다. 2년의 시간이 흐른 뒤, 몽포콩 지하실에 한 시신을 찾으러 온 사람들에 의해 기이한 유골을 발견한다. 빛바랜 흰 옷가지가 남아 있는 여자의 유골을 꼭 껴안고 있는 남자의 유골을 발견한 것이다. 남자의 모습은 척추가 휘고, 한쪽 다리가 짧은 기형이다. 사람들이 두 유골을 떼어놓으려 하자 남자의 유골은 가루가 되어 부서져 내렸다.

그렇게 콰지모도는 에스메랄다의 사랑을 차지했다.

7. 장편소설 『동물농장』—조지 오웰— 박경서 옮김, 『동물농장』(전자책), 열린책들, 2018.

(1) 작가의 체험이 작품에 끼친 영향

1) 조지 오웰의 인본주의 사상

조지 오웰은 본명이 에릭 아서 블레어(Eric Arthur Blair)다. 1903년 6월 25일, 아버지가 영국령 인도행정부 아편국에 근무하던 인도에서 태어났다. 그러나 교육을 위해 곧 어머니와 함께 영국으로 돌아온다. 5년 동안 예비학교 세인트 시프리언스에서 공부한 뒤 왕립 장학생으로 이튼칼리지에 입학했다. 이튼칼리지를 졸업했으나 학비 조달이 어려워 대학진학을 포기, 1922년 '인도제국주의 경찰'이 되어 버마(지금의 미얀마)에서 복무했다.

> 당시 〈인도제국주의 경찰〉은 스페인의 경찰대나 프랑스의 기동 헌병대와 흡사한, 일종의 헌병대인 무장 경찰이었다. 나는 5년 동안 그런 일을 했다. 비록 그 당시 버마에는 민족주의 감정이 뚜렷이 일고 있지도 않고 영국인들과 버마인들 사이의 관계도 특별히 나쁘지는 않았지만, 그 직업은 나에게 맞지 않았고 나로 하여금 제국주의를 증오하게 만들었다.
>
> (우크라이나 판 '서문' 중에서)
> — 조지 오웰, 박경서 옮김, 『동물농장』(전자책), 열린책들, 2018, p.5

5년간 버마에서 근무하던 조지 오웰은 자신이 생각했던 이상과 현실의 괴리를 실감한다. 영국의 식민지 경영에 대한 반발도 작용한다. 그는 1928년에 사표를 내고 영국으로 돌아왔다. 일정한 수입이 없던 그는 파리와 영국의 빈민가에 살면서 극빈자 생활을 경험한다. 구걸도 하고 남의 물건을 훔치기도 했다고 고백했다. 이때 작가가 되기로 마음먹고 단편소설들을 썼으나 출판사로부터 외면당한다. 그는 그 작품들을 모두 불태워 버렸다. 대신 1933년 당시 경험을 르포르타주로 집필하여 『파리와 런던의 바닥 생활』을 발표했다. 이때부터 본명 대신 조지 오웰이란 필명으로 사용하기 시작했다. 곧이어 1934년에 버마에서 경험한 식민지배에 대한 모순을 그린 소설 『버마의 나날』을 발표, 영국 문단의 주목을 받았다.

1936년, 스페인 내전이 일어나자 파시즘에 맞서기 위해 공화파를 지원하는 스페인 통일노동자당 민병대에 자원입대한다. 소련의 스탈린이 스페인 공화파를 지원하고 있었지만, 바르셀로나 통일노동자당은 스탈린의 반대파 트로츠키주의자들이 만든 단체였다. 이 때문에 함께 공화파를 지원하던 민병대 내부에 분란이 일어난다. 내전 중반에 이르자 스페인 공산주의자들이 스페인 프랑코 왕당파와 정치적 밀약을 하고 트로츠키주의자들을 색출하기 시작했다. 조지 오웰이 활동하는 바르셀로나 통일노동자당은 동지인 스탈린주의 좌파와 프랑코의 왕당파 등 두 적과 싸워야 했다. 이때 조지 오웰은 목에 총상을 입고 치료를 받던 중 신변의 위험을 느끼고 아내와 함께 프랑스로 탈출한다. 당시 많은 동지가 이들에게 체포되어 사살되거나 오랜 구금 생활을 했다. 이 현장을 목격한 조지 오웰은 자신이 꿈꾸던, 함께 잘사는 사회주의에 환멸을 느낀다.

스페인 내전 참전 체험을 1938년에 『카탈로니아 찬가』로 발표했다. 이때부터 조지 오웰의 '정치적 글쓰기'가 시작된다. 『동물농장』은 『프리뷴』지(誌) 편집장으로 일하면서 집필을 시작했다. 스페인 내전에서 본 스탈린주의의 모순을 소설을 통해 비판하고자 했다.

스페인에서의 이러한 인간 사냥은 소련에서의 대숙청과 거의 같은 시기에 자행되었고 그것의 연장선이었다. 러시아와 스페인에서 자행된 그러한 고발들(죄목은 프랑코 일당과의 공모였다)은 같았지만 그곳(스페인)에서

만큼은 분명히 불법이었다. 이러한 모든 경험들은 나에게 실로 값진 현장 교육이었다. 나는 이 값진 체험들을 통해 〈전체주의〉 선전이 민주주의 국가에 살고 있는 문명인들의 의견을 얼마나 손쉽게 통제할 수 있는지를 깨닫게 되었다.

(우크라이나 판 '서문' 중에서)

—조지 오웰, 박경서 옮김, 『동물농장』(전자책), 열린책들, 2018, p.5

조지 오웰은 소련이 서구 사회주의 운동에 부정적 영향을 준다는 걸 깨달았다. 그가 더욱 실망한 것은, 영국을 비롯하여 서구 사회가 소련을 제대로 알지 못한다는 점이다. 맹목적으로 환상에 빠진 서구 지성인들에게 경고의 메시지를 던지고 싶었다.

어느 날 짐을 싣고 가는 수레를 보고 조지 오웰은 『동물농장』의 영감을 얻었다. 무거운 짐을 끌고 가는 말이 참 불쌍해 보였다. 죽도록 일하지만 돌아오는 거라고는 건초 한 무더기뿐이다. 그 건초를 위해 말은 죽을 때까지 일해야 한다. 조금만 게으름을 피우면 채찍이 날아온다. 버마에서 체험했던 식민지 사회에의 실상을 동물에게서 다시 보았다. 이 장면은 『동물농장』에서 수퇘지 메이저 영감이 동물들에게 연설하는 장면으로 묘사된다.

자, 동지 여러분, 우리 생활의 현실은 어떻습니까? 이 문제를 직시해 진지하게 생각해 봅시다. 우리의 생활이란 비참하고 고생스럽고 수명은 짧습니다. 우리는 태어나서 겨우 입에 풀칠할 만큼의 먹이만 받아먹고, 우리 중 능력 있는 자들은 마지막 힘이 다할 때까지 일하도록 강요받습니다. 그리고 쓸모없게 되는 순간 처참하게 살육되어 죽음을 맞고 맙니다. 영국에 살고 있는 동물들은 모두 태어나서 1년만 지나면 행복이나 여가의 의미를 모르게 됩니다. 영국에 사는 동물들은 자유가 없습니다. 동물들의 생활은 노예처럼 비참합니다. 그건 명백한 사실입니다.

―조지 오웰, 박경서 옮김, 『동물농장』(전자책), 열린책들, 2018, p.13

제2차 세계대전이 끝나고 냉전 시대가 시작되었다. 조지 오웰은 볼셰비키 혁명 이념과 달리 폭압 정치를 하는 스탈린에게 실망하면서 정치를 풍자한 『동물농장』을 본격적으로 집필하기 시작한다. 실제 인물을 비판하는 이야기라 동물로 우화(寓話)했다. 이 작품이 발표되면서 작가로서의 입지를 굳혔다.

조지 오웰은 스코틀랜드 서해안에 있는 주라(Jura) 섬에서 집필에만 몰두하면서 1945년에 『1984년』을 완성한다. 이 작품은 전체주의가 종말을 고하는 미래를 예언한 소설인데, 그의 예언대로 스탈린이 실각하고 소련도 붕괴한다. 이 작품을 완성하고, 그는 지병인 결핵으로 1950년 1월, 47세로 세상을 떠났다.

2) 정치적 글쓰기

조지 오웰의 문학을 '정치적 글쓰기'로 분류한다. 20세기 영문학사에서 그의 문학이 연구 텍스트로 자주 이용되곤 한다. 그 이유는 리얼리즘 시대를 종결하고 모더니즘이 주류를 이루던 때 그는 독특하게도 반대편에서 이미 한 발 뒤로 물러선 리얼리즘을 끌어내어 문학으로 정치적 목적을 이루려 했다. 조지 오웰은 자신의 에세이집 『나는 왜 쓰는가(Way I Write)』에서 글 쓰는 동기를 '순전한 이기심' '미학적 열정' '역사적 충동' '정치적 글쓰기'라고 스스로 밝혔다. 그러면서 그는 "평화 시대에 살았으면 앞의 세 가지를 더 중요하게 여겼을 것이다"라고도 말했다. 자신이 살고 있던 당대를 평화 시대가 아니라고 정의 내렸다.

당시 영국을 비롯한 국제 사회에는 정치 변혁이 급격하게 일어나고 있었다. 볼셰비키 혁명에 성공한 러시아는 스탈린이 집권하면서 철권정치로 바뀌었고, 이탈리아는 무솔리니의 파시즘이, 독일은 나치 정권이 집권했으며, 스페인에서는 1936년 2월 총선거에서 좌파인 인민전선 공화파 내각이 들어서자 프랑코 장군이 이끄는 왕당파가 군부 반란을 일으켜 내전으로 비화했다. 이 스페인 내전에 히틀러와 무솔리니는 프랑코 왕당파를 지원하고, 소련 스탈린은 집권 공화파인 인민전선을 지원했다. 영국과 프랑스는 어느 쪽도 지원하지 않은 채 관망하고 있었다. 세계 지성인들이 파시즘에 반대하여 스페인 공화파를 지지했는데, 조지 오웰도 공화파 민병대에 입대하여 전투에 참전했다. 헤밍웨이는 종군기자로 공화파를 지원했다.

조지 오웰의 '정치적 글쓰기'는 이러한 정치 격변에 영향을 받았다. 목숨을 걸고 스페인 내전에 참전할 정도로 그는 마르크스 사회주의를 추종했으며, 영국 독립노동당에 입당하여 활동하기도 했다.

> 내가 친 사회주의자가 된 것은 이론적으로 계획 사회에 찬동해서가 아니라 가난한 산업 노동자들이 억압받고 무시당하는 것이 싫었기 때문이다.
> (우크라이나 판 '서문' 중에서)
> ─조지 오웰, 박경서 옮김, 『동물농장』(전자책), 열린책들, 2018, p.6

조지 오웰은 굳이 분류한다면 '인간주의'를 추구했다. 좌우 이념에 쏠린 게 아니라, 인간이 자유를 박탈당하고, 존엄이 무너지는 것에 대한 반발이었다. 한때 반공주의자로 오해받아 오히려 그는 바르셀로나에서 그랬던 것처럼 공산주의자들로부터 공격받기도 한다. 스탈린을 비판하기 위해 쓴 『동물농장』과 『1984년』의 내용 때문이다. 실제 『동물농장』은 미국 정보기관의 지원으로 세계 여러 나라 언어로 번역, 반공 소설로 공급되기도 했다. 앞서 인용한 '우크라이나판'도 그런 프로젝트에 의해 번역되었다. 우리나라에도 이 프로젝트에 의해 처음 소개되었다. 조지 오웰이 작품을 썼던 의

도와는 다르게 엉뚱한 효용 가치로 이용된 것이다.

작가가 직접 쓴 '우크라이나판 서문' 내용으로 보아, 이 프로젝트에 대해 조지 오웰은 그다지 거부 의견을 갖지 않은 듯하다. 그러함에도 그는 여전히 사회주의를 부정하지는 않았다. 다만 스탈린식 사회주의를 경멸했다. 자신의 작품이 반공 소설로 이용되는 일도, 결국 스탈린식 사회주의를 배격하는 일이라 본 것이다.

『1984년』은 전체주의의 종말을 예견하는 소설이다. 그의 예언대로 1991년 소련이 붕괴된다. 이 소설이 1948년에 발표되었으니, 약간의 오차는 있지만, 소련 붕괴할 거라는 걸 조지 오웰은 정확하게 예측했다.

(2) 구성으로 살펴본 작품의 특징

1) 소설의 형식과 구성

작가가 서문에서 밝힌 것처럼, 이 작품은 자유를 억압하는 독재정치를 날카롭게 비판한, 정치 성향의 알레고리가 강한 작품이다. 특히 스탈린 치하의 소련 전체주의에 대해 경고한다.

> 독자들이 내가 서문에서 『동물농장』을 어떻게 쓰게 되었는지에 대해 몇 마디 하기를 기대할 테지만, 우선은 내 개인적인 이야기와 나의 정치적 견해를 형성시켜 준 경험에 대해 말하고 싶다.
>
> (우크라이나 판 '서문' 중에서)
> ─조지 오웰, 박경서 옮김, 『동물농장』(전자책), 열린책들, 2018, p.5

조지 오웰은 『동물농장』 우크라이나 판 서문에서 이렇게 밝히며 자신이 경험한 정치 격동을 비교적 자세하게 이야기했다. 소설을 정치적, 또는 개인적 메시지를 전하기 위한 수단으로 이용하는 데는 동의하지 않지만, 그러함에도 이 작품이 세계명작의 반열에 오른 건 작가의식과 독창적 구성으로 문학 성취도를 높였기 때문이다. 역사를 바라보는 시각, 당대 사람들이 살아가는 현상을 올바로 보고 바로잡으려고 한 작가정신, 특히 이 작품은 그러한 작가정신을 우화(寓話) 기법으로 인간과 동물을 함께 등장시켜 완성함으로써 새로운 소설 형식을 탄생시켰다.

『동물농장』이 동물들을 등장시킨 우화 형식을 취해 출간 당시에는 아동문학으로 분류되기도 했다. 해학을 가미한 문장 때문에 서사 구조가 단순하고 가볍다는 평가를 받기도 했다. 조지 오웰의 체험에서도 보았듯이 전체주의 정치를 신랄하게 비판한 알레고리가 강하게 밴 무거운 작품이다. 그러함에도 재미있게 읽히는 것은, 이를 '가볍게' 느껴지도록 해체하여 우화 형식으로 서사를 이끈 구성 때문이다. 평화와 정치 발전을 명목으로 포장하고 자유를 억압하는 전체주의 정권의 탐욕스러운 정치지도자의 모습을 그리기에는 사람보다 동물이 더 실감이 난다. 더구나 실존 인물들을 작품에 등장시키기 때문에 이러한 구성은 매우 효과적이다.

『동물농장』을 제대로 이해하려면 제2차 세계대전 전후 20세기 초반의 유럽의 상황을 이해해야 한다. 작가 또한 우크라이나 판 서문에서 "진정한 사회주의 운동의 재건을 위해서는 소비에트 신화의 파괴가 근본적으로 필요하다"라고 말했다. 이 소설의 바탕에는 당시 조지 오웰의 정치 현실에 대한 비판이 짙게 깔려 있다.

1900년대 초반, 러시아는 군주제로 통치했다. 니콜라이 2세 차르는 방만하고 무능한 통치를 했고, 민중은 갈수록 궁핍해졌다. 이를 참지 못한 농민과 노동자들이 뛰쳐나와 봉기했다. 이 시위가 혁명으로 발전했고, 그해 3월 니콜라이 2세가 폐위되면서 군주제가 붕괴했다. 그러나 혁명의 물결은

가라앉지 않고 더욱 거세졌다. 군주제와 자본주의 타도, 그리고 사회주의를 이념으로 한 국가를 건설하기 위해 레닌·트로츠키·스탈린 등의 사회주의자들이 '소비에트 연방(소련)'을 건립했다. 혁명 위에 세운 소련은 지도세력이 반목하면서 체제 유지를 위해 민중의 자유를 억압하는 정책을 펼치면서 새로운 독재정권으로 바뀌었다.

소련에서 일어나는 이러한 정치 현상이 소련 내부에서 밖으로 번져나갔다. 그 대표적인 사건이 스페인 내전이다. 1936년 2월 좌파인민전선(공화파 진영)이 총선에서 승리하여 집권하자, 그해 7월 프랑코 장군이 주도하는 군부 우파가 반란(왕당파 진영)을 일으켜 내전이 시작되었다. 1937년 4월 바스크족 수도인 게르니카(Guernica)를 독일 공군이 폭격(히틀러가 프랑코를 지원)하여 민간인 1,500여 명을 학살했다. 피카소가 이 폭거를 담은 작품「게르니카」를 제작하여 그해 6월에 개최한 파리 국제박람회 스페인관에 전시했다. 피카소는 전시가 끝나자 이 작품을 스페인으로 가지고 오지 않고 뉴욕현대미술관으로 보냈다. 프랑코 총통이 물러나고 스페인에 자유가 오는 날 스페인에 돌려주는 조건이었다. 약속대로 이 작품은 스페인으로 돌아와 프라도미술관에 전시되어 있다가, 지금은 레이나 소피아 국립미술관에 있다.

스페인 내전을 지켜본 세계 지성들이 공화파를 지지하기 시작한다. 이때 조지 오웰도 파시즘을 저지하는 공화파를 지지하며 내전에 참전했다. 처음에는 약한 노동자들로 이루어진 공화파 의용군들의 대의가 공감을 샀지만, 곧 내분이 일어난다. 시민들 사이에 빈부와 계급에 의한 차별이 생기면서 공화파는 내부 분열이 발생했고, 결국 프랑코가 이끄는 파시스트에게 패하고 총선으로 집권한 정권을 넘겨주게 된다.

이 내전에 숨겨진 갈등이 또 있다. 공화파를 지지한 소련에서 스탈린과 트로츠키가 대립하면서 생긴 내분이 결국 스페인 내전에까지 영향을 끼쳐 공화파의 내분을 불러일으켰다. 조지 오웰은 스페인 내전에 참전하여 사회주의 이념이 인간을 평등으로 이끌지 못하고 권력욕으로 변질하는 과정을 직접 목격했다. 『동물농장』에 소비에트 사회주의 연방이 독재정권으로 변모하는 과정을 지켜본 그의 경험이 그대로 녹아 있다.

2) 등장인물과 실제 인물 비교 분석

『동물농장』에 등장하는 인물 대부분 현실 속 인물들이다. 돼지로 등장하는 메이저 영감은 칼 마르크스다. 존스 농장에 있는 동물들에게 인간의 노예 생활을 거부하고 투쟁할 것을 주장한다. 동물들에게 마르크스 이념을 주입하는 것이다. 여기서 돼지들은 러시아 차르를 무너뜨린 러시아 혁명 세력들이다.

자, 동지 여러분, 우리 생활의 현실은 어떻습니까? 이 문제를 직시해 진지하게 생각해 봅시다. 우리의 생활이란 비참하고 고생스럽고 수명은 짧습니다. 우리는 태어나서 겨우 입에 풀칠할 만큼의 먹이만 받아먹고, 우리 중 능력 있는 자들은 마지막 힘이 다할 때까지 일하도록 강요받습니다. 그리고 쓸모없게 되는 순간 처참하게 살육되어 죽음을 맞고 맙니다. 영국에 살고 있는 동물들은 모두 태어나서 1년만 지나면 행복이나 여가의 의미를 모르게 됩니다. 영국에 사는 동물들은 자유가 없습니다. 동물들의 생활은 노예처럼 비참합니다. 그건 명백한 사실입니다.
─조지 오웰, 박경서 옮김, 『동물농장』(전자책), 열린책들, 2018, p.13

수퇘지 메이저 영감은 농장주 존스가 잠든 사이에 동물들을 모두 모아

놓고 이렇게 혁명을 부추긴다. 칼 마르크스가 『자본론』을 통해 자본주의의 모순을 지적하고 비판하는 내용과 닮았다. 마르크스의 '잉여가치론'에 의하면, 자본가는 과잉생산한 물품을 팔아 자산을 축적하지만, 생산자 역시 소비자로 다른 생산자의 물품을 사는 데 그 자산을 소비해야 한다. 자본가는 더 많은 자산을 축적하기 위해 노동자에게 생산을 부추긴다. 원가가 한정되어 있어 더 많은 이익을 창출하려면 노동시간을 늘리고 임금은 줄여야 한다. 자본가의 소비를 만족시키기 위해 노동자는 노예처럼 일할 수밖에 없다는 논리다.

『동물농장』에서 메이저 영감이 인간은 이 세상에서 유일하게 생산하지 않고 소비만 하는 존재이며, 그래서 동물들은 노동에 시달리다가 결국 도살장으로 보내진다고 역설한다. 현실을 깨닫고 모든 동물이 힘을 합해 인간과 맞서 싸우되 절대로 그들을 닮아가서는 안 된다는 연설을 했다. 또 메이저 영감은 "인간은 생산은 하지 않고 소비만 하는 유일한 동물입니다"라고 말하며 동물들을 설득한다.

동물들의 공격을 받고 쫓겨난 농장주인 '존스'는 러시아 차르 니콜라이 2세를 상징한다. '나폴레옹'은 볼셰비키 혁명을 성공시킨 레닌, 또는 전제정치를 편 스탈린과 닮았다. 나폴레옹을 스탈린으로 보면, 그의 경쟁자 '스노볼'은 트로츠키다. 작품 속에서 나폴레옹과 스노볼이 서로 반목하듯이, 스탈린과 트로츠키도 사회주의 이념을 실행하는 과정에서 의견대립을 보인다. 트로츠키는 사회주의 혁명이 다른 나라에서도 연속적으로 추진되어야 한다며 영구혁명론을 주장했고, 스탈린은 혁명정신을 세계적으로 확산할 필요가 없다고 주장했다. 사회주의는 한 나라에서도 얼마든지 완성할 수 있다며 일국혁명론을 주장했다. 내부 분열에서 스탈린이 성공하여 트로츠키를 축출(암살당함)하고 자신의 세력을 넓혀나갔다. 이 같은 내용은 소설 속에서 나폴레옹이 스노볼을 농장 밖으로 내쫓는 모습과 정확하게 연결된다.

중심이 되는 두 인물 '나폴레옹'과 '스노볼' 외의 등장인물도 마찬가지다. 말솜씨로 동물들을 선동하는 '스퀄러'는 스탈린의 여론조작 기관을, 나폴레옹을 호위하는 개들은 비밀경찰 KGB를 떠올리게 한다. 열심히 일하는 우둔한 '복서'는 스탈린 독재정권에 세뇌되어 제대로 비판을 제기하지도 못하는 프롤레타리아, 즉 우매한 시민 또는 노동자 계급이다.

스탈린의 독재정치가 격화되면서 사회주의 초기 이념이 변질하듯이, 나폴레옹이 만든 '동물주의 7계명'도 나폴레옹 정권의 조작으로 점차 변질해간다. 나폴레옹은 경쟁자 스노볼을 몰아낸 후부터 자신의 권력욕을 노골적으로 드러내며 이 계명들을 하나씩 어기고 조작한다.

누구를 위해서도 아닌, 노동자 자신들을 위한 노동만 하기로 한 약속을 어기고, 나폴레옹이 농장주 존스와 마찬가지로 생산물을 이웃과 거래하겠다고 했다. 혁명 당시에는 예기치 못했던, 필요한 물품들이 생기기 시작했다.

> 어느 일요일 아침, 동물들이 작업 명령을 받기 위해 모였을 때 나폴레옹은 새로운 정책 하나를 결정했다고 발표했다. 이제부터 동물농장은 이웃 농장과 거래를 하는데, 그 목적은 물론 돈벌이가 아니라 긴급히 필요한 물자들을 확보하는 것이다. 풍차 건설에 필요한 물자는 다른 모든 것에 우선한다. 그러므로 건초 더미와 금년에 수확한 보리의 일부를 팔기로 하고, 만약 그 후에 돈이 더 필요하면 항상 장이 서는 윌링던에 가서 달걀을 팔아 보충하면 된다고 그가 말했다. 나폴레옹이 말하기를, 암탉들은 풍차 건설에 특별한 기여를 하려면 이런 희생쯤은 즐겁게 받아들여야 한다는 것이었다.
> ─조지 오웰, 박경서 옮김, 『동물농장』(전자책), 열린책들, 2018, p.53

나폴레옹은 이전 농장주 존스의 집안으로 거처를 옮기면서 "어떤 동물도 침대에서 잠을 자서는 안 된다."라는 네 번째 계명을 위반한다. 게다가 계명을 어긴 데 대한 항의를 잠재우기 위해 네 번째 계명을 "어떤 동물도 '시트를 깐' 침대에서 잠을 자서는 안 된다"라고 조작한다. 침대에서 자되 시트만 안 깔면 위반이 아니라는 것이다. 교묘한 눈속임이다. 또 자신에게 반기를 드는 동물들을 무참히 처형하기 위해 살인을 금하는 여섯 번째 계명을 "어떤 동물도 '이유 없이' 다른 동물을 죽여서는 안 된다"라고 바꿔 놓는다. '이유가 있으면' 죽여도 된다는 법이다.

나폴레옹은 이렇게 동물주의 계명들을 조금씩 교묘하게 조작해 가다가 마침내 동물들의 평등을 주장하는 기본 계명까지 뒤엎어 버린다. 마지막 일곱 번째 계명을 "모든 동물은 평등하다. 그러나 어떤 동물들은 다른 동물보다 더 평등하다."로 조작한다. 돼지들은 자신들을 다른 동물보다 특별한 계급에 올려놓음으로써 평등을 가장 중요시하는 동물주의 이념을 완전히 무너뜨린다. 사회주의 계급을 만들었다.

벤저민은 남의 일에 끼어들지 않는다는 자신의 규칙을 이번만은 깨뜨리기로 하고 벽에 있는 계명을 큰 소리로 읽어 주었다. 거기엔 7계명은 온데간데없고 단 하나의 계명만이 남아 있었다.

모든 동물은 평등하다.
그러나 어떤 동물은 다른 동물보다 더 평등하다.
―조지 오웰, 박경서 옮김, 『동물농장』(전자책), 열린책들, 2018, p.100

이제 농장 일을 감독하는 돼지들이 전부 앞발에 회초리를 들고 있다. 그

걸 다른 동물들이 이상하게 보지도 않는다. 돼지들이 라디오를 구입하고, 신문과 잡지를 정기구독하는 데도 아무도 항의하지 않았다. 심지어 이제 돼지들은 존스의 옷장에서 옷을 꺼내 입고 다닌다. 나폴레옹도 파이프를 입에 물고 농장 정원을 산책하고 있다.

결국 동물들은 다시 농장주 존스 시절로 되돌아갔다. 주인이 된다던 동물들은 나폴레옹을 비롯한 돼지들을 먹여 살리기 위한 노예가 되었다. 돼지 이외의 다른 동물은 신분도 '하층동물'이 되었다. 더 황당한 일은 돼지들이 물리쳐야 할 적인 인간과 카드놀이도 한다.

『동물농장』에서 조지 오웰이 소련의 전체주의 독재정치를 비판하고 있지만, 이는 소련에 국한하는 비판은 아니다. 이 작품이 표방하는 목소리는 어느 시대 어떤 사회든 자유를 억압하면서 국민을 착취하는 정권이 있어서는 안 된다는 메시지를 전하고 있다. 이 메시지는 국가뿐만 아니라, 기업, 가정 등 우리 사회를 구성하는 모든 자리에 적용된다.

8. 단편소설 「아버지의 녹슨 철모」 −김호운−『그림 속에서 튀어나온 청소부』, 인간과문학사, 2016.

(1) 작가의 체험이 작품에 끼친 영향

1) 퇴고(推敲)로 만든 작품
이 작품은 1950년에 일어난 '한국전쟁'을 소재로 한 소설이다. 2016년 『월간문학』지의 청탁을 받고 집필했는데, 한국전쟁이 일어난 지 65년이 지난 시점에서 자료를 찾아 전쟁을 회고하며 쓴 작품이다. 필자는 한국전쟁이 일어나던 해에 태어나서 이 불행한 전쟁을 직접 체험하지는 못해 어쩔 수 없이 자료에 의존할 수밖에 없었다. 소재를 찾는 이 과정이 결국 퇴고 과정에서 다른 작품으로 바뀐 원인이 되었다. 체험 없이 자료에만 의존해 작품을 구성하는 일이 얼마나 힘드는지 각인시켜 주기도 했다. 소설은 허구로 이루어지기 때문에, 체험 없이 서사를 구상하는 데는 특별한 공력이 필요하다.

단편소설 「아버지의 녹슨 철모」는 40년 넘게 작품 활동을 한 작가에게 유일하게 퇴고(推敲)로 만든 작품이다. 퇴고로 작품을 만들었다는 말이 무슨 뜻인지 궁금할 것이다. 필자는 퇴고에 많은 공력을 들이는 게 버릇이 되었다. 헤밍웨이는 「노인과 바다」를 39번 고쳐 썼다고 한다. 거기까지는 못 미치지만, 단편소설이든 장편소설이든 보통 10번 이상 퇴고를 거친다. 이 「아버지의 녹슨 철모」는 20번 이상 퇴고를 거쳐 완성한 작품이다. 단순히 작품을 고쳐 쓴 게 아니라 전혀 다른 작품이 되었다. 퇴고하는 동안에 초고 내용 중 약 70%가 바뀌었다. 초고가 불완전했던 게 아니라 새로운 작품으로 교체하고 싶은 욕심 때문이었다. 퇴고하면서 주제는 그대로 두고 새로운 이야기와 구성으로 바꾸었다. 이런 퇴고는 필자도 처음 경험한다. 버려야 좋은 작품이 된다는 걸 새삼 일깨워 주고, 작가의 체험이 작품에 미치는 영향이 크다는 걸 확인하게 한 작품이다.

이런 노력의 결실로 이 작품이 작가에게 '한국소설문학상' 수상의 영광을 안겨 주었다.

청탁을 받고 처음에는 '한국전쟁'을 소재로 작품을 쓰기로 하고 구상에 들어갔다. 한국전쟁이 일어나던 달에 발표 예정인 작품이기에 의미가 있는 작품을 쓰고 싶었다. 그리하여 완성한 초고는 포성이 오가는 전장(戰場)을 배경으로 한 작품이었다. 몇 번 퇴고를 거듭하면서 갑자기 생각이 바뀌었다. 포성이 오가는 전장은 세월이 흐르면 사람들의 기억에서 잊힌다. 논픽션으로 기억되기 때문에 전쟁 장면만 기록으로 남고, 그 전쟁에서 희생한 사람들은 기억에서 사라진다. 아무리 허구로 그린 소설이지만, 우리에게 너무도 강한 아픔을 남긴 전쟁이라 논픽션의 그늘에서 벗어날 수가 없기에 그렇다. 그러나 전쟁으로 인해 상처받은 사람들의 아픔은 세월이 지나도 잊히지 않는다. 사람이 주인공이 되는 이야기이기 때문이다. 전장 이야기는 기억에서 사라지더라도, 그 전장 한가운데 있던 사람들 이야기는 오래도록 기억된다. 그 아픔이 간접 체험으로 인식 주머니에 담기기 때문이다.

필자는 한국전쟁이 일어나던 때 태어나서 전장을 직접 체험을 하지 못했다. 대신 이 전쟁의 아픈 상처를 안고 힘들게 살아가던 그 척박한 시절에 어른들 틈바구니에서 유년기를 보냈다. 직접 포성이 오가는 전장은 보지 못했지만, 전쟁으로 인해 고통받는 사람들의 상처 입은 속살을 보며 자랐다. 이 체험을 활용하여 더 좋은 작품을 만들 수 있을 것 같았다. 퇴고 단계에서 마음이 바뀐 건 이 유년기의 체험이 계속 발목을 잡았기 때문이다. 아예 그런 소재로 작품을 한 편 더 만들면 되지 않겠느냐는 생각을 할 수도 있다. 그러면 작품이 두 편 생긴다. 과욕이다. 같은 주제를 다른 소재로 두 편으로 만드는 건 의미가 없다. 오히려 한 작가의 작품 세계를 조망하는 데 방해가 된다. 그래서 초고의 주제를 살리고, 스토리와 구성을 바꾸어 새로운 작품을 만들었다. 그래서 퇴고로 만든 작품이라고 했다.

아깝더라도 버리고, 전면 개편으로 작품을 고쳤다. 처음부터 그런 패턴으로 작품을 짓는 것보다 더 많은 힘을 기울여야 했다. 새로 짓는 거보다

고치는 게 더 힘이 드는 법이다.

그 결과 초고와 전혀 다른 작품이 되었다. 제목도 바뀌었다. 전장 체험 없이 썼던 초고보다, 유년기의 체험을 바탕으로 구성했기에 오히려 주제를 심화시키는 이야기가 만들어졌다. 소재는 어릴 때 본 할아버지가 화로로 사용하던 철모다. 당시에 전쟁이 끝난 지 얼마 되지 않아서 그랬는지, 화로 구하기보다 철모 구하는 게 쉬웠던 모양이다. 철모 화롯불로 담뱃대에 불을 붙이던 할아버지를 떠올리고 이야기를 구성했다. 그 철모는 누군가가 썼던 군모다. 주인은 전장에서 희생했는지, 아니면 살아 돌아오면서 쓰고 왔던 건지 알 길은 없다.

이 작품은 2016년『월간문학』7월호에 발표했다.

(2) 구성으로 살펴본 작품의 특징

이 작품은 한국전쟁으로 상처받은 사람들의 내적 갈등을 효과 있게 살리기 위해서 '1인칭 주인공 시점'으로 구성했다. 전체 구성은 강렬한 감동을 끌어내기 위해 사건이 일어난 역순으로 기억 에피소드를 삽입하여 서사를 진행했다.

며칠 고민하던 끝에 나는 시골에 있는 고향의 옛집을 찾았다. 여섯 살 때 이 집을 떠났으니, 거의 60년 만이다. 아버지와 삼촌 둘, 고모 네 분, 그리고 나까지 태어나고 자란 이 고향 집은 나이가 100살이 훨씬 넘었다. 그런데도 기와며 날아갈 듯한 추녀까지 아직 어디 하나 기운 데 없이 온전하게 잘 버티고 있다. 마치 할아버지의 쇠심줄 같은 고집을 그대로 빼닮은 듯하다.

－김호운 단편소설 「아버지의 녹슨 철모」 중에서

주인공 '나'가 60년 만에 고향의 옛 집을 찾아가는 것을 첫 문단으로 했다. 앞서 설명했듯이. 이런 구성은 독자의 시선을 강렬하게 끌어들이는 효과가 있다. 이야기 내용을 전혀 모르는 독자에게 뜬금없이, 유명하지도 않은 평범한 인물이 그것도 60년 만에 고향 집을 찾아간다. 관심을 끌 액티브한 동기가 없다. 그래서 시선을 잡는 장치를 만들었다.

기와며 날아갈 듯한 추녀까지 아직 어디 하나 기운 데 없이 온전하게 잘 버티고 있다. 마치 할아버지의 쇠심줄 같은 고집을 그대로 빼닮은 듯하다.

할아버지의 '쇠심줄 같은 고집'을 닮은 날아갈 듯한 추녀, 100년이 넘은 이 기와집이 '이게 뭘까?'라는 의문으로 독자의 시선을 끌어들이게 한다. 시선이 붙잡힌 독자는 이런 생각을 할 것이다. '주인공은 이 집의 완고한 힘에 소외되어 집을 나간 뒤(자의든 타의든), 60년 동안 외톨이로 살다가 그 완고한 힘들이 모두 사라진 지금 비로소 주인으로 나타났다.' 주인공 '나'가 60년 만에 이 집에 들어서는 건, 당당하게 주인의 자격을 되찾아 온 것이다. 그 '당당함'은 60년이란 시간이 만든 것이다. 쇠심줄 같은 할아버지의 집을 자기 발로 들어가는 모습에서 주인공의 성격이 드러난다. 이 당당함이 다음 이야기에 대한 궁금증과 함께 독자를 서사에 개입하도록 만든다.

어머니가 울면서 매달렸지만, 아버지의 결심을 되돌리지는 못했다. 그날 밤, 아버지와 큰삼촌은 기어이 할아버지 할머니 몰래 어머니와 이별하고 천막을 떠났다. 떠나면서 아버지는 어머니에게 "우리 아이가 태어날 때쯤엔 이 전쟁도 끝날 거야"라고 했다. 이게 마지막 말이었다.

이튿날 아침, 두 아들이 군대로 간 사실을 안 할아버지와 할머니는 다짜고짜 어머니에게 "멍청한 년, 서방이 죽을 구멍으로 들어가는데도 빤히 보고만 있었냐! 어쩌자고 입 꾹 다물고 보냈느냐!" 하며 화풀이를 했다. 열일곱 살, 세상 물정도 모르던 나이에 시집와 나를 임신하는 바람에 제 몸 하나 추스르기도 벅찼던 어머니는 남편 없는 서러움을 생각할 겨를도 없이 호되게 휘둘렸다. 남편이 죽으라면 죽는 시늉까지 해야 하는 줄 알고 입을 다물었다가 시부모의 호된 타박을 고스란히 받았다.

"걔들한테 무슨 일 생기면 모두 네년 탓인 줄 알거라! 어디서 저런 멍텅구리가 들어왔는지 원. 제 서방 잡아먹을 년!"

— 김호운 단편소설 「아버지의 녹슨 철모」 중에서

온 가족이 경상북도 청도로 피난 갔다. 수백 명의 피난민이 청도 냇가에 이불보로 천막을 치고 살았다. 먹을 게 있을 턱이 없다. 전쟁을 피해 피난 왔지만, 결국 '나'의 아버지와 삼촌은 부모 몰래 군에 자원입대하기 위해 천막을 떠난다. '나'를 임신한 나이 어린 엄마가 울면서 매달렸지만, 아버지는 그렇게 전장으로 떠났다. 사지로 가는 남편을 붙잡지 못한 며느리에게 시어머니가 "……서방 잡아먹을 년!"이라고 구박한다. 이 말이 '나'와 어머니의 운명을 결정짓는 선언이다. 결국 '나'는 아버지의 얼굴을 보지 못한 채 태어나고, 아버지는 전사한다. 전쟁과 직접적인 접촉이 없던 어머니나, 뱃속에서 아무것도 모르고 태어난 '나'는 전쟁의 최대 피해자가 된다.

이런 장면에서 작가는 작품에 개입하면 안 된다. 일정한 거리를 유지하며, 냉정하게 사실성 있게 모진 시어머니로 만들어야 한다. 시어머니가 모질면 모질수록, 며느리가 불쌍해질수록 이 전쟁의 상처는 깊어지고, 전쟁의 아픔으로 인간성을 상실하는 작품 주제는 강렬해진다.

아버지의 전사로 인한 가족들의 슬픔은 시간이 흐르면서 매서운 칼날이 되어 어머니를 향했다. 청도 피난살이 때부터 할머니에게 듣기 시작했던 '서방을 잡아먹을 년'이라는 욕이 이젠 '서방을 잡아먹은 년'으로 바뀌어 남편을 잃고 슬픔 속에 살아가는 어머니를 괴롭혔다. 고모들은 빈둥빈둥 놀리면서 집안일을 몽땅 어머니에게 시켰고, 그것도 모자라 밤에는 길쌈과 바느질감을 한 아름 던져 주어 잠은커녕 갓난아이에게 제때 젖을 물리지도 못했다.

시댁의 홀대를 견디다 못한 어머니는 어느 날 새벽에 백일을 갓 넘긴 나를 업고 집을 나왔다. 숟가락 하나도 챙기지 못한 채 입은 옷차림 그대로 나온 어머니는 갈 곳이 없었다. 출가외인이라 친정으로 갈 생각은 하지 않았다. 생각 끝에 대처인 부산으로 가면 굶어죽지는 않겠지 하는 마음에 일단 면소재지에 있는 기차역으로 갔다. 표를 살 돈이 없어 몰래 기차를 타기 위해 플랫폼에서 가까운 철길 옆 울타리에 몸을 숨기고 기차가 오기를 기다렸다. 하지만 어머니는 기차를 타지 못했다. 아무래도 친정어머니에게만은 소식을 전하고 가야 도리일 것 같아 발길을 돌려 친정으로 향했다.

― 김호운 단편소설 「아버지의 녹슨 철모」 중에서

대립 구도에서 패배자는 또 다른 패배자의 승리자가 되어야 패배의 아픔을 치유한다. 이게 한(恨)이다. 이 한을 씻어주는 대상은 사람일 수도 있고, 막연한 사건일 수도 있다. 아들을 전쟁에서 잃은 부모는 아들을 죽게 한 적군에게 한풀이할 수 없기에 이를 대신해 줄 대상이 필요하다. 억울하게 며느리가 그 희생양이 된다. 남편만 전쟁에서 전사한 게 아니라, 그 아내도 함께 인생을 빼앗겼다. 죽음보다 더 혹독한 고통을 안고 살아가야 한다. 이게 전쟁으로 상처 입은 사람들의 참모습이다. 전쟁에서 전사하는 것만 죽음이 아니다. 오히려 살아 있으면서 죽어야 하는, 이 사람들에게는 아직 전쟁이 끝나지 않은 것이다. 어쩌면 죽음으로 전쟁을 끝내 버리는 게 더 행복할지도 모른다.

　이러한 아픔은 사실성을 살리기 위해 구체적 상황으로 묘사하면 오히려 서사가 난삽해진다. 아픔에 대한 묘사는 수채화처럼 담담한 서사로 진행하는 게 좋다. 강한 아픔보다 서서히 스며드는 아픔이 더 견디기 힘들다. 서술자인 주인공 '나'의 시선을 통해('1인칭 관찰자 시점'처럼) 과거 회상으로 그림으로써 독자를 현장으로 끌어들인다.

　고향 집 대문을 나오다가 나는 걸음을 멈추었다. 대문 안쪽 담벼락 밑에 화분 하나가 놓여 있었다. 들꽃이 소담하게 자라는 화분이 내 시선을 끌었다. 녹슨 철모였다. 나는 발길을 돌려 그 화분 앞에 가 섰다.

　관리인이 그런 나를 보고 말했다.

　"예쁘지요? 며칠 전에 들에서 캐왔는데, 여기서는 개국화라고 불러요."

　"그런데 이 철모는 어디서 났나요?"

　"뒤뜰 잡동사니 사이에 뒹굴고 있던 건데, 화분으로 안성맞춤이지 뭡니까."

　"원래 이 집에 있던 겁니까?"

　"잘은 몰라도 아마 그럴 겁니다. 여긴 전방도 아닌데 녹슨 철모가 돌아다닌다는 게…… 아마 누가 들에서 발견하고 엿장수한테 팔려고 주워왔겠지요."

　나는 다시 지나간 먼 세월 속으로 달려갔다. 충애보육원에서 할머니와 고모 손에 끌려 할아버지 댁으로 왔을 때다. 섣달 그믐께라 들판에는 하얀 눈이 소복이 덮여 있었다. 방안에서 마주친 할아버지 앞에 철모로 만든 화로가 있었다. 철모의 정수리를 움푹 들어가게 눌러 안정감 있게 하여 화로로 쓰고 있었다. 할아버지는 긴 담뱃대를 그 철모 화롯불에 대고 불을 붙이고 나서 불이 사그라지지 않게 부삽으로 재를 정성스레 다진 뒤 그 위에 불돌을 올려놓았다. 나는 할아버지보다 그 철모에 더 관심이 갔다. 그래서 할

아버지에게 인사하는 것도 잊고 철모 화로를 가리키며 "이게 뭐에요?" 하고 물었다. 할아버지는 나를 노려보다가 "이게 너 애비다." 하더니 세차게 담배를 뻑뻑 빨아대었다.

─ 김호운 단편소설 「아버지의 녹슨 철모」 중에서

옛집을 둘러보고 나오던 '나'는 대문 안쪽 담벼락 밑에 있는 녹슨 철모를 발견한다. 철모에는 들꽃이 소담하게 자라고 있었다. '나'는 걸음을 멈추고 먼 기억 속에 할아버지가 화로로 사용하던 철모를 찾아낸다.

이 작품을 구상하면서 소재로 떠올린 그 철모다. 이 철모가 '전쟁으로 상실한 인간의 상처'를 상징하는 아이콘(icon)이다. 이 작품을 구상할 때 이 소재를 결말 부분에 배치하여 절정으로 마무리할 생각을 했다. 서사를 서정으로 그렸기 때문에 결말에서 뭔가 자극을 주는 강렬한 묘사가 필요하다. 이 아이콘이 삽입됨으로써 서사는 힘을 얻고 감동으로 연결한다. "이게 너 애비다." 할아버지의 이 말이 녹슨 철모를 강렬한 이미지로 부각된다.

문학평론가 유성호 교수(한양대학교 국문과)가 계간 『인간과문학』 2019년 겨울호에 발표한 '김호운 론(論)' ─ 「전쟁의 상흔과 치유의 기억」에서 이 작품에 대해 언급한 내용 일부를 소개한다.

이 소설을 관통하는 축은 세 가지이다. '아버지'로 대변되는 가족의 서사, '철모'로 상징되는 전쟁의 역사, '녹슴'으로 환기되는 세대론적 시간의 흐름 등이 그것이다. 이러한 세 가지 상징적 흔적을 때로 중첩하고 때로 교차하면서 김호운은 한 시대의 정신적 조감도(鳥瞰圖)를 세심하고 처연하게 완성해간다.

(「전쟁의 상흔과 치유의 기억」 중에서)
─ 계간 『인간과문학』, 2019년 겨울호.

9. 장편소설『바이칼, 단군의 태양을 품다』-김호운-시선사 출간, 2019.

(1) 작가의 체험이 작품에 끼친 영향

1) 글감 구하기

　　정말 영혼이 존재할까? 젊은 날, 이런 의문을 품고 지두 크리슈나무르티와 오쇼 라즈니쉬의 명상에 빠져보기도 했고, 한동안 굿판을 쫓아다니기도 했다. 이 소설의 뿌리는 이렇게 영혼 찾기 퍼즐을 맞추던 길 위에서 태동했다.

　　무속(巫俗)에서 巫는 '하늘과 땅, 이 두 세계를 중계하는 사람'을 나타낸다. 巫를 파자하면 工과 人으로 나뉜다. 工(공)은 하늘과 땅을 연결하는 것이고, 2개의 人(인)은 춤추는 사람이다. 이처럼 인류는 문자를 사용하기 훨씬 이전부터 전지전능한 하늘(神)과 땅(人)을 연결하는 사람(제사장)을 지도자로 역사를 이어왔다. 먼 옛날 인류가 가장 두려워한 것이 천둥과 번개, 홍수와 불, 그리고 삶과 죽음이었다. 그래서 이를 잘 다루는 사람, 즉 무당이 집단의 수장이었다.

('작가의 말' 중에서)
- 김호운,『바이칼, 단군의 태양을 품다』, 시선사, 2019.

　　장편소설『바이칼, 단군의 태양을 품다』는 무속을 소재로 한 장편소설로 2019년 도서출판 시선사에서 출간된 작품이다. '작가의 말'에서 밝혔듯이 작가는 27살 때 심한 불면증을 앓고 난 뒤 영혼의 존재에 대해 의문을 품고 무속에 관심을 가졌다. 소설을 쓰기 위해 다니던 직장에 사표를 던지고 고향에 칩거하던 때, 만만찮은 현실이 산처럼 눈앞에 버티고 있는 걸 보고 갑자기 불면증과 우울증으로 정신황폐에 빠졌다. 사표를 던질 때의 치기와 달리 현실은 그리 호락호락하지 않았다. 좋아하던 책 읽기도 할 수 없고, 습작은커녕 제멋대로 도망 다니는 정신줄을 붙잡기에도 견디기 벅찬 시간이 계속되었다. 병원 치료도, 민간요법도 효험이 없는 채 불면증은 더 심해져 갔다. 마지막 희망으로 용하다는 무당을 찾아가 큰 굿을 했다. 신대를 잡고 무당이 두드리는 징 소리에 실려 안개 속으로 들어가는 체험도 한다. 하마터면 소설가로 등단하기 전에 화랭이가 될 뻔했다. 굿을 주관하던 무당의 신내림을 받겠느냐는 질문에 단호하게 고개를 저은 부정 탓인지, 굿도 효험 없었다.

결국에는 심안(心眼)으로 만난 영혼의 힘으로 지독한 불면증의 고리를 벗어났다. 시골 한의원 벽에 걸려 있던 '病不能殺人(병불능살인), 藥不能活人(약불능활인)'이라는 글이 필자를 구해냈다. '병이 사람을 못 죽이고, 약이 사람을 못 살린다'라는 이 모순에서 진리를 본 것이다. 그 진리는 내면에 있던 자아(自我), 즉 심안으로만 보이는 '물건'이었다. 그 '물건'을 본 순간 눈 덮인 세상처럼 하얀빛으로 모든 게 덮혀버렸다. 이 특이한 체험의 정체가 아무리 노력해도 손에 잡히질 않아 필자는 스스로 '내 영혼'일 거라 믿어버렸다. 이 인연으로 필자는 노(老) 한의사로부터 어설프게나마 노장학(老莊學)을 공부했고, 철학과 중국문화에 대해 심취하는 계기도 얻었다. 이 철학 사유가 단편소설 「유리벽 저편」을 완성하게 했고, 이 작품이 1978년 『월간문학』 신인상에 당선하면서 작가로 등단했다.

이때 '영혼이 정말 있을까?'라는 의문이 화두로 필자에게 던져졌다. 현대의학으로도 해결하지 못하던 불면증을 그 한두 줄의 글로 빠져나온 힘이 뭘까. 내가 나를 죽이기도 하고 살리기도 하는 그 힘이 도대체 무엇이었을까. 이런 생각을 하다가 사람에게 눈에 보이지 않는 이데아(영혼)가 있다는 믿음으로 무속 자료를 뒤지기 시작했다. 허망한 공부라고 여길 무렵, 경희대학교 국문학과 김태곤(1996년 작고) 교수를 만나면서 학문으로 정리된 무속을 접했다. 당시 김태곤 교수는 무가를 채집하는 등 우리나라 무속을 학문으로 정리하고 있었다.

이때 체험한 무속을 장편소설『불배』(심지, 1989)로 발표했다. 오랜 세월이 지난 지금 다시 읽어보니 미숙한 데가 한두 곳이 아니다. 젊은 시절 성숙하지 못한 시선으로 작품을 쓰느라 관점이 한 곳에 멈춰 있었다. 외래문화에 우리 토속 민속종교가 말살된다는, 진보 시각으로 보기만 했다. 작품 곳곳에 주관적인 분노가 표출되어 있었다. 주제와 동떨어진 사족(蛇足)이 주인 구실을 하는 작품이 되어 버렸다. 이제야 그것이 보였다. 한번 시도했던 작업이라 다시 손대기가 뭣하여 나를 되돌아보는 계기로만 삼고 그대로 밀쳐놓았으나, 두고두고 부담되어 다시 새로운 작품을 쓰기로 했다.

외세에 우리 민속종교가 밀려난 것은 민족주의 시각에서 보는 게 아니라 사회학적 시각으로 판단해야 무속의 본질을 볼 수 있다. 무속이 퇴보한 건 역사 변혁기의 한 현상이며, 무속은 이 장애물과 싸우고 피하면서 변하는 세상에 적응하느라 새로운 모습으로 생명력을 유지하고 있었다. 이걸 보지 못한 것이다. 또 무속은 단순히 민속종교에만 머물 수 없으며, 우리 민족의 뿌리와 이어진다는 것도 발견했다. 제정일치 시대의 통치자, 즉 국가 지도자는 무당이었다. 다중의 마음을 모으는 이념으로 천신 사상을 이용했으며, 우리 시조 단군도 마찬가지다. 정치조직으로 국가체제가 갖추어지면서 제사장의 역할이 분리되었고, 이때부터 무당의 신분도 달라지기 시작한다.

이 작품은 무속을 소재로 우리 민족의 역사를 찾는 작업으로 이루어졌다. 그 근원지를 시베리아 바이칼 호수로 비정하고, 자료를 찾았다. 기록이 없는 수천 년 전 역사를 찾는 일은 불가능하다. 그래서 어원(語源)과 지명(地名)을 끈으로 뿌리를 찾을 수밖에 없었다. 이보다 더 과학적인 학문 자료가 나올 때까지는 이 작품에서 그려진 이야기는 픽션이 아니라, 우리 민족의 뿌리라 굳게 믿고 있다.

(2) 구성으로 살펴본 작품의 특징

장편소설 『바이칼, 단군의 태양을 품다』는 '전지적 작가 시점'으로 구성했다. 등장인물이 다양하고, 내적 심리 갈등을 첨예하게 스토리에 묘사해야 하고, 작가의 체험과 철학 등 인문학적 자료들을 서사에 활용하기 위해서 '전지적 작가 시점'이 좋다.

구성은 크게 프롤로그와 본문, 그리고 에필로그 등 3부(部)로 나누었다. 프롤로그는 현재 상황을, 본문은 과거 주인공의 무속 활동과 무속을 수용하는 사회현상을 그렸으며, 에필로그는 프롤로그와 연결하여 현재 시점(時點)으로 작품을 마무리했다.

한 마디로 나는 백석 시인의 시 「북방(北方)에서」를 읽고 무작정 한국을 떠나 이곳 울란우데로 왔습니다. 김 교수님께서 병원에 누워 있는 내 머리맡에 백석의 그 시가 실린 시집 한 권을 놓고 가지 않으셨던가요? 그러고 보니 내가 이곳으로 온 게 아니라 김 교수님께서 나를 이곳으로 쫓아낸 셈이군요. 농담입니다. 이런 농담을 아무렇지도 않게 하는 걸 보면 이제 나도 나이가 든 모양입니다. 백석 시인이 말하던 그곳, '나는 나의 옛 한울 땅으

로―나의 태반(胎盤)'으로 돌아가기 위해 이곳으로 왔지요. 아닙니다. 이제
는 좀 솔직해져야겠습니다. 내가 바이칼의 알혼섬으로 들어온 것은 한 줌
재로 사라져 버린 용배 때문입니다. 그날 난 병원에서 깨어나기 전에 긴 꿈
을 꾸었습니다. 아니, 꿈이 아닐지도 모릅니다. 꿈이라면 그렇게 생생한 기
억으로 남을 수 없습니다. 그날 눈앞에서 사라진 용배가 용선(龍船)을 타
고 달려간 곳이 어딘 줄 아십니까? 이곳 바이칼의 알혼(Olkhon)이었어요.
처음엔, 꿈이라서 내가 정확하게 보지 못했을지도 모른다고 생각했습니다.
그때까지 알혼이란 곳이 이 세상에 있는지도 나는 몰랐으니까요. 무의식
속에서 본 흐릿한 풍경이 내게 잠재해 있던 '의식(意識)'으로 채색되었을까
요? 용배가 그곳으로 갔길 그렇게 바랐던 걸지도 모릅니다. 그런데 놀라운
일은, 내가 꿈속에서 본 그 알혼으로 왔다는 거고, 그때 꿈속에서 본 알혼이
내 눈앞에 사진처럼 나타났어요. 꿈속에서 난생처음 보았던 오방색(五方
色)으로 감은 솟대가 이곳 알혼 섬에 있었습니다. 놀랍지 않습니까.

―김호운. 『바이칼, 단군의 태양을 품다』, 시선사, 2019, pp. 20~21

어느 날, 민속학자 김경수 교수가 러시아 울란우데에서 보내온 소포 뭉
치를 받는다. 발신인은 '인희'라는 이름을 가진 한국 여성이다. 이게 이 작
품의 발단(發端)이다. 김 교수는 기억을 더듬어 국립 울란우데대학교 동방
학부 교수로 있는 인희의 실체를 알아냈다. 40년 전, 무속을 연구하던 대학
동기 용배가 불타는 용선과 함께 소신공양을 하던 장면을 함께 바라보았던
사람이다. 그 뒤 한 번도 그녀를 보지 못했는데, 40년 만에 소포로 찾아왔
다. 이 소포에는 연기처럼 사라진 용배가 무속에 관해 체험기를 쓴 것으로,
인희에게 소설을 써보라며 자료로 준 것이었다. 김 교수는 이 원고를 출간
하여 책을 들고 울란우데로 인희를 찾아간다.

시베리아 이르크쿠츠를 출발하여 바이칼을 거쳐 울란우데로 가는 여정
으로 이 소설을 시작한다. 위에 인용한 내용은 인희가 김 교수에게 보낸 편

지다. 왜 그녀가 시베리아, 바이칼 호수 가운데 있는 알혼섬으로 갔는지, 그 연유를 적었다.

인희가 보낸 원고로 출간된 책 내용은 이 작품 제2부에 본문을 형성하는 서사로 보여준다. 김 교수가 들고 가는 책『불배, 그 찬란한 부활』은 제2부의 제목이기도 하다. 소설 속에 또 하나의 소설이 텍스트 인용으로 삽입된 셈이다. 이러한 구성은 허구로 꾸민 이야기를 보다 사실적으로 접근시키기 위한 장치다. 허구로 꾸민 이야기에 사실성을 부여하기 위해 인과관계 등 다양한 소설 장치를 한다. 이 작품은 그 반대의 경우다. 이 작품은 허구로 꾸민 이야기에 역사·지리 자료가 그대로 텍스트 인용되어 있다. 이럴 경우는 서사가 논픽션(실제 일어난 사건)처럼 사실성을 가지고 있어서 반대로 허구 상황의 에피소드를 장치하여 사실성을 완화해야 픽션(허구) 효과를 살린다. 그 에피소드로 소설 속에『불배, 그 찬란한 부활』소설 책을 등장시켰다. 이러한 구성 기법은 특히 역사소설에 많이 활용된다.

바이칼 안에는 호중도(湖中島) 알혼이 알처럼 박혀 있다. 사라진 칭기즈칸의 무덤이 이곳 알혼의 '부르한(Burkhan) 바위' 아래 있다고 믿는 사람들이 지금까지도 수색하고 있다. 부르한은 부랴트족 창조설화에 나오는 시조(始祖)의 이름이다. 지금도 매년 7월에 이곳에서 '세계 샤먼 대회'가 열릴 정도로 알혼은 샤먼들의 고향이다. 이곳에는 언덕 고갯마루에 서낭당이 있고, 곳곳에 장승이 서 있다. 마치 우리의 옛 시골 어느 마을에 온 듯한 착각이 들 정도로 너무나 닮았다. 우리나라를 찾는 겨울 철새 가창오리의 학명이 '바이칼 틸(Bikal Teal ; 바이칼 오리)'이다. 우연치고는 너무나 신기하지 않은가. 가창오리는 바이칼과 우리나라를 왕복하며 사는 철새다. 솟대 위에 올려져 있는 기러기가 이 바이칼 오리다. 우리가 잇지 못했던 민족의 뿌리를 이 오리들이 이어주고 있는지도 모른다.

나는 다시 인희의 편지를 읽기 시작했다.

　　　　　　　　　　　　－김호운, 『바이칼, 단군의 태양을 품다』, 시선사, 2019, pp.26~27

　무속을 우리 민족의 뿌리를 찾는 매개로 한 것은 우리 생활 속에 스며 있는 위 예문과 같은 상황 때문이다. 우리 고유 민속으로 성황당이 있고, 장승과 솟대 문화가 있다. 가창오리의 학명이 '바이칼 틸(Bikal Teal ; 바이칼 오리)'라는 사실은 예사로이 넘길 일이 아니다. 솟대가 무엇인가. 오리를 하늘 높이 올려놓은 것이다. 날아다니는 새는 인간이 가지 못하는 곳을 간다. 옛사람들은 새가 하늘 위로도 올라가는 줄 알았을지도 모른다. 그래서 민화에 '까치 호랑이'가 있다. 호랑이는 맹수이기에 집안에 들어오는 잡귀를 막는 액막이로 그림을 그려 벽에 걸었다. 호랑이 그림을 걸었는데도 액운이 닥치자, 사람들은 호랑이가 맹수여서 잡귀도 막지만, 인간도 해코지할 수 있다고 믿은 것이다. 그래서 이 맹수를 제어하는 더 무서운 힘이 필요했고, 그 힘을 가진 동물로 까치를 택했다. 하늘을 날기 때문이다. 그래서 민화에서 호랑이 그림에는 꼭 까치를 함께 그린다.

　솟대에 올려놓은 기러기는 철새로 한 철 왔다가 어딘지는 모르지만 갔다가 다시 온다. 그래서 사람들은 기러기가 인간이 갈 수 없는 곳을 왕래하는 동물로 인간의 염원도 그렇게 가져가서 이루어주는 줄 알았다. 그 오리가 철새 '가창오리'고, 바이칼과 가창을 오가는 철새다. 우리 민족의 뿌리를 바이칼로 비정한 인과관계로 이 '바이칼 틸'을 에피소드로 가지고 왔다. 바이칼 알혼섬에도 장승과 솟대가 있고, 강강술래도 있다. 먼 옛날 민족 이동 경로에 묻어와 연결된 문화 끈이다.

　"덕물산 장군당은 바로 민심이 농축된 활화산이라는 생각이 들잖아? 이성계에 의해 고려 왕조가 무너지고, 끝까지 고려 왕조를 지키려던 최영은 죽음을 맞게 되지. 승자는 언제나 패자를 중상모략하게 마련이야. 그래야만 자신들의 행위를 정당화할 수 있기 때문이지. 그때라고 예외일 수는 없었겠지. 최영을 역적으로 만들기 위해서는 무슨 방법이든 안 썼겠어? 아무러하든 그것은 백성들의 이해와는 상관없는, 관료들의 정치놀음에 불과해. 백성들의 눈은 달라. 충신을 보는 눈이 정치 모양에 따라 변하는 게 아니었어. 그런 백성들의 항변이 도당굿으로 나타났던 거야. 힘으로 고려 충신들을 제거하고 왕씨들을 몰살시키는 마당에 힘없는 백성이야 어떻게 바른말을 할 수 있었겠어. 요즘처럼 뜻을 모아 데모를 할 수 있는 시절도 아니잖아? 바로 굿이 백성들의 그런 응어리를 풀어 준 거야. 내가 굿에 빠져든 건이 사실을 알고 나서부터야. 음력 3월이 되면 전국의 무당들이 덕물산으로 몰려들고, 한바탕 굿을 벌이며 한을 푸는 거야. 도당굿에는 돼지고기를 제물로 썼는데, 그 고기를 뭐라고 하는지 알아?"

인희가 주인공 화랭이 용배에게 '최영 장군 도당굿'을 하자고 제의하고 나서 그에게 설명하는 장면이다. 무속의 역할을 이 대화 속에 응집시켰다. 단군 시조의 역할도 바로 이런 것이었다. 수많은 종족 집단이 모여 부족국가를 이루었던 옛 역사에서 국가라는 개념은 희박했다. 언제 생겼는지, 언제 없어질지도 모를 집단이 힘으로 모였다가 더 큰 힘에 또 스러진다. 이러는 과정에서 살아남을 수 있는 무기는 다중을 응집하는 정신이다.

황해도 지역에서 이어져 오는 '최영 장군 도당굿'은 그러한 민중의 힘을 응집시키는 이념으로 작용했다. 고려가 무너지고 조선이 건국되면서 최영 장군은 역적이 되었다. 그러나 민중의 가슴에는 여전히 충신으로 남아 있다. 그 역할은 정치도 역사도 아닌, 민중의 가슴을 통해 전해온 것이다. '최영 장군 도당굿'에는 돼지고기를 사용한다. 이 고기 이름이 '성계육'이다. 인희가 용배에게 '최영 장군 도당굿'을 하자는 건, 손님이 주인 노릇을 하는 사회를 정화할 힘을 민중의 가슴에서 가져오자는 의미가 함축되어 있다.

현재 동해안을 중심으로 세습무들의 별신굿이나 용왕굿 등이 이어져 온다. 보통 어촌계에서 비용을 모아 2년에 한 번씩 굿을 한다. 굿을 한 해에도 해난사고가 일어나는 경우가 있다. 그래도 이들은 굿을 한 무당을 불신하지 않는다. "굿을 하지 않았으면 더 많은 사람이 다쳤을 것이다."라며 굿의 효험을 수혜자 스스로 만들어낸다. 이게 지혜다. 만약 이러한 지혜가 없으면, 해난사고를 당한 가족들은 바다가 무서워 배를 못 탄다. 바다를 생업으로 사는 사람들은 바다로 나가지 않으면 굶어 죽는다. 뭍에서 굶어 죽는 것보다는 바다에 나가 용왕의 밥이 되는 게 낫다고 여겼다. 그래서 바다를 무서워하지 않는다. 이게 굿의 힘이다.

……여기까지가 우리가 보았던, 그리고 우리가 보지 못한 용배의 이야기입니다.

우리도 언젠가는 그렇게 불탄 뒤 연기처럼 사라질 겁니다. 그게 두려운 건 아닙니다. 그 이후 우린 어디에 있을까요? 그 숙제를 나는 용배에게서 찾고 있습니다.

만약 책이 세상에 나온다면, 그 책을 읽은 사람들도 내가 풀려고 했던 이 문제 속으로 들어오겠지요. 아마도 김 교수님께서도 그 책을 들고 내게로 달려오지 않을까 싶습니다. 부질없다 하면서도 믿고 싶은 심정은 뭘까요?

내내 평안하시길 기원합니다.

—김호운,『바이칼, 단군의 태양을 품다』, 시선사, 2019, pp.374~375

이 작품 마지막 제3부 에필로그 내용이다. 인희가 김경수 교수에게 보낸 편지의 마지막 부분이기도 하다. 우리에게는 눈에 보이는 '나'와 눈에 보이지 않는 '나'가 존재한다. 언젠가는 눈에 보이지 않는 '나'를 만난다. 어떻게 사느냐에 따라 일찍 만날 수도 맨 나중에 만날 수도 있다. 좋은 건 하루라도 먼저 만나는 게 더 행복한 일이다. '나'와 만나는 길, 이 길을 찾는 게 이 작품의 주제이기도 하다.

참고 문헌

논문

김우종, 〈현대수필 기법의 사실성과 허구문제〉, 2011.8.9.『설성문학』)
임준성, 「금남 최부의 〈탐라시35절〉 연구」, 『한국시가문화연구』 제27집,
        2011.2.

신문

오은숙, 「납탄의 무게」, 전북일보 2020년 신춘문예당선작

작품

가와바타 야스나리『설국』
김승옥「무진기행」
김승옥「역사(力士)」
김애란「칼자국」
김유정「동백꽃」
김호운 단편소설「나는 너무 멀리 걸어왔다」
김호운「拓本序說」
김호운 단편소설「흰담비를 안은 여인」
김훈『칼의 노래』
알베르 카뮈『이방인』
제인 오스틴『오만과 편견』
찰스 디킨스『두 도시 이야기』
한수산「타인의 얼굴」(1991년 현대문학상 수상작)

책

고리키, 최윤락 옮김『어머니』(전자책), 열린책들, 2016.
김승옥, 『무진기행』(전자책), 문학동네, 2013.
김호운, 『스웨덴 숲속에서 온 달라헤스트』, 도서출판 도화, 2017.
김호운, 『그림 속에서 튀어나온 청소부』, 인간과문학사, 2016.
김호운『표해록(漂海錄)』, 도서출판 도화 , 2018.
김훈『칼의 노래』, 문학동네, 2012.

로버타 진 브라이언트, 승영조 옮김,『누구나 글을 잘 쓸 수 있다』, 예담, 2004.

루쉰, 정석원 옮김,『아Q정전 · 광인일기』(전자책), 문예출판사, 2013.

마르케스, 송병선 옮김,『아무도 대령에게 편지하지 않다』, 민음사, 2018.

무라카미 하루키, 양억관 옮김『노르웨이 숲』, 민음사, 2017.

빅토르 위고, 박아르마 · 이찬규 편역『노트르담 드 파리』(전자책), 구름서재, 2014.

서머싯 몸, 송무 옮김,『달과 6펜스』(전자책), 민음사, 2013.

스티븐 킹, 김진중 옮김,『유혹하는 글쓰기』, 김영사, 2017.

위화, 백원담 옮김,『인생』(전자책), 도서출판 푸른숲,

윌리엄 케인, 김민수 옮김,『거장처럼 써라』, 이론과 실천, 2011.

유도라 웰티, 신지현 옮김,『유도라 웰티의 소설작법』. 엑스북스, 2018.

윤순례 소설집『공중 그늘 집』, 은행나무, 2016.

이광수,『무정』(전자책)상권, 해성전자북, 2018.

이범선,『이범선 작품선』(전자책), 범우사, 2015.

이병주,『소설 알렉산드리아』, 범우사, 1977.

이혁백,『하루 1시간, 책 쓰기의 힘』, 치읓, 2019, p.282

조지 오웰, 이한중 옮김,『나는 왜 쓰는가』, 한겨레출판사, 2010.

조지 오웰, 박경서 옮김,『동물농장』(전자책), 열린책들, 2018.

주요섭,『사랑손님과 어머니』(전자책), 타임비, 2012.

채만식,『탁류』(전자책)상권, 유니페이퍼, 2015.

톨스토이, 이순영 옮김『이반 일리치의 죽음』(전자책), 문예출판사, 2018.

파리리뷰, 김율희 옮김,『작가란서』, 파리리뷰, 다른출판사, 2019.

박상우,『소설가』, 해냄출판사, 2018.

황순원 외,『소나기-한국인이 사랑하는 단편소설21선』(전자책), 새움출판사, 2017.